DAPHNE
NIKO

DAS RÄTSEL
SALOMONS

Die Originalausgabe erschien 2013 bei Medallion Press, Inc., USA, unter dem Titel „The Riddle of Salomon“.
Dieses Buch wurde vermittelt von der Literaturagentur erzähl:perspektive, München (www.erzaehlperspektive.de), in Zusammenarbeit mit Gloria Goodman.

The original edition was published in 2013 at Medallion Press, Inc., USA, under the title „The Riddle of Salomon“.
This book was arranged by erzähl:perspektive Literary Agency, Munich (www.erzaehlperspektive.de), in cooperation with Gloria Goodman.

Deutsche Erstausgabe

Titel der Originalausgabe: THE RIDDLE OF SALOMON

Cover & Umschlaggestaltung: Michael Schubert
Übersetzung: Madeleine Seither

ISBN: 978-3-95835-156-1

Printed in Germany

Bibliografische Information der Deutschen Nationalbibliothek:
Die Deutsche Nationalbibliothek verzeichnet diese Publikation in der Deutschen Nationalbibliografie; detaillierte bibliografische Daten sind im Internet über http://dnb.d-nb.de abrufbar.

Danksagungen

Mein aufrichtiger Dank gilt allen, die an der Recherche zu diesem Buch mitgewirkt haben: Rabbis Moshe Scheiner und Avrohom Stolik, die mich durch die Feinheiten des Judentums und der biblischen Archäologie geführt haben; Dr. Tommy Schechtman, der mir nützliche Ressourcen zur Verfügung gestellt hat; Steve Barry, der zu meinem Verständnis des Klettersports beigetragen hat; den außergewöhnlichen Archäologen, die in Israel arbeiten und deren Gesamtwerk diese Geschichte inspiriert und informiert hat; Julian und Yamit Wood, die mir die Nuancen der israelischen Kultur veranschaulicht haben; Paul Rubio, für seinen Beitrag zur Recherche; Ben Simpson, der mir ein paar Dinge über Helikopter beigebracht hat; meiner wundervollen Lektorin, Emily Steele; und Peter Lioubin, meinem Ehemann, für seine Geduld, sein Verständnis und seine Unterstützung während des gesamten Prozesses.

INHALT

Prolog

Davidstadt - Zehntes Jahrhundert v. Chr.

Der alte Priester Zadok stand am Rand der Quelle und hatte seine Augen auf das Antlitz des Mondes gerichtet, das sich auf dem reglosen Wasser spiegelte. Lichtschwanger und intensiver als gewöhnlich, war er der geeignete Mond für das, was Zadok zu tun gedachte. Er hob seinen Blick zum Himmel. Dort befand sich nicht eine einzige Wolke.

Er betrachtete die Königsstadt, die sich im Tal erstreckte. Die Gebäude, die sich wie steinerne Finger zum äußersten Wüstenrand reckten, waren in ein helles, graublaues Licht getaucht, das nur von den Schatten der Dattelpalmen durchbrochen wurde, die aus der steinigen Erde wuchsen. Über den gedrungenen Flachdachhäusern erhob sich die königliche Festung, einst von jenem Schafhirten errichtet, der die zwölf Stämme Israels zu einem Reich vereint hatte. Steinterrassen führten zu einer befestigten Plattform, auf welcher ein von phönizischen Steinmetzen gebauter Palast stand: der höchste Punkt der Stadt, und dem Himmel am nächsten gelegen.

Hinter Zadok schmiegten sich die Obstgärten Siloahs an die grünen Hänge. Reife Feigen hingen von den Bäumen und erfüllten die Nacht mit honigsüßem Duft. Er schloss die Augen und sog den lieblichen Geruch ein, der ihn umgab. Eine Wohltat für seinen zur Ruhe kommenden Geist. Er spürte, wie der Atem des Wüstensommers ihn wärmte. Auf diese Weise stand er da, bis alle Gedanken aus seinem Bewusstsein schwanden und er zu einem leeren Gefäß wurde, das bereit war, gefüllt zu werden. Er wandte sich an seinen Schüler.

»Es ist soweit, mein König.«

Der junge Herrscher, der kaum sein drittes Jahr auf dem Thron vollendet hatte, neigte den Kopf vor dem Hohepriester seines Hofes und dem seines Vaters vor ihm. Die Demut seines Souveräns stimmte Zadok freudig. Es waren erst einundzwanzig Jahre vergangen, seit seine Mutter ihn geboren hatte, und doch war Salomon bereits weise genug, um zu wissen, wann er ein König zu sein hatte und wann ein Schüler.

Zadok streifte seine Gewänder ab und trat in den Teich. Es war das Wasser ebendieser Quelle, das die Könige Judas weihte, und nun würde es seinen Körper und den Salomons für das Ritual läutern, auf dessen Durchführung sie sich vorbereiteten. Zadok füllte eine irdene Schüssel mit dem Wasser und hielt sie hoch über seinen Kopf, als reiche er sie dem Himmel dar.

»Oh weiser und mächtigster Gott, dieser Diener steht vor Dir mit reiner Absicht und bittet um nichts als Gnade. Mit diesem heiligen Wasser reinige ich diesen unwürdigen Leib und wasche meine Schuld hinfort, um in Deiner Gegenwart unbefleckt zu sein.«

Er neigte die Schüssel und ließ das Wasser über seinen Scheitel fließen, durchnässte sein glattes, mit Silber durchzogenes, schwarzes Haar, das ihm bis zur Mitte des Rückens herabhing, und den drahtigen grauen Bart, der sein Gesicht und seine Kehle bedeckte. Er füllte die Schüssel erneut und ließ das Wasser die braune Haut säubern, die schlaff an seinen alten Knochen hing. Und als er mit seiner Reinheit zufrieden war, trocknete er sich ab und schlüpfte in ein Gewand aus frisch gewebtem weißen Leinen, das von der Nadel einer Jungfrau bestickt worden war.

Salomon spürte sein Herz gleich einer Militärtrommel schlagen, als er sein königliches blaues Gewand abstreifte und seine vollen schwarzen Locken aus dem Goldband löste, das seinen Kopf wie ein Heiligenschein umgab. Nackt stand er vor seinem Gott, demselben Gott, der ihm die Weisheit gewährt hatte, die Stämme Israels mit Unvoreingenommenheit und Gerechtigkeit zu regieren, und trat in den Teich. Dank des eisigen Wassers fuhr ihm ein angenehmes Frösteln durch den Körper. Er gedachte seines Vaters. König David war nur noch eine Erinnerung, aber für Salomon blieb er ein Gigant. Er erinnerte sich an das Versprechen, das er ihm wenige Stunden vor seinem Tod gegeben hatte.

Mein Vater, gehet in Frieden, denn ich, Euer Sohn Salomon, gelobe, das eine und glorreiche gesegnete Heiligtum zu errichten und es mit den heiligen Gefäßen zu versehen, so wie von Gott befohlen und von den Prophezeiungen vorausgesagt.

Heute würde er den ersten Schritt zur Erfüllung dieses Versprechens unternehmen.

Mit einer Robe aus purem weißen Leinen bekleidet, folgte Salomon Zadok die Steinstufen zu einer Lichtung im Obstgarten hinauf, wo der Priester eigens für diesen Anlass einen aus Zedernholz gefertigten Altar errichtet hatte. Unter den Schatten der Obstbäume knieten sie vor diesem Altar nieder und baten um Führung, denn was sie zu tun gedachten, war nur jenen vorbehalten, deren Seelen vor dem Himmel makellos waren. Zadok erhob sich als Erster und bot dem König seine Hand zum Kuss; Salomon folgte dieser Aufforderung pflichtbewusst und ohne Vorbehalt.

Zadok näherte sich der Vielfalt an Objekten, die auf dem Altar lagen, und blieb vor dem mittleren stehen. Er entfernte eine weiße Hülle aus gewobener Spinnenseide, unter der ein steinerner Räucherkelch zum Vorschein kam. Dann schüttete er den Inhalt eines kleinen, weißen, mit einem goldenen Löwen bestickten Beutels in seine Handfläche. Diese Körnchen rieb er aneinander, sodass die Wärme seiner Hände ihre ätherischen Öle freisetzen konnte. Dann legte er sie in den Räucherkelch und entzündete sie mithilfe zweier Feuersteine. Ein zaghafter Rauchfaden stieg von dem Gefäß auf.

»Dieser Duft soll die Sinne Deiner demütigen Diener klären, oh Allmächtiger, sodass sie den Visionen, die kommen mögen, offenliegen.« Mit beiden Händen drängte Zadok den Rauch zu seinem Gesicht hin und atmete tief ein. Dann schwenkte er das Räuchergefäß vor Salomon und ließ die Dämpfe von Myrre und Mastix in den König dringen.

Die Nacht war so still, dass sich nicht einmal die Blätter an den Feigen- und Granatapfelbäumen rührten. Salomon war so ruhig wie die Luft, die über seines Vaters Stadt hing, ohne Begehr oder Erwartungen in das Ritual. Er hatte sich ganz fallen lassen, vertraute darauf, dass das Göttliche ihm alles gewährte, dessen er bereit war, und ihm verweigerte, was er noch nicht begreifen konnte.

Trotz aller Rituale und Zeremonien, die seine königliche Herrschaft bestimmten, hatte er niemals an etwas Derartigem teilgenommen. Das Anrufen von Geistern und die Verständigung mit der Anderswelt waren das Hoheitsgebiet Zadoks, des Königreichs Priester und Seher. Salomon hatte vollstes Vertrauen in ihn. Schließlich war er es gewesen, der ihm geholfen hatte, jenen Thron zu besteigen, der ihm nicht rechtmäßig zustand. Der alte Priester hatte seine Loyalität viele Male bewiesen, vor allem als er König David davon überzeugte, dass es Salomon und nicht etwa Davids älterer Sohn Adonia sei, der über Israel herrschen und den heiligen Tempel errichten solle. Und so war es geschehen.

Vorsichtig entfaltete Zadok einige Lagen reinen, weißen Gewebes, das von den Hofdamen aus der Seide tausender Spinnen gewoben worden war, um eine runde Platte aus Kalkstein zu enthüllen, deren Größe und Gewicht an den Kopf eines Mannes erinnerte. Da hineingraviert war der göttliche Kreis, symbolisch für alle Schöpfung, und in dessen Mitte stand der höchst geweihte und unaussprechliche Name Yahwehs.

Die Stimme des Priesters zerriss den Schleier der Stille, der über dem Obstgarten hing. »Oh David, mächtiger und gerechter Herrscher und Vater König Salomons, ich rufe dich beim Namen, der nicht ausgesprochen werden darf und der Furcht in den Herzen der Gottlosen sät. Ich beschwöre deine Anwesenheit durch die zwei Schrifttafeln, auf welchen der ehrwürdige Schwur unseres Volkes geschrieben steht, und durch das heilige Tabernakel, in welchem der Allmächtige wohnt, und durch das Allerheiligste, in welches nur der Hohepriester einzutreten vermag. Zeige dich, oh David, und führe deinen Nachfolger, sodass er sich dem Vermächtnis, das ihm gegeben ward, würdig erweisen möge.«

Die Stille war vollkommen. Zadok nahm eine Handvoll Erde vom Boden auf. Er streckte sie dem Firmament entgegen, und während er sich rechtsherum drehte, streute er ein wenig der Erde in jede Himmelsrichtung, bis sie ganz verteilt war. Dann fiel er auf die Knie. Mit in die Luft erhobenen Händen und zurückgeworfenem Kopf sagte er: »Nachsichtiger und sanftester Geist Davids, ich bitte dich, komme in Frieden. Im höchst geheiligten Namen des Einen, der im Himmel wohnt, der allwaltende Macht besitzt über Kreaturen groß und klein, der das Volk Israels zu Überbringern und Zeugen seines Wortes auserkoren hat, und der die göttliche Gewalt innehat über die Seelen der Menschen, lebend und tot, rufe ich dich, oh David. Tritt hervor und enthülle die Geheimnisse der Engel, die zu dir gesprochen haben, sodass der Wille des Herrn geschehen möge.«

Ein leichter Wind flüsterte durch die Obstbäume und ließ die Blätter für einen Moment – kaum länger als der Herzschlag eines Menschen – erzittern. Salomon entging das Zeichen nicht. Er spürte die Anwesenheit seines Vaters, pur und gestaltlos wie der *Chamsin*, so deutlich wie er das An- und Abschwellen seines eigenen Atems spüren konnte. Er sog die wohlriechenden Dämpfe ein, die aus dem Räucherkelch aufstiegen, bis sein Kopf ganz leicht wurde, sein Verstand offen und gefügig. Heute Nacht hatte er nur ein einziges Anliegen: den Schlüssel zum Bau des heiligen Tempels auf dem Berg Moriah zu erhalten. Diese monumentale Aufgabe war allein ihm anvertraut worden.

»Mein Sohn, alles, was ich während meines Lebens auf dieser Erde getan habe – jede Schlacht, die ich gewagt, jeden Sieg, den ich errungen, jedes Gebäude, das ich errichtet habe –, geschah in Vorbereitung auf die eine wahre Aufgabe, die da lautet, einen

Tempel für den Herrn, unseren Gott, zu bauen, der das alte Zeltheiligtum, welches unser Volk lange auf seiner Reise begleitete, ersetzen wird, um die Dauerhaftigkeit unseres Volkes in diesem Land zu begründen«, hatte sein Vater ihm gesagt. »Viele Jahre lang glaubte ich, diese Aufgabe sei meine Bestimmung. Doch der Herr erschien mir in einem Traum und sagte: *David, baue du nicht mein Haus, denn großes Blutvergießen kennzeichnet deine Herrschaft. Einer deiner Söhne soll König werden, und zu seiner Zeit wird Israel den Frieden erleben. Er allein wird würdig sein, eine solch glanzvolle Aufgabe zu erfüllen.* Es ist vorherbestimmt, mein Sohn. Du bist es, der diesen Tempel bauen wird.«

Salomon hatte dabei zugesehen, wie König David, der um die Jugend und Unerfahrenheit seines Sohnes wusste, Vorbereitungen für die Umsetzung dieser göttlichen Verfügung traf. In den letzten Tagen seines Lebens hatte der alte König seinen Steinmetzen befohlen, Steine für Bauzwecke zu schneiden, verfügt, dass Zedernholz aus den Ländern im Norden herbeigebracht wurde, und große Mengen an Gold, Kupfer, Eisen und Bronze angehäuft.

Als sein Vater im Sterben lag, erhielt Salomon das wertvollste aller Geschenke: Eine Sammlung von Pergamenten, auf denen die Baupläne des Tempelkomplexes verzeichnet waren, welche David von den vom Himmel herabgestiegenen Engeln offenbart worden waren. Die Pläne zeigten das Vestibül und die inneren Kammern, die Höfe und Schatzlager, die Räume für Priester und Leviten, die zur Durchführung der heiligen Riten benötigten Gefäße und Altare, die Säulen namens Boas und Jachin, das beeindruckende Bronzebecken, und das Allerheiligste, das die Bundeslade beheimaten sollte.

Doch zum Unmut des jungen Salomon enthüllte David nicht alles. Da der alte König gefürchtet hatte, dass die Pläne in die Hände der Unwissenden fallen könnten, gab er die Abmessungen für jede Kammer in einer mysteriösen Maßeinheit an und sagte, die Engel hätten ihn instruiert, die Wahrheit vor Salomon verborgen zu halten bis es an der Zeit sei, die Vision zu realisieren. Und so hatte er das Wissen mit in sein Grab genommen. In den frühen Tagen seiner Herrschaft hatte Salomon die Pläne jeden Tag und jede Nacht studiert, in seiner jugendlichen Arroganz davon überzeugt, dass er sie letztlich verstehen würde. Doch dies geschah nicht.

Dann, eines Nachts, als die Flamme seiner Kerze in einem See aus Wachs erstickte, schloss er die Augen und hörte eine Stimme in seinem Kopf donnern.

»Einen Wunsch will ich dir gewähren. Was ist es, das du mehr als alles andere begehrst?«

Salomon fiel auf die Knie und neigte seine Stirn zur Erde. Kaum hatte er das getan, spürte er, wie eine Macht ihn aufrichtete.

»Stehe als König vor mir. Welches ist dein Wunsch?«

Obwohl niemand mit Salomon in seiner Kammer war, verstand er in diesem Augenblick, dass er niemals allein sein würde. Er würde stets geführt werden. So stand es geschrieben.

»Gewähre mir Weisheit, oh Herr«, flüsterte er.

In jener Nacht änderte sich alles. Der junge König strotzte nicht länger vor Ungeduld. Er rollte die Pergamente auf und legte sie in eine Alabastertruhe in seinem Privatgemach.

Die Truhe blieb drei Jahre lang versiegelt.

Jetzt war Salomons Zeit gekommen. Das wusste er so sicher, wie er wusste, dass die Sonne im Osten aufgehen würde. Doch er brauchte seinen Vater ein letztes Mal.

Zadok bedeutet seinem König mit einem Nicken, dass die Seele unter ihnen weilte. Er überreichte Salomon das einzige in ein rotes Seidentuch eingeschlagene Objekt und trat vom Altar zurück. Er hatte getan, was er konnte; alles Weitere oblag dem jungen König.

Langsam löste Salomon die schützende Hülle ab und erblickte ein Messer mit einem aus Widderhorn gefertigten Griff und einer sichelförmig geschwungenen Klinge. Er streckte es zum Himmel, und die Schneide glänzte im Mondlicht. Dann, ohne Emotion und ohne Zögern, führte er die Spitze zur Innenseite seines linken Unterarms und fügte seiner straffen, karamellfarbenen Haut einen diagonalen Schnitt zu. Weder das Brennen des Einstichs noch der pochende Schmerz, den er spürte, als der warme, dunkelrote Inhalt seiner Venen hervorquoll und seinen Unterarm hinabrann – über den knochigen Hügel seines Handgelenks hinweg und in das Tal seiner Handfläche hinein – ließen ihn zusammenzucken. Einige Augenblicke lang sammelte er das Blut in seiner Handfläche, dann leitete er es seinen Mittelfinger entlang und ließ es in eine aus reinweißem Marmor geschnitzten und zu geschmeidiger Glätte polierten Schale tropfen. Als sie voll war, trat er vom Altar zurück und goss das Blut in einem Kreis um sich herum auf die Erde.

»Oh, Geist meines Vaters, tritt hervor und erkenne dein eigen Blut.« Salomons tiefe Stimme drang durch den Obstgarten. »Betritt diesen Kreis, in den nur diejenigen vordringen können, welche dieselbe königliche Abstammung teilen, und enthülle die dir gewährten Geheimnisse der Engel, denn die Zeit ist angebrochen, den Namen des Herrn, unseres Gottes, durch die Errichtung eines Tempels auf dem heiligen Hügel zu ehren. Enthülle, oh erhabener Geist, den Schlüssel zum Schatz, der den Kindern Israels gehört, und hilf deinem demütigen Sohn, zu dem Werkzeug zu werden, zu dem der Herr ihn auserkoren hat.«

Reglos, wartend, stand Salomon im Inneren des Blutkreises. Er befand sich in einem Zustand tiefster Meditation. Sein Verstand war wie fruchtbare Erde, bereit, den Samen der Erleuchtung zu empfangen. Er widerstand dem Verlangen, Gedanken in die vollkommene Ruhe eindringen zu lassen, die ihn umgab.

Lange Zeit herrschte Stille.

Er wusste, dass er geprüft wurde; er erwartete nichts Geringeres von seinem scharfsinnigen und weisen Vater. Erst wenn er die wilden Pferde des jugendlichen Verstandes zügeln und sie sich gefügig machen könnte, würde er als würdig erachtet werden. Dies war kein Leichtes für den König, der gerade an der Schwelle zum Mannesalter stand, und von dem so früh in seiner Herrschaft so viel erwartet wurde.

Salomon spürte Schwäche durch die Mauern seiner geistigen Festung dringen; in den Mantel des Zweifels gehüllt stand sie vor ihm. Gedanken trieben in den Äther seines Verstandes und bedrohten seine Ruhe. *Wird er kommen? Zürnt er mir? Bin ich wahrlich bereit?* Er konzentrierte sich auf seinen Atem und machte sich dessen Rhythmus bewusst, ein Anschwellen und Abebben wie von weit entfernten Meereswellen. Jedes Einatmen war mit Myrreduft durchzogen, einem leicht süßen Geruch, der an Moschus und Gewürze erinnerte. Der Augenblick umfing ihn, schirmte ihn gegen die Eindringlinge ab, und schon bald wurde jede Macht, die sie über ihn zu haben behaupteten, schwach wie ein letzter Winteratem.

Er spürte, wie ein einzelner Windhauch in sein Gesicht blies und ihm die Locken zerzauste.

Ich bin hier.

Die Stimme Davids hallte im Verstand des jungen Königs nach wie ein Fanfarenstoß und erfüllte auch die dunkelsten Nischen. In diesem Augenblick war Salomon vollständig ausgelöscht; alles, was von ihm verblieb, diente dem Empfang der Nachricht.

Was vier ist, ist fünf. Was fünf ist, ist eins. Blicke hinter das Sichtbare und das Spürbare, und du wirst deine Antwort erhalten.

Mit einem Mal wurde der Äther totenstill und Schweigen füllte Salomons Kopf. Langsam öffnete er seine Augen und sah zum Himmel auf. Eine einzelne Sternschnuppe schoss über die wolkenlose, indigoblaue Fläche und verschwand beinahe so schnell, wie sie erschienen war. Er spürte die Kühle der Erde unter seinen nackten Füßen und wurde sich deutlich seiner Pflichten dem oberen und dem unteren Himmel gegenüber bewusst. Er senkte den Blick und bemerkte ein glänzendes, rotes Objekt durch die Erde innerhalb des Blutkreises lugen. Als er den Schmutz abwischte, fand er einen aus Eisen geschmiedeten Ring mit vier Steinen, die innerhalb eines vollkommenen Kreises eingelassen waren. Er erkannte ihre Signifikanz: ein Rubin für das Feuer, ein Aquamarin für das Wasser, ein Tigerauge für die Erde, ein Diamant für den Wind.

Die vier Elemente. *Das Sichtbare und das Spürbare.*

Salomon drehte den Ring, sodass er ihn von allen Seiten betrachten konnte, und bemerkte ein winziges Scharnier. Er hob den edelsteinübersäten Deckel an und fand darunter einen goldenen Kreis, in welchen ein fünfzackiger Stern eingraviert war – das Symbol des Himmels und der Quintessenz aller Dinge: Das fünfte Element, das nur die wenigen Auserwählten sehen konnten. Er wusste, dass der Schlüssel, den er suchte, in diesem Symbol lag.

Was fünf ist, ist eins.

Ein schwaches Lächeln huschte über die Lippen des weisen Königs, als die Nachricht seines Vaters eine Bedeutung erhielt. Er streifte den Ring an den Zeigefinger seiner linken Hand, die noch immer mit seinem Blut beschmiert war. Das Wissen und die Macht waren sein, und nur sein. Und so sollte es für lange Zeiten bleiben, bis ein Würdiger käme, sie einzufordern.

Kapitel 1

Nordwestliche Grenze der Wüste Rub al-Chali - Saudi-Arabien

Die steilen Sandsteinklippen des Tuwaiq Escarpments erhoben sich aus den sandigen Weiten Zentralarabiens wie felsige Stalaktiten und warfen lange Schatten auf das ausgedörrte Niemandsland unter ihnen. Die Morgensonne ließ die Landschaft wie Pharaonengold glänzen und verlieh den sanft geformten Dünen im Blick der Felswand Konturen. Am fernen Horizont verloren sich die Gipfel und Täler des Sandmeeres in umbrabraunem Nebel.

Sarah Weston hielt ihr Pferd an und musterte das Terrain. Durch den feinen Sandschleier, der in der Luft hing, erschienen die Bergmassive im Osten ein wenig verschwommen, wie von einem antiken Spiegel reflektiert. Dieser Teil der Rub al-Chali unterlag dem *Schamal*, der manchmal harmlos war und andere Male alles in seinem Weg auslöschte. Abgesehen von den zähesten Nomaden mieden Menschen diesen Ort, an dem sich Sturmwinde ohne Vorwarnung – und ohne Gnade – erhoben.

Sarah spürte, wie das Flüstern einer Brise ihren weißen Florturban zum Flattern brachte, der die unbarmherzige Julisonne abwehrte, die mit Temperaturen von oft über fünfzig Grad auf das Land herabbrannte. Sie benutzte ein Ende des Turbans, um eine Mischung aus Schweiß und Sand von ihrem Gesicht zu wischen. Die winzigen Körnchen zerkratzten ihre helle Haut: ein vertrautes Gefühl.

Die Verhältnisse vor Ort konnten sich kaum deutlicher von denen ihrer privilegierten britischen Erziehung unterscheiden. Die Hausparties auf dem Landsitz ihrer Familie, die geistlose Gesellschaft, die Prominenz und der Einfluss ihres Vaters, das tragische Ende ihrer Mutter, ihre eigene kurzweilige Karriere unter den

Gelehrten ihrer Alma Mater, der Universität Cambridge – sie alle waren Überreste einer weit entfernten Vergangenheit. Und so wollte sie es haben.

Sarah nahm die Weite des abgelegenen, ungastlichen Ortes in sich auf, den zu lieben sie gelernt hatte. Sie verspürte Ehrfurcht vor der ausgedehnten Wildnis von Sand und Stein, die so viele Geheimnisse früherer Zivilisation barg, und Demut vor der Unbeständigkeit der Wüste, die sich drehte und wendete wie eine kapriziöse Nymphe, die man flüchtig fassen, doch niemals besitzen konnte.

In dieser unwirtlichen Gegend hatte sie sieben Monate lang als die leitende Archäologin einer von den Universitäten Rutgers und König-Saud gemeinsam finanzierten Ausgrabung gearbeitet, deren Ziel es war, die antike kinditische Stadt Qaryat-al-Fau zu ergraben, die vom veränderlichen Sand der Rub al-Chali verschlungen worden war. Ins Boot geholt wurde Sarah vom Kulturanthropologen Daniel Madigan, der die Expedition vor sieben Jahren zusammengestellt und bedeutende neue Bereiche dieses einst stolzen Handelszentrums entdeckt hatte, dessen Blütezeit im ersten bis vierten Jahrhundert nach Christus gewesen war.

Heute allerdings hatten sich die beiden von der Fundstelle entfernt. Der Hitze wegen operierte die al-Fau-Ausgrabung mit einer reduzierten Crew nur zwei Stunden am Tag, wodurch ihnen viel Freizeit zur Verfügung stand. Zu Anfang des Sommers hatten Sarah und Daniel im Stillen damit begonnen, zwei Meilen nördlich von al-Fau zu graben, an jenem trostlosen Ort, den die beduinischen Nomaden das Tal des Windes nannten.

Dieser Vorstoß war von einer Abweichung auf ihren Satellitenbildern angeregt worden, welche die Möglichkeit eines unter dem Sand begrabenen Areals voller Überreste suggerierte. Tatsächlich war ihr Timing ein glücklicher Zufall: Wenige Monate zuvor hatte ein heftiger Sandsturm im Tal gewütet. Der unbändige *Schamal* hatte riesige Dünen fortgeweht und den Sand in alle Himmelsrichtungen verteilt. Auf diese Weise regenerierte sich die Wüste.

Und so enthüllte sie auch ihre Geheimnisse.

Daniel ließ sein Pferd neben Sarah zum Stehen kommen. Er verschob die schwarze Baseballmütze auf seinen schulterlangen, mahagonifarbenen Locken, die gerade von so viel Grau durchzogen waren, wie es seinen dreiundvierzig Jahren entsprach. Er sah seine Partnerin durch die dunkelgrüne Fliegersonnenbrille hindurch an und sprach in einem melodischen Tennessee-Akzent. »Ziemlich heiß hier draußen für ein englisches Mädchen. Geht's dir gut?«

»Ich könnte auf die Sauna verzichten. Abgesehen davon ging's mir nie besser.«

»Ja dann. Bereit zum Probensammeln?«

»Los geht's.«

Heute war der erste Tag, an dem sie Proben zur Analyse sammeln konnten, seit sie die über eine gute halbe Meile in der Wüste verteilten Knochen entdeckt hatten. Es gab hunderte von ihnen – porös, zerbrochen, halb im Sand begraben. Manche stammten von Kamelen, andere von Menschen, aber alle waren außergewöhnlich gut in der trockenen, keimfreien Umgebung ihrer Wüstengräber konserviert worden.

Handelte es sich um eine Karawane oder um eine Streitmacht? Die Fragen wirbelten durch Sarahs Kopf und steigerten ihre Aufregung, während sich eine Theorie zusammenzufügen begann.

Gemeinsam stiegen sie ab. Daniel griff in seine Satteltasche und zog ein Set Walkie-Talkies heraus, das einzige Kommunikationsmittel zwischen ihnen und den zwei Crewmitgliedern im Camp. Eines warf er Sarah zu.

Sie streichelte den Hals ihrer grauen Araberstute und klemmte das Walkie-Talkie an den Bund ihrer armeegrünen Cargohose, die in verwitterten Lederreitstiefeln steckte.

Geplant war, nach Süden zu gehen, wo sich die Felsenpassage zu einer Art Mulde verengte. Dort lagen die meisten der Knochen. Sie konnte sich bildlich vorstellen, wie die Kamele und ihre Reiter im Durchgang gefangen wurden, als sich große Sandsäulen erhoben, die ihre Verzweiflungsschreie zermalmten und sie ohne Gnade verschlangen. Seit Äonen verfuhr die Wüste so, erhob mitleidlos Anspruch auf alle Kreaturen, die sich durch ihren Sand bewegten. Es war ein Kräftemessen, das kein Mensch für sich entscheiden konnte – damals nicht, und auch nicht heute.

Innerhalb der natürlichen Senke inmitten des Kalksteinmassivs war der Sand von steten Winden zu Wellen geweht worden. So symmetrisch und gleichmäßig auseinander liegend, dass kein Bauzeichner sie mit größerer Präzision hätte planen können, wogten diese Wellen über einen abgeflachten Teil der Wüste, dessen gehärtete Oberfläche mit einem Knirschen unter den Füßen nachgab. Als Sarah auf ihre Fußspuren zurückblickte, bedauerte sie es, einen Abdruck in der Perfektion der Natur hinterlassen zu haben.

Aus dem Sand wuchsen vereinzelte Steppenläuferbüschel, die einzige Lebensform, die sich an das unfruchtbare Ödland klammerte. Eine Pflanze, von ihrer Wurzel getrennt, rollte über die goldene Fläche, als eine heiße Brise darüber wehte. Sarah konnte die leicht salzigen Sandkörnchen zwischen ihren Zähnen schmecken.

Sobald sie ihre Forschungsstätte erreicht hatten, streifte Daniel seinen Rucksack ab und warf ihn auf den Boden. »Ich glaube, wir haben nicht viel Zeit. Sieht aus, als würde der Wind auffrischen.« Er deutete auf die Grube, die sie als Lagerstätte für ergrabene menschliche Knochenfragmente ausgehoben hatten. Den Großteil eines männlichen Arms hatten sie bereits rekonstruiert. »Ich kann mich um das hier kümmern, wenn du am Sattel arbeiten willst.«

Ein paar Tage zuvor hatten sie einen hölzernen Knauf erspäht, nur wenig dunkler als die Wüste selbst, der etwa fünfzehn Meter von der Knochengrube entfernt aus dem Boden geragt hatte. Sie hatten genug Sand beseitigt, um die Rückseite eines Sattelbaums aus Akazienholz freizulegen, an dem noch immer ein Stück schwarzen Seils heftete.

Als Daniel das ausgefranste Seilende untersucht hatte, war Sand herabgerieselt, wo er seinen Daumen über die Stränge gleiten ließ.

Sie griff in die Satteltasche. Ihre Hand schloss sich um einen runden Gegenstand, dessen Oberfläche sich porös und schartig anfühlte. Sie zog ihn heraus und hielt ihn in ihrer Handfläche. Es war ein rotglasiertes Tongefäß, nicht größer als die Faust eines Mannes, mit winzigen, geschwungenen Henkeln und einem dünnen Hals, in welchem ein Pfropfen aus demselben Ton steckte. Sie drehte ihn langsam und bemerkte einen verblichenen Abdruck auf der irdenen Oberfläche.

Daniel hockte sich neben sie. »Sieht aus, als wärst du auf eine Goldgrube gestoßen.«

»Sieh dir das an.« Sie drehte ihm den Abdruck zu.

Er nahm seine Sonnenbrille ab und betrachtete das Bild mit zusammengekniffenen Augen. »Geflügelte Löwen mit Menschenköpfen … die Cherubim der Antike. Ich glaub's ja nicht.«

»Hätten wir noch einen weiteren Beweis dafür gebraucht, dass es sich hier um eine antike Karawane handelt … das wäre er wohl.«

»Die Form dieses Gefäßes ist kanaanitisch«, sagte er. Das Wort tanzte über seine Zunge. »Vielleicht etwas, das sie eingetauscht haben.«

Sie wog das Gefäß, indem sie ihre Hand leicht federte. »Ziemlich schwer für seine Größe. Vielleicht ist etwas drin.«

Er zwinkerte. »Es gibt nur einen Weg, das rauszufinden.«

Sarah zog am Pfropfen, doch dieser hatte sich leicht verkeilt. Sie drehte ihn abwechselnd nach links und rechts, bis er nachgab. Dann blickte sie in den dunklen Hals des Gefäßes. »Sehen kann ich nichts.« Sie brachte es an ihre Nase und setzte sich kerzengerade auf, als sie den unerwarteten Geruch einatmete.

Sie drehte sich zu Daniel um. »Es ist süß.« Sarah schnupperte wieder und sog einen Duft ein, der an Feigenblüten erinnerte. »Honig. Definitiv Honig.«

Daniel streckte eine Hand aus und sie reichte ihm das Gefäß. Auch er schnupperte daran, dann neigte er das Behältnis, bis ein kleiner Tropfen goldener, zäher Flüssigkeit an dessen Rand erschien.

Er lächelte ihr zu. »Eine großartige Entdeckung, Dr. Weston.«

»Ja, das ist es«, donnerte eine tiefe Stimme hinter ihnen.

Beide drehten die Köpfe in Richtung dieser Stimme herum.

Vier Männer saßen hinter ihnen auf Kamelen. Sie trugen lange, schwarze, hochgeschlossene *Thoben* mit Sarongs darunter und ärmellose wollene *Kibrs*, die um die Taille herum zweifach gegürtet waren. Rotkarierte Kufiyas verhüllten ihre Köpfe und Schultern. Die beiden hinteren Männer hielten Gewehre und die Zügel von Sarahs und Daniels Pferden in den Händen. Daniels Pferd, ein feuriger schwarzer Hengst, stieg aus Protest auf die Hinterbeine.

»Ihr habt hier nichts verloren«, sagte der Anführer auf Arabisch. Er hob eine Hand und die Schützen richteten ihre Waffen auf die vermeintlichen Eindringlinge. »Dieses Land gehört uns. Und ebenso alles darin.«

Daniel erhob sich langsam und sprach den Mann auf Arabisch an. »Die Al Murra sind ein friedliebendes Volk. Weshalb bedroht ihr uns?«

»Wir beschützen unser Erbe.«

»Aber wir sind Wissenschaftler. Wir können euch helfen, den Ursprung und die Chronologie dieser Hinterlassenschaften zu bestimmen.«

»Wir brauchen euch nicht. Wir wissen, was wir wissen müssen.« Er und ein weiterer Mann stiegen ab. »Eure Wissenschaft wird nie die ganze Wahrheit enthüllen. Jetzt knie dich neben sie.«

Daniel ging auf die Knie.

»Hände hinter den Kopf. Alle beide.«

Sarah warf erst den beiden Schützen, deren Waffen noch immer auf sie gerichtet waren, dann Daniel einen Blick zu. Sein Ausdruck war angespannt, sein Kiefer verkrampft. Schweiß rann seine Schläfe hinab und grub einen Fluss in den sandigen Film, der seine sonnengebräunte Haut bedeckte. Sie sah zu, wie die beiden Stammesangehörigen den Sattel ächzend anhoben.

Klumpen sonnengebrannten Sandes fielen von ihm ab, als er sein

Wüstengrab verließ. Die Männer stopften den Honigtopf in die Satteltasche und hoben den Sattel auf eines der Kamele.

»Das ist kriminell«, sagte Sarah. »Er steht euch nicht zu. Er gehört dem Volk.«

Ihr Anführer durchbohrte sie mit wütendem Blick und richtete einen braunen, staubverkrusteten Finger auf sie. »In diesem Land reden Frauen nur, wenn man sie anspricht. Stelle niemals die Autorität eines Mannes infrage. Du bist nicht ebenbürtig.«

Sie errötete. Obwohl sie die Regeln hierzulande kannte, hatte sie Schwierigkeiten damit, die Rolle der unterwürfigen Frau zu spielen. Es war die Art von Ungerechtigkeit, die sie nicht ertragen konnte. Sie öffnete den Mund, um zu sprechen.

Der Stammesangehörige ballte seine Fäuste. Sie gab sich keinen Illusionen hin: Er würde es tun.

Sarah biss sich so fest auf die Lippe, dass der metallische Geschmack ihres eigenen Blutes ihren Mund füllte. Sie warf Daniel einen verstohlenen Blick zu. Er sah stur geradeaus, ausdruckslos und sich ihrer Notlage scheinbar nicht bewusst.

Der Stammesangehörige wandte sich an Daniel. »Nehmt nichts mehr von diesem Ort an euch, oder wir werden zurückkehren … mit mehr als nur einer Warnung.«

Er bestieg sein Kamel und gab seinen Männern das Zeichen zum Aufbruch. Eilig ritten sie davon, die Pferde im Schlepptau. Die Hufe der Tiere wirbelten große Staubwolken auf, als sie über die sandigen Ebenen auf die Bergmassive im Westen zu galoppierten.

Daniel erhob sich und atmete hörbar aus. »Was zur Hölle sollte das, Sarah? Du weißt es besser, als solche Kerle zu reizen.«

»Ich weiß, was Frauen hierzulande dürfen und was nicht. Reden ist kein Verbrechen.«

»Du und ich, wir wissen das, aber die sind vom alten Schlag. Die hätten dich umbringen können.«

Auch wenn sie den ganzen Tag über Saudi-Arabiens Entmündigung von Frauen hätte diskutieren können, so war dies doch keine gewinnbringende Debatte. Sie ließ die Sache auf sich beruhen. »Wer waren die überhaupt?«

»Al Murra. Sie sind Nomaden. Kamelhirten.« Er schüttelte den Kopf. »Die Al Murra stammen vom beduinischen Adel ab und sind für gewöhnlich ehrenwerte Menschen. Ich nehme an, diese Typen sind Teil eines Klans, einer Art militärischer Fraktion. Die gibt es in jedem Stamm.«

Sarah beobachtete, wie sie hinter den Felswänden verschwanden, während die Staubwolke hinter ihnen zurückblieb. »Denkst du, das hier ist eine Karawane ihrer Vorfahren?«

»Das ist diesen Rohlingen völlig egal.« Daniel spuckte auf die Erde. »Wahrscheinlich verkaufen sie den Kram und benutzen das Geld, um Waffen zu finanzieren.«

Sarah stand auf. Ihr weites Chambray-T-Shirt flatterte wie eine Flagge im aufkommenden Wind. »Wie weit bist du in der Knochengrube gekommen?«

»Vielleicht sollten wir für heute Schluss machen.« Daniel zeigte mit dem Daumen auf die Felswände, hinter denen die Kamelreiter verschwunden waren. »Ich schlage vor, wir reizen sie nicht noch mehr.«

»Ich geh hier nicht ohne die Knochen weg. Außerdem wird es deine Freunde an der König-Saud wenig glücklich machen, wenn wir mit leeren Händen heimkommen.«

Er schenkte ihr ein schmallippiges Lächeln, das die Falten um seine Augen herum tiefer erscheinen ließ.

»Eines Tages wird dich deine Sturheit noch in Teufels Küche bringen.«

Sie verstand seinen Kommentar als Einwilligung, packte ihre Ausrüstung in den Rucksack zurück und hängte ihn sich über die Schulter. »Dann los. Unsere Proben warten.«

»Tatsächlich«, sagte er im Gehen, »hatte ich gerade die Fingerknochen gefunden, als du mich angefunkt hast. Sie waren überraschend unversehrt. So kleine Knochen zerbrechen normalerweise.«

»Das ist das Schöne an der Konservierung in Sand. Ich frage mich, was sonst noch in diesem Tal vergraben liegt.«

An der Ausgrabungsstelle waren die größeren Armknochen schon geborgen, klassifiziert und bereit fürs Labor. Der Rest – die Mittelhand- und Fingerknochen – lagen mit bernsteinfarbenen Sand verkrustet in situ.

»Lass uns einfach einpacken, was wir haben, und zurückgehen.« Daniel funkte das Hauptlager an und bat eines ihrer Crewmitglieder, sie am Rand des Tals abzuholen, da Fahrzeuge nicht weiter vordringen konnten. Er machte das Walkie-Talkie an seinem Gürtel fest und begann, die vorbereiteten Proben einzusammeln.

Sarah starrte in die Sandgrube, die die Handknochen enthielt. Etwas sprang ihr ins Auge: Ein schwacher Schimmer von Weiß, dessen Form auf eine Kante hindeutete. »Warte kurz.« Sie winkte ihn zu sich. »Hast du das gesehen?«

Er kam herüber, um einen Blick darauf zu werfen. »Das sind die Fingerknochen, von denen ich dir erzählt hab.«

»Nein.« Sie kniete sich hin und wischte den Bereich mit einem Pinsel sauber. Eine glatte, weiße Fläche kam zum Vorschein. »Das ist kein Knochen.«

Ein weiterer Windstoß fegte durch das Tal und blies den Sand in heftigen Wirbeln nach oben. Der Angriff schmerzte in Sarahs Augen. Sie zog sich ein Ende ihres Turbans ins Gesicht und arbeitete weiter, während der Wind peitschte.

»Sarah, wir müssen von hier verschwinden.« Daniel betrachtete die unheilvolle Staubwolke, die sich um sie herum zusammenzog. »Das könnte hässlich werden.«

»Nicht ohne das hier«, sagte sie, noch immer grabend.

»Ich meine es ernst, Sarah.«

»Warum schnappst du dir nicht ein Werkzeug und hilfst mir? Es würde schneller gehen.«

Er schnaufte. »Verdammt, Sarah Weston. Wie schaffst du es eigentlich immer, mich zu solchen Sachen zu überreden?«

»Später wirst du mir dankbar sein.«

Daniel nahm einen Pinsel in die Hand und half ihr, mehr und mehr des weißen Objekts freizulegen.

»Da! Das ist Alabaster. Eine Schatulle aus Alabaster.«

»Lass sie liegen«, rief er über den Wind hinweg. »Wir holen sie ein anderes Mal.«

»Auf keinen Fall. Sie könnte dann nicht mehr hier sein. Willst du das riskieren?«

Während der *Schamal* in ihren Ohren fauchte, arbeitete Sarah wie wild weiter, bis sie den gesamten Deckel freigelegt hatte. Und dort waren sie, so zuverlässig und feierlich wie ein Gebet: Dieselben Insignien geflügelter Löwen, die auf den Honigtopf geprägt gewesen waren.

Daniel sah Sarah mit geweiteten Augen an.

Ohne ein weiteres Wort zu verlieren, schoben sie schnell den Rest des Sandes mit Kellen beiseite. Gemeinsam arbeiteten sie in einem so mühelosen Rhythmus, dass es an Telepathie grenzte. Sarah genoss das Gefühl, ihn an ihrer Seite zu haben, auch wenn er ihr manchmal so weit weg schien.

Schließlich zeigte sich die Schatulle. Sie war nicht größer als ein Federetui. Der Sandfilm, der nach all diesen Jahren noch immer an ihrer Oberfläche haftete, konnte ihren durchscheinenden Glanz kaum verbergen.

Sarah hob die Schatulle auf und schüttelte sie behutsam. »Da ist etwas drin.« Obwohl sie wusste, dass es unmöglich war, pulsierte das Verlangen, die Schatulle zu öffnen, durch ihre Nerven.

Daniel hielt ihr einen Probenbeutel hin.

»Pack sie rein.«

Nicht gewillt, das Kistchen loszulassen, wenn auch nur vorübergehend, umklammerte sie es.

»Sarah …«

Er hatte recht. Mit einer an Obsession grenzenden Ehrfurcht legte sie die Schatulle in den Beutel und sah dabei zu, wie Daniel das Bündel in seinen Rucksack steckte, der nach seinen Vorgaben zum Sammeln von Artefakten unterteilt und gepolstert worden war.

Sie wusste, wie unorthodox dieses Verfahren war, aber ihrer Meinung nach gab es keine andere Möglichkeit. Wenn sie jetzt nicht handelten, könnten sie den Gegenstand für immer verlieren, entweder an Plünderer oder an den gierigen Schlund der stets veränderlichen Wüste.

Und damit auch das Wissen, das möglicherweise darin lag.

Trotz des eifrigen Bestrebens des Windes, sie gebückt zu halten, stand Sarah auf und schob ihre Arme durch die Riemen ihres Rucksacks. Sie drückte ihren Turban fest und zeigte Daniel einen erhobenen Daumen.

Mit geneigten Köpfen kämpften sich die beiden gegen die heftigen Windstöße und durch den aufgewühlten Sand zum Rand des Tals.

Kapitel 2

Sarah ließ ihre langen, schlanken Finger über die Oberfläche der Schatulle gleiten. Sie fühlte sich glatt und kalt an. Die Kanten waren noch immer scharf, als wäre sie gerade erst gemeißelt worden.

Das Licht der Kerosinlampe ließ den Alabaster in einer schwachgoldenen Tönung schimmern und brachte die Flecken und Adern des durchscheinenden Steins zum Vorschein. Sarah hatte die Leuchtstoffröhren im Labor absichtlich ausgeschaltet und arbeitete unter dem Lampenlicht, sodass der Stein zu ihr sprechen konnte. Am Alabaster selbst fand sie nichts Außergewöhnliches, abgesehen von der Prägung auf dem Deckel.

Die Konturen waren verblasst, aber unverkennbar: zwei Löwen im Profil. Ihre humanoiden Gesichter waren einander zugewandt, weniger feindselig als vielmehr in offensichtlicher Verehrung der leeren Fläche zwischen ihnen. Aus ihren Rücken wuchsen Flügel, die zum Flug bereit ausgebreitet waren. Sie waren die Cherubim der Antike – nicht die engelsgleichen Kreaturen des Christentums, sondern Tierhybriden, die spirituelle Wesen oder Wächter repräsentierten.

Sarah schob sich eine Locke hinters Ohr, die sich in ihre Augen verirrt hatte.

Sie sah zu Daniel hinüber. Die flackernde Flamme tanzte über die harten Kanten seines Gesichts und betonte die Falten unter seinen Augen, die von seinen Jahren des praktischen Einsatzes zeugten.

»Okay, Sarah«, sagte er. »Du hast lang genug mit diesem Ding geflirtet. Es wird Zeit nachzusehen, was drin ist.«

Sarahs Vorfreude war über die Tage hinweg gewachsen, in denen sie die Schatulle aus jeder Perspektive studiert und erfasst hatte. Sie hatte den Drang unterdrücken müssen, sich schnell zu ihrem Inhalt vorzuarbeiten, da Eile sie Informationen kosten könnte, die ihnen helfen würden, den Fund auszuwerten. Jetzt wurde die unerträgliche Geduldsprobe endlich belohnt.

Langsam hob sie den Deckel an. Er ließ sich nicht sofort öffnen; eine Sandkruste hatte sich in den Nuten gebildet und fungierte als natürliches Siegel. Behutsam drehte sie daran, und er gab nach. Als sie den Deckel entfernte, verspürte sie einen vertrauten Taumel, eine Mischung aus Spannung und Faszination.

Daniel lehnte sich zurück und rieb sich den Nacken. »Das ist so ziemlich das Letzte, was ich inmitten dieser Wüste zu finden erwarten würde.«

Sarahs Blick flog über die Bahn des zusammengerollten Papyrus und registrierte die Dichte der Fasern. Während ihrer Karriere hatte sie viele Schriftrollen gesehen, aber die meisten waren in Fetzen gewesen. Dieses Exemplar war sowohl von guter Verarbeitung als auch in gutem Zustand. Sie konnte den Blick nicht davon abwenden.

»Es ist höchst ungewöhnlich, hier Papyri zu finden«, fuhr er fort. »Ich habe jede Menge Pergament aus Tierhäuten gesehen, aber das … das ist außergewöhnlich.«

»Ich stimme dir zu. Das stammt wahrscheinlich nicht von hier. Vielleicht kommt es von einer Händlerkarawane.«

»Vielleicht. Es ist zu früh, um das bestimmen zu können.« Er starrte die Schriftrolle lange an. »Lass uns nachsehen, was der Schreiber zu sagen hatte. Das wird uns einen Hinweis geben.«

Nachdem sie die Abmessungen und Besonderheiten der Schriftrolle fotografiert und protokolliert hatte, löste Sarah die schmutzige Kordel, die dreimal um ihre Mitte geschlungen war, und legte das zerbrechliche Schriftstück auf ein Tablett. Mit extremer Vorsicht, um das alte Dokument nicht zu zerbrechen oder anderweitig zu beschädigen, rollte sie es mit behandschuhten Händen auseinander.

Ziegenhaar, hatte er festgestellt. Es war ihr erster Hinweis darauf gewesen, dass die Karawane Jahrhunderte alt war. Seile aus Ziegenhaar, die zu weben außerordentlich viel Zeit beanspruchte, waren seit Generationen nicht mehr von den Wüstenbewohnern benutzt worden.

Sarahs heutige Aufgabe war es, einen größeren Teil des grauen Webstoffes freizulegen, der am Sattelbaum angebracht war. Wie auch die Knochen war er so gut erhalten, als sei er gestern erst vergraben worden. Sie kniete sich vor das Objekt und zog Pinsel und Kelle aus ihrem Rucksack.

Die Kamelwolle fühlte sich grob an. Die Fasern waren dick und die Bindung eng, als ob der Stoff ein Gewicht hatte tragen müssen. Einige rote Stickereien verzierten die graue Wolle. Die Farbe war intensiv und die Muster recht aufwendig, was Sarah zu der Annahme veranlasste, dass dies keine Karawane gewöhnlicher Nomaden gewesen war.

Daniels Einschätzung nach war das Gewebe sabäisch. Als Experte für südarabische Völker hatte er den Stich als einen erkannt, der vor der christlichen Zeitrechnung und nur von sehr geübten Stickern angewendet wurde, vielleicht von Hofdamen. Sarah stellte seine Erkenntnis nicht infrage. Ohne Zweifel hatte der Stoff etwas Königliches.

Ein Windstoß zischte durch die Passage. Sarah hielt ihren Turban fest und richtete den Blick nach unten, um sich dem Angriff der Sandkörner zu entziehen. Daniel hatte recht: Ihre Zeit war begrenzt.

Sie bürstete den Sand schneller ab, bis sie fand, worauf sie gehofft hatte: Eine Klappe aus demselben Stoff, die auf eine Satteltasche hinwies. Die Wölbung darunter verriet ihr, dass sich die Fracht noch immer darin befand. Ihr Puls beschleunigte sich.

Sie hielt das Walkie-Talkie an ihre Lippen und schaltete es ein.

»Danny, das solltest du sehen.«

»Unterwegs.« Seine Stimme am anderen Ende knisterte.

Der Papyrus war dick, was vermutlich erklärte, warum er so wenig Schaden erlitten hatte. Sie nahm an, dass derjenige, der ihn gefertigt hatte, ein Experte gewesen war. Die Ränder waren ausgefranst und wiesen einige kleine Risse auf, aber ansonsten war die Schriftrolle intakt, was die Interpretation der ausführlichen Handschrift vereinfachen würde.

Sarah begutachtete die in schwarzer Tinte geschriebenen Schriftzeichen. »Hieratisch. So gut wie jedes Wort ist lesbar. Das ist fast zu schön, um wahr zu sein.«

»Das ist merkwürdig«, sagte Daniel. »Hieratisch wurde fast ausschließlich für heilige Texte in Ägypten verwendet. Was hat Derartiges hier zu suchen?«

Sarah erinnerte sich daran, wie nahe das Kistchen an den Fingerknochen gelegen hatte. »Was immer es ist, jemand hielt es fest, als er starb. Das ist ziemlich vielsagend, findest du nicht?«

»Richtig. Ich bin gespannt, wie der 14C aussieht. Es gibt ein Labor in Arizona, das Papyri durch AMS datieren kann. Wir brauchen nur eine winzige Probe.«

Obwohl sie noch nicht die Gelegenheit gehabt hatte, davon Gebrauch zu machen, wusste sie alles über die Beschleuniger-Massenspektrometrie, welche die University of Arizona verwendete. Dort waren auch die Schriftrollen vom Toten Meer und andere biblische Texte durch die Zählung von 14C-Atomen – anstelle der Messung ihres Zerfalls – datiert worden. Das Verfahren war zu einem der bedeutendsten Hilfsmittel der Archäologie geworden.

Sie richtete ihren Blick auf die hieratischen Zeichen. Die Schrift war so fließend und elegant, dass sie annahm, sie war von einem äußerst erfahrenen Schreiber verfasst worden – möglicherweise jemandem an einem königlichen Hof oder aus der Priesterschaft.

»Was ist mit der Übersetzung des Textes? Irgendwelche Ideen?«

»Ich werde ihn der besten Linguistin der König-Saud schicken, die Expertin in antiken Sprachen ist. Sie ist gut und sie ist schnell. Ich wette, sie kann das in zwei Monaten erledigen.«

Angesichts des möglichen Ausmaßes des Fundes erschienen zwei Monate wie eine Ewigkeit. Aber so war die Realität eines Archäologen nun einmal: Die ultimative Übung in Geduld stellte das wahre Übel des Vorgangs dar.

Geduld allerdings war nie eine von Sarahs Stärken gewesen. Sie hatte einen eigenen Plan.

Kapitel 3

Mein Sohn,
Die Dämmerung des Lebens bricht über mir herein.
Ich wandere barfuß durch die Wüste, auf der Suche nach meiner Liebsten.
Mit Besitztümern und Weisheit und Ehefrauen war ich reichlich gesegnet,
Doch nun, da meine Jugend schwindet und meine Kräfte mich verlassen,
Suche ich Trost an ihrer Brust.
Was nutzt ein Wissen, dessen einziger Bewahrer du selbst nur bist?
Was nutzt ein göttliches Geheimnis, das ins Grab du tragen musst?
Höre mich an, mein Sohn, und werde dessen würdig, was ich dir gewähre,
Denn es wird erblühen und Früchte tragen für alle Zeit und immerdar.

Der Obstgarten trägt Feigen im Überfluss, die Reben sind von Trauben schwer.
Wenn das Gesicht meiner Liebsten sich aus den Schatten löst,
Werden alle Geheimnisse gelüftet.
Ihre Schönheit erhellt den Pfad und die schwarzen Steine,
Und ich, zu machtlos, um zu widerstehen, folge ihr.

Welche Gewalt besitzt du über mich, oh holde Nymphe?
Und sie saget, All was verborgen, will ich dir zeigen,
Mit all was dich hungert, will ich dich sättigen,
Doch nur, wenn du treu mir bist.
Folge mir nun zu den Wällen unter dem Blick des Berges,
Und habe teil an meiner Liebe, denn wenn der Hahn kräht, so bin

ich fort,
Doch du wirst haben, all was du begehrst.
Unsere Liebe ist ein vollkommner Ring, aus weltlicher Substanz geschmiedet,
Doch von himmlischer Gnade geweiht.
Sein Geheimnis offenbart sich, und siehe! die Verzückung im Himmel.
Deine Schatztruhe reiche mir, und ich reiche dir den Schlüssel, der sie aufsperrt.

Unter dem dunkelsten Schleier der Nacht erscheint die Verführerin.
Sie duftet nach Balsam und feinen Gewürzen, und ihre Finger sind goldbestäubt.
Sterbliche Männer sind wehrlos ob ihrer Schönheit
Und werden von ihr angezogen wie Nachtfalter vom Feuer.
Hütet euch, Brüder, denn sie wird euch fangen und euch ihrer Armee aus Bestien zum Fraßvorwerfen!
Ihre Löwen werden ihre Klauen ausfahren und an eurem Fleisch reißen.
Ihre Ochsen werden euch durchbohren und ihre Adler werden euch mit ihren Schreien betäuben.
Ihre Dämonen werden euch mit ihren gespaltenen Zungen niederstechen,
Und ihre Schlangen werden sich um eure Füße winden und euch lähmen.
Nur der, der reinen Herzens ist und sanfter Natur,
Kann ihre Bestien zähmen und die Frucht ihres Leibes besitzen.
Doch bist du der Auserwählte,
So wird sie dich mit einem Schatz belohnen, der seinesgleichen sucht,
geschmiedet aus Engelsflüstern und von Königen in alle Ewigkeit bewacht.

Dies, mein Sohn, ist deines Vaters Geschenk an dich.
Öffne deine Hand und empfange es mit dankbarem Herzen.
Öffne deinen Verstand, und du sollst seinen Wert erkennen.
Suche stets das Göttliche inmitten des Irdischen
Und folge der Führung des hellen Sterns,
Dessen fünf Lichtstrahlen zur einen himmlischen Wahrheit deuten,
Die dich durch Wirren geleiten und dich in deiner dunkelsten Stunde erlösen wird,
So wie auch deinen Vater und dessen Vater zuvor.

Vom Gewicht der Worte aufgewühlt, deren Bedeutung sie noch nicht vollständig begreifen konnte, las Sarah die übersetzten Passagen wieder und wieder. Sie verschränkte die Arme und sank in den schwarzen Ledersessel mit Knopfpolsterung, der so tief und hochlehnig wie ein Thron war.

Mit seinem langen, glänzenden Walnussholztisch, um den vierundzwanzig dieser Ledersessel aufgestellt waren, sah der Konferenzraum der König-Saud-Universität eher wie ein Firmensitzungssaal aus. Die Wände waren grau gestrichen und frei von jeglicher Kunst – mit Ausnahme eines Porträts des Königs –, was dem Raum trotz der Fülle des Mobiliars eine klinische Atmosphäre bescherte.

Sie sah Daniel über den Konferenztisch hinweg an. Er hatte sein markantes Kinn, das mit einem Zweitagebart bedeckt war, auf eine Hand gestützt, und seine sonnengebräunten Züge waren verhärtet, als ob er versuchte, aus seiner Lektüre schlau zu werden.

Am Ende des Tisches saß ihre Gastgeberin. Mariah Banai, sprachwissenschaftliche Leiterin der Fakultät für Sprachen und Übersetzung der König-Saud und eine der führenden Gelehrten für althebräische Studien in der wissenschaftlichen Welt, war über ihr Mobiltelefon gebeugt und tippte auf den Bildschirm.

Mariah, die aus Israel stammte, trug eine bodenlange türkisfarbene Djellaba mit dazugehörigem Hidschab, der lose um ihren

Kopf geschlungen war. Da sie mit überschlagenen Beinen dasaß, blitzten ihre Zehn-Zentimeter-Absätze in stummem Trotz unter dem Stoff hervor. Sie sah aus, als sei sie Anfang vierzig, aber aufgrund ihrer straffen, honiggoldenen Haut ließ sich ihr Alter schwer schätzen. Ihre Nase war so gerade und spitz wie die einer römischen Statue und ihr mahagonifarbenes Haar war wie das eines Jungen geschnitten und so zerzaust, als sei sie gerade aus einem Sturm gekommen. Ihre tief liegenden braunen Augen waren von geschwungenen Brauen überspannt, die wie dicke, schwarze Pinselstriche aussahen.

Mariah legte ihr Telefon beiseite und musterte Sarah. »Sie scheinen verwirrt, Dr. Weston. Kann ich Ihnen etwas erläutern?«

Ihr Blick war so hypnotisierend, dass Sarah sich veranlasst sah, wegzusehen.

»Es gibt eine Sache, die ich nicht verstehe. Warum landet eine in ägyptischem Hieratisch verfasste Papyrusrolle mitten in der Wüste? Es gibt nichts, das darauf hindeutet, dass diese Sprache hier gesprochen oder geschrieben wurde.«

»Zuallererst muss ich Sie korrigieren«, entgegnete Mariah. »Bei der Sprache handelt es sich um spätägyptisches Hieratisch. Die Hochsprache, um genau zu sein. Es gab verschiedene Formen des Hieratischen im alten Ägypten und die Unterschiede zwischen ihnen sind erheblich.«

Sarah bemerkte die Spitze in Mariahs Stimme. Sie schien es sehr zu genießen, sie zu verbessern.

Sarah ignorierte es. »Gut, okay. Spätägyptisches Hieratisch. Das war in schriftlicher Form seit Beginn des vierzehnten Jahrhunderts vor Christus weit verbreitet.«

»Bis etwa 600 vor Christus, ja.«

»In diesem Zeitrahmen hatten die Ägypter mehrere Feldzüge im Nahen Osten geführt, aber so weit herunter wagten sie sich nie. Also wurde diese Schriftrolle wahrscheinlich aus dem Heiligen Land mitgenommen. Die Frage ist, warum?«

»Ich bin Sprachwissenschaftlerin, keine Historikerin«, sagte Mariah. »Das ist Ihr Job.«

Daniel meldete sich zu Wort. »Das Tal des Windes war Teil einer Handelsroute. Meiner Vermutung nach kamen diese Menschen aus dem Süden, am wahrscheinlichsten aus Saba, und waren nach einer Handelsreise im Nahen Osten – Kanaan, Israel, Assyrien, Phönizien – auf dem Weg nach Hause. Die von uns gefundenen Gegenstände, die ägyptischen Ursprungs sein könnten oder auch nicht, waren vermutlich Teil eines Tauschgeschäfts.«

»Es ist höchst unwahrscheinlich, dass jemand etwas gegen eine Schriftrolle eintauschen würde«, fiel Sarah ihm ins Wort. »Es sei denn, sie enthielt bedeutendes Wissen.«

Daniel wandte sich an Mariah. »Sarah hat recht. Das hier wurde ganz offensichtlich von einem Vater an seinen Sohn verfasst. Damals war das Schreiben eine so große Sache, dass niemand es einfach nur zum Spaß getan hätte. Irgendetwas Wichtiges steckt in diesem Text – eine Anweisung vielleicht –, aber es wird durch die Sprache verschleiert. Das ist vielsagend, weil nicht jeder gebildet genug war, um eine Nachricht in Versen zu verbergen – oder so anspruchsvolle Prosa zu verfassen. Wer immer das schrieb, hatte einen hohen Stand in der Gesellschaft. Davon bin ich überzeugt.«

»Die einzige Gesellschaft, die zu so etwas fähig gewesen wäre – falls diese Schriftrolle aus der späten Bronze- oder Eisenzeit stammt, wie der Text es nahelegt –, ist die ägyptische«, sagte Mariah.

»Ich glaube das nicht.«

Daniel und Mariah drehten sich beide zu Sarah um. Tiefe Stille hing über dem Raum.

Sarah kreuzte ihre Arme auf dem Tisch und beugte sich vor. »In dem Text gab es einen Verweis auf Engel. Die Ägypter glaubten nicht an Engel. Die Menschen Mesopotamiens aber schon. Sumerer … Israeliten …«

Mariah bedachte sie mit einem kühlen Blick. »Es gibt viele geflügelte Kreaturen in der frühen ägyptischen Ikonografie. Sie mögen nicht die Art Engel gewesen sein, wie wir sie kennen, aber sie waren göttliche Wesen.«

»Aber Sie haben ausdrücklich das Wort *Engel* benutzt. Wollen Sie sagen, das sei nicht vollkommen akkurat?«

Mariah wandte sich an Daniel, als sei Sarah nicht im Raum. »Zufällig bin ich Expertin in Althebraistik und Judaistik. Ich kann Ihnen versichern: Die Schrifttradition des alten Israels und seiner Nachbarn war weder derart hoch entwickelt, noch fand sie Ausdruck in einer ägyptischen Sprache. Meiner Meinung nach ist der Fall eindeutig. Dies ist ein ägyptisches Dokument.«

Sarah hatte noch mehr zu sagen, behielt ihre Gedanken aber für sich. Sie war sich sicher, dass dies weder die rechte Zeit noch die rechte Gesellschaft dafür war. Sie fing Daniels Blick und hielt ihn für einen langen Augenblick fest. An der Eindringlichkeit in seinen karamellfarbenen Augen konnte sie erkennen, dass er versuchte, ihre Gedanken zu lesen – und scheiterte.

Mariah sah auf ihre Uhr. »Vielleicht sollten wir das ein andermal fortsetzen. In fünf Minuten halte ich eine Vorlesung am anderen Ende des Campus.« Sie stand auf und sammelte ihren Stapel Bücher und Ordner zusammen, dann reichte sie Daniel die Hand. »Das war ein faszinierender Austausch. Halten Sie mich über die Datierung der Schriftrolle auf dem Laufenden. Vielleicht wird sie uns die Information liefern, die uns helfen wird, den Autor zu identifizieren.«

»Und die Bedeutung«, fügte Daniel hinzu, während er ihre Hand schüttelte.

Sie lächelte ihn an. Mit wieder ernstem Ausdruck warf sie Sarah einen flüchtigen Blick zu und verließ den Raum.

Daniel drehte sich zu Sarah um.

»Was sollte das denn alles?«

Sie lauschte dem Echo von Mariahs Schritten im Flur. »Das erklär ich dir später.«

In dieser Nacht sah die Qaryat-al-Fau Ausgrabung wie eine Geisterstadt aus. Ihre kalten Steine nahmen die silberne Färbung des zunehmenden Mondes an, der über der Hochebene des Tuwaiq Escarpments aufging. Die dachlosen Kammern lagen dem forschenden Mondlicht offen wie Bienenstöcke, die lange schon ihres Zwecks beraubt waren, nicht aber ihrer Würde. Am Tag ähnelte der Komplex mit seinen Wällen und Türmen und steinumrandeten Grenzen der Sandburg eines Kindes, die von den langen Fingern einer strafenden Sonne in einer vertrockneten Landschaft zum Erstarren gebracht worden war.

In Nächten wie diesen war Sarah gern für sich allein und malte sich das Leben der Bewohner al-Faus in alten Zeiten aus. Vor ihrem geistigen Auge sah sie ihre Gewohnheiten – ihr tägliches Schlendern über den Marktplatz, um Öl für ihre Lampen und Gewürze für ihre Eintöpfe zu kaufen, die Pflege ihrer Herden auf entfernt liegenden Weiden, die von den Flüssen der Antike genährt wurden, ihre lebhaften Verhandlungen mit den Himjaren und Sabäern und anderen Stämmen, die nordwärts gen Mesopotamien reisten.

Es war September, und da die Temperaturen etwas erträglicher wurden, war das Projekt wieder in vollem Gange. Zu dieser Jahreszeit arbeitete die Crew am Suq und den beiden Begräbnisstätten außerhalb der Stadtgrenzen, wo sie neue Überreste prächtiger Wandarbeiten freilegten, die während des Anbruchs der christlichen Zeitrechnung von Grabkünstlern in rotem Eisenerz auf mittlerweile abblätternden Gips gemalt worden waren.

In dieser Nacht dachte sie allerdings nicht über die Ausgrabung nach. Sie lag auf der Seite, auf den rechten Ellbogen gestützt, auf einem alten Kelim, der vorm Lagerfeuer ausgebreitet war. Ein Schal aus weißem Flor war um ihre Schultern gewickelt, um die Kälte der Nacht abzuwehren. Sie nahm das Bandana ab, das ihren Kopf bedeckte, sodass ihre Lockenmähne wild um ihr Gesicht fiel. Gedankenverloren starrte sie in den Bauch der sterbenden Flammen; ihre ganze Aufmerksamkeit galt einzig der Papyrusrolle.

»Ein Riyal für deine Gedanken.«

Daniels Stimme riss sie aus ihren Überlegungen und sie setzte sich mit einem Ruck auf.

»Sorry, Liebes«, sagte er mit einem näselnden Singsang. »Ich wollte dich nicht erschrecken.«

Sie winkte seine Entschuldigung ab. »Unsinn. Komm. Leiste mir Gesellschaft.«

Daniel schürte das Feuer, um es zu neuem Leben zu erwecken, und setzte sich neben sie. Mit stillem Abstand zwischen ihnen starrten beide in die Flammen.

Er sprach zuerst. »Du hast heute Abend kaum zwei Worte gesagt. Jetzt aber mal raus mit der Sprache.«

Sie schenkte ihm ein halbes Lächeln. »Ich glaube, du weißt, worüber ich nachdenke.«

»Ich weiß. Es beschäftigt mich auch.«

»Denkst du wirklich, dass der Text von einem Ägypter geschrieben wurde?«

»Es ist eine Theorie, das ist alles. Warum? Hast du eine bessere?«

»Ich glaube nur einfach nicht, dass wir die Möglichkeit ausschließen sollten, dass er aus dem Euphrat-Tal oder vielleicht sogar der Negev stammt. Es wurden kanaanitische und israelitische Ostraka mit hieratischen Schriftzeichen gefunden.«

»Stimmt. Aber Mariah hat recht. Die Schrifttradition des antiken Nahen Ostens war kein Vergleich zu der Ägyptens. Ich habe keinen Grund, ihre Worte anzuzweifeln.«

Sie zuckte mit den Schultern. »Ich bin nicht so überzeugt von ihr, wie du es bist.«

Er warf ihr einen überraschten Blick zu. Sein Gesicht – unrasiert und von langen, dunklen Haarwogen eingerahmt – wirkte im Feuerschein beinahe primitiv. »Mariah ist auf unserer Seite, Sarah. Sie ist Mitglied des Kollegiums unserer Partneruniversität. Wenn sie etwas wüsste, dass für unseren Fall relevant wäre, dann würde sie es uns sagen.«

Sarah erwähnte ihre weiteren Vorbehalte nicht, aber Mariah hatte etwas an sich, dem sie nicht traute. Vielleicht war es eine emotionale Reaktion auf Mariahs herablassende Haltung ihr gegenüber. Sie riss sich zusammen und nahm sich vor, vorerst das Beste von der israelischen Professorin anzunehmen. Abgesehen davon traute Daniel ihr offensichtlich, und seine Instinkte waren selten fehlgeleitet.

Sarah hatte begonnen, Daniel weit mehr zu vertrauen, als sie das je erwartet hätte. Als sie sich vor etwas über einem Jahr in Aksum, Äthiopien, kennengelernt hatten, hatte er wie ein wichtigtuerischer Amerikaner mit künstlichem Südstaatenakzent und einer überlebensgroß aufgeblasenen Persönlichkeit gewirkt. Zu jener Zeit war sie ihm gegenüber verhalten gewesen, hatte seine Absichten nicht durchschaut. Doch systematisch hatte er alle ihre Schranken durchbrochen.

Sie erinnerte sich an den exakten Augenblick, in dem sie alle Zweifel hatte fahren lassen. Sie waren allein im Sämen-Gebirge gewesen, wo ein Auftragsmörder sie während ihrer umstrittenen Beschäftigung mit Äthiopiens zehntem Heiligen hingekarrt und zum Sterben zurückgelassen hatte. Nach ein paar Tagen des Überlebenskampfes in der trostlosen Wildnis war sie an der Ruhr erkrankt und konnte nicht weiterlaufen.

»Geh ohne mich«, hatte sie ihm gesagt und es auch so gemeint.

»Selbst wenn ich deine Leiche hier raustragen muss, werde ich nicht ohne dich gehen«, hatte er gesagt. »Ich lasse dich nicht zurück.«

Er war nicht nur bei ihr geblieben: Er hatte ihren kranken Körper über abschüssige Felswände und zerklüftete Bergzüge getragen, wo ein einzelner Fehltritt einen Sturz in eine jähe Schlucht bedeutet hätte. Seine Handlungen sprachen eine deutliche Sprache: *Wir stehen das gemeinsam durch.* Und genau so war es seitdem gewesen.

Als er sie eingeladen hatte, an seiner Expedition in Saudi-Arabien teilzunehmen, konnte sie nicht ablehnen. Nach allem, was sie in

Äthiopien und danach erlebt hatten, hatte sie begonnen, ihn als verwandten Geist und wahren Partner zu betrachten. Und sofern sie sich die Regungen in der Tiefe ihres Herzens zugestand, sehnte sie sich nach seiner Nähe.

»Du hast recht, Danny. Warum sollte sie uns etwas vorenthalten?« Sie richtete die Frage ebenso an sich selbst wie an ihn. »Ich kaufe ihr ihre Theorie ab – fürs Erste.«

Er zeigte ein strahlendes Lächeln. »Das klingt schon besser.« Er stand auf und bot ihr seine Hand an. »Na los, hauen wir uns aufs Ohr. Wir haben einen langen Tag vor uns.«

Am nächsten Morgen arbeitete Sarah mit einer kleinen Mannschaft an einer der Grabstellen an den äußeren Stadtgrenzen. Eine trockene, saunaartige Hitze hatte sich über das Tal gelegt, während die Sonne zum Zenit gewandert war. Zu dieser Tageszeit fiel nicht ein einzelner Schatten auf die endlosen Sandweiten. In diesem gnadenlosen Gelände gab es meilenweit keine Spur von etwas Grünem. Die einzigen Lebewesen waren die Skorpione und Skarabäen, und sogar die versteckten sich tief unter der versengten Oberfläche.

Sarah trug ein Langarmshirt und eine Cargohose, beide in wüstenbraun, und einen Hut mit breiter Krempe über dem Bandana, das um ihren Kopf geschlungen war. Es war zu heiß für so viele Kleidungsstücke, aber Haut zu zeigen war im ländlichen Saudi-Arabien ein schwerwiegendes Vergehen. Ihre Arbeiter waren Landbewohner oder Stammesmitglieder, die fest in den Regeln ihrer patriarchischen Gesellschaft verwurzelt waren. Es hatte mehrere Monate gedauert und jede Menge Diplomatie erfordert, bis sie sie dazu gebracht hatte, Anweisungen von ihr, der einzigen Frau der Expedition, anzunehmen, geschweige denn sie zu respektieren.

Die schwarzhaarigen, braunhäutigen Männer, die Seite an Seite mit Sarah arbeiteten, tratschten harmlos über sie. Einer der Männer deutete auf sie und flüsterte einem anderen etwas zu. Dieser brach in ein schallendes Gelächter aus, das tabakfleckige Zähne enthüllte.

Sie schüttelte lächelnd den Kopf, zufrieden, dass die Männer sie so weit akzeptiert hatten, um sich über sie zu amüsieren.

Daniels weißer, stets staubbedeckter Land Rover näherte sich mit gehörigem Lärm. Daniel stieg aus und sagte etwas auf Arabisch zu den Männern, was eine weitere Runde schallenden Gelächters auslöste. Sie ging zu ihm hin. »Lachen sie über dein Arabisch?«

»Nein«, sagte er. »Ich hab ihnen nur erzählt, dass ich dich für deinen täglichen Hamam-Termin in die Stadt bringe.«

»Wie nett.«

»Ich dachte, der würde dir gefallen. Komm. Ich will dir etwas zeigen.«

Sarah stieg in den Siebzigerjahre-Vintage-Rover und nahm ihren Hut ab. »Schalt die Klimaanlage in diesem Ding an, ja?« Sie benutzte ihren versnobtesten englischen Akzent, um ihn zu amüsieren.

»Die ist an«, sagte er und zeigte auf die offenen Fenster und die Belüftungslöcher im Fußraum. »Nicht raffiniert genug für ein Mädchen, das Privatflugzeuge und Bentleys gewohnt ist, hm?«

Der Kommentar traf sie. Sie hatte ihre gesamte Karriere auf der Flucht vor dem Stigma des kleinen reichen Mädchens zugebracht und ihr Leben der Ausgrabungsarbeit gewidmet. Um sich den Respekt ihrer Kollegen zu verdienen und sich vom Mythos ihres Familiennamens abzuspalten, arbeitete sie härter, als sie musste.

Daniel wusste das – umso mehr erschien ihr seine Bemerkung wie ein Schlag ins Gesicht.

Sein heiterer Ausdruck verfinsterte sich. »Sarah, ich mach nur Spaß. Entspann dich.« Er schüttelte den Kopf und lachte leise. »Ihr Briten habt keinen Sinn für Humor.«

Vielleicht hatte er recht. In letzter Zeit nahm sie alles so ernst. Sie verlor kein Wort mehr darüber und brachte das Flüstern in ihrem Hinterkopf zum Schweigen.

Er öffnete seinen Titanlaptop und hämmerte auf die Tastatur ein, dann drehte er ihr den Bildschirm zu. »Hier. Sieh dir das an.«

Sie erkannte das vertraute Logo auf dem Cover des PDF-Dokuments: ein rotgeränderertes weißes Rechteck mit dem Wort *BETA* darin. Ihr Missmut verflüchtigte sich und hinterließ das vortreffliche Gefühl der Vorfreude. »Der Bericht des Radiokarbonlabors. Endlich.«

»Mach ihn auf.«

Sie öffnete die erste Seite des Berichts über den menschlichen Oberarmknochen des amerikanischen Labors und klickte sich durch, bis sie die vertraute Abbildung der 14C-Aktivität der Probe fand. Zuerst überflog sie das Ergebnis, dann beugte sie sich über den Bildschirm, um sicherzustellen, dass sie richtig gelesen hatte.

Sie wandte sich Daniel zu. »Zweitausendneunhundert Jahre BP?« Schnell rechnete sie das im Kopf nach, indem sie die Zahl von der Gegenwart abzog, die sich bei Radiokarbondatierungen auf das Jahr 1950 bezog. »Damit wären wir irgendwo im zehnten Jahrhundert vor Christus.«

»Das stimmt mit der Sprache überein.« Er zögerte. »Ich habe auch den Bericht der University of Arizona über den Papyrus bekommen.«

»Und?«

»Dasselbe. Sie haben ihn auf 920 vor Christus datiert, plus minus vierzig Jahre.« Er rief eine andere Ansicht auf dem Laptop auf. »Schau es dir selbst an.«

Sie las den Bericht. Er enthielt keine Überraschungen, sondern stimmte mit ihrem Verdacht überein, der sich anhand von Experimenten, die sie insgeheim durchführte, Stück für Stück erhärtete.

Sie sah aus dem Fenster und betrachtete gedankenverloren die Männer, die an der Grabstätte arbeiteten. Sie versuchte sich vorzustellen, wie der Ort zu der Zeit, als die Schriftrolle verfasst worden war, ausgesehen haben musste – und ob dies die Wüste war, von der der Autor sprach. Obwohl es Hinweise auf ausgetrocknete, mit Dattelkernen übersäte Flussbetten gab – was die Existenz von Wasser und einer Nahrungsquelle an den Rändern des Leeren Viertels nahelegte – wusste sie, dass die Wüste selbst eine offenkundig raue, unwirtliche Welt war, jetzt und zu allen Zeiten.

»Wer würde hier umherwandern und nach seiner Liebsten suchen? Der Ort war kaum bewohnt.« Ihre Gedanken wanderten in die Gebiete im Norden. »Es sei denn …«

»Es sei denn?«

»Es sei denn, dass nicht von dieser Wüste die Rede war.«

Daniel drückte sich in die Lehne seines Sitzes und blickte gedankenverloren zum oberen Rand der gesprungenen Windschutzscheibe. »Genau. Es gibt noch mehr Wüsten in Vorderasien. Ad-Dahna … Maranjab … Negev.«

»Die Judäische Wüste …«

Er schloss den Laptop. »Es wird interessant sein zu hören, was Mariah dazu zu sagen hat.«

»Du hast ihr das zugeschickt?«

»Nein. Ich wollte, dass du es zuerst siehst. Aber ich werde es ihr schicken.«

Ein leichtes Unbehagen erwachte in Sarah, das sie schnell abtat. Sie wusste, dass es ein wesentlicher Teil von Universitätsabläufen war, alle Beteiligten auf dem Laufenden zu halten. Sie sah auf ihre Timex. Es ging auf Mittag zu; Zeit, für heute Schluss zu machen.

»Tu, was du tun musst«, sagte sie, als sie die Tür des Rovers öffnete. »Ich werde die Männer abziehen, bevor sie noch an einem Hitzschlag sterben. Wir sehen uns im Camp.«

Die Nächte in der Wüste waren ungemein still. Es gab nichts – keine Stimmen, keine menschengemachten Vorrichtungen, nicht einmal Bäume, die im Wind raschelten –, das den Mantel des Schweigens hätte durchdringen können. Trotz all der Stille um sie herum konnte Sarah nicht zu innerer Ruhe finden. Schlaflos lag sie im Bett. Sie sah aus dem einzigen Fenster ihrer Hütte, die kaum mehr als ein schrankgroßes Lehmziegelgebäude mit einem Welldach aus Blech war, und bestaunte den nächtlichen Himmel über dem pechschwarzen Umriss des Tuwaiq. Ohne jegliche Lichtverschmutzung, die das Panorama hätte stören können, scharten sich die Sterne zu riesigen Kolonien zusammen, die in Wolken von Sternenstaub trieben und wie weit entfernte Glühwürmchen in der Dunkelheit blitzten. Das Einzige, das sich dort draußen regte, war der Festzug der Sternschnuppen, die alle paar Sekunden über den Himmel schossen und ein Spektakel bildeten, das jedes menschengemachte Feuerwerk in den Schatten stellte.

Sarahs schlafloser Verstand war eine Drehtür für Gedanken, die sie sonst gerne aus ihrem Bewusstsein verdrängte. Sie dachte an ihren Vater, mit dem sie sich zerstritten hatte, nachdem ihr Duell der Eitelkeiten zu einem ausgewachsenen Krieg eskaliert war, und fragte sich, ob sie den ersten Schritt für ein Friedensangebot machen sollte. Obwohl er sie mit seiner Ausgrenzung und Manipulation zutiefst verletzt hatte, war er doch ihr einziger lebender Verwandter. Sie hatte keine Geschwister, und ihre Mutter, die sie vergötterte, hatte sich vor vielen Jahren das Leben genommen.

Sie dachte, sie würde ihrem Vater nie für das vergeben können, was sie als den letzten Tropfen in einem Fass voller Demütigung betrachtete – sie hinter ihrem Rücken ans Ruder der Aksum-Expedition einzukaufen und ihr dann das Gefühl zu geben, sie sei zu mittelmäßig, um es sich jemals selbst zu verdienen –, doch jetzt, mehr als ein Jahr nach ihrer Konfrontation, wurde ihr der Verlust deutlich. Obwohl sie sich daran gewöhnt hatte, allein zu sein, es sogar mochte, fühlte sie sich zum ersten Mal in ihren fast siebenunddreißig Jahren einsam.

Sie betrachtete die Gebetsperlen, die drei Mal um ihr linkes Handgelenk geschlungen waren. Sie drehte die winzigen Knochenkugeln zwischen ihren Fingern und erinnerte sich an den Tag, an dem Daniel ihr die Kette, einst ein Geschenk von einem buddhistischen Mönch im Himalaja an ihn, gegeben hatte.

»Angeblich sollen die Glück bringen«, hatte er ihr gesagt, als sie sich für den Aufstieg mittels eines Lederseils zu einem Kloster auf einer Felskuppe in Äthiopien bereit gemacht hatte. »Behalte sie. Nur für den Fall.«

Sie seufzte. Vielleicht war es nur eine alberne Hoffnung gewesen, aber sie hatte erwartet, dass ihre Beziehung mit Daniel einen Teil der Leere füllen würde, die die abrupte Entzweiung mit ihrem Vater hinterlassen hatte. Das war nicht wirklich der Fall. Sicher, sie schenkten sich gegenseitig Respekt und Vertrauen und sie arbeiteten einwandfrei zusammen. Aber aus ihr unbekannten Gründen hatte sich jegliche physische Intimität, die sie während ihrer Zeit in Äthiopien und Europa geteilt hatten, in Luft aufgelöst, sobald sie saudischen Boden betreten hatte. Sarah hatte alles erwogen – von Dienstbeflissenheit über örtliche Sittenkodizes bis hin zu mangelndem Interesse.

Da die beiden nicht darüber gesprochen hatten, blieben all ihre Fragen unbeantwortet. Oft war sie kurz davor gewesen nachzuhaken, aber sie fürchtete sich vor der Antwort. Was auch immer die Gründe dafür waren, sie hatten sich zu Freunden und Arbeitskollegen entwickelt, und nichts weiter. Es versetzte ihr einen Stich, aber sie hielt sich nicht damit auf, sondern ließ stattdessen das Flüstern der Antike ihre Seele berühren, so wie sie es immer getan hatte. Darauf konnte sie zählen.

Sarah spürte, wie Kälte durch das offene Fenster hereinströmte, und zog ihre Wolldecke bis an die Schultern hoch. Etwas krabbelte über ihre Hand. Instinktiv zog sie ihren Arm fort. Die winzigen, haarigen Beine eines Lebewesens, das sie nicht identifizieren konnte, krabbelten weiter auf ihre Schulter zu. Sie setzte sich auf und schnippte es fort, wobei ihr sein harter Panzer auffiel. Noch mehr Beine waren auf ihrem Rücken, und sie versuchte, die Eindringlinge von ihrem Nachthemd abzuschütteln.

Sie warf die Decke ab und sprang aus dem Bett. Ein weiterer harter Panzer zersprang unter ihrem Fuß. Aufs Geratewohl tastete sie nach ihrer Taschenlampe auf dem Nachttisch und schaltete sie ein. Ihre Augen weiteten sich vor Schreck, als sie den Lichtstrahl durch das Zimmer bewegte. Skarabäen mit schwarzen Köpfen und rot gestreiften Rücken krochen über das Bett und den Boden. Es mussten Hunderte sein.

Sie krabbelten ihre Beine schneller hinauf, als sie sie wegfegen konnte. Ihr Herz galoppierte, vom Adrenalin angespornt. Sie stürzte zur Tür. Obwohl sie sie nicht verschlossen hatte, ließ sie sich nicht öffnen. Mit zusammengebissenen Zähnen zog sie fest am Türknauf. Er rührte sich nicht. Sie hatte keine Zeit, darüber nachzudenken, warum er blockiert war; sie musste hier raus.

Das Fenster.

Als sie über den käferübersäten Boden eilte, zerquetschte sie mehrere der Insekten mit ihren nackten Füßen. Sie schlug das Fliegengitter heraus, stützte sich am Fenstersims ab und schob ihren Körper durch die quadratische Öffnung, die kaum mehr als sechzig Zentimeter maß. Kopfüber fiel sie zu Boden und bremste den Sturz mit ihren Händen.

Noch immer krabbelten ihr Skarabäen über Arme, Beine und Kopf. Mit spasmischen Bewegungen schnippte sie die restlichen Kreaturen von ihrem Körper. Barfuß rannte sie über den kühlen Untergrund aus gehärtetem Sand und zerbröckeltem Kalkstein, während die Sonne am lavendelfarbenen Horizont aufzugehen begann.

Sie rannte, bis sie ihre Furcht abgeschüttelt und die Fassung wieder errungen hatte. Von der Stille der Morgendämmerung beruhigt hielt sie an und kam zu Atem. Mit noch immer rasendem Herzschlag stützte sie sich auf ihre Knie und blickte zu ihrer Hütte zurück.

Sie erkannte böse Absichten, wenn sie sie sah. Jemand hatte ihr eine Nachricht zukommen lassen.

Kapitel 4

Spätmorgens am nächsten Tag brannte die Sonne heißer als Sarah es seit ihrer Ankunft erlebt hatte. Im Tal rührte sich nichts. Ohne die kleinste Brise legte sich die Hitze wie ein Samtumhang um sie. Ein Flirren verzerrte das Kalksteingebirge östlich der Ausgrabung; die Felsen schienen mit den sandigen Ausdehnungen des Leeren Viertels zu verschmelzen. Der Thermometerstand überraschte Sarah nicht. Die Lufttemperatur betrug siebenundvierzig Grad, vier Grad mehr als noch vor einer halben Stunde.

Sie betreute die Ausgrabung des Suqs, wo sie mit der Crew daran arbeitete, einen weiteren Hügel zu ergraben, der wahrscheinlich einen Erweiterungsbau oder eine Lagerstätte beherbergte. Um die Artefakte zu schützen, die möglicherweise darin verborgen waren, musste alles per Hand geschehen. Sie meißelten und kratzten am ausgehärteten Sandhügel und verursachten Staubwolken, die in der stehenden Luft zurückblieben wie die Nachwirkung einer Explosion.

Die Männer, die Turbane um ihre Gesichter gewickelt hatten, um den Dunst abzuwehren, waren stiller als gewöhnlich. An einem typischen Tag teilten sie unablässig Geschichten und Witze, um die Zeit schneller vergehen zu lassen. Ein Teil davon war ihrer Kultur zuzuschreiben, ein anderer ihrem Bemühen, sich von den Arbeitsbedingungen abzulenken. Heute wurde das bedeutungslose Gerede vom rhythmischen Tap-tap-tap der Meißel ersetzt.

Sarah hatte sich so sehr an das dauernde Gemurmel gewöhnt, dass sie es vermisste. Die relative Stille, in Kombination mit der drückenden Hitze, dem Staubschleier und ihrem eigenen Schlafmangel, ließen ihre Lider schwer werden. Sie nahm einen Schluck aus ihrer Wasserflasche und war angenehm überrascht, dass der Inhalt noch immer kühl war. Sie goss ein wenig Wasser über ihre

Hände und spritzte es sich ins Gesicht, und für ein paar Sekunden genoss sie das Gefühl, ehe die Flüssigkeit zu einem feinen Nebel verdunstete, der von der unersättlichen Hitze aufgesogen wurde.

Sie stand auf und ging zur Forschungshütte hinüber, einem provisorischen Gebäude mit drei Wänden, die ein rostiges Blechdach stützten, um einige Daten in ihren Laptop einzugeben. Sie dachte, der Schatten und der Ortswechsel würden ihr helfen, ihrer Müdigkeit zu entkommen, aber das taten sie nicht. Erschöpft von der Intensität der letzten Tage, die ihre Begegnung mit den Skarabäen vor Sonnenaufgang noch verschlimmert hatte, setzte sie sich auf den Lehmboden und lehnte sich gegen die Lehmwand, die sich an ihrem schweißdurchtränkten Rücken kühl anfühlte. Sie schloss die Augen.

Im metaphysischen Raum zwischen Wachsein und Schlummer kamen und gingen die Bilder unkontrolliert. Sie sah Hände, vielleicht ihre eigenen, mit schwarzen Schmutzhalbmonden unter den Fingernägeln Sand von einer Tonscherbe wischen und ein in türkisfarbener Glasur eingelassenes Relief aus traubenbehangenen Weinreben zum Vorschein bringen. Das Bild löste sich zu einem türkisfarbenen Wasserloch auf, aus dem schwarze Skarabäen aufstiegen, die einer nach dem anderen das Nass verließen und eine einzelne Linie im rissigen, ausgedörrten Sand formten, wie ein in den Krieg ziehendes Heer. Sie kamen näher … und näher … und näher. Ihre harten Panzer knackten und hallten wider wie Stimmen aus einer fernen Welt. Sie glaubte, sie mit einem arabischen Akzent nach ihr rufen zu hören – »Miss Sarah … Miss Sarah …« – und sie schreckte aus dem Schlaf hoch.

»Miss Sarah.«

Sie zog ihre übergroße schwarze Fliegersonnenbrille ab. Mit müden, brennenden Augen erwiderte sie den Blick einer der Männer aus ihrer Crew, Abdullah. Der untersetzte Araber stand in der Tür der Hütte und wartete auf die Erlaubnis, eintreten zu dürfen. Sein Kopf war von einem weißen Turban eingehüllt, aber sein fleischiges, tabakfarbenes Gesicht war entblößt. Sarah bemerkte den besorgten Ausdruck in seinen Ebenholzaugen, die sie von unterhalb einer pechschwarzen Monobraue anstarrten.

Sie stand auf. »Was ist los, Abdullah?«

»Die Männer. Es geht ihnen nicht gut.«

»Was meinen Sie?«

»Muhammad und Haydar sind …« Er gestikulierte, um den Akt des Erbrechens anzudeuten; er war zu höflich, um das Wort laut auszusprechen. »Und die anderen … nicht sehr gut.«

Sarah verließ die Hütte und sah zur Ausgrabung. Die Arbeit war beinahe zum Erliegen gekommen und die meisten Männer lagen entweder auf den Steinen oder saßen mit gesenkten Köpfen da.

Beunruhigt wandte sie sich an Abdullah. »Ist es die Hitze?«

Er zuckte mit den Schultern. »Nicht zu heiß«, sagte er, sich der Untertreibung nicht bewusst. »Vielleicht haben schlechtes Essen.«

Sarah ging kein Risiko ein. »Lassen Sie uns alle in den Bus schaffen. Wir werden ins Camp zurückfahren und sie untersuchen lassen. Schnell.«

Im Camp begleitete Sarah ihre Crew zur Krankenstation, wo sich schon Mitarbeiter mit ähnlichen Symptomen drängten. Etwa ein Dutzend Männer saßen auf dem Boden. Ihre braunen Gesichter waren von grauer Blässe ausgewaschen. Heftige Brechgeräusche drangen hinter dem Vorhang hervor, der die Klinik vom rudimentären Waschraum trennte.

Sie ging zu Nasser, dem Sanitäter. »Haben Sie Dr. Madigan gesehen?«

Röte stieg in seine milchkaffeefarbenen Wangen und er senkte seinen Blick. Er ignorierte ihre Frage und beschäftigte sich damit, Medikamentenflaschen aus einem Aufbewahrungsschrank zu holen. Sarah wusste, dass er sie gehört, aber sich gegen eine Antwort entschieden hatte. Sie verstand seine Haltung als passiv-aggressiv, eine unausgesprochene Nichtachtung ihrer Person, allein weil sie eine

Frau war. Sie hatte drei Möglichkeiten: Ihn ignorieren und fortgehen, ihn konfrontieren und ihre Autorität durchsetzen, oder seinem Ego schmeicheln, indem sie seine Wichtigkeit hervorhob. Sie wählte Letzteres.

»Doktor …«, sie sprach Nasser mit einem Ehrentitel an, obwohl er nur ein Krankenpfleger war, »… ich weiß, dass Sie sehr beschäftigt sind, aber ich muss Dr. Madigan finden. Sofort. Haben Sie ihn gesehen?«

Ohne aufzusehen, gestikulierte er in Richtung der Kantine und widmete sich weiter seiner Arbeit.

Sarah rollte die Augen in widerwilliger Billigung der Frauenfeindlichkeit, die in Teilen dieser Gesellschaft noch immer tief verwurzelt war. Es war nicht das erste Mal, dass sie ihr begegnete, und sie war sicher, es wäre auch nicht das letzte Mal.

Sarah lief zur Kochhütte, wo sie Daniel beim Durchwühlen der Verpflegung fand. »Was geht hier vor sich, Danny? Die ganze Crew ist krank geworden.«

Er hatte den Kiefer angespannt. »Ich weiß. Mir geht es auch nicht so besonders. Es muss am Essen liegen. Irgendwas, das wir gestern Abend oder heute Morgen gegessen haben, muss verdorben gewesen sein.«

»Es muss das Frühstück gewesen sein«, sagte sie. »Ich hab heute Morgen nichts gegessen und mir geht's gut.«

»Wir hatten nur gegrillten Käse, Oliven und Fladenbrot.« Er untersuchte die Brotstapel auf Anzeichen von Schimmel, fand aber nichts. Er öffnete den Käsebottich im Kühlschrank und roch daran. »Ich kann nichts Verkehrtes daran finden.«

»Versuch's mit den Gewürzen.«

Die Köche pinselten das Brot gerne mit Olivenöl ein und streuten dann eine Gewürzmischung – sie nannten sie das ›Rezept ihrer Mutter‹ – darauf, bevor sie es in der heißen Pfanne scharf anbrieten. Daniel schüttete den Inhalt der Gewürzdose auf den Tisch und nahm etwas des Puders mit seinen Fingern auf. Er roch daran, dann probierte er es. »Das ist seltsam. Riecht irgendwie scharf, fast wie Farbe.«

Auch Sarah roch daran und drehte angewidert ihr Gesicht zur Seite. »Das ist keine Farbe. Das ist ein Pestizid. Das riecht genau wie das Pulver, das wir zur Kontrolle der Sandratten eingesetzt haben.«

Ein Ausdruck des Entsetzens huschte über Daniels Gesicht. Er überprüfte den Schrank, in dem das Rattengift normalerweise aufbewahrt wurde. Er zog die Schachtel heraus und schüttelte sie. »Großer Gott. Das Ding ist leer. Ich selbst habe sie erst vor zwei Tagen aufgemacht.«

Sarah half ihm, die Gewürzmischung vom Tisch zu fegen und in den Müll zu werfen. Sie sah ihm dabei zu, wie er den Rest der Verpflegung durchging, um sicherzustellen, dass sonst nichts kontaminiert war.

»Warum werfen wir nicht einfach alles weg?«, fragte sie. »Wir können jetzt sofort nach Al Khamasin fahren und neue Vorräte kaufen – und Medizin.«

Er stieß ein gezwungenes Lachen aus. »Jetzt weiß ich, warum es heißt, dass vier Augen mehr sehen als zwei. Du hast recht, Sarah. Keine Ahnung, warum mir das nicht eingefallen ist. Bin zu aufgewühlt, schätze ich.« Er suchte in seiner Hosentasche nach dem Schlüssel für den Rover. »Würde es dir was ausmachen, zu gehen? Ich würde gerne bei den Jungs bleiben und sicherstellen, dass alle okay sind. Das Problem ist nur, ich weiß nicht, ob es irgendjemandem gut genug geht, um dich zu fahren.«

Dies war einer der frustrierenden Aspekte des Lebens in Saudi-Arabien: Frauen war es nicht gestattet, Auto zu fahren. In den Wüsten und ländlichen Gegenden allerdings, wo die Straßen bei Weitem nicht so sehr mit Männern überfüllt waren, war diese Regel gelockert. Die Landpolizei drückte in Notsituationen bei Frauen am Steuer ein Auge zu – solange sie hinreichend verschleiert waren. Dies hier war sicherlich Notsituation genug.

Sie streckte die Hand aus. »Ich werd's riskieren.«

Widerwillig gab er ihr den Schlüssel. »Sei vorsichtig.«

»Natürlich.« Sie sah ihm tief in die Augen. Hinter dem Schleier aus Erschöpfung und Krankheit waren sie stumpf. »Danny ...«

»Ich weiß, was du sagen willst.«

»Tatsächlich?«

»Du glaubst, das Ganze ist ein wenig merkwürdig. Erst die Käfer und jetzt das hier.«

»Es sieht einfach nicht nach Zufall aus.«

»Ich weiß, das tut es nicht, Sarah, aber wir dürfen keine voreiligen Schlüsse ziehen. Noch nicht. Ich muss glauben, dass das ein Unfall war, solange ich nicht das Gegenteil beweisen kann.«

»Ich glaube außerdem ...«

»Dass es etwas mit der Schriftrolle zu tun hat.«

»Genau.«

»Wir werden uns später damit auseinandersetzen müssen. Im Moment habe ich einen ziemlichen Schlamassel am Hals. Und du hast eine Einkaufstour zu machen.«

Sie wandte sich zum Gehen.

»Vergiss nicht, mir eine Kiste Whisky mitzubringen.«

Sie lächelte. »Ungläubiger. Zehn Peitschenhiebe allein fürs Aussprechen.«

Als Sarah Al Khamasin verließ, das etwa hundertfünfundvierzig Kilometer von der Ausgrabung entfernt lag, war die Nacht hereingebrochen. Die Straße nach Süden in Richtung al-Fau war fast verlassen und nur spärlich beleuchtet, und Sarah musste sich anstrengen, um sich aufs Fahren zu konzentrieren. Ihr Kopf war schwer und ihre Augen brannten von der trockenen Luft und dem Schlafmangel. Sie schaltete das Radio ein und wählte einen Sender, der saudischen Rock 'n' Roll spielte, eine Mischung aus westlichen Gitarrenriffs und traditioneller Percussion des Nahen Ostens. Er unterbrach die Monotonie und hielt sie wach.

Als sie noch zwanzig Minuten vom Lager entfernt war, versuchte sie, Daniel anzurufen, doch er nahm nicht ab. Sie hinterließ keine Nachricht.

Zehn Minuten später wählte sie seine Nummer noch einmal und erreichte die Mailbox. Er trug sein Handy immer bei sich und wusste, dass sie sich melden würde. Sie erinnerte sich daran, dass er gesagt hatte er, fühle sich nicht gut, wie alle anderen auch. War es ihm zwischenzeitlich schlechter ergangen? Sie trat aufs Gaspedal. Sie wollte es nur noch sicher zum Lager zurückschaffen, sich davon überzeugen, dass alle okay waren, die Nacht hindurch fest schlafen und diesen Tag hinter sich lassen.

Als sie sich dem Camp näherte, sah sie eine Wolke über den Gipfeln des Tuwaiq aufsteigen. Sie hatte eine seltsame goldene Färbung und waberte gemächlich zum tiefblauen Himmel hinauf. *Verdammter Sandsturm,* dachte sie. *Das fehlt uns gerade noch.* Sorge flammte in ihrer Magengrube auf. Die meisten Crewmitglieder waren zu kraftlos, um Schutz vor einem aufkommenden Sand-Tsunami zu suchen.

Sie versuchte es wieder bei Daniel. Keine Antwort. Goldene Lichtschimmer durchzuckten die Wolke über den abgeflachten Gipfeln des Steilhangs.

»Nein. Unmöglich.«

Sie trat das Gaspedal durch, aber der schwer mit Vorräten beladene Rover rumpelte nur schleppend vorwärts. Die wenigen Augenblicke, die sie brauchte, um die Kurve zu nehmen, kamen ihr ewig vor.

Sobald das Qaryat-al-Fau-Gelände in voller Sicht war, bestätigten sich ihre schlimmsten Ängste. Zuerst roch sie den Rauch: dick, durchdringend und ätzend wie von Benzin.

Dann sah sie die Flammen. Große Feuerzungen verschlangen den Transferbus und streckten sich nach den naheliegenden Gebäuden aus. Die Krankenstation loderte.

Sarah verließ die Straße und schaltete den Motor unvermittelt ab. Das Fahrzeug machte einen Satz und knurrte. Sie rannte aufs Feuer zu. Ihr Hidschab fiel herunter und ihre unbedeckten Haare peitschten ihr ums Gesicht.

Je kürzer die Entfernung zum Lager wurde, desto grauenvoller wurde der Anblick. Männer rannten aus Gebäuden wie angegriffene Ameisen. Einer von ihnen – sie konnte nicht sagen, wer – stürzte sich zu Boden, um die Flammen zu ersticken, die ihn einhüllten. Der Rauch trug seine wahnsinnigen Schreie windabwärts. Diese Männer waren ihre Arbeitskollegen. Zu sehen, wie ihnen Leid geschah, presste ihr einen Schrei in die Kehle.

Das war kein Unfall. Die Skarabäen und die Vergiftung waren keine Unfälle. Dies war nicht die Tat einer höheren Macht. Was als Reihe von Drohungen begonnen hatte, war nun zu einem ausgewachsenen Angriff geworden.

Sarah rannte schneller. Adrenalin ersetzte ihre Angst, während sie direkt auf den Schlund des Höllenbiests zuhielt. Daniel war irgendwo da draußen und sie würde nicht weichen, ehe sie nicht bestimmt wusste, dass er in Sicherheit war. Sie war jetzt nah – nah genug, um die glühende Hitze der Flammenwand zu spüren, die das Camp wie ein von der Kette gelassenes, bluthungriges Raubtier angriff. Ihre Haut brannte mit der Intensität eines tödlichen tropischen Fiebers, während das Feuer überall um sie herum in großen, kupferfarbenen Strudeln wütete. Sie hielt an, unfähig weiterzugehen, und sah sich panisch nach einer Spur von ihm um.

»Danny«, rief sie immer und immer wieder. Ihr verzweifelter Versuch, sich über das Prasseln der Flammen hinweg Gehör zu verschaffen, blieb unbeantwortet.

Von allen Seiten bedrängte sie Rauch, so dicht und stark, dass es sich anfühlte, als atme sie unter Wasser. Sie löste ihr Bandana von ihrem Handgelenk und benutzte es, um Mund und Nase zu bedecken, aber die tückischen Schwaden drangen dennoch in ihre Lunge. Ein heftiger Hustenanfall schüttelte sie und alles um sie herum wurde undeutlich und surreal, wie Bilder aus einem Traum.

Sie lief in die entgegengesetzte Richtung und suchte in der schwarzen Rauchwand weiter nach Daniel.

Als ein Pferd in vollem Tempo vor sie galoppierte, stolperte sie und stürzte auf die Seite. Beim Aufsehen erblickte sie das Hinterteil ihrer grauen Stute und einen Flecken schwarzen Stoffs, der hinter dem Reiter durch die Luft peitschte.

Sie waren zurückgekehrt.

Sarah folgte dem Weg des Reiters mit ihrem Blick und sah, wie er vor dem Labor abstieg. Keuchend fügte sie das gedankliche Puzzle zusammen. *Sie haben das Feuer gelegt. Sie haben ein Ablenkungsmanöver geschaffen.*

Sie sind hinter der Schriftrolle her.

Sarah sprang auf die Füße und rannte aufs Labor zu.

Der Reiter der Al Murra nahm sein Gewehr von seinem Rücken, hob es an die Schulter und zielte auf das Schloss. Ein Schuss krachte, dann ein weiterer. Als Sarah sich ihm von hinten näherte, konnte sie erkennen, dass das Schloss beschädigt war. Ihr blieben nur Sekunden zum Handeln.

Der schwarzgewandete Fremde zog am übel zugerichteten Türgriff, doch dieser wollte nicht nachgeben. Der Mann legte die Waffe nieder, um beide Hände benutzen zu können. Die Tür öffnete sich einen Spalt breit.

Sein Fehlurteil war ihre Gelegenheit. Wie eine Löwin ihr Revier verteidigt, so stürzte sie sich auf ihn und brachte ihn aus dem Gleichgewicht. Als sie zu Boden fielen, zerriss sie seinen schwarzen *Redan* von der Schulter bis zur Hüfte. Darunter kam eine graue *Thobe zum* Vorschein. Ein in einer silbernen Scheide steckender, gebogener Dolch – ein beduinischer *Khanjar* – war an seiner Taille befestigt.

Sein Kopf schnellte zu ihr herum. Seine onyxschwarzen Augen funkelten. Seine Haut hatte die Farbe von Karamell. Um seinen Kopf war ein enger Turban gebunden. Eine Flut von Obszönitäten in Arabisch ausstoßend griff er nach ihr.

Dass sie zu schnell und athletisch für ihn war, fachte seinen Zorn noch an.

Er sah sich nach seiner Waffe um, die wenige Meter entfernt lag.

Sarah hörte das Heulen einer Sirene und als sie sich umdrehte, sah sie eine sich nähernde Kolonne rotblinkender Lichter. Eine Welle der Erleichterung durchfuhr sie.

Der Reiter mühte sich auf, griff sein Gewehr und bestieg sein Pferd. Mit einem Schuss in den Himmel trieb er das Pferd zum Galopp und ritt in Richtung Wüste davon. Zwei weitere Reiter folgten ihm.

Sarah stand mit zittrigen Beinen auf. Sie war außer Atem und ihr Mund war trocken.

Dann sah sie ihn.

In Ruß gehüllt und erschöpft erschien Daniel aus einer Rauchwolke, aus der er einen bewusstlosen Mann in Sicherheit trug. Abdullah.

Sie beschwor das letzte bisschen Energie, das sie noch besaß, und eilte an Daniels Seite. Sie nahm Abdullahs schwere, reglose Füße auf. Gemeinsam eilten sie vom grimmigen Inferno weg. Sie legten Abdullah vor einem der Rettungswagen, die gerade eingetroffen waren, auf den Boden.

Mit fahlem und gequältem Gesicht taumelte Daniel fort. Er kam ein paar Meter weit, bevor er auf die Knie fiel.

Allen gesellschaftlichen Konventionen zum Trotz kniete sich Sarah neben ihn und legte ihm den Arm um die Schultern. »Du brauchst Hilfe.«

»Es ist meine Schuld, Sarah.«

Sie hatte ihn noch nie so aufgelöst gesehen.

»Ich hätte es vorhersehen müssen.«

Ihre Augen füllten sich mit Tränen, während sie ihn hielt. Sie wusste nicht, was sie sagen könnte, um seine Qual zu lindern. Sie atmete den Gestank von Rauch und verkohlter Erde ein, während die Feuerwehrmänner sich daran machten, die Flammen zu löschen. Eine wohlbekannte Furcht durchfuhr sie, als sie darüber nachdachte, warum man sie so brutal angegriffen hatte.

Als die Flammen sich dem Ansturm des tosendes Wassers ergaben und sich aufzulösen begannen, erhielt sie einen Teil der Antwort. Fast wie in Trance stand sie auf und betrachtete die Worte, die in den Sand gebrannt waren.

»Danny«, sagte sie, unfähig, ihre Augen von diesem Anblick abzuwenden.

Er stellte sich neben sie. »Großer Gott«, flüsterte er.

Die Nachricht, auf arabisch verfasst, war wie ein Fehdehandschuh hingelegt worden, Verkündung und Warnung zugleich.

Die Streitmacht erhebt sich. Niemand kann den Richtspruch verhindern.

Kapitel 5

Die Tempelplattformen an den Ufern des Ganges waren von Kerzenreihen umgeben, deren Flammen zitterten, als der erste Atem des Herbstes über das Wasser wisperte. Die Flutlichter oberhalb der Plattformen spiegelten sich auf dem tiefschwarzen Ganges wie Ströme geschmolzenen Goldes. Weihrauch kräuselte sich zum Himmel und hinterließ den Duft von Sandelholz und Tempelbaum in der dunstigen Abendluft. Niedrige, in orangefarbenen, goldrandbestickten Satin gehüllte Tische hielten Ritualgegenstände bereit, welche die Zeremonie, die in Kürze von tausenden Gläubigen durchgeführt werden würde, erahnen ließen.

Trent Sacks saß allein in einem hölzernen Ruderboot, auf dem das Wort *Gangaram* in Hindi über seiner abblätternden blauen Farbe geschrieben stand. Seit er in die heilige indische Stadt gekommen war, hatte er es sich zur Gewohnheit gemacht, das abendliche *Puja* zu beobachten, ein von hinduistischen Priestern durchgeführtes Tempelritual, das eine Opfergabe an ihre Götter darstellte.

Er war kein Hindu. Als Brite jüdischer Abstammung glaubte er an einen Gott. Ziel seiner Reise nach Varanasi war weder Anbetung noch spirituelle Reinigung, wie das für die Millionen Hindus der Fall war, die die Pilgerreise in die dreitausend Jahre alte Stadt unternahmen, um im heiligen Ganges geläutert zu werden, oder um ihre letzten Tage hier zu verbringen, sodass sie in einem der brennenden Ghats eingeäschert werden konnten. Für viele fromme Hindus bedeutete es das ultimative Ende, hier zu sterben, denn es hieß, dass die Scheiterhaufen Varanasis sie von allen weltlichen Sünden freisprechen und sie aus dem leidigen Kreislauf der Reinkarnation entlassen konnten.

Sacks war nicht hier, um unter den Lebenden zu weilen, sondern vielmehr unter den Toten.

Ein Priester in einem weißen Sarong und ochsenblutrotem T-Shirt, mit einer goldenen, um die Taille und über die Brust geschlungene Schärpe, blies in eine *Shankh*-ähnliche Tonmuschel, und ihr schwermütiges Wehklagen erweckte den *Puja* zum Leben.

Sacks schloss die Augen und erlaubte dem trauervollen Echo des Instruments, in seinem Inneren nachzuhallen. Seine Miene war gleichmütig, als er sich dazu brachte, sich auf die Schönheit der Zeremonie zu konzentrieren, die sich vor ihm entfaltete, doch die Gedanken an die Ereignisse, die er tausende von Meilen weit weg in Gang gebracht hatte, bahnten sich ihren Weg in sein Bewusstsein.

Der Anflug eines Lächelns legte sich auf seine gespitzten Lippen, als er über die Arbeit nachdachte, die in diesem Augenblick von seinen Botschaftern verrichtet wurde. Er blickte auf seine Edelstahl-Rolex. Es war kurz nach acht Uhr abends.

Bald, dachte er. *Sehr bald*.

Er benetzte seine Lippen. Eine steife Brise wehte über das Wasser. Er schlug die Kapuze seiner Windjacke hoch und ließ seine Hand über die Seite seines Halses gleiten und den Kopf seines Schlangentattoos streicheln. Die mythische Kreatur mit schieferbraunen Schuppen und smaragdgrünen Augen war um seinen haarlosen Oberkörper gewunden. Ihr Schwanz ruhte über seinem Steißbein und ihr Kopf dominierte seinen Nacken und spähte um die Seite herum, als ob sie ihm ins Ohr zischte.

Die sieben identisch gewandeten *Pujari* saßen im Lotussitz auf den Plattformen vor Dashashwamedh Ghat und schwangen Messingglocken mit kleinen Bewegungen ihrer Handgelenke hin und her. Die Glocken ertönten in eingeübtem Einklang. Ihre klaren, melodischen Töne beschworen den Himmel. Die *Pujari* blickten zum Ganges und richteten ihre Anbetung an die Göttin des Flusses, nicht zu den tausenden undeutlichen Gesichtern, die die abgestuften Steinterrassen hinter den Plattformen bevölkerten oder sich aus den Fenstern der überladenen Stadtgebäude ergossen.

Mit Bewegungen, so gleichmäßig und flüssig wie der Reim eines Gedichtes, erhoben sich die Priester und nahmen Diya-Lampen aus Messing auf, die mit brennender Weihrauchkohle gefüllt waren. Das Läuten der Glocken dauerte fort und wurde jetzt von Trommeln, so beständig wie ein Herzschlag, und einem leisen monotonen Gesang begleitet. Die *Pujari* spiegelten einander wider, während sie die Lampen wie langsam schwingende Pendel bewegten. Große Rauchwolken stiegen auf und leuchteten kupfern im goldenen Licht. Die Gläubigen neigten ihre Köpfe, als der Rauch auf sie zu wehte und sie mit dem süßen Duft von Sandelholz salbte.

Sacks wandte seinen Blick flussabwärts. Eine Kuh trieb vorbei, mit offenen Augen und vom Tod aufgebläht; er betrachtete sie mit Gleichgültigkeit. In der Ferne erhob sich eine Rauchwolke vom Marnikarnika Ghat und Erregung rührte sich in ihm. Eine weitere Einäscherung, eine weitere Seele, die in den Äther entlassen wurde. Hunderte Male am Tag wurden Scheiterhaufen entzündet, vom frühen Morgen bis spät in die Nacht. In einem Land, dessen Bevölkerung eine Milliarde überschritt, gab es keine mangelnde Nachfrage für die Dienste der brennenden Ghats oder für die Erlösung vom Leid.

Die Nutzbarmachung zum Himmel fahrender Seelen war der exakte Grund für seine Anwesenheit. Dies und das Chaos Varanasis – die Straßen, die von unbändigen Massen an Fahrzeugen und Ochsenkarren und Fahrradrikschas wimmelten, die Tiere, die ungehindert durch die Straßen und Gassen liefen, die allgegenwärtigen Straßenmusiker, die für eine Handvoll Rupien auf ihren *Dotaras* zupften, die abgemagerten Sadhus mit Dreadlocks und geweißten Gesichtern, die Scharen von Pilgern, die ihre Riten am Fluss durchführten.

In diesem Chaos konnte er anonym bleiben, seine Arbeit nicht hinterfragt. Er konnte sich in sein Versteck zurückziehen, tief im Inneren eines alten Gebäudes in einer namenlosen Gasse, und seine eigenen Rituale durchführen, konnte auf seiner Suche nach Antworten auf uralte Rätsel frisch geläuterte Seelen einberufen. Bald würde er seine Lebensaufgabe verwirklichen und die ganze Welt – eine in Leiden und Sündhaftigkeit versunkene Welt – würde seinen Namen kennen: *Messias.*

Er war nun so nah. So nah, dass er die Krone des geweihten Königs fühlen konnte.

Frauen, deren Köpfe von Saris in Farben so leuchtend wie Juwelen verhüllt waren, entließen kleine Schalen mit Blütenblättern und Teelichtern auf die bebenden Wasser des Ganges. Der Fluss nahm ihre Gabe an und lud die wertvolle Fracht aus Wünschen und Gebeten in sein dunkles Herz ein. Der Singsang wurde lauter, während die *Pujari* messingfarbene Feuerlampen schwangen, aus denen sich sieben Reihen von Flammen ergossen, die Streifen weißen Lichts und feinen Rauchdunst auf ihrem Weg hinterließen.

Sacks Mobiltelefon vibrierte in seiner Tasche. Ein Lächeln huschte über seine Lippen. Er holte das Telefon heraus und las die Nachricht: *Es ist vollbracht.*

Voller Freude lehnte er sich zurück und nahm die Sinfonie der Geräusche in sich auf, als der nächtliche *Puja* seinen Höhepunkt erreichte. Das stete Trommeln wurde wilder und die Glocken erklangen mit neuer Dringlichkeit. Der Gesang wurde lauter und schneller.

Mit langsamen, fließenden Bewegungen, die scheinbar von der ringsumher tobenden Liturgie losgelöst waren, warfen die Priester, starr wie Säulen und von göttlicher Klarheit durchdrungen, Ringelblumen ins Wasser. Sie legten ihre Handflächen aneinander und verneigten sich vor dem Fluss, und der pulsierende Rhythmus fand ein abruptes Ende.

Eine plötzliche und vollständige Stille erhob sich über der alten Stadt. Sacks entließ seine eigene Wunschkerze auf die schwach atmende Membran des Ganges. Die flackernde Flamme trieb langsam davon wie eine auf die ewige Dunkelheit zumarschierende Seele.

Kapitel 6

Zwei Tage nach dem Feuer kehrte Daniel gegen den Willen der Ärzte, die ihn wegen Rauchvergiftung behandelt hatten, zur Ausgrabung zurück. Er konnte nicht wegbleiben. Er musste den Schaden begutachten und herausfinden, wann und wie ein Wiederaufbau stattfinden konnte. Und er brauchte Antworten.

Obwohl der Polizeibericht auf sich warten ließ, zweifelte Daniel nicht daran, dass es sich um Brandstiftung handelte. Die Täter hatten das Innere des Transferbusses mit Benzin übergossen und noch mehr auf dem Boden zwischen dem Bus und der Krankenstation verteilt. Damit hatten sie sichergestellt, dass sich die Flammen schnell verbreiten und die größtmögliche Zerstörung in kürzester Zeit anrichten würden. Daniel war sich wegen des Benzingestanks jener Nacht sicher: Sein olfaktorisches Gedächtnis hatte ihn sich eingeprägt. Die Brandlinie war ein weiteres verräterisches Zeichen. Das Feuer hatte seine lodernden Finger in einem einzelnen Bogen nach der Krankenstation ausgestreckt; offensichtlich war es dorthin geführt worden.

Daniel hatte die Al Murra vom Inferno wegreiten sehen. Eindeutig hatten sie von der Schriftrolle gehört und versucht, sie wieder in ihren Besitz zu bringen, oder sie hatten ihm und Sarah doch zumindest eine Warnung zukommen lassen wollen. Aber wer hatte ihnen davon verraten – und warum? Dies waren Antworten, welche zu finden er entschlossen war, und er schwor sich, das um jeden Preis zu tun.

Er parkte den Land Rover und lief zum Buswrack. Seine Lunge waren noch immer vom Rauch angegriffen, und nach nur wenigen Schritten verspürte er eine Enge in der Brust. Er ignorierte den Druck und ging weiter.

Obwohl er ungefähr wusste, was er zu erwarten hatte, erschütterte ihn der Anblick des verkohlten Busses. Der gesamte obere Teil war ein hohler Käfig deformierten Metalls. Die ganze graue Farbe war in der Feuersbrunst geschmolzen und hatte blanken, flammengeschwärzten Stahl hinterlassen. Die Scheiben waren weggefegt worden; allein gezackte Glaszähne, die sich an die Fensterrahmen klammerten, waren übrig. Die Scherben knirschten unter Daniels Füßen, als er sich zur Tür bewegte, die nur noch an einer Angel hing, und von dort ins Fahrerhaus. Der in der Luft hängende Gestank nach Benzin und der chemische Geruch der Aschehaufen aus dem Vinyl und Fieberglas der Sitzpolster überwältigten ihn.

Er hielt sich an der Haltestange im Fahrerhaus fest und griff sich nach Atem ringend an die Brust. Das Gefühl versetzte ihn wieder in den Emotionsstrudel der Feuernacht. Er hörte die wilden Schreie seiner Mannschaftsmitglieder, die sich aus dem Griff der Feuersbrunst kämpften, sah den Ausdruck erstarrter Panik auf ihren dunklen Gesichtern vor sich.

Die meisten waren mit leichten Verletzungen und Rauchvergiftungen davongekommen. Wenige waren mit Verbrennungen dritten Grades ins Krankenhaus gekommen. Zwei aber hatten es nicht geschafft. Mustafa und Azhar, Brüder aus einem nahegelegenen Dorf, die vor Kurzem als Feldtechniker zur Grabung gestoßen waren, hatten sich gegen das wilde Rennen um ihr Leben entschieden. Sie hatten sich nach Osten gerichtet und sich zum Gebet verneigt, während die weißglühenden Flammen um sie herum gelodert hatten.

Daniel hatte ihnen zugerufen, sich in Sicherheit zu bringen. Als sie sich geweigert hatten, sich zu rühren, war er auf sie zu gerannt, doch er war zu spät gewesen. In Slow-Motion hatte sich die Szene vor seinen Augen abgespielt: Die glühenden Flammenfinger hatten an den Brüdern gezerrt, bis sie vollkommen eingeschlossen waren. Über das Brüllen des Infernos hinweg hatte Daniel nicht einmal seine eigenen Schreie hören können; entsetzt und machtlos hatte er zugesehen. Die beiden waren in tiefer Verbeugung reglos am Boden geblieben, als der Höllenschlund der Bestie sie verschlang.

In Daniels Kehle bildete sich ein Knoten, während sein Verstand bei der Erinnerung verweilte. Er verstand die Sicherheit seiner Crew als persönliche Verantwortung, aber er hatte seine Männer im Stich gelassen. Und obwohl Mustafa und Azhar ihr eigenes Schicksal gewählt hatten, wäre das nie passiert, wenn es gar kein Feuer gegeben hätte. Er war nicht wachsam genug gewesen; er hatte den Brandstifter nicht rechtzeitig gesehen. Er war unachtsam geworden, und das war unverzeihlich.

Daniel verließ den Bus und ging an der Asche der Krankenstation vorbei. Das Blechdach lag als unkenntlicher Haufen am Boden, und was von den Wänden übrig war, war verkohlt und stank nach Rauch. Er sah sich nach den angrenzenden Gebäuden um. Ein paar von ihnen waren beschädigt worden, aber nicht vollständig zerstört, während andere, weiter weg, wie durch ein Wunder unversehrt waren. Es erleichterte ihn, zu sehen, dass die archäologische Grabung nicht betroffen war.

Lange Zeit stand er vor der heruntergebrannten Krankenstation und verdeutlichte sich die ganze Tragweite des Geschehens. Seine Crew war dezimiert worden. Zwei Menschen waren tot, etwa ein Dutzend verletzt und die meisten anderen waren zu verängstigt, um zurückzukommen. Dank der SMS, die Sarah ihm während seines Krankenhausaufenthaltes geschickt hatte, wusste er, dass sich vier der Männer am nächsten Tag zur Arbeit gemeldet hatten, als sei nichts geschehen.

Sie sind dem Projekt treu, hatte sie geschrieben. *Dir treu.*

Er begab sich zum Labor auf der anderen Seite des Lagers. Da es den Großteil der Artefakte und die Expeditionsrechner beheimatete, war es das stabilste Gebäude von allen, aus Betonblöcken gebaut und mit wasserdichtem Flachdach und einer dicken Stahltür, ohne Fenster.

Und selbst die war beinahe aufgebrochen worden.

Dem Himmel sei Dank, Sarah, dachte er. Hätte sie den Eindringling nicht angegriffen, hätte er sich bestimmt Zutritt verschafft. Diese einzigartige Demonstration von Mut und Einsatz erinnerte ihn daran, warum er sie von Anfang an als Partnerin ausgewählt hatte.

Er klopfte schnellfeuerartig; Sarah würde dieses Klopfen erkennen. Innerhalb weniger Augenblicke öffnete sich die Tür einen Spalt breit. Sarah war wie ein Leuchtfeuer in einem Sturm. Er wollte sie so gerne festhalten, den Duft ihrer Haare einatmen, ihre Wärme spüren.

Lächelnd hielt sie ihm die Tür auf. Als er eintrat, huschte ihr Blick über seine Schulter nach draußen. Sie schloss die Tür und verriegelte sie zweifach.

Sie musterte ihn, und plötzlich war er sich seines Dreitagebarts und seiner Kleider, die er seit dem Tag des Feuers getragen hatte, überdeutlich bewusst. In diesem Augenblick realisierte er, dass sein schwarzes T-Shirt und seine Wüstentarnhose wie das Innere eines Schornsteins rochen.

»Sorry«, sagte er mit einem Schritt nach hinten. »Ich bin nicht gerade eine Augenweide.«

»Na ja, du erinnerst mich ein bisschen an eine Vogelscheuche. Aber ich freue mich trotzdem, dich zu sehen.«

Er versuchte sich an einem leichten Tonfall, obwohl ihm schwer ums Herz war. »Also, was ist hier so angesagt? Wo sind alle?«

»*Alle* heißt im Moment Abdullah, Abdul-Qadir, Rasul und Walid. Sie haben darauf bestanden, wieder zur Arbeit zu kommen. Walid ist in der Kantine und bereitet das Mittagessen zu. Die anderen drei sind bei der Grabstätte und räumen eine der Grabkammern frei.« Sie sah auf ihre Uhr. »Sie sollten in Kürze zurück sein.«

»Also wie gehabt.«

»Das würde ich nicht gerade sagen. Aber wir tun, was wir können, unter diesen Umständen.«

Er sah auf und seufzte hörbar.

»Es tut mir leid, Danny«, sagte sie leise. »Es tut mir so leid.«

Er blickte in ihre strahlend blauen Augen. »Ja, mir auch. Das ist ein gewaltiger Rückschlag.«

»Wir können uns neu organisieren. Ich habe mich schon nach einem Ersatzbus umgesehen, und ein Team von Bauarbeitern steht bereit …«

»Wir können gar nichts tun, bevor die Polizei nicht ihre Ermittlungen abgeschlossen hat. Wir sind in Saudi-Arabien. Das könnte Monate dauern.«

»Könnte sich nicht jemand von der König-Saud einschalten? Die Dinge beschleunigen?«

Er zuckte mit den Schultern. »Das wäre reine Glückssache. Außerdem kommen die meisten Arbeiter sowieso nicht zurück. Und nicht nur wegen des Feuers. Alle wissen, dass etwas in der Luft liegt. Es ist schwer, eine Nachricht wie die auf dem Boden zu ignorieren.«

Er ging zum Labortisch, wo Keramikfragmente und Flintspeerspitzen auf ihre Klassifizierung warteten. Er nahm ein besonders schönes Stück nabatäischer Töpferei in die Hand, das mit schwarzen Schnörkeln bemalt war, und hielt es gegen das Deckenlicht. Diese einzelne Scherbe verzierten antiken Tons, die vermutlich über Kanaan oder Moab hierher gekommen war, war der Beweis für die Lage al-Faus als Kreuzweg zwischen Norden und Süden.

Er dachte an die Schriftrolle. Genau wie die Töpferware und andere Gegenstände des Nordens hatte sie ihren Weg ins Leere Viertel gefunden, entweder durch Handel oder durch Zufall. Er konnte das Gefühl nicht abschütteln, dass sie zusammen mit ihr auch einen antiken Konflikt ausgegraben hatten, dessen Beilegung sich nun direkt vor ihren Augen abspielte.

Sarah ging zu ihm. »Sag mir nicht, dass du darüber nachdenkst, die Arbeiten für diese Saison einzustellen.«

»Wir könnten dazu gezwungen sein, Sarah. Ohne Crew können wir nicht arbeiten.« Er legte die Tonscherbe nieder und betrachtete wehmütig die Sammlung von Artefakten. »Wir haben in den letzten sieben Jahren so viel an Boden gewonnen. Es wäre eine wahre Schande, jetzt aufzuhören.«

»Richtig. Aber jemand will, dass wir genau das tun.«

Daniel wandte sich ihr zu. Im Neonlicht glänzte Sarahs Haut wie Alabaster und ihre Augen erschienen ihm wie lapisblaue Seen. Herausforderung flackerte in ihrem Blick auf. Wenn er eines über Sarah Weston wusste, dann, dass sie sich keinem Unrecht beugen würde.

»Ich weiß, dass du sie nicht gewinnen lassen willst, Sarah, und das will ich auch nicht. Aber die Leute, die das getan haben, werden wieder zuschlagen. Da bin ich mir sicher.«

»Apropos Leute, die das getan haben … der Mann, den ich angegriffen habe, trug das offizielle Gewand hochgeborener Beduinen. Und er hatte einen gravierten *Silberkhanjar* bei sich.« Sie blickte fort. »Es könnte ein Juwel am Griff gewesen sein. Ich kann es nicht genau sagen.«

»Interessant. Normalerweise trägt der Amir einen schwarzen *Redan* und einen silbernen *Khanjar*. Oder sein ältester Sohn und Erbe.«

»Der Kerl war eher jünger. Ich nehme an, er ist Letzteres.«

»Wenn sie den Segen des Amirs haben, bedeutet das, dass sie ziemlich gut organisiert sind. Das könnte uns noch ziemlich zu schaffen machen.«

»Das sehe ich auch so. Ich habe einen Wachmann engagiert, der nachts das Lager im Auge behält. Ich dachte, ein bisschen zusätzliche Sicherheit könnte nicht schaden.«

Er nickte in Richtung des Tresors, in dem die mysteriöse Schriftrolle eingeschlossen war. »Am besten schicken wir das Ding zur Sicherheitsverwahrung nach Riad.«

»Nein. Ich bin noch nicht fertig damit.«

Er studierte ihre entschlossenen Züge. »Hast du was Neues?«

»Ja, tatsächlich. Komm und sieh es dir an.«

Er folgte ihr zum Computer, wo sie ein dreidimensionales Abbild der Schriftrolle untersuchte. Sie rief das Bild der Unterseite auf und zoomte auf einen schwachen Abdruck auf dem Pergament.

»Ich arbeite schon seit Wochen daran. Tut mir leid, dass ich nichts gesagt habe. Ich wollte sichergehen, etwas in der Hand zu haben, bevor ich dir davon erzähle. Jetzt habe ich etwas.«

Er lehnte sich vor, um besser sehen zu können. »Sieht aus wie eine Art Schmutzfleck.«

»Das dachte ich zuerst auch. Aber sieh genauer hin. Der Abdruck ist auf der Mittelachse, ungefähr da, wo die Schriftrolle verschnürt war.« Sie zoomte noch näher. »Hier. Siehst du das?«

Am Rand befand sich ein weiterer, kaum merklicher Abdruck.

»Interessant. Ruf das Raster auf.«

»Hab ich schon.« Sie drückte auf die Tasten und legte ein Raster über das Bild der Schriftrolle. »Die beiden Abdrücke sind bündig. Und als Krönung …« Sie gab den Befehl ein, der das Aufrollen des Pergaments simulierte, und drehte das Bild dann um dreihundertsechzig Grad. »… haben wir das hier.«

In dieser dreidimensionalen Ansicht wurde deutlich, dass die beiden Abdrücke auf der Schriftrolle selbst einen einzelnen bildeten.

»Hast du die Kordel untersucht?«, fragte er.

»Ich hab sie unters Mikroskop gelegt, ja. Irgendwelche Partikel sind darauf, aber unsere Auflösung ist nicht hoch genug für eine vollständige Aufschlüsselung. Ich habe schon eine Probe verschickt.«

Sein Puls beschleunigte sich, als er realisierte, wie nahe sie der Wahrheit über das historische Schreiben waren. »Denkst du, was ich denke?«

»Dass es eine Art Siegel ist?«

»Ja. Der Abdruck einer Bulle. Ein solches Dokument wäre fast sicher mit einem kleinen Stückchen Ton auf der Kordel versiegelt worden. Der Siegelstempel des Schreibers würde ihn und seinen Arbeitsplatz identifizieren.«

»Deswegen ist die Analyse so wichtig. Wenn tatsächlich Tonspuren auf der Kordel sind, dann sollte das Labor in der Lage sein, den Ursprung dieses Tons zu ermitteln.«

Er verschränkte seine Hände im Nacken. Sarah hatte recht: Die Molekularanalyse würde das Siegelmaterial bestätigen und vermutlich auf den Ursprung dieses Materials hinweisen. Den Rest würden sie sich erschließen müssen.

Es war ein Anfang, aber es war nicht genug. Die eine Sache, die ihm keine Ruhe ließ – die Identität des Verfassers der Schriftrolle, die für das Dechiffrieren des kryptischen Textes eine zentrale Rolle spielte – wäre ohne die Bulle selbst beinahe unmöglich zu bestimmen.

»Die Bulle ist wahrscheinlich irgendwo unter einem Sandhaufen vergraben«, sagte er. »Die Chancen, dass wir sie je zu Gesicht bekommen, stehen schlecht.«

Sie antwortete nicht. Mit dem Kinn auf ihre linke Faust gestützt starrte sie auf den Computerbildschirm.

»Sarah?«

Ihr Blick hing weiter am Monitor. »Vielleicht brauchen wir die Bulle am Ende doch nicht. Schau dir das mal an.«

Kapitel 7

Sarah vergrößerte den Abdruck und erhöhte die Auflösung. Da er sehr undeutlich war, war es fast unmöglich, eine Abbildung darin zu erkennen. Trotzdem war sie sich sicher, etwas zu sehen.

Daniel beugte sich über ihre Schulter. »Was hast du?«

»Ich weiß, dass es schwer zu erkennen ist, aber ich glaube, hier ist ein Muster.«

»Für mich sieht das wie ein willkürlicher Klecks aus. Bist du sicher, dass du nicht Gespenstern nachjagst?«

Sie sah ihn an. Sie wusste, dass er wegen der Ereignisse der letzten Tage außer sich war, und eine solche innere Aufruhr konnte schnell zu Ernüchterung führen. Aber sie war entschlossen, die Dinge weiter voranzutreiben. »Natürlich jage ich Gespenstern nach«, sagte sie. »Das tue ich immer.«

Sie drehte sich wieder zum Monitor um und fuhr damit fort, das Bild zu verbessern. An manchen Stellen erschien der Abdruck um eine Schattierung dunkler, und sie war überzeugt, dass diese Stellen für einen Siegelstempel sprachen. Es gab keine eindeutig wahrnehmbare Struktur, nur ein Durcheinander leicht dunklerer Flecken, die alles bedeuten konnten – oder gar nichts.

»Lass uns was anderes ausprobieren«, sagte Daniel. »Versuch mal, alle dunklen Punkte zu markieren und die dann in einen eigenen Layer zu exportieren. Vielleicht bekommen wir so ein deutlicheres Bild.«

Sarah nickte und machte sich an die aufwendige Arbeit, eine digitale Abbildung der dunkleren Bereiche zu erstellen. Sie waren ganz nahe dran, einen weiteren Hinweis zu finden. Adrenalin schoss durch ihre Adern, und sie kostete den Moment der Beinahe-Entdeckung voll aus.

Sie überprüfte das Bild sorgfältig, um sicherzugehen, dass sie alle relevanten Bereiche markiert hatte. Mit ihrer Arbeit zufrieden grenzte sie die Abbildung ab und kopierte sie in eine neue Ansicht. Sie lehnte sich zurück und betrachtete das Bild aus einem neuen Blickwinkel. *Ja*, dachte sie. *Ganz eindeutig ein Muster.*

»Siehst du, was ich sehe?«, fragte Daniel.

Sie drehte sich zu ihm um. »Schriftzeichen.«

»Bingo. Dann wollen wir uns mal ein vollständiges Bild machen.«

Das war leichter gesagt als getan. Die Abbildung war so undeutlich, dass mehrere Verbindungen möglich waren. Sarah versuchte die Schriftzeichen der hieratischen Schrift auszumachen, die sich aus Hieroglyphen entwickelt hatte. Manche waren einfach nachzuzeichnen, andere unmöglich; man musste aus dem Kontext erschließen.

»Es ist eine Mischung aus Buchstaben und Determinativen. Das hier zum Beispiel scheint das Determinativ von ›Mann‹ zu sein.« Sie schüttelte den Kopf. »Besser bekomme ich es nicht hin, fürchte ich.«

»Du machst das toll.« Er legte ihr eine Hand auf die Schulter, und sein Daumen berührte sachte ihren Hals.

Das Gefühl seiner Berührung ließ sie ein klein wenig erzittern. Er musste es gespürt haben, denn er zog seine Hand schlagartig zurück. Zu verlegen, um ihn anzusehen, konzentrierte sie sich wieder auf ihre Arbeit.

»Ich geh noch mal zurück«, sagte sie mit festem Blick auf den Bildschirm. »Ich habe eine Idee.«

Sie arbeitete rückwärts, indem sie die Punkte zwischen den dunklen Stellen markierte. So hoffte sie, das gäbe ihr eine zweite Vorlage für einen Vergleich. Zusammen würden diese beiden Abbildungen vielleicht etwas Lesbareres erzeugen.

Ihre Methode stellte sich als erfolgreich heraus. Obwohl sie noch immer nicht alle Worte entziffern konnte, war die erste Buchstabenreihe doch deutlich zu lesen. Es war nur eine partielle Lösung, aber sie verstand sie als Durchbruch.

»Da haben wir es«, sagte sie. »Seschat.«

»Die altägyptische Göttin der Schreibkunst«, meinte Daniel mit der größten Aufregung, die er seit Tagen gezeigt hatte.

»Aber auch der Begriff für Schreiberinnen. Ganz klar. Es gab so wenige Schreiberinnen in der Geschichte, dass es nicht schwer sein sollte herauszufinden, wer das hier niedergeschrieben hat.«

»Das ist ein großartiger Anfang. Wir können uns auch Mariahs Meinung dazu einholen. Sie sollte in ein paar Stunden hier sein.«

»Wie bitte?«

»Es tut mir leid, Sarah. Ich hätte es eher erwähnen sollen, aber es war mir entfallen. Ich war nicht gerade … Sie hat angerufen und gefragt, ob sie uns für ein paar Tage Gesellschaft leisten könne. Sie meinte, sie hätte ein paar brauchbare Theorien über die Schriftrolle, müsste sie aber zuerst sehen. Ich habe gesagt, dass sie kommen kann. Hab gedacht, ihr Input könnte uns nützlich sein.«

»Danny, hältst du das für eine gute Idee? Ich meine … nach allem, was passiert ist.«

»Sie ist eine Verbündete, und gerade jetzt können wir alle brauchen, die wir kriegen können. Wir müssen diese Unterhaltung nicht noch einmal führen, oder?«

»Nein, müssen wir nicht.« Sie schloss das Dokument und stand auf, um zu gehen. »Es ist deine Show.«

Mariah kam am späten Nachmittag an, als die Sonne im Zenit stand und die Temperaturen fast vierzig Grad im Schatten erreichten. Sie stieg aus der Beifahrertür eines schwarzen Mercedes SUV. Sie trug ein blendend weißes Button-down-Hemd, dessen Ärmel bis knapp über ihre Handgelenke hochgerollt waren, und einen langen, gerade geschnittenen Rock. Ein Hidschab aus Leinen-Ikat war locker um ihren Kopf gewickelt und an den Schultern überkreuzt.

Daniel reichte ihr zur Begrüßung die Hand. »Willkommen in Qaryat-al-Fau. Wir haben extra für Sie für einen warmen Tag gesorgt.«

Ihr Händedruck war fest und dauerte etwas länger als nötig. »Oh, mir macht die Hitze nichts aus. Es ist nur schön, zur Abwechslung mal im praktischen Einsatz zu sein. Wir von der Universität bekommen nicht oft die Gelegenheit dazu.«

»Nun ja, wir werden unser Bestes tun, damit es ein erfreuliches Erlebnis für Sie wird. Im Moment sind wir allerdings auf eine Notbesetzung minimiert. Ich bin sicher, Sie haben davon gehört.«

»Habe ich. Das mit dem Feuer tut mir sehr leid. Sie müssen am Boden zerstört sein.«

Nichts lag ihm ferner, als vor einem Universitätsmitglied Emotionen zu zeigen oder eine Niederlage einzugestehen. »Wir kommen klar. Die Arbeit geht weiter und letzten Endes werden wir uns neu organisieren. Rückschläge gehören zu unserem Metier.«

»Hat die Polizei gesagt, ob es Brandstiftung war?«

»Nein, noch nicht. Die Ermittlungen sind noch nicht abgeschlossen.«

»Aber Sie vermuten Brandstiftung. Vielleicht das Werk dieser stammeszugehörigen Diebe?«

Ein wenig von ihrer Direktheit überrascht sah er sie an. Er wartete ein paar Sekunden ab, ob sie aus Höflichkeit ihren Kommentar zurücknähme, doch ihr Blick verweilte auf ihm.

»Ich weiß nicht, was ich glaube«, sagte er. Diese Diskussion wollte er nicht führen. »Warum gehen wir nicht ins Labor? Sarah wartet dort auf uns.«

Im Labor saß Sarah vor dem Computer und arbeitete noch immer am Entziffern des Siegelstempels.

»Sarah, du erinnerst dich an Mariah?«, sagte Daniel.

Sarah schloss das Dokument und erhob sich. »Natürlich. Wie geht es Ihnen?«

»Sehr gut, danke«, entgegnete Mariah, während ihr Blick durch den Raum wanderte. »Das ist also das berühmte Forschungszentrum von Qaryat-al-Fau.«

»Hier spielt sich alles ab«, sagte Daniel. »Das, was Sie besprechen wollten, eingeschlossen.«

»Sind Sie vorangekommen?«

»Möglicherweise«, sagte Daniel. »Was wissen Sie über ägyptische Schreiberinnen?«

»Nun ja … sie waren äußerst selten. Wir kennen nur wenige Fälle, in denen Schreiberinnen bestimmt wurden. So oder so waren ihre Aufzeichnungen im Vergleich zu denen ihrer männlichen Kollegen unbedeutend. Allgemein gesagt waren die Frauen des alten Ägyptens nicht schriftkundig, wie Sie wissen. Warum fragen Sie?«

Daniel sah zu Sarah.

Sie bedachte ihn mit einen kalten Blick und wandte sich ab.

Er wusste, dass Sarah Mariahs Anwesenheit für nicht gut hielt, aber für ihn war es ein wichtiger nächster Schritt, und das nicht nur aufgrund des Fachwissens, das die Professorin mitbrachte. Die Universitätsfinanzierung der Expedition ließ keine Fehltritte zu. Laut seiner Vereinbarung mit der König-Saud musste alles offengelegt werden und es durfte keine Alleingänge geben.

Und ganz sicher keine privaten Verstrickungen. So sehr es ihn schmerzte, Sarah so nah zu sein und doch eine emotionale Distanz zu wahren, so wusste er doch, dass jegliche Verbindung zwischen ihnen einem Harakiri gleichkäme. Nicht nur würden es die Universitätsväter missbilligen; seine Männer würden außerdem jeglichen Respekt vor ihm verlieren und sie als gewöhnliches Flittchen betrachten – oder schlimmeres.

Daniel war gewarnt worden. Als er Sarah als seine Wahl für den Ersatz des leitenden Archäologen, der die Expedition aus gesundheitlichen Gründen verlassen hatte, vorstellte, hatte Professor Rashid al-Said, Direktor des Fachbereichs für Archäologie an der König-Saud, Skepsis geäußert.

»Diese Frau«, sagte er. »Sie halten sie für qualifiziert?«

»Wenn sie nicht qualifiziert wäre, würde ich sie nicht empfehlen, Professor«, sagte Daniel. »Sie wurde in Cambridge ausgebildet und hat ihre gesamte Karriere im Dienst der Universität verbracht. Wir wissen beide, wie hoch Cambridges Standards sind.«

»Das ist wahr. Aber was ist mit dieser Aksum-Expedition?«

»Unkontrollierbare Umstände. Ich war dort …«

»Die Presse beschreibt sie ein wenig als Einzelgängerin. Sie wissen, dass das hier nicht funktioniert.«

»Das ist mir bewusst. Sie müssen sich keine Sorgen machen. Sie kennt die Regeln, und außerdem habe ich die Leitung.«

»Ja … ja, das haben Sie. Wenn Sie sie für die Beste in diesem Job halten, dann vertraue ich Ihrem Urteil.«

»Ja, Sir. Ich werde Sie nicht enttäuschen.« Daniel stand auf, um zu gehen.

Der Professor blickte über seine Lesebrille. »Daniel? Es gibt da nur … eine Sache.«

»Ja, Sir?«

»Während einer anderen unserer Feldforschungen außerhalb Mekkas hatten wir eine Französin in der Crew. Letztendlich … wie drücke ich das vorsichtig aus … letztendlich hatte sie sich mit einem ihrer Mannschaftskollegen angefreundet. Sie hielten es geheim, aber jemand sah sie und … von jenem Tag an wurde sie zur Dirne der Expedition. Um mich kurzzufassen, die Crew hatte etwas freie Zeit und ging in die Stadt, und dieses arme Ding wurde von einer Gruppe Arbeitern vergewaltigt.« Er spitzte die Lippen und schüttelte mitleidig den Kopf. »Sie musste zur ärztlichen Versorgung nach Frankreich zurückkehren und ihr Freund wurde unverzüglich von seinen Pflichten entbunden. Es ist nicht angenehm, das zur Sprache zu bringen, aber ich fürchte, in unserem Land ist es Realität.«

Daniel lachte in sich hinein. »Seien Sie versichert, Professor, dass es derartige Zwischenfälle mit mir nicht geben wird.«

Al-Said erhob sich. »Diese Unterhaltung darf diesen Raum nicht verlassen. Sollte das je geschehen, zöge es ernste Konsequenzen nach sich. Es würde mir missfallen, jemandes Karriere geschadet zu sehen.« Er streckte eine Hand aus. »Habe ich Ihr Wort?«

Daniel hörte die Implikation laut und deutlich. Es war eine unverschleierte Drohung gegen ihn und, schlimmer noch, ein Verrat an Sarah. Aber es war der einzige Weg, sie an seiner Seite haben zu können. Er schüttelte fest die Hand des Professors. »Sie haben mein Wort.«

Wie durch Sarahs unterkühlte Reaktion auf Mariahs Anwesenheit deutlich wurde, hatte sein Schweigen in der Angelegenheit einen Preis. Aber er vertraute darauf, dass das stumme Band zwischen ihnen ihre Beziehung intakt und das Projekt am Laufen halten würde.

Daniel wandte sich an Mariah. »Sarah hat etwas gefunden, das wir für die schwachen Abdrücke einer Tonbulle auf dem Pergament halten. Wir haben die Substanz noch nicht testen lassen, aber mit großer Sicherheit haben wir es genau damit zu tun.«

»Das wäre gar nicht überraschend« sagte Mariah. »Bullen wurden am häufigsten zum Versiegeln von Schriftrollen und Manuskripten benutzt. Ich würde sie gerne sehen. Darf ich?«

Er nickte in Richtung des Safes. »Wärst du so freundlich, Sarah?«

Sie betrachtete Mariah, bevor sie ein halbes Lächeln zeigte.

»Gern.«

Mariah zog Handschuhe an und nahm die Schriftrolle von Sarah entgegen. Sie rollte sie langsam auf und studierte die Schriftzeichen. Mit ihrem kleinen Finger streifte sie einen der Buchstaben. Sie wandte sich an Daniel. »Haben Sie die Tinte testen lassen?«

»Laut des Radiokarbonlabors handelt es sich definitiv um eine Tinte auf Holzkohlebasis.«

»Interessant.«

Daniel wusste, worauf sie hinauswollte. Im zehnten Jahrhundert vor Christus waren Tinten üblicherweise auf Karbon basiert gewesen und daher anfällig für Abrieb. Diese Tinte war fest. »Wir werden weitere Tests daran vornehmen. Wir vermuten eine weitere Komponente.«

Sie drehte die Schriftrolle um und suchte nach dem Fleck auf der Mittelachse. »Ich sehe, was Sie meinen. Das könnte definitiv der Abdruck einer Bulle sein.«

»Das Spannende ist«, sagte Daniel, »dass wir glauben, einen Teil des Namens der Person lesen zu können, die das Dokument versiegelt hat.«

Als Mariah ihn ansah, waren ihre tiefbraunen Augen geweitet.

»Sie scherzen.«

»Sarah hat es entdeckt«, sagte er. »Sie ist eine Expertin im Bereich der Computeranalyse antiker Texte.«

Sarah ging zum Computer, um das digitale Abbild des vergrößerten Abdrucks aufzurufen. »Wir können nicht alles erkennen«, sagte sie, »aber dieser Teil ist recht deutlich.«

Mariah beugte sich vor und las.

»*Seschat.* Bemerkenswert …«

Sie schlang die Arme eng um ihren Oberkörper, so als schütze sie sich vor etwas. Ihre dichten schwarzen Brauen waren zusammengezogen, und sie biss sich auf ihre fleischige Unterlippe.

»Also«, sagte Daniel. »Irgendeine Idee, wer das sein könnte?«

Sie schüttelte den Kopf. »*Seschat* ist das weibliche Derivat von *sesch*, dem ägyptischen Wort für Schreiber.«

»Wie wahrscheinlich ist es, dass ein Mann, vermutlich von hohem Stand, eine Schreiberin beschäftigt hatte?«, fragte Sarah.

»Unwahrscheinlich, aber nicht unmöglich«, sagte Mariah. »Die Ägypter des Neuen Reiches waren aufgeklärte Menschen.«

»Es gibt einige wenige Darstellungen von Seschats in ägyptischen Grabkammern oder auf Stelen, aber diese sind nicht identifiziert«, sagte Sarah. »Nur ein paar Namen von Schreiberinnen der Geschichte wurden aufgezeichnet, aber die Daten passen nicht.«

Mariah wandte sich an Daniel.

»Überlassen Sie das mir. Ich habe ein paar Ideen, aber ich möchte nichts sagen, bevor ich nicht sicher bin. Morgen früh sollte ich eine Antwort für Sie haben.«

»In Ordnung«, sagte Daniel. »Warum machen wir nicht alle eine Pause hiervon? Wir ruhen uns ein bisschen aus und sprechen beim Abendessen weiter.«

»Bis dann«, sagte Mariah und verließ das Labor.

Daniel nahm die Schriftrolle, rollte sie vorsichtig wieder zusammen und sicherte sie mit der Kordel, bevor er sie in den Safe legte. Er sah zu Sarah, die noch immer am Computer arbeitete.

»Du solltest dich ausruhen, Sarah. Du arbeitest schon seit Tagen an der Sache.«

Sie sah nicht auf. »Mir geht es gut.«

Er ging zum Computertisch und kniete sich neben sie, um sie lange anzusehen. Bögen weicher blonder Locken umspielten ihr Gesicht willkürlich, aber sie schien es nicht zu bemerken, da sie außerordentlich fokussiert weiterarbeitete. Ihre langen Finger flogen mit dem hypnotisierenden Rhythmus und der Anmut eines Konzertpianisten über die Tastatur. Endlich hielt sie inne und sah ihn an.

»Ich will nicht streiten«, sagte er.

Ihre Züge wurden weicher. »Das will ich auch nicht. Es tut mir leid, dass …«

Er legte seine Hand auf ihren Unterarm und drückte ihn leicht. »Nein. Es ist meine Schuld. Aber lass uns nicht mehr davon sprechen, okay?«

Sie nickte.

»Gut. Ich seh dich beim Essen.«

Sarah sah zu, wie Daniel den Raum verließ, und als sich die Tür hinter ihm schloss, öffnete sie die E-Mail des Labors, die kurz vor Mariahs Ankunft eingegangen war. Die Tonpartikel, die an der Kordel gehaftet hatten, waren identifiziert worden. Obwohl die

Analysten nicht genug Material hatten, um den Ton zu datieren, konnten sie mit ziemlicher Präzision seinen Ursprung bestimmen. In diesem Fall war die Antwort eindeutig: *Jerusalem*.

Sie war nicht überrascht.

Sie rief eine andere Ansicht mit einem weit detaillierten digitalen Abdruck auf als dem, den sie Mariah gezeigt hatte. Den ganzen Morgen und frühen Nachmittag über hatte sie an dessen Perfektion gearbeitet, ihre Ergebnisse aber für sich behalten. Nicht einmal Daniel wusste Bescheid.

Sie hatte auf jeden Fall die Absicht, ihm davon zu erzählen, aber nicht, bevor Mariah abgereist war. Sie vertraute ihr nicht genug, um alle Karten offenzulegen. Außerdem würde Mariah das alles selbst herausfinden, wenn sie die Expertin war, die sie zu sein behauptete. In gewisser Weise war dies Sarahs Art, sie zu testen, um zu sehen, ob sie zuverlässige Informationen bieten oder versuchen würde, sie von der Fährte abzubringen.

Sie studierte das Bild auf dem Monitor. Die Worte starrten voller Eigenleben zurück.

Seschat Irisi, im Dienst der Königin.

Sie schloss die Augen. In ihrer Fantasie spielte sich eine Szene ab: Die schöne, schwarzhaarige Schreiberin legte eine kleine Kugel feuchten Tons auf die Kordel und versah sie mit ihrem persönlichen Siegel, ließ keinen Zweifel daran, wer die Zeichen auf den Papyrus geschrieben hatte. Aber wessen Worte waren es? Wer war diese Königin – und wer war ihr König?

Sarah war sich beinahe sicher, dass sie das wusste. Sollte sich ihre Theorie als richtig erweisen, wären die Auswirkungen weltbewegend. Jeder Zentimeter ihres Körpers pochte mit der Qual der Vorfreude, während sie darüber nachdachte, dass die Schriftrolle in ihrem Besitz eine beispiellose Brücke zwischen Legende und Geschichte schlagen könnte. Sie brauchte lediglich eine weitere Information, um absolut sicher zu sein. Und sie wusste genau, wer ihr diese beschaffen konnte.

Kapitel 8

»Haben Sie etwas dagegen, wenn ich mich zu Ihnen setze?«

Daniel drehte sich um und sah Mariah hinter sich stehen. Er zwang sich zu einem Lächeln und bedeutete ihr, sich neben ihn auf den verblichenen, alten Kelim zu setzen. Er warf einen weiteren Scheit ins sterbende Feuer und stieß hinein, um die Flammen zu schüren. Mit einem Knistern wirbelte die glühend heiße Asche auf wie Glühwürmchen am mondlosen Himmel. Er sog die süße Würze des jemenitischen Mesquiteholzes ein, als das Feuer wieder aufflammte.

»Schön, dass ich nicht die Einzige bin, die nicht schlafen kann«, sagte sie. »Was hält Sie um zwei Uhr morgens wach?«

Er zuckte mit den Schultern. »Ich denke nur nach, schätze ich.«

»Vielleicht wird Ihnen das helfen.« Sie zog einen kleinen, silbernen Flachmann aus der vorderen Tasche ihres Rucksacks und reichte ihm diesen. »Talisker Single Malt. Vor Jahren habe ich mal in Schottland gelebt und eine echte Vorliebe für Whiskey entwickelt. Diesen mag ich am liebsten. Ich habe ihn kürzlich bei einer Reise eingeschmuggelt.«

Er nahm einen Schluck. Der Scotch brannte in seiner Kehle und hinterließ einen angenehmen, rauchigen Nachgeschmack.

»Ich muss zugeben«, sagte sie, »dass diese Schriftrolle der Grund für meine Schlaflosigkeit ist. Ich habe mich ausgiebig mit ihrer Sprache beschäftigt und versucht, ihre Bedeutung zu verstehen. Sie steckt voller Symbolik. Sie zu enträtseln ist so ähnlich, wie im Dunkeln aus einem Sumpf herauszufinden.«

»Ist Ihnen irgendetwas aufgefallen?«

»Nur Kleinigkeiten, fürchte ich.« Sie zog ein Notizbuch aus ihrem Rucksack. »Ich wollte bis morgen warten, um davon zu erzählen, aber da wir schon einmal hier sind …« Sie zwinkerte. »Eine

Sache, die Sie über mich feststellen werden, ist, dass ich an den Zauber des Augenblicks glaube.«

Die Schatten, die das Feuer warf, tanzten über die Konturen ihres Gesichts und verliehen ihr eine fast byzantinische Schönheit. Ihre tief liegenden Augen waren wie glänzende Onyxkugeln in düsteren Höhlen. In ihrem Blick lag etwas Aufreizendes, dem er keine Beachtung schenken wollte. Er sah weg.

Sie öffnete das Notizbuch auf einer Seite mit handschriftlichen Einträgen und Diagrammen. »Bei näherer Untersuchung wird deutlich, dass nichts ist, wie es scheint. Nehmen Sie zum Beispiel diese Passage: *Hütet euch, Brüder, denn sie wird euch fangen und euch ihrer Armee aus Bestien zum Fraß vorwerfen.* Das ist offensichtlich sprichwörtlich gemeint. Die in diesem Text erwähnten Bestien wurden im alten Ägypten symbolisch verwendet. Der Löwe, zum Beispiel, war in der Antike ein Zeichen für Aristokratie und Stärke. Die Pharaonen sahen ihn als Beschützer an.«

»Und die Schlange war ein Symbol des Bösen und der Dunkelheit.«

»Das stimmt. Aber sie war auch ein Schutzsymbol. Im Alten Reich wurde Renenutet, die schützende Gottheit, als schlangenköpfige Göttin dargestellt. Als Kobra, um genau zu sein.«

»In diesem Zusammenhang bezieht sich die Schlange aber natürlich auf etwas Sündhaftes, weil eine Verführerin über sie befiehlt.«

»Ah, die Verführerin.« Mariah schlug die Augen nieder und richtete ihren Blick dann langsam auf ihn. »An dieser Stelle wird es interessant. Im neunten Jahrhundert vor Christus, das im Bereich der Radiokarbondatierung für die Schriftrolle liegt, gab es eine Gestalt, die man die Verführerin nannte.« Sie hielt inne. »Sie war eine Königin. Eine Phönizierin ägyptischer Abstammung, die Königin von Israel wurde.«

Daniel begegnete Mariahs eindringlich brennendem Blick. Er wusste, worauf sie hinaus wollte. »Isebel.«

»Es passt sehr gut zusammen. Isebel entstammte einer ägyptischen Linie, also wäre es für sie nicht unwahrscheinlich, eine ägyptische Schreiberin zu besitzen. Und das würde sich mit Ihrer Einschätzung der Töpfereien decken, die Sie am Fundplatz entdeckt haben. Sie erwähnten, dass der Honigtopf kanaanitisch oder möglicherweise phönizisch aussah.«

Er überdachte ihre Worte. Seine Gedanken kehrten zur Tonbulle zurück, deren Abdruck auf dem Papyrus zurückgeblieben war, und er erinnerte sich daran, dass der Laborbericht heute ankommen sollte. Der Ursprung der Tonpartikel brächte einen wichtigen Hinweis auf die Herkunft der Artefakte. Er machte sich eine gedankliche Notiz, Sarah danach zu fragen.

Mariah fuhr fort. »Denken Sie darüber nach: Sie duftet nach Balsam und feinen Gewürzen, und ihre Finger sind goldbestäubt. Das weist auf ein Königshaus hin. Die erwähnten Bestien stehen für ihr Wesen. Isebel kam in Verruf, weil sie ihre eigene Version Gottes verehrte, den phönizischen Gott Baal, und wurde deswegen als Dirne und Heidin in den biblischen Königsbüchern dargestellt. Es ergibt Sinn, dass eine solch schlechte Frau eine metaphorische Menagerie aus Dämonen und Schlangen und Ochsen besäße, die Schmerzen über jene brächten, die ihrem Willen nicht Folge leisten. Oder es könnte ein Verweis auf ihre Armee von Baal-Anhängern sein, die angeblich von ihr ausgesandt worden war, um die Propheten der Juden zu töten.«

Daniels Miene versteinerte sich, während er über Mariahs Theorie nachdachte. Was sie sagte, ergab Sinn, erschien aber zu einfach. Doch da es nicht zu seinen Stärken gehörte, die Nuancen antiker Sprachen zu interpretieren – dafür war er auf Experten wie Mariah angewiesen –, musste er sich auf ihre sachkundige Fähigkeit verlassen.

»Wenn das, was Sie sagen, wahr ist, was ist dann dieser Schatz, auf den sich die Schreiberin bezieht? Der, der aus Engelsflüstern geschmiedet ist und von Königen in alle Ewigkeit bewacht wird?«

Sie zwang ihre Lippen in ein volles Lächeln. Als sie seinen Blick fand, hielt sie ihn gefangen. »Sie meinen die Frucht ihres Leibes?«

Daniel durchschaute den subtilen Annäherungsversuch, ignorierte ihre Zweideutigkeit aber. »Ich nehme an, dass der Verfasser der Schriftrolle das nicht in herkömmlicher Interpretation meinte.«

Ihr Tonfall wurde geschäftsmäßig. »Der Legende nach war Isebel eine Priesterin im phönizischen Königreich ihres Vaters. Es gab nie einen Beweis dafür, aber der Interpretation mancher Gelehrter nach sprechen einige Bibelpassagen dafür, dass sie eine Art Zauberin war. Während ihrer Herrschaft als Königin duldeten sie und ihr Ehemann, Ahab, die Götzenverehrung anderer Gottheiten und erlaubten Opfergaben aller Art. Sogar Kleinkinder.« Sie machte eine Pause, um ihren nächsten Worten mehr Gewicht zu verleihen. »Einer Legende nach besaß Isebel ein magisches Buch, so etwas wie eine Anti-Bibel. Der Hinweis auf einen Schatz in dieser Schriftrolle könnte sehr gut ein Hinweis auf dieses Buch sein.«

»Fahren Sie fort.«

»Wenn Sie sich die anderen Verse ansehen, fügt sich alles zusammen. Der Autor spricht von einem Schlüssel zu einer Schatztruhe. Angenommen, dieser Schatz sei das Buch, dann ist es sehr wahrscheinlich äußerst gut versteckt … und es gibt einen Schlüssel zu ihm.«

»Ich nehme an, Sie haben auch dazu eine Theorie?«

Sie lächelte verschmitzt. »Wie haben Sie das erraten? Vor einigen Jahren, als ich für das Ministerium für Altertümer in Israel gearbeitet habe, versuchte ein Bauarbeiter, mir ein Bullenfragment für die Nationalsammlung zu verkaufen. Er sagte, er habe es gefunden, als er das Fundament eines Hauses im Westjordanland aushob. Darauf waren die Buchstaben IZVL und drei Abbildungen: eine Schlange, eine geflügelte Sonnenscheibe und« – sie hielt inne – »ein geflügelter Löwe.«

»Und Sie glaubten, sie könnte echt sein, obwohl ihre Herkunft unbestimmt war?«

»Natürlich nicht. Aber ich war fasziniert genug, um sie untersuchen zu lassen. Das Erste, was uns auffiel, war die Neigung des Abdrucks. Der untere Teil lag tiefer als der obere. Mit einem typischen Siegel wäre das Gewicht gleichmäßig verteilt worden und der Abdruck wäre einheitlich. Diese Neigung deutete darauf hin, dass der Abdruck von einem Ring stammen könnte. Vergessen Sie nicht, dass die Schriftrolle auf einen geschmiedeten Ring hinweist. Dieser Ring könnte der Schlüssel sein.«

Er verwarf die Schlussfolgerung als zu weit hergeholt. Seiner Gewohnheit entsprach es, wie ein Wissenschaftler zu denken und nicht, voreilige Schlüsse zu ziehen. »Und die anderen Tests?«

Sie schüttelte den Kopf. »Wir kamen nie dazu. Der Mann änderte plötzlich seine Meinung über den Verkauf der Bulle und verlangte sie zurück. Ich hatte keine andere Wahl, als sie ihm zu geben. Ich habe nie wieder von ihm gehört.«

Daniel nahm noch einen Schluck von dem Scotch, den er in seinem Mund verwirbelte, damit er sein volles Aroma entfalten konnte. Der vollmundige, rauchige Geschmack schien in der Wüste fehl am Platz, wo jeglicher Verzehr ausschließlich dem Zweck des Überlebens diente, aber nicht dem Vergnügen. Obwohl er den Geschmack der Zivilisation nie vermisste, so genoss er doch den flüchtigen Augenblick der Freude, wenn er für ihn greifbar war.

»Damit ich das recht verstehe.« Er zählte die Punkte an seinen Fingern ab. »Sie haben eine unbeglaubigte, unbelegte Bulle, die ein Bauarbeiter Ihnen gegeben hat, eine Geschichte aus dem Alten Testament und eine obskure Legende über irgendein magisches Buch.« Er lachte leise. »Es tut mir leid … ich wollte nicht lachen, aber Sie stützen eine Theorie auf eine Menge Fiktion.«

Ihre Züge verhärteten sich. »Offensichtlich glauben Sie nicht.«

»Beweisen Sie es mir, und ich werde mich überzeugen lassen. Ich arbeite nicht mit Glauben.«

»Ich will Sie daran erinnern, dass der Glaube hier draußen alles bedeutet.«

Er wollte gerade etwas erwidern, als der vertraute Piepton einer eingehenden SMS erklang. »Das ist seltsam«, sagte er. Neugierig, wer ihm so spät noch schrieb, suchte er in der Seitentasche seiner Cargohose nach seinem Mobiltelefon.

Er sah auf die Nummer. »Sarah«, sagte er, sowohl überrascht als auch leicht beunruhigt.

»Was ist los?« Mariahs Tonfall war arrogant und mehr als nur ein wenig bissig. »Müssen Sie sie ins Bett bringen?«

Der Kommentar ließ sein Gesicht vor Verärgerung brennen. »Das geht entschieden zu weit, Lady.« Er sprang auf die Füße. »Ich muss gehen.«

Jemand ist im Labor.

Sarahs SMS ließ allerlei Warnleuchten in Daniels Verstand aufblinken. Noch immer von den Ereignissen der letzten Woche benommen war er nicht für einen weiteren Übergriff bereit. Einen Moment lang zog er in Erwägung, dass Sarah sich getäuscht haben könnte, aber er wusste es besser. Ihre Worte ließen keinerlei Zweifel zu. Und sie war niemand, der übertrieb oder einen Hang zum Dramatischen hatte. Wenn sie sagte, dass jemand im Labor war, dann konnte er sich darauf verlassen.

Er ging schneller, je näher er dem Gebäude kam, das die Artefakte und die sensibelsten Informationen der Expedition beheimatete. Das Labor war der Mittelpunkt eines praktischen Wissenschaftlers. Dort wurde getestet, zugeordnet, aufbewahrt und untersucht. Der Gedanke, dass sich jemand am Lager oder, schlimmer, am Gehirn – dem Forschungscomputer – verging, erfüllte ihn mit einer Wut, die ihm Kraft gab. Er befand sich in höchster Alarmbereitschaft: stark, aufmerksam und bereit, es mit jedem aufzunehmen.

Sarah stand vor dem Gebäude. Sie zitterte in ihrem grauen Trainingsanzug. Sie war ruhig und gefasst, aber in ihrem Blick lag Besorgnis.

Er sprach leise.

»Was ist passiert?«

»Ich habe einen Spaziergang gemacht, und als ich hinter dem Labor vorbeikam, hörte ich das Klicken eines Schlüssels im Schloss. Ich kam her, um nachzusehen, und sah, wie sich die Tür hinter jemandem schloss. Der Wachmann war verschwunden.« Sie schlang ihre Arme um sich. »Nachdem ich dir geschrieben habe, sah ich mich ein bisschen um und fand ihn dort drüben« – sie neigte den Kopf in Richtung der Ruinen – »am Boden liegend. Ich habe die Polizei gerufen.«

»Schlaues Mädchen. Ich werde reingehen.«

»Nicht alleine; das wirst du nicht.«»Hör mir zu. Ich will, dass du hier draußen bleibst, falls es da drin hässlich wird.«

»Ich halte das nicht für eine gute …«

»Auf die Art hältst du mir den Rücken am besten frei. Vertrau mir.«

Schließlich nickte sie und er konnte die Enttäuschung in ihren Augen sehen. Aber wenigstens einer von ihnen sollte draußen in Sicherheit sein, falls die Dinge eskalierten. Er war im Begriff, einem Eindringling unbewaffnet gegenüberzutreten.

Er schenkte Sarah ein angespanntes Lächeln und öffnete die Tür vorsichtig, um kein Geräusch zu verursachen. Er ließ sie hinter sich leicht offen stehen.

Der Raum war stockfinster. Er legte seine Hand auf den Lichtschalter, konnte sich aber gerade noch davon abhalten, ihn zu betätigen. Einen Moment lang stand er in vollkommener Dunkelheit. Es herrschte Totenstille. Alles, was er hören konnte, war sein eigener Atem. Er spürte, wie ein Schweißtropfen seine Schläfe hinabrann.

Daniel vernahm ein kaum hörbares Rascheln von Stoff und wusste, dass der Eindringling sich bewegte. Es gab keine Trittgeräusche; der Eindringling hatte vermutlich seine Schuhe ausgezogen. Ein leises Klicken ertönte, dann noch eins – fünf Mal, einmal für jede Zahl der Kombination der Drucktastensperre.

Die pneumatische Safetür gab ein gedämpftes Seufzen von sich, als sie sich öffnete.

Daniel schaltete die Neonlichter ein.

Die Gestalt am anderen Ende des Raumes hob einen Unterarm, um die Augen zu schützen. Der Mann trug eine *Thobe*, Stoffhosen und eine *Taqiyah*, die traditionelle saudische Kappe – alles in Schwarz.

Daniel ging auf ihn zu. »Zeig dich«, sagte er auf Arabisch.

Der Mann senkte langsam seinen Unterarm, sah aber direkt zu Boden.Daniel fuhr erschrocken zusammen. »Abdul-Qadir? Was zur Hölle tust du hier?«

Abdul-Qadir, ein Forschungstechniker, den sie erst vor zwei Monaten angestellt hatten, war das stillste Mitglied der al-Fau-Crew. Der schmächtige Mann von nicht mehr als dreißig Jahren hatte lohfarbene Haut und weiche, beinahe feminine Züge. Er hatte dunkle, traurige Augen. Der Schatten eines schwarzen Schnurrbarts streifte seine Oberlippe. Während der Arbeit blieb er immer für sich und seine freie Zeit verbrachte er mit Lesen. Er war der letzte Mensch, von dem Daniel erwartet hätte, ihn mitten in der Nacht im Labor beim Knacken des Expeditionssafes zu sehen.

»Antworte mir«, brüllte Daniel.

Abdul-Qadir sank in sich zusammen. Sein Blick huschte durch den Raum. Er murmelte etwas Unverständliches auf Arabisch.

»Hör zu, Abdul, ich verliere die Geduld. Du hast jetzt zwei Möglichkeiten. Du kannst mit mir reden, oder ich kann dich den Behörden übergeben. Was soll es sein?«

Der Mann zitterte. »Okay … okay. Ich kann es erklären.«

Daniel verschränkte die Arme und wartete. Mit seinen Eins-achtzig überragte er Abdul-Qadir, der nicht größer als einen Meter siebenundsechzig war.

»Die Schriftrolle hat … sie hat nichts als Ärger gebracht. Sie s-sollte nicht hier sein.«

»Also wolltest du sie zerstören. Ist es das?«

Er zögerte.

Daniel wurde etwas lauter. »Ist es dir in den Sinn gekommen, Abdul, dass dieses Manuskript ein Stück menschlicher Geschichte ist? Um Himmels willen, Mann, du bist auf einer archäologischen Ausgrabung. Wir sind hier, um Artefakte zu erhalten, und nicht, um sie aufgrund eines falschen Aberglaubens wahllos zu zerstören.«

»Sie haben es gestohlen. Es gehört meinem Volk.« Abdul-Qadir schlug Daniel ins Gesicht und streckte ihn nieder. Dann griff er in den Safe und nahm die Schriftrolle. Auf seinem Sprint zur Tür sprang er über Daniel hinweg.

Daniel rollte sich herum und packte Abdul-Qadir am Knöchel. Er riss heftig an seinem Bein, sodass der junge Mann das Gleichgewicht verlor und auf die Seite stürzte. Im verzweifelten Versuch, einen Treffer zu landen, trat Abdul-Qadir wild um sich, aber seine physische Stärke war der seines Gegners nicht gewachsen. Daniel packte ihn am anderen Knöchel und hielt ihn an beiden Beinen fest.

Sarah stand mit geweiteten Augen in der Tür.

Indem Daniel seinen Ellbogen in Abdul-Qadirs Bauch stieß, zwang er ihn dazu, die Schriftrolle loszulassen.

»Sarah, nimm die Schriftrolle.«

Sie nahm das Artefakt an sich und er hörte ihre eiligen Schritte in Richtung des Safes.

Der zierliche Araber wand sich aus Daniels Griff.

Daniel sprang auf und ergriff Abduls Arme, schleuderte ihn herum. Er legte seine Hand um Abduls Hals und stieß ihn gegen die Wand. Er verstärkte den Druck auf seine Kehle.

Abdul-Qadir rang nach Luft.

»Du Stück Scheiße«, zischte Daniel durch die Zähne. »Du bist einer von ihnen. Du hast es ihnen gesteckt. Zwei Männer sind deinetwegen gestorben.«

Über seine Schulter hinweg rief er: »Sarah, sag den Bullen, dass wir den Brandstifter und Dieb von Qaryat-al-Fau gefasst haben.«

Dann richtete er seinen Blick wieder auf Abdul-Qadir. Er sprach langsam. »Wir werden dich nach der ganzen Härte des saudischen Gesetzes bestrafen.«

Abdul-Qadirs Augen weiteten sich vor Entsetzen. »Ich werde es niemals zugeben«, sagte er mit so gepresster Stimme, dass sie kaum hörbar war. Er spuckte aus, und der Speichel tropfte an seinem Kinn hinab und auf Daniels Hand. Daniel verstärkte seinen Druck auf Abduls Kehle, bis sich das Gesicht des jungen Mannes violett färbte und seine Augen hervortraten.

»Danny, nicht«, sagte Sarah. »Das ist es nicht wert.«

Er ignorierte ihr Flehen und sagte auf Arabisch: »Du bist in Allahs Augen unrein. Er wird dein höchster Ankläger sein.«

Das ferne Heulen einer Polizeisirene trieb durch die Nachtluft. Abdul-Qadirs Blick trübte sich. Daniel war sich nicht sicher, ob er ihn letztendlich erreicht hatte oder ob er ihm nur etwas vormachte. Er lockerte den Griff um seine Kehle gerade genug, um ihn sprechen zu lassen.

»Okay«, krächzte der Araber. »Wenn Sie mich ihnen nicht übergeben, dann werde ich die Wahrheit sagen.«

»Er ist ein Lügner«, sagte Sarah. »Die Polizei soll sich um ihn kümmern.«

Daniel hielt seinen Blick auf Abdul-Qadir gerichtet. »Ich höre.«

»Ich bin den Al Murra treu«, sagte Abdul. Stolz blitzte in seinen Augen auf. »Sie sind mein Volk. Vor langer Zeit gingen wir eine Partnerschaft mit einem britischen Mann ein. Für alle im Tal gefundenen Artefakte bezahlte er uns großzügig. Alles, was wir fanden, übergaben wir an ihn.«

»Also wurdest du hier eingeschleust, um uns auszuspionieren. Warum?«

Er sah zu Boden. »Die Schriftrolle ... sie will er mehr als alles andere. Er hat demjenigen, der sie ihm bringen würde, zwei Millionen US-Dollar geboten.«

»Warum will er sie haben?«

»Sie ist eine Karte. Das ist alles, was ich weiß.«

Daniel verstärkte seinen Griff. Der Klang der Sirene wurde lauter.

Mit einem Nicken kommunizierte Abdul-Qadir seine Bereitschaft, mehr zu verraten.

Daniel ließ ihn sprechen.

»Sie zeigt die Lage des Schatzes Isebels.«

»Was hast du da gesagt?«

»Der Schatz Isebels. Bitte. Sie müssen mir glauben. Mehr weiß ich nicht.«

Die Sirenen zerrissen die nächtliche Stille, als die Polizei eintraf. Ein mitleiderregender Ausdruck huschte über Abdul-Qadirs Gesicht. »Sie dürfen mich nicht mitnehmen.«

Daniel berechnete die Unmöglichkeit, dass Abduls Behauptung sich mit Mariahs Theorie deckte. Etwas musste daran sein. »Dieser Brite. Wo ist er?«

»Indien … Varanasi, glaube ich. Ich war zu meinem Training dort.«

Vage Konturen eines Plans begannen in Daniels Kopf Form anzunehmen. Mit einer einzigen, kraftvollen Bewegung schleuderte er den Verräter zu Boden. »Ich werde dir eine Chance zur Wiedergutmachung geben. Hintergehe mich noch einmal, und ich werde dich zerschmettern.«

Kapitel 9

Es war vier Uhr morgens. Sacks fühlte sich energiegeladen und wach, obwohl er in den letzten vierundzwanzig Stunden überhaupt nicht geschlafen und in den letzten drei Tagen nur Reis und Wasser zu sich genommen hatte. Dies war Teil der rituellen Reinigung, die vor einer wichtigen Zeremonie unabdingbar war.

Er stand inmitten des Badezimmers vor einer Porzellanwanne, die so maßgefertigt worden war, dass sie die volle Größe eines Mannes aufnehmen konnte. Weiße Stumpenkerzen, in einem Kreis um die Wanne herum aufgestellt, füllten den Raum mit dem Geruch von Nelken, den er als höchst angenehm empfand. Obwohl es keine anderen Einrichtungsgegenstände gab, war der Raum doch alles andere als schmucklos. Tonfliesen, die traditionelle Mandalamuster in Primärfarben zeigten, säumten die Wände vom blauen Mosaikboden bis zu der hohen Decke. Über der Wanne hing eine Leuchte aus Glas und Eisen in der Form eines dreidimensionalen Sterns, die einen warmen Safranschimmer auf das Badewasser warf.

Sacks öffnete den Gürtel seiner weißen Seidenrobe und ließ das Kleidungsstück über seine Schultern hinab zu Boden gleiten. Sein wohlgeformter, haarloser, zweiunddreißigjähriger Körper sah im sanften Licht wie eine Marmorstatue aus. Seidige schwarze Haarlocken reichten ihm bis unter die Brust. Er streute Salzkristalle ins Bad und sprach ein Gebet.

»Möge der Segen des allmächtigen Vaters auf diesem Bad liegen, das aus den beiden Elementen gewonnen wurde, welche essenziell für alles Leben sind. Möge dieser Körper von all seinen Unreinheiten und Sünden befreit werden, auf dass dieser Diener unbefleckt vor seinem Herrn zu stehen vermag.«

Er stieg in die Wanne. Das Wasser war lauwarm, beinahe kalt, so wie er es mochte. Diese Frische erweckte seine Sinne und half ihm, sich zu konzentrieren. Er begab sich in Rückenlage und ließ sich vom Wasser Auftrieb geben. Seine Haare wanden sich um seinen Kopf wie Medusas Schlangen. Er dachte an die Nachricht, die er früher am Abend erhalten hatte.

Es gibt Ärger, hatte ihm seine Verbindungsperson mitgeteilt.

Seine Antwort war eindeutig. *Verschwinde.*

Er sorgte sich nicht. Sein Plan war lediglich verzögert worden. Bald schon wäre die Schriftrolle sein. Dessen war er sich sicher.

Sie war der letzte Teil eines Puzzles, das er seit der Oberstufe im Internat zusammenzusetzen versuchte. Während eines Schulprojekts, für das die Schüler ihre Abstammung verfolgen sollten, hatte er erfahren, dass seine Vorfahren wohlhabende Grundbesitzer in Israel gewesen waren. Diese Parallele hatte ihn fasziniert – sein Vater, ein Öl- und Energiebaron in Nordengland, besaß tausende Hektar Land im Lake District.

Als Sacks achtzehn wurde, hatte er von seinem Treuhandfonds geschöpft, um einen Experten für historische Genealogie in London einzustellen. Damals verfolgte er seine Blutlinie bis zu den antiken judäischen Königen zurück und zählte eins und eins zusammen: Er war der Erbe des längst vergangen und auf Wiederauferstehung wartenden biblischen Throns, der Eine, der die Prophezeiungen erfüllen und die Welt von ihrer Sündhaftigkeit erlösen würde.

Er vertraute sich seinem Vater an, wie er es immer getan hatte, und gemeinsam ersannen sie einen Plan. Aus dem Verborgenen heraus würde der junge Trent um jeden Preis die Beweise sammeln, die eine sorgenvolle und ungläubige Welt brauchte, um zu glauben, dass er der von Gott Auserwählte war, während sein Vater eine unangreifbare Maschinerie errichtete, um seine Versprechen abzusichern – und die Familie zur Weltherrschaft zu führen.

Die Schriftrolle von al-Fau und der Schatz, den sie beschrieb, waren für seine Pläne grundlegend. Die Schriftrolle war sein Geburtsrecht und sein Erbe, und kein anderer hatte ein Anrecht darauf. Der Gedanke, dass sie von den Händen Ungläubiger befleckt wurde, widerte ihn an, und ein Frösteln durchfuhr sein Mark wie elektrischer Strom.

Sacks tauchte komplett in der Wanne unter und blieb unter der Wasseroberfläche. Er hielt solange den Atem an, bis sein Herz verzweifelt gegen seinen Brustkorb hämmerte und seine Schläfen pochten. Ihm wurde schwindlig, und sein Bewusstsein glitt davon. Er betrat einen Traumzustand, in dem Gedanken zur Zusammenhanglosigkeit zerflossen und von willkürlichen Visionen von Licht und Schatten und unvollständigen Formen ersetzt wurden.

Im Sekundenbruchteil, bevor er ohnmächtig werden würde, tauchte er mit einem lauten Keuchen auf. Zufrieden mit dem Ergebnis seines Experiments lächelte er.

Sich selbst dem Tod so nahe zu bringen, ließ ihn sich lebendig fühlen.

Er stieg aus der Wanne und trocknete sich gemächlich ab, dann schlüpfte er in eine weiße Kutte mit Kapuze und in ein Paar Ledersandalen. Es war Zeit, sich an die Arbeit zu machen.

Der Keller des Gebäudes, hinter zwei Reihen schwerer Sicherheitstüren verborgen, war in eine Ritualkammer verwandelt worden. Außer einem einzelnen blauen Licht, das über einem Schnitzaltar in der Mitte des Raumes aufleuchtete, lag der Raum im Dunkeln. Vor dem Altar lag ein fast ein auf zwei Meter großer Läufer aus reinweißer Lammwolle, dessen Längsseiten nach Osten und Westen ausgerichtet waren.

Am einen Ende des Raums befand sich ein von hohen Säulen flankiertes Tor; auf den Kapitellen standen messingene Feuerschalen. Am anderen Ende befand sich ein flaches, rundes Becken, das mit einem Glasmosaik verziert war, welches den Kopf der Schlange der Weisheit zeigte – dasselbe Bild, das auf Sacks Hals und Körper eintätowiert war. Ein Wandspringbrunnen goss frisches Wasser in das Becken und füllte den Raum mit einem sanften Raunen.

Den Kopf unter seiner Kapuze verborgen verbeugte sich Sacks vor seinen fünf Schülern. Sie erwiderten die Geste. Er wandte sich an einen von ihnen und sagte: »Bring die Flamme des Feuers.«

Der junge Inder ging zu den Säulen und hielt ein Zündholz in eine der Feuerschalen, um die Flamme zu schüren, die die richtungsweisende Kerze entzünden sollte. Er kehrte zum Altar zurück und bot mit gesenktem Kopf seine Gabe dar. »Möge diese Flamme das Wirken des Meisters führen«, sagte er mit einem starken nordindischen Akzent.

Mit einem Nicken bedeutete Sacks einem seiner anderen Schüler, dass es an der Zeit war, die Duftstoffe und Gewürze für die Räucherung zu mischen. Der Junge legte Kristalle aus Zeder, Sandelholz und Glyzinie in ein Räuchergefäß und entzündete die Kohlestücke darunter. Als die ersten Rauchfäden aufstiegen, sprach der Junge mit der Stimme eines Kindes: »Mögen diese Dämpfe den Meister und seine Schüler vor der heiligen Tat läutern.«

Sacks öffnete eine dunkle Holzkiste auf dem Altar und enthüllte drei aus Kupfer gefertigte Medaillons. In das erste war der Davidstern graviert, sowie fünf althebräische Worte, von denen jedes einzelne die geheiligten und mystischen Namen seines einen Herrn und Meisters symbolisierten. Auf dem zweiten prangte ein Kreuz. Auf jeder Seite stand auf Hebräisch der Name des Herrschers über jedes der vier Elemente geschrieben. Das dritte Medaillon, welches er als das mächtigste sah, war mit mystischen Zeichen aus der Sprache der Engel beschrieben.

Er wandte sich an seinen ersten und vertrauenswürdigsten Schüler, einen blonden Briten mit milchigweißer Haut und gletscherblauen Augen. Mit einem liebevollen Blick überreichte er ihm den einen Schlüssel. »Bringe das Siegel.«

Der junge Mann verneigte sich tief und kniete sich vor eine geschnitzte Holztruhe unter dem Altar. Vorsichtig holte er ein Kistchen aus ausgehöhltem Bergkristall heraus, stand auf und öffnete es vor Sacks. Das Objekt darin glänzte im blauen Licht wie ein

Talisman der Antike. Seine vier Steine, in der Form eines Diamanten angeordnet, verströmten ein Leuchten, das Sacks Augen blendete und ihn dazu veranlasste, seinen Blick für einen Moment abzuwenden.

Er nahm den Ring aus dem Kristallbehälter. Das Eisen lag schwer in seiner Hand und erinnerte ihn an die Erhabenheit des Objekts in seinem Besitz. Er spürte die Regung seiner Lenden unter seiner Kutte, als er den Ring an den Mittelfinger seiner rechten Hand steckte. Er schloss die Augen und atmete schwach aus, so leise wie das Flüstern einer verebbenden Meereswelle.

In diesem Augenblick fühlte er sich unbezwingbar.

Sacks hatte keine Mühen und Kosten gescheut, um in den Besitz des Königsrings zu gelangen. Obwohl die Geschichte ihn als Legende beschrieb, war er immer von seiner Existenz überzeugt gewesen. Stunde um Stunde, Tag um Tag verbrachte er im Britischen Museum, über althebräischen Schriften grübelnd, auf der Suche nach dem geringsten Hinweis. Als die Recherche nichts anderes als Fehlschläge hervorbrachte, reiste er nach Tel Aviv und Jerusalem, um Bündnisse mit Archäologen, Historikern, Wissenschaftlern und jedem zu schmieden, der ihm im Gegenzug für eine ansehnliche Zuwendung in der Form eines Forschungszuschusses Gehör schenken würde.

Erst als er die dunklen Künste entdeckte, erfuhr er eine wahrhafte Offenbarung. Der Augenblick war unauslöschlich in seine Erinnerung gebrannt. Er stand auf einer abgelegenen Bergkuppe in der ländlichen Gegend des Lake Districts, und wie sein Urahn es vor ihm getan hatte, bot Sacks Gott ein Opfer dar. In ein Feuer, das er aus wohlriechendem Holz entzündet hatte, warf er eine lebende Ziege, deren Vorder- und Hinterläufe gefesselt waren. Noch immer erinnerte er sich ohne Gefühlsregungen an das jämmerliche Blöken des Tieres, als es vom Feuer überwältigt wurde, und an den ekelerregenden Gestank von versengtem Fell und Fleisch.

Es war das erste Mal, dass er absichtlich getötet hatte, und er war überrascht, wie einfach es war. Im Namen des Allmächtigen war kein Opfer zu groß.

Schon bald wurde er für seine Opfergabe belohnt. In der darauffolgenden Woche bekam er von seinem Informanten in Israel einen Hinweis, der ihn zum unwahrscheinlichsten aller Orte führte: einem kleinen, bescheidenen Bethaus im ländlichen Polen. Und dort war er, im Mauerwerk eingeschlossen, wie es die mündlich überlieferten Geschichten besagten: Der Ring aus Eisen und Gold, den der einflussreichste König der Geschichte getragen hatte. Laut der mystischen Texte war er die ultimative Waffe der Macht.

Der Legende nach befähigte der Ring seinen Träger dazu, Wunder zu wirken und mit Geistern zu kommunizieren. Nun gehörte dieses Privileg ihm. Mit dem Ring als Beschützer und Führer war sich Sacks sicher, dass er sich zum rechtmäßigen Erbe auf den davidischen Thron erheben würde – als der Eine, auf den die Juden seit nahezu drei Jahrtausenden gewartet hatten.

Mit dem Ring am Mittelfinger wandte er sich nach Osten und hob seine Hände zu dem blauen Licht, das den Himmel repräsentierte.

»Agla, Agla, Agla, Agla.« Die mystischen Worte, die *Du, mein Gott, bist für immer allmächtig* bedeuteten, wiederholte er laut. »Oh allgewaltiger Gott, dessen Herrschaft über das gesamte Universum absolut ist, gewähre Deinem demütigen Diener Weisheit, so wie Elijas Hülle dem Elischa gegeben ward. Verleihe dieser Seele einen großen Teil Deines Geistes, oh Herr, sodass der untere Himmel mit Deiner Herrlichkeit geehrt werde.«

Sacks trat auf den Läufer und spürte die weiche Lammwolle unter seinen Füßen. Einer seiner Schüler reichte ihm ein Schwert, auf dessen Griffspitze ein Cabochon-Rubin eingelassen war. Der Junge, der mit der Räucherung beauftragt war, näherte sich und schwang das Gefäß über dem Teppich. Der aromatisierte Rauch verband sich mit der verbrauchten Luft des fensterlosen Raumes und die Glyziniendämpfe versetzten Sacks in einen leichten Rauschzustand.

Als Sacks seine Arme ausbreitete und seinen Kopf hob, befestigte ein anderer seiner Schüler die Kupfermedaillons an seiner Kleidung: das eine mit dem Davidsstern an seiner Brust und die anderen beiden an seinem Rücken, entlang seiner Wirbelsäule.

»Ich übergebe mich ganz an dich, oh heiligster Adonai.« Seine Stimme dröhnte. »Entferne den Schleier von meinen Augen, sodass ich sehen kann, was vor mir verborgen war. Beschere mir die Visionen deiner Propheten und die Weisheit deiner Auserwählten, sodass die Wahrheit zu meinen Ohren zu sprechen vermag.«

Mit unter ihren Kapuzen geneigten Köpfen standen die fünf Schüler um den heiligen Kreis herum, die Arme und Beine wie Da Vincis *vitruvianischer Mensch* ausgebreitet.

Mithilfe des Räucherwerks und dem monotonen Gesang erreichte Sacks einen zutiefst meditativen Zustand. Er war mehr Beobachter als Bewohner seines Verstandes und betrachtete ohne Wertung oder Meinung, wie Bilder in sein verändertes Bewusstsein traten und es wieder verließen.

Kreischende Dämonen verhöhnten ihn. Eine gesichtslose, ältliche Gestalt war über ein Pergament gebeugt und malte mit Fasanenfeder und Bluttinte Buchstaben darauf. Schwarze Krähen flogen scheußlich krächzend in sich zusammenziehende Sturmwolken hinein. Engel standen auf hohen Bergen und bliesen in ihre Trompeten, als die Wolken aufbrachen und ein gewaltiges Beben die Erde entzweiriss. Aus den donnernden Trümmern erhob sich eine Stimme: *Besteige den Thron und der Entwurf des Meistersteinmetzes wird sich offenbaren.*

Sacks öffnete seine brennenden, blutunterlaufenen Augen. In den elf Jahren, in denen er die dunklen Künste ausgeübt hatte, hatte er nicht ein Mal die Stimme des Allmächtigen vernommen. Mit aller Sicherheit wusste er, dass er das letztendlich getan hatte und dass dies die ihm auferlegte Mission war.

Jetzt musste er nur noch den Thron finden, von dem der Große Eine sprach. Die Antwort lag in der Schriftrolle, hinter den Parabeln und Rätseln des klugen Königs verborgen. Er musste lediglich das Blut seiner Gegner vergießen und Anspruch auf das Vermächtnis seiner Vorfahren erheben. Der Gedanke an die nächste Phase seines Plans ließ ihn gieren.

In den Krieg.

Kapitel 10

Sarah saß auf dem Bett in ihrer Hütte mit ihrem Mobiltelefon in der einen und einer Zigarette in der anderen Hand. Es war Monate her, dass sie das letzte Mal geraucht hatte, und diese einheimische Version einer Marlboro brachte ihr nicht den angenehmen Dunst würzigen Tabaks, den sie erwartet hatte. Die Zigarette war trocken und bitter wie mit Schierling versetztes Heu. Sie drückte sie in einem behelfsmäßigen Aschenbecher aus – einem mit Sand gefüllten Teeglas. Dieses Mal, dachte sie, würde sie vielleicht aufhören und auch dabei bleiben.

Sie berührte ihr Handy, um sich die Zeit anzeigen zu lassen. Es war kurz nach sechs Uhr morgens. Sie fragte sich, ob es zu früh sei, um anzurufen. Aber etwas sagte ihr, dass er abnehmen würde, sobald er ihre Nummer auf seinem Display sah. Sie entfaltete ein kleines Stück Papier mit einer Telefonnummer darauf und tippte die Zahlen ein.

Das Klingeln klang entfernt, als riefe sie in einer anderen Welt an. Auf gewisse Weise tat sie das.

»Allo.« Die Stimme klang aufmerksam und selbstbewusst, ganz so wie in ihrer Erinnerung.

»Ezra«, sagte Sarah. »Es ist eine Ewigkeit her. Wie geht es dir?«

Er zögerte. »Sarah Weston. Ich glaube es ja nicht. Wir haben seit dem Aufbaustudium nicht mehr miteinander gesprochen. Wo in aller Welt bist du?«

»Eigentlich gar nicht weit weg von dir. Saudi-Arabien. Beim Qaryat-al-Fau-Projekt.«

»Qaryat-al-Fau? Was hat das mit Cambridge zu tun?«

»Ich arbeite nicht mehr für die Universität, Ezra. Lange Geschichte.«

»Lass mich raten. Sauertopf-Simon hat dir endgültig den letzten Nerv geraubt?« Er lachte leise. »Ich kann nicht behaupten, dass ich dir das verdenke. Aber im Ernst, was ist passiert?«

Sie seufzte, als die Erinnerung sie überkam. Stanley Simon, der Professor, unter dem Sarah und Ezra während ihre Promotion studiert hatten und langjähriger Freund der Familie Weston, hatte sie vor zwei Jahren als Leiterin der Aksum-Ausgrabung empfohlen. Sie dachte, er glaube an ihre Fähigkeiten, während er in Wirklichkeit nur auf ihren Vater reagierte, der der Universität eine große Schenkung gemacht hatte. Die Bedingung: ein bedeutender Posten für seine eigenwillige Tochter, möglichst weit weg von England.

Aber das war erst viel später ans Licht gekommen. Die Spannungen entstanden, als das Aksum-Projekt eine brisante Wendung nahm: Ein äthiopischer Linguist, den Sarah und Daniel mit der Übersetzung einiger obskurer Inschriften beauftragt hatten, war ermordet worden. Die Archäologen waren darin verwickelt und die Ausgrabung der Universität Cambridge wurde vom Kultusministerium geschlossen.

So erpicht darauf, das Rätsel zu lösen als auch ihren Namen reinzuwaschen, schwor Sarah, zu bleiben und zu kämpfen. Aufgebracht befahl Simon ihr, nach Hause zu fliegen. Der Konflikt eskalierte, während sich das Geheimnis um Äthiopiens zehnten Heiligen lüftete – und von den Universitätsvätern als ein Haufen Schwachsinn abgewiesen wurde. Sarah war anderer Meinung und machte trotz aller Warnungen weiter, und dafür wurde sie als Paria gebrandmarkt. Im Grunde hatte man ihr die Wahl gelassen: ihr Job oder ihre Überzeugungen.

»Es hat den Anschein, als wäre ich nicht Mitläufer genug für Cambridge«, meinte sie. »Sagen wir mal so, wir trennten uns in beiderseitigem Einvernehmen. Sie mögen mich nicht und ich respektiere sie nicht.«

»Hm. Diese pseudopatrizialen Langweiler waren sowieso nie gut für dich. Du solltest hierher kommen, an etwas Echtem arbeiten.«

Sie lächelte. Eine solche Bemerkung war typisch für Ezra. Er war Israeli durch und durch. Obwohl er Cambridges Vorzeige-Archäologiestudent gewesen war und die Möglichkeit gehabt hatte, überall zu arbeiten, hatte er die Rückkehr in sein Heimatland nie infrage gestellt.

Er besaß einen einzigen Fokus: der biblischen Archäologie nachzugehen und den Mythos von der Geschichte zu separieren. Und in der Tat machte er Fortschritte. Er war derjenige, der endgültig bewiesen hatte, dass die in Palästina gefundenen lmlk-Stempel mit König Hiskija von Juda in Verbindung standen. Er war Teil der modernen Ausgrabungsmannschaft am Tell es-Safi nahe Hebron und stellte die mittlerweile gemeinhin akzeptierte Theorie auf, dass sich der philistäische Stadtstaat Gath dort befunden hatte. Seine Erfolgsliste hörte nicht auf – vom Finden von mit biblischen Gestalten in Verbindung stehenden Bullen bis zum Aufdecken von Fälschungen, von denen sich selbst die fachkundigsten Experten hatten täuschen lassen – und hatte ihm den gerechtfertigten Ruf eines von Israels begnadetsten Archäologen eingebracht.

Sarah hatte ihn während der letzten beiden Jahre ihres Doktoratsstudiums an der Universität kennengelernt, wo sie viele gemeinsame Vorlesungen besuchten. Zu jener Zeit war sie von seinem Scharfsinn und seiner Entschlossenheit beeindruckt und hatte seine Intensität bewundert.

Ezra fühlte sich so sehr zu Sarah hingezogen, dass es an Obsession grenzte. Zwei Jahre lang hörte er nicht auf, ihr nachzustellen. Von spätabendlichen Anrufen über das Schreiben von Gedichten zog er alle Register. Sie hielt seinen Annäherungsversuchen immer stand, wenn auch auf freundliche Weise. Sie wollte ihn auf ihrer Seite wissen, aber nicht unter diesen Bedingungen. Eine Zeit lang rief er noch an, sogar nachdem sie Cambridge für ihre jeweiligen Außeneinsätze im Anschluss an die Promotion verlassen hatten – er war nach Ägypten, sie nach Jordanien gereist – aber schließlich hatten die Arbeitsverpflichtungen überhandgenommen und der

Kontakt war abgebrochen. Es war bestimmt sieben Jahre her, seit sie das letzte Mal miteinander gesprochen hatten.

»Genaugenommen ist das der Grund für meinen Anruf«, sagte sie. »Ich bin über etwas gestolpert, das eher etwas für dich ist.«

»Wirklich? Faszinierend.«

Sarah scheute sich davor, mehr am Telefon zu sagen. An den Ereignissen der letzten Tage gemessen könnten sämtliche Wände Ohren haben. »Ich kann es dir nicht erzählen. Aber ich kann es dir zeigen. Bist du morgen beschäftigt?«

»Du willst zu mir kommen? Meine Gebete müssen erhört worden sein. Soll ich uns ins Dan einbuchen?«

»Ach, hör auf. Es ist rein geschäftlich. Und ziemlich ernst.«

»Tz. Wie immer verstehst du keinen Spaß. Okay. Komm her. Du weißt, dass ich keine Gelegenheit ausschlagen würde, dich in meiner Schuld zu wissen.«

»Das werden wir sehen. Vielleicht wirst du stattdessen auch mir etwas schuldig sein. Auf Wiederhören, Ezra.«

Sarah betrat das Labor mit zwei Bechern starken schwarzen Kaffees. Daniel, der die Nacht hier verbracht hatte, um einen weiteren Einbruch zu verhindern, saß mit hochgelegten Füßen auf einem Stuhl zurückgelehnt und hatte die Augen geschlossen. Schnell öffnete er sie.

»Hattest wohl jede Menge Erholung, was?«, fragte Sarah, als sie ihm einen der Becher reichte.

Er rieb sich den Nacken und verzog das Gesicht. »Ich habe schon komfortabler auf Felshaufen geschlafen. Und du?«

Sie zuckte mit den Schultern. »Wie immer.«

»Verstehe. Wie sieht es mit dem Rest des Lagers aus? Ich hab heute Morgen noch nicht nach unserem Freund gesehen.«

»Ich habe ihm gerade Frühstück gebracht. Er war ziemlich schlecht gelaunt. Offensichtlich gefällt es ihm nicht, mit verbundenen Händen in einer winzigen Hütte eingesperrt zu sein.«

»Er wird sich daran gewöhnen. Es hätte ihn schlimmer treffen können.«

»Glaubst du wirklich, dass es klug war, Abdul hierzubehalten?«

»Ich glaube, dass er uns diesseits des Gefängnisses mehr nützt. Außerdem hat er uns noch mehr zu erzählen.«

Sarah nahm einen Schluck ihres Kaffees. »Ich habe auch nach Mariah gesehen.«

»Sie schläft wahrscheinlich fest, oder?«

»Falsch. Sie ist weg.« Sie griff in ihre Tasche und reichte ihm eine aus einem Notizbuch gerissene Seite. »Das lag auf dem Bett.«

Daniel faltete den Zettel auseinander und las die Nachricht laut vor: »Es tut mit leid – ich musste vor dem Morgengrauen abreisen. Ich wurde wegen einer Krisensitzung der Fakultät zur Universität zurückbeordert. Denken Sie über das nach, was ich Ihnen erzählt habe. Mariah.«

»Interessantes Timing«, sagte Sarah. »Ich frage mich, ob diese Sitzung etwas mit uns zu tun hat.«

»Wir werden es bald herausfinden. Darauf kannst du wetten.«

Sarah studierte Daniels Gesicht. Er sah so erschöpft aus, wie es zu erwarten war, aber obwohl sein gebräunter Teint ungewöhnlich blass und das Wachstum seiner Gesichtsbehaarung seit einigen Tage ungebremst war, funkelten seinen Augen mit Intention. Sarah kannte diesen Ausdruck: Er bedeutete, dass er einen Plan hatte, und die feste Absicht, diesen in die Tat umzusetzen.

»Was willst du mit Abdul-Qadir anstellen?«

Er strich sich über die schwarzen Bartstoppeln, die seinen Kiefer und Hals bedeckten. »Ich bin nicht sicher. Ich habe ein paar Ideen, aber bis jetzt hat es noch keine Form angenommen. Eines weiß ich aber. Ich will mehr über diesen britischen Scherzkeks herausfinden, der ein Auge auf die Schriftrolle geworfen hat. Keine Ahnung, was für Beweggründe er hat, aber er ist eindeutig wild entschlossen, diese Expedition zu sabotieren. Das nehme ich nicht auf die leichte Schulter.«

»Er hat seine Sache ziemlich gut gemacht. Sieh dich um. Wir haben nur vier Crewmitglieder übrig und einer von ihnen ist ein Verräter.« Sie zögerte, bevor sie hinzufügte: »Einer, von dem wir es wissen.«

»Richtig.« Er stand auf. »Er muss aufgehalten werden.«

»Der einzige Weg ihn aufzuhalten ist, zuerst das Rätsel zu lösen. Und vor ihm zu diesem Schatz zu gelangen, was auch immer der sein mag.« Sie stellte ihren Kaffeebecher ab. »Übrigens, was meinte Mariah damit, als sie sagte: Denken Sie über das nach, was ich Ihnen erzählt habe?«

»Abdul-Qadirs Bemerkung über den Schatz Isebels … das war nicht das erste Mal, dass ich das gehört habe. Früher am Abend sprach ich mit Mariah und sie hat dieselbe Theorie vorgebracht. Sie hat ihre Erklärung auf einzelne Zeilen des Schriftrollentextes gestützt. Es war ziemlich löchrig, aber … das noch mal von Abdul-Qadir zu hören, ließ mich aufhorchen, weißt du?«

»Dann will ich dir noch eine Information geben. Die Analyse der Tonpartikel ist aus dem Labor gekommen. Es war judäischer Ton, ausdrücklich aus Jerusalem bezogen.«

»Jerusalem? Also könnte die Isebel-Theorie stimmen.«

»Vielleicht. Aber ich habe eine andere.«

»Der berühmte Sarah-Weston-Instinkt. Sag mir, was du denkst.«

»Vor einer Weile, in Äthiopien, habe ich etwas in der originalen koptischen Version des Kebra Negest gelesen. Es war von einer in einem Sandsturm verschollenen Karawane die Rede. Da stand nicht wann oder wo, aber es wurde angedeutet, dass sie der Königin von Saba gehörte.«

»Sarah, das Kebra Negest ist keine verlässliche historische Quelle. Mâkedâ und Salomon … ihr uneheliches Kind … das Schmuggeln der Bundeslade nach Äthiopien … die ganze Geschichte liest sich eher wie ein Märchen.«

»Dem widerspreche ich ja nicht. Aber was, wenn es das nicht ist? Sieh mal, du kannst die Fakten nicht leugnen. Eine Karawane aus dem zehnten Jahrhundert, ein sabäischer Sattel, judäische Artefakte, eine von einer königlichen Schreiberin verfasste Schriftrolle …« Sie klang überzeugt. »Denk darüber nach, Danny. Wer heiratete eine ägyptische Prinzessin und machte sie zu seiner Königin? Wer durchwanderte die Wüste in der Dämmerung seines Lebens? Wer hatte eine Gabe für rätselhafte, sprichwörtliche Schriften?«

Daniel rieb sich die Augen. »Warum hast du das nicht erwähnt, als Mariah da war?«

Sie konnte es sich gerade verkneifen zu sagen, dass sie ihr nicht traute. »Sie scheint von ihrer Theorie ziemlich angetan zu sein. Ich glaube, wir brauchen eine weitere Meinung. Einer meiner Freunde ist biblischer Archäologe in Israel. Er ist einer der Weltbesten. Es wäre gut, eine objektive Sicht zu erhalten.«

»Wirklich? Wer?«

»Ezra Harel.«

»Ezra Harel ist dein Freund?«

»Na ja, wir haben seit Jahren nicht miteinander gesprochen. Wir waren zusammen im Aufbaustudium in Cambridge. Warum? Kennst du ihn?«

»Wir haben uns ein Mal getroffen. Brillanter Kerl, aber ein etwas aufgeblasener Arsch.«

Der Anflug eines Lächelns umspielte ihre Lippen. »So ist Ezra. Aber seine Instinkte liegen goldrichtig. Wenn irgendwer die Ausdrucksweise dieser Schriftrolle deuten kann, dann er.«

»Schlechte Idee. Die Saudis würden es nie dulden, wenn ein Israeli ihr Gebiet beträte. Eher noch würden sie die Schriftrolle ins Feuer werfen, als sie Ezra zu überlassen.«

»Warum müssen sie davon wissen?«

»Bist du verrückt? Ein berühmter israelischer Wissenschaftler, der israelische Ressourcen nutzt, um eine antike Schriftrolle zu entschlüsseln, die sehr wohl aus Israel stammen könnte … wie glaubst du, das unter Verschluss halten zu können?«

»Ezra ist sehr diskret. Für mich würde er es als Gefallen tun.«

»Okay. Nehmen wir an, das tut er, und er findet heraus, dass die Schriftrolle biblische Signifikanz besitzt. Wem gegenüber, glaubst du, wird er loyal sein – dir, seiner Studienkollegin, oder seinem Land?«

»Warum machen wir uns nicht dann Gedanken darüber …«

Er hielt die Hände hoch. »Hör auf. Wir machen uns überhaupt keine Gedanken darüber, wenn es so weit ist. Wir lassen es gar nicht so weit kommen. In Ordnung?«

Sie blieb ruhig, aber all die Frustration, die sich seit ihrer Ankunft in Saudi-Arabien in ihr angestaut hatte, brodelte an der Oberfläche. »Nein, das ist nicht in Ordnung. Wir stecken in der Klemme. Und wir brauchen Antworten. Die Nationalität der Person, die uns diese Antworten liefert, ist bedeutungslos. Die Wahrheit kennt keine Grenzen.«

»Sei nicht so naiv. Du redest von zwei Nationen, die einander hassen. Wenn du ein auf saudischem Boden gefundenes Artefakt persönlich bei den Israelis ablieferst, dann wird jede Menge Kacke am Dampfen sein. Sie werden die Repatriierung verlangen, was die Saudis zur Weißglut treiben wird. Sie werden die Zuständigkeit für sich beanspruchen und das Ganze wird zu einem ausgewachsenen Krieg werden. Ich werde nicht ins politische Kreuzfeuer geraten. Und du auch nicht.«

Sarah versteifte sich. Ihr Vater hätte sie naiv genannt und ihr verboten, sich in einen Konflikt hinein zu wagen. Sie würde sich eines Mannes wegen nicht zurückhalten. Nicht dieses Mal.

»Ich muss dich nicht recht gehört haben, denn einen Moment lang klang es so, als würdest du mir sagen, was ich zu tun habe.«

Er fuhr sich mit einer Hand durchs zerzauste Haar und atmete laut hörbar aus. Er wollte etwas sagen, wandte sich stattdessen aber ab; offensichtlich versuchte er, seine Wut unter Kontrolle zu bringen.

Sarah fügte hinzu: »Ich sage nur eines. Bevor ich praktische Archäologin wurde, habe ich einen Eid geleistet. Ich habe geschworen, dass ich vor allem anderen die Wahrheit hinter den Fakten suchen würde. Meine oberste Verpflichtung gilt diesem Eid. Gerade du solltest das wissen.«

»Oh, glaub mir, das weiß ich. Und normalerweise würde ich dir zustimmen. Aber das ist was anderes.«

»Warum? Weil es *dein* Projekt ist? Weil für *dich* so viel auf dem Spiel steht?«

Er trat einen Schritt zurück. »Ich betrachte das als Partnerschaft. Was du tust, wirkt sich auf mich aus, und umgekehrt.« Seine Stimme wurde lauter. »Wenn du das durchziehst, können wir genauso gut jetzt gleich unsere Koffer packen, weil wir hier ganz bestimmt keine Arbeit mehr haben werden. Ist es das, was du willst?«

Sicher wusste Daniel, dass der einzige Grund, warum sie diesem Einsatz zugestimmt hatte, der war, dass sie an seiner Seite arbeiten konnte. Sie hatte ihn gewählt, weil sie die gleichen Prinzipien besaßen. Zum ersten Mal zog sie in Betracht, einen Fehler gemacht zu haben.

»Arbeit?« Trotz ihrer größten Bemühungen schlich sich eine Gefühlsregung in ihre Stimme. »Glaubst du, dass ich deswegen hier bin? Muss ich es dir buchstabieren?«

Er senkte den Blick und schloss dann die Augen. Sein Gesicht war zu einem Ausdruck des Schmerzes verzerrt. »Nicht. Bitte.«

Sie zitterte. Sie wollte nicht aussprechen, was sie dachte, aber sie hatte keine Wahl. »Wenn du solche Angst hast, diesen Job zu verlieren, dann werde ich allein handeln. Ich kündige.«

Er blickte erschrocken auf. »Tu das nicht, Sarah. Bitte denk noch mal darüber nach.« Er legte seine Hände auf ihre Arme und drückte sie. »Du bist meine Partnerin. Ich brauche dich.«

»Du brauchst mich zu deinen Bedingungen.« Sie entzog sich seinem Griff. »Ich werde mich selbst nicht aufgeben. Nicht einmal für dich.«

Mit einer stummen Bitte in den Augen ließ er seine Arme fallen.

»Dann leb wohl«, sagte sie.

»Auf keinen Fall.« Er kam ihr so nah, dass sie die Wärme spüren könnte, die von seinem Körper ausströmte.

»Für uns gibt es kein Lebewohl.«

Bedauern umklammerte sie, aber dennoch musste sie sich in diesem Augenblick von ihm trennen – um ihrer beider Willen. Sie drehte sich um und lief aus dem Labor, den Blick vor der gleißenden arabischen Sonne gesenkt.

Kapitel 11

Nach zehn Monaten in der Wüste, praktisch ohne Kontakt zur Außenwelt, fühlte es sich seltsam an, durch eine geschäftige Metropole wie Tel Aviv zu fahren. Sarah war zum ersten Mal in der Stadt, aber ihre Melancholie rang mit ihrer üblichen Begeisterung über das Erkunden unbekannter Orte.

Während sie den Ayalon Highway in nördlicher Richtung befuhr, betrachtete sie gedankenverloren die Gegend, eine bunte Mischung aus von der Architektur vergessenen Mehrfamilienhäusern aus Beton und modernen Türmen aus Glas, Beton und Stahl, mit Kanten so scharf, dass sie Papier schneiden konnten. Zur Mittagsstunde war der Highway ein Durcheinander aus Autos, Motorrädern und ächzenden Lastwagen, die grauen Rauch ausstießen, wenn sie beschleunigten. Die Autobahnkreuze, große Labyrinthe aus von hohen Betonwänden umgebenen Asphaltschleifen, waren mit dem abfahrenden Verkehr vollgestopft, den ein Soundtrack plärrender Hupen begleitete.

Sich darüber im Klaren, dass sie von Autofahrern umgeben war, die es für eine Sportart hielten, Regeln zu brechen, versuchte Sarah, sich auf das Befahren der fremden Straße zu konzentrieren, aber ihre Gedanken kehrten immer wieder zu ihrem letzten Gespräch mit Daniel zurück. Ihre Kündigung war keine spontane Reaktion auf einen Streit oder den Fehlversuch, im Thema Ezra auf einen gemeinsamen Nenner zu kommen. Sie war der finale Ausdruck einer Frustration, die monatelang stumm in ihr gegärt hatte.

Einen Teil davon schrieb sie sich selbst zu. In all diesen Monaten hatte sie sich nie dazu durchringen können, Daniel zu fragen, warum er sich von ihr zurückgezogen hatte. Wieder einmal hatte ihre anständige Erziehung sie davon abgehalten, wahrhaftig und unumwunden menschlich zu sein.

Mehr als alles andere wollte sie eine vollständig bedingungslos Partnerschaft mit Daniel führen. Das war der Grund, warum sie sich überhaupt mit ihm in Saudi-Arabien zusammengetan hatte. Aber sie konnte nicht länger in eine Aktie investieren, deren Wert immer tiefer in den Keller sank.

Ja, sagte sie sich selbst, wegzugehen war das Beste. Aber sie konnte die gewaltige Leere nicht verleugnen, die ihr Handeln erzeugt hatte. Sie hatte erwartet, dass es befreiend wäre, von einer Institution oder einem Partner unabhängig zu sein, aber stattdessen fühlte sie sich abgekoppelt, wie ein Gespenst, das zwischen Welten trieb, die es nicht für sich beanspruchen konnte. Sie riss sich zusammen, als sie die Ausfahrt Rokach zur Universität Tel Aviv nahm.

Sie parkte ihren Mietwagen und marschierte über den Campus zu Ezras Büro im Gilman-Gebäude. Sie lief an der Cymbalista-Synagoge vorbei und staunte über ihre ikonische bauliche Manifestation des Strebens nach dem Unmöglichen. Auf einem Universitätscampus zu sein, besonders einem mit einem solchen Ruf für Innovation, beflügelte sie immer. Ein Funke von Begeisterung, der erste seit ihrer Konfrontation mit Daniel, begann sich in ihrem Gemüt zu manifestieren. Sie setzte große Hoffnungen in Ezras Beitrag zum Projekt, auch wenn es ein Risiko war, ihm um Hilfe zu bitten. Nicht die Mittel zählten, sondern das Ziel: ein historisches Geheimnis mit potenziell brisanten Auswirkungen zu lüften.

Vor der Tür zu Ezras Büro holte sie tief Luft und hob ihre Hand, um zu klopfen. Noch ehe sie dazu kam, öffnete er.

»Ich habe deine Gegenwart gespürt«, sagte er. Seine Lippen waren zu einem schiefen Lächeln gekrümmt. »Shalom.«

Bei seinem Anblick entspannte sie sich. In diesem Moment, in dem sie sich so alleine fühlte, war es schön, ein mit der Vergangenheit verbundenes Gesicht zu sehen.

»Hallo, Ezra.«

Er küsste sie auf beide Wangen.

»Wie ich dich sah, schön wie zum ersten Mal, scheinst du mir noch!«

Sie erkannte die Zeile aus einem Shakespeareschen Sonnet und nickte zum Dank.

Er blickte nach unten. »Doch, ach, sieh mich an.«

Er war definitiv gealtert. Obwohl gerade erst neununddreißig, war sein dichtes schwarzes Haar bereits mit Silberfäden durchzogen, genauso wie sein kurzer Bart, der seinen Kiefer und die Vertiefungen seiner Wangen bedeckte. Seine intensiven braunen Augen waren von spinnwebenartigen Linien umrahmt und zwischen seine Augenbrauen hatte sich eine tiefe Furche gegraben, die ihn dauerhaft besorgt aussehen ließ. Er war noch immer so schlank, wie er es während des Aufbaustudiums gewesen war, trug jetzt aber einen kleinen Bauch zur Schau, der darauf hindeutete, dass er dieser Tage mehr der akademischen als der praktischen Welt zugetan war. So unbekümmert um sein Äußeres, wie er es immer gewesen war, trug er ein verblichenes rotes Hemd, dessen Ärmel nachlässig bis zu den Ellbogen hochgekrempelt waren, und eine ausgebeulte Kakihose, die von einem braunen Ledergürtel festgehalten wurde, an den Sarah sich tatsächlich von vor zehn Jahren noch erinnerte.

Er ließ sie herein. Während sie sich bewegte, haftete sein Blick an ihr. Sein Büro war so vollgestopft und unordentlich, dass Sarah einen Stapel Bücher von einem Stuhl nehmen musste, um sich hinsetzen zu können. Bücherregale säumten zwei der Wände. Jedes Regal war mit wahllos verteilten Schriften übersät. Sein Schreibtisch wurde von noch mehr Büchern und Bergen von Papieren belagert, manche aus übervollen Ordnern hervorquellend und andere in lose aufgetürmten Stapeln liegend.

Überall im Raum befanden sich verschiedene Artefakte und gerahmte Anerkennungsurkunden. Sarahs Blick blieb an einer Inkantationsschale hängen, die spiralförmig mit hebräischen Buchstaben und einer zusammengerollten Schlange in verblassender brauner Tinte bemalt war.

»Drittes Jahrhundert«, sagte er. »Magische Schalen wie diese wurden im vorderen Orient unter den Häusern vergraben, um böse Geister abzuwehren.«

Sie richtete ihre Aufmerksamkeit auf ihn. »Ezra, ich weiß, dass deine Zeit wertvoll ist, also werde ich direkt zur Sache kommen. Ich bin hier, um deine Meinung über etwas einzuholen. Inmitten der Überreste einer alten Karawane in einem Tal nahe al-Fau haben wir eine bemerkenswert gut erhaltene Papyrusrolle geborgen. Sie war unter den Sanddünen begraben und wurde erst vor Kurzem nach einer Serie heftiger Sandstürme freigelegt. Wir haben sie auf das zehnte Jahrhundert vor Christus datiert – dein Spezialgebiet – und wir haben Grund zu der Annahme, dass sie aus Israel stammt.«

Er lehnte sich in seinem Stuhl zurück und klopfte seine Fingerspitzen aneinander. »Eine Papyrusrolle, hast du gesagt? Aufs zehnte Jahrhundert datiert? Das kann ich kaum glauben.«

»Ach? Warum?«

»Komm schon, Sarah. Du weißt sehr gut, dass alles, was überhaupt zu dieser Zeit aufgezeichnet wurde, auf Stein oder Ostraka geschrieben wurde. Papyrus existierte damals nicht.«

»Nicht hier, nein. Aber in Ägypten. Die Ägypter schrieben seit dem dritten Jahrtausend vor Christus auf Papyrus.«

»Du hast also die Theorie, dass dieser Papyrus ägyptischen Ursprungs auf mysteriöse Weise im vorderen Orient aufgetaucht ist?«

»Vielleicht nicht auf ganz so mysteriöse Weise. Wir müssen noch den Rest zusammenfügen, dann wird es mehr Sinn ergeben.«

»Schön. Ich spiele mit. Wo ist diese Schriftrolle jetzt?«

»In al-Fau, zumindest für den Moment.« Sie zog einen silbernen USB-Stick aus ihrem Rucksack. »Es ist alles hier drauf.«

Er nahm den Stick an sich. »Ich werde es mir ansehen, aber ohne das tatsächliche Artefakt sind meine Möglichkeiten begrenzt. Das weißt du.«

»Es ist eher unwahrscheinlich, dass wir es hierher schicken können. Die Saudis sind ziemlich besitzergreifend.«

»Das ist eine Schande. Aber wir werden kaum siebzig Jahre der Geschichte ändern können, nicht wahr?« Er steckte den USB-Stick in den Laptop und beugte sich über den Bildschirm. »Okay. Dann wollen wir uns das mal ansehen.«

Sarah ging auf seine Seite des Schreibtisches und stellte sich hinter ihn. »Im Prinzip sehen wir hier eine Papyrusrolle in der Größenordnung von fünfundzwanzig auf fünfunddreißig Zentimeter. Unser 14C-Labor in den USA hat es auf zweitausendneunhundert Jahre BP datiert, plus minus vierzig. Wie du sehen kannst, ist die Sprache …«

»Spätägyptisches Hieratisch. Äußerst interessant. Es ist selten, einen längeren Text aus dieser Zeit zu finden. Ich nehme an, du hast ihn übersetzen lassen?«

»Ja, von einer der Professorinnen an der König-Saud. Mariah Banai. Kennst du sie?«

Er sah auf. »Der Name kommt mir bekannt vor … aber ich kann es nicht mit Bestimmtheit sagen. Was hatte Miss Banai zu erzählen?«

Sarah verwies Ezra auf ein anderes Dokument und wartete, bis er Mariahs Übersetzung gelesen hatte. Als er fertig war, schnalzte er mit der Zunge. »Interessant. Wenn es dir nichts ausmacht, werde ich meine eigenen Leute eine Übersetzung anfertigen lassen. Nur für den Fall, dass sie eine andere Auslegung haben.«

»Natürlich. Wie schnell werden sie fertig sein?«

»Ich kann sie sofort loslegen lassen. Es sollte nur ein paar Tage dauern. Ich rufe dich an, wenn es soweit ist.« Er zog eine dichte schwarze Augenbraue in die Höhe. »Dann können wir bei Drinks und einem Abendessen darüber reden.«

Sein Interesse schmeichelte ihr ernsthaft, auch wenn sie es nicht erwiderte. »Du gibst nie auf, oder? In Ordnung. Ich nehme deine Einladung an. In der Zwischenzeit sieh dir das hier an.« Sie öffnete die Ansicht der digitalen Abbildung des Bullenabdrucks. »Auf der Schriftrolle war dieses verblasste Zeichen, hier« – sie deutete auf einen Bereich auf der Rückseite der Schriftrolle und dann auf einen weiteren nahe des Randes – »und hier. Ich gehe davon aus, dass es der Abdruck einer Bulle ist.«

»Sehr schön. Ich nehme an, die Bulle ist längst verloren?«

»Als wir sie in situ fanden, war die Schriftrolle aufgerollt und mit einer Kordel gesichert. Keine Bulle.«

»Welche Art von Kordel?«

»Ein Leinenfaden. Nichts Außergewöhnliches.«

»Ist etwas vom Lehm der Bulle übrig?«

»Tatsächlich, ja. Hier wird es interessant. Wir haben winzige Partikel untersucht und das Labor hat den Ursprung des Lehms auf Jerusalem bestimmt. Also wissen wir, dass sie zumindest in Israel versiegelt wurde.«

Er nickte nachdenklich. »Wir werden noch mal einen Blick darauf werfen. Nicht, dass ich dir und deinem amerikanischen Labor nicht traue …«

»Ein ewiger Skeptiker.«

»Ich bin biblischer Archäologe. Das gehört dazu.«

»Hier ist etwas, dass du erörtern kannst.« Sie rief die höchste Auflösung der digitalen Abbildung auf den Bildschirm. »Ich habe ein paar erweiterte Bildgebungsverfahren angewendet – eine ähnliche Technologie wie jene, die die NASA verwendet –, um diesen Abdruck von den Toten auferstehen zu lassen. Ich konnte ihn lesbar machen.«

Ezras Stirn legte sich in Falten, während er las. »Seschat Irisi, im Dienst der Königin. Bist du sicher?«

»Sehr sicher, ja. Aber du bist herzlich eingeladen, es selbst zu versuchen.« Sie hielt seinem Blick stand. »Hast du eine Idee, wer Irisi gewesen sein könnte?«

»Eine ägyptische Schreiberin in Jerusalem? Der Geschichte ist freilich keine solche Person bekannt. Der Bibel auch nicht; auch wenn das keine Rolle spielt. Du und ich, wir beide wissen, dass die Bibel kein Geschichtsbuch ist.«

»Du hältst noch immer an der minimalistischen Sichtweise fest, was?« Sie kannte die Antwort. Ezra ließ das Gefüge für sich selbst sprechen – ganz gleich, wie kontrovers die Schlussfolgerungen waren. Es war eine vollwissenschaftliche, glaubensfreie Herangehensweise, die innerhalb Israels spiritueller Gemeinschaft Wellen schlug und den Zorn der Fanatiker schürte.

Ohne zu antworten, sah er sie an. Dann wandte er sich wieder dem Computer zu und rief die Abbildung des hieratischen Textes erneut auf. »Etwas lässt mir keine Ruhe. Wieso ist diese Handschrift so unversehrt? Wenn es wirklich ein Dokument aus dem zehnten Jahrhundert ist, dann sollte die Tinte verblasst oder abgerieben sein.«

»Genau! Eine kohlebasierte Tinte, wie man sie zu dieser Zeit benutzt hätte, wäre nicht beständig. Es sei denn …«

»Es wäre noch etwas anderes darin.«

Sie lächelte. »Ganz genau.« Sie zog ein kleines Probengefäß aus ihrem Rucksack. »Ich habe mir die Freiheit genommen, etwas der Tinte abzukratzen, sodass wir sie testen können.«

»Endlich – eine physische Probe.« Er hielt den fingerhutgroßen Becher in die Höhe und besah sich dessen Inhalt, der mit bloßem Auge kaum zu erkennen war. »Okay. Lass mich das unters Glas legen und sehen, was ich herausbekomme. Gib mir ein paar Tage – sagen wir, bis nächsten Freitag?«

»Klar, warum nicht?«

»Gut. Dann treffen wir uns nächsten Freitag im Jajo. Legere Kleidung; der Laden ist recht lässig.«

»Das trifft sich, weil ich mein Tanzkleid im Camp gelassen habe.«

Er kicherte. »Dein Sinn für Humor hat sich verbessert. Saudi-Arabien scheint dir gutzutun. Obwohl ich beim besten Willen nicht verstehen kann, warum.«

Sarahs Gedanken kehrten nach Qaryat-al-Fau zurück, und zu Daniel. Sie zwang sich, sämtliche verbliebenen Gefühle aus ihren Gedanken zu verbannen und nach vorne zu blicken.

Das Jajo war ein langer, schmaler Raum, der sich in einer Gasse in Hafennähe versteckte. Eine der Wände bestand aus einem Mosaik aus freiliegenden Backsteinen in verschiedenen Schattierungen von Grün, Rot und Sand, eine andere war mit einer sich ablösenden sepiafarbenen Tapete bedeckt, die ein verblassendes Rebenmotiv zeigte. Dort waren zwei antike bronzene Wandleuchter mit ungeschützten Glühbirnen angebracht, die ein flackerndes Safranlicht auf junge, lebhafte Gesichter warfen. Jeder Platz war besetzt und der Lärm der Gespräche hallte von den Wänden und dem Betonfußboden wider. Sarah brauchte einen Moment, um durch den Dunstschleier aus Zigarettenrauch klar sehen zu können.

Ezra saß an einem Zweiertisch in einer Ecke am anderen Ende des Raumes und tippte auf seinem Handy herum. Er trug dieselben ausgebeulten Hosen wie ein paar Tage zuvor, zusammen mit einem weißen Oxford-Hemd, das dringend gebügelt werden musste. Eine halb leere Flasche Goldstar-Bier stand vor ihm.

Sarah setzte sich ihm gegenüber und bedeutete der Kellnerin durch den Raum hindurch, ihr ebenfalls ein Goldstar zu bringen. »Also«, sagte sie. »Hast du Neuigkeiten?«

Er schickte eine Textnachricht ab und legte sein Telefon weg. Sein Gesicht war verkniffen, als ob er sich über etwas Sorgen machte. »Ja, in der Tat. Einige sogar.«

»Ich bin ganz Ohr.«

Er rieb sich die Stirn, während er nach unten auf ein paar Notizen blickte, die wahllos auf losen Papierseiten geschrieben standen. »Okay. Fangen wir mit der Übersetzung an. Deine Leute von der König-Saud lagen nicht weit daneben. Wir haben im Prinzip dasselbe herausbekommen, mit ein paar kleinen Sprachverschiedenheiten. Der größte Unterschied besteht in der Zeile, die sie weggelassen haben.« Er blätterte durch die Papiere, bis er dasjenige gefunden hatte, nach dem er suchte. Er zog es aus dem Stapel und legte es vor sie. »Hier. Erinnere dich an den Teil über die Verführerin. Tja, vor der Zeile: *Sie duftet nach Balsam und feinen*

Gewürzen, und ihre Finger sind goldbestäubt, und so weiter steht eine weitere Zeile, die lautet: *Sie bewohnt die finstersten Tiefen des tapfren Königs Festung*. Das ist ihnen komplett entgangen.«

»Verstehst du irgendetwas davon?«

Er hielt ihren Blick ein paar Sekunden lang fest, als wöge er seine Antwort ab. »Ich werde darauf zurückkommen.«

Die Kellnerin brachte das Goldstar und die Rechnung. Sarah wollte sie nehmen, aber Ezra schnappte sie ihr weg. »Liebes, du magst vielleicht diejenige mit all dem Geld sein, aber hier in der Gegend laufen die Dinge anders.« Er bezahlte die Frau.

Sarah hob ihre Flasche. »Dann prost. Was hast du sonst noch?«

»Das Interessanteste hat mit der Tinte zu tun. Ich habe sie mir unter dem Mikroskop angesehen. Natürlich ist sie kohlebasiert, daran gibt es nichts zu rütteln. Aber darin waren auch feine Partikel von etwas anderem.«

»Gold?«, fragte sie, denn sie wollte eine Theorie bestätigen, die ihr durch den Kopf gegangen war. Sie glaubte, dass ein mit der Kohle vermischtes Metall wie zum Beispiel Gold die Tinte hätte beständig werden lassen.

»Nah dran. Kupfer.«

Sie lehnte sich zurück. »Natürlich. Das macht noch viel mehr Sinn.«

»Genau. Ich ließ die Partikel testen. Ich habe erwartet, dass die Zusammensetzung dem Profil des in Timna gefundenen Kupfers entsprechen würde, das ein bis zur Jungsteinzeit zurückreichendes ägyptisches Bergbaurevier war.«

»Klingt nach einer logischen Verbindung. Und konntest du das verifizieren?«

»Tatsächlich nicht. Sie stimmte mit Khirbat en-Nahas überein.«

Auf Sarahs Stirn zeigte sich eine Falte. Sie tippte sich mit einer lose geschlossenen Faust an die Lippen.

Khirbat en-Nahas war eine antike Kupfermine in einem wüstenhaften Gebiet des südlichen Jordaniens, in der Gegend, welche die hebräische Bibel Edom nannte. Die Minen wurden von frühen Archäologen auf die Eisenzeit datiert, aber eine internationale Expedition hatte die Stätte kürzlich wieder aufgesucht und tief unter der Oberfläche gegraben. Sie fanden Schmelzrückstände, die eine der Schichten der Mine auf das zehnte Jahrhundert vor Christus datierte. Diese Datierung, zusammen mit bei der Ausgrabung gefunden Objekten und der von der Mannschaft verwendeten hoch entwickelten digitalen Kartierung, führten zu einer spannenden Theorie: Dass König Salomons legendäre Kupferminen, von denen während des Baus des ersten Jerusalemer Tempels, etwa um 950 vor Christus, geschöpft wurde, in Khirbat en-Nahas lagen.

»Auf gewisse Weise macht es Sinn«, sagte er. »Es gibt Hinweise darauf, dass die Minen Timnas im zehnten Jahrhundert vor Christus nicht in Betrieb waren. Aber Khirbat en-Nahas war es, wenn man der neuen Chronologie glaubt.«

Sie beugte sich vor. »Okay. Lass uns alle Fakten überdenken. Wir haben einen in hieratischer Sprache von einer ägyptischen Schreiberin verfassten ägyptischen Papyrus. Das Kupfer aus der Tinte und der Ton, der zum Versiegeln der Schriftrolle verwendet wurde, können nach Edom und Judäa zurückverfolgt werden. Der Brief wurde von einem Mann geschrieben, vermutlich an seinen Sohn, und dennoch behauptet die Schreiberin, im Dienst der Königin zu stehen. Müssen wir hier eine königliche Verbindung annehmen?«

»Ein ägyptischer Herrscher hätte Zugang zu den Ressourcen eines benachbarten Landes wie zum Beispiel Israel. Also ist es nicht unmöglich.«

»Lass uns über etwas anderes reden. Die Schriftrolle wurde in einer Alabasterschatulle aufbewahrt, auf der ein geflügelter, menschenköpfiger Löwe abgebildet war. Das gleiche Symbol haben wir auf einem Honigtopf in einer der Satteltaschen gefunden. Gibt es eine Möglichkeit herauszufinden, wessen Insignien das gewesen sind?«

»Das Motiv des geflügelten Tieres wurde in Ägypten und dem

Nahen Osten häufig verwendet. Es war ein Symbol der Macht und des Schutzes. Beliebig viele Herrscher hätten es benutzt. Worauf willst du hinaus?«

»Das ist genau der Punkt. Vielleicht war es überhaupt kein ägyptischer Herrscher.«

Er verschränkte die Arme. »Sprich weiter.«

»Was, wenn es ein israelischer oder judäischer König mit Verbindungen nach Ägypten war?«

»Lass mich raten. Du hast eine Theorie.«

»Na ja, unser Mitarbeiter, der sich als Verräter entpuppte, behauptete, dass die Schriftrolle eine Karte ist, die zu einem bestimmten Schatz Isebels führt. Interessanterweise hat Mariah Banai dieselbe Theorie aufgestellt. Was hältst du davon?« Sie beobachtete seine Reaktion genau.

Er zögerte. »Das klingt nicht richtig.«

»Warum nicht?«

»Du meinst abgesehen von der Tatsache, dass es nichts gibt, dass die biblischen Geschichten untermauern würde? Aber lass uns für einen Moment annehmen, dass die Erzählung der Bibel wahr ist. Isebel, die böse Königin, glaubte nicht an den hebräischen Gott. Wenn du dir die Sprache in der Schriftrolle genau ansiehst, dann wird es deutlich, dass der Mensch, der sie geschrieben hat, ein Anhänger Yahwehs war. Die Anspielungen auf Engel und den fünfzackigen Stern verraten es. Diese Symbole wurden von den Hebräern bejaht, nicht aber von Anhängern Baals.«

»Exakt. Ich habe eine völlig andere Meinung. Erinnerst du dich daran, dass ich sagte, die Artefakte waren mit einer verschollenen Karawane in einem tückischen Tal vergraben?« Sie zog einen Spiralblock aus ihrem Rucksack und schlug eine Abbildung auf. »Das habe ich aus dem Gedächtnis gezeichnet. Den Sattel selbst haben Al-Murra-Aufrührer an sich genommen. Ich bin keine große Künstlerin, aber das ist eine recht akkurate Darstellung. Was hältst du davon?«

»Das Textilmuster ist sabäisch.«

»Das hat Danny auch gesagt.«

»Daniel Madigan? Du nennst ihn Danny?« Er verdrehte die Augen. »Wie überaus reizend.«

»Bleib ernst, Ezra. Ich will darauf hinaus, dass wir es wahrscheinlich mit einer sabäischen Karawane zu tun haben, die von einem Handelsauftrag auf dem Weg nach Hause war. Wir haben die Überreste schon aufs zehnte Jahrhundert vor Christus datiert und wir haben Hinweise darauf, dass die Schriftrolle von einem Monarchen verfasst worden sein könnte.« Sie blätterte zur nächsten Seite in ihrem Notizblock um. »Laut der originalen koptischen Version des Kebra Negest kam ein Teil einer königlichen Karawane auf der Rückreise von Jerusalem nach Südarabien um. Es handelte sich um die Nachhut einer angeblich fünfhundert Kamele starken Karawane, die die Königin von Saba auf einer monatelangen Reise durch die Wüste begleitete.«

»Anekdotenhaft.« Er sprach kurzangebunden.

»Das weiß ich. Aber es regt zum Nachdenken an, oder nicht? Was, wenn an den biblischen Schilderungen über die Königin von Saba und König Salomon etwas dran ist? Was, wenn ihre Karawane Schätze aus seinem Königreich zurückbrachte – inklusive einer Nachricht an seinen Sohn?«

Mit einem großen Schluck leerte Ezra sein Bier. Er bedeutete der Kellnerin, ein weiteres zu bringen. »Hör zu. Es gibt keinen tatsächlichen Beweis für die Existenz dieser beiden Figuren. Wenn du das Konzept des Minimalismus begreifst, dann weißt du, wo ich bezüglich Salomon stehe. Wenn er überhaupt existierte, dann war er ein Stammesfürst, der nicht das Maß an Einfluss, Macht oder Reichtum besaß, das ihm die Bibel zuschreibt. Er konnte auch nicht gut genug lesen und schreiben, um eine Nachricht wie diese zu verfassen.«

»Vielleicht war er selbst nicht schreibkundig genug, um sie zu verfassen, aber seine Schreiberin schon. Vergiss nicht, dass er mit einer Tochter Pharao Psusennes II. verheiratet war. Die Königin hätte ihre eigene Schreiberin mitgebracht, damit diese über die Reise in ihr neues Heimatland berichten konnte.«

Er winkte mit einer Hand ab. »Biblischer Müll. Ich glaube kein Wort davon.«

»Zieh doch wenigstens die Möglichkeit in Betracht.«

»Ich halte die ganze Sache für absurd. Vielleicht hätten wir ein vollständigeres Bild, wenn wir Zugang zu diesem Tal hätten. Aber nach dem, was heute Nachmittag passiert ist, bezweifle ich, dass das in nächster Zeit der Fall sein wird.«

»Was meinst du? Was ist heute Nachmittag passiert?«

»Der Raubüberfall.«

Sie hatte keine Ahnung, wovon er da sprach.

»Willst du mir erzählen, du weißt nichts davon?«

Der Raubüberfall. Sie fühlte sich innerlich erstarrt. »Warte. Erklär es mir. Worum geht es?«

»Laut den Nachrichten hat die archäologische Abteilung der König-Saud einen Kurier und einem Mitarbeiter nach Qaryat-al-Fau geschickt, um die Schriftrolle abzuholen und sie zur Verwahrung zur Universität zu bringen. Ich gehe davon aus, dass versucht wurde, sie zu stehlen?«

Sie nickte. Besorgnis verhärtete ihren Kiefer.

»Na ja, der Kurier holte die Schriftrolle ab, kam aber nie zur Universität zurück. Der Truck wurde in einem Straßengraben am Highway gefunden. Der Mitarbeiter der König-Saud war erschossen worden. Eine einzelne Kugel zwischen die Augen, aus kurzer Entfernung. Die Schriftrolle ist verschwunden und ebenso der Fahrer. Sie nehmen an, dass er den Abzug betätigt hat. Was niemand weiß, ist, wer genau den Truck gefahren hat. Die Beschreibung des Verdächtigen stimmt nicht mit der des Kurierfahrers überein. Dieser Mann, der ursprüngliche Fahrer, ist unauffindbar. Aber sie sind noch an der Story dran.« Er lehnte sich zurück. »Ich schwöre, ich dachte, dass du es weißt.«

Sarah verbarg das Gesicht in ihren Händen. Alles fing an, einen Sinn zu ergeben. Wenn der Text eine Nachricht Salomons war, dann wäre das Artefakt einer der bedeutendsten Funde der biblischen Archäologie, der eindeutige Nachweis für die Existenz des legendären Königs. Dies könnte das eine Beweisstück sein, das die Welt brauchte, um die biblischen Darstellungen Salomons in unerschütterliche Fakten zu verwandeln.

Das allein wäre Grund genug für diverse Gruppierungen – Archäologen, Historiker, Theologen, Fanatiker –, sie in die Finger bekommen zu wollen. Aber wer von ihnen würde dafür töten?

Sie sah auf. »War irgendetwas über Danny in den Nachrichten?«

»Bis vorhin habe ich nur gehört, dass die Ausgrabung bis auf Weiteres geschlossen wurde und die ganze Crew abgereist ist.«

Sie blickte weg, als ihre Augen sich trübten.

»Weißt du,« sagte Ezra, »dieser grobe Rohling hat dich gar nicht verdient. Aber wenn es dir so viel bedeutet, dann werde ich ein paar meiner Quellen anrufen und seine Koordinaten bestimmen.«

»Das wäre großartig.« Sie seufzte. »Es tut mir leid. Das war ein ziemlicher Schock.«

»Ich verstehe das nicht. Wenn du die leitende Archäologin der al-Fau Expedition bist, warum hat man dich nicht benachrichtigt?«

»Ich habe gekündigt, bevor ich hierher kam.«

»Oh. Die Handlung verdichtet sich. Und warum hast du das getan?«

»Es ist kompliziert. Ich will nicht darauf eingehen.«

»Schon gut.« Er winkte ab. »Der Schluss liegt nahe, dass jemand nicht will, dass die Nachricht aus der Schriftrolle der Welt offenbart wird.«

Sie hörte ihm nur halb zu. In ihr war eine nervöse Energie herangewachsen, die ihre Gedanken rasen lies. Sie nahm ihr Mobiltelefon zur Hand, um Daniel eine SMS zu schreiben, besann sich aber eines Besseren. Falls jemand sie überwachte, wollte sie nicht seine Koordinaten preisgeben – oder ihre eigenen.

Sie stopfte ihre Notizen in ihren Rucksack. »Ich muss gehen.«

Ezra griff nach ihrem Handgelenk. »Warte kurz.«

Was hatte er vor?

»Ich kann kaum glauben, dass ich das sage …« Er sah sich nervös um. »Vor vielen Jahren gab es einen Ring … angeblich der Ring König Salomons. Er wurde aus einem kleinen Bethaus im ländlichen Polen gestohlen. Ich halte es für einen Haufen Unsinn, aber es gibt einen zurückgezogen lebenden Rabbi, der viel darüber weiß. Uri'el Ben Moshe. Er leitete die polnische Synagoge, als sie überfallen und niedergebrannt wurde.«

Sarahs Ausdruck erhellte sich. »Wo ist er jetzt? Ich will mit ihm sprechen.«

»Das habe ich mir gedacht. Er hat Polen nach dem Brand verlassen. Er ist jetzt wieder in Jerusalem und hält sich bedeckt; hauptsächlich lehrt er. Seine Studenten verehren ihn.«

»Gut.« Sie stand vom Tisch auf. »Ich reise noch heute Nacht ab.«

Auch er stand auf. »Warte. Er spricht kaum Englisch, und soweit ich mich erinnere, könntest du dir mit deinem Hebräisch nicht einmal ein Taxi rufen. Ich komme mit dir.«

»Nein, Ezra. Ich will allein gehen. Bitte versteh das.«

»Wie du willst. Aber nur, um das festzuhalten, ich glaube, du machst gerade einen Metzgersgang. Es wird dir nicht gelingen, irgendwas von all dem hier zu belegen. Es gibt keinen wissenschaftlichen Beweis, und ich bezweifle stark, dass sich einer finden wird.«

»Trotzdem will ich es auf meine Art machen.«

»Das hast du immer getan.« Er musterte sie. »Ich verstehe dich nicht, Sarah. Bist du ungewöhnlich ehrgeizig … oder einfach nur stur?«

Sie antwortete ihm nicht. Von ihm, einem anspruchsvollen Gelehrten mit engem Fokus, erwartete sie kein Verständnis für ihren Widerwillen, ein Bauchgefühl zu ignorieren. Das machte sie nicht weniger zu einem Wissenschaftler als Ezra, nur zu einem weniger traditionellen.

Er folgte ihr zur Tür hinaus.

Draußen wandte sie sich ihm zu. »Bitte behalte unser Gespräch für dich. Wenigstens fürs Erste.«

»Ich will dir mal was erklären. Du kannst das nicht totschweigen. Heute Nachmittag wurde die Schriftrolle gestohlen. Es geht schon durch die Regionalpresse. Bald sind es internationale News. Es wird sowieso jeder davon erfahren.«

»Hier stehen Leben auf dem Spiel.«

Einige Passanten drehten sich nach ihnen um.

Sie holte tief Luft und senkte die Stimme. »Wer immer diese Schriftrolle hat, ist rücksichtslos. Er hat das al-Fau-Gelände in Brand gesetzt, systematisch die Expedition zerstört, und er hat eine Eskorte der Universität getötet, um an das Objekt heranzukommen. Wir müssen uns leise verhalten, oder wir sind als Nächstes dran.«

Er schmunzelte. »Ich kann mich nicht daran erinnern, dass du früher so tough warst. Du warst immer ein kleiner Schwächling, wenn auch charmant dabei.«

»Seitdem ist viel passiert. Hör zu, ich haue besser ab. Vergiss diese Anrufe nicht.«

»Werd ich nicht …«

Sie gab ihm einen flüchtigen Kuss auf die Wange. Er wollte seine Arme um sie legen, aber sie entschlüpfte geschwind in das Gewühl aus Fußgängern und Straßenlaternen.

Der lange Spaziergang zum Hotel half Sarah, ihren Kopf zu klären. Sie hatte vor, umgehend auszuchecken und nach Osten, nach Jerusalem, zu fahren, sodass sie die Heilige Stadt bei Sonnenuntergang erreichen würde. Sie hatte keine Zeit zu verlieren. Tatsächlich war dies ein Wettlauf; sie wusste nur nicht, was sie an der Ziellinie erwartete.

Daniel war ununterbrochen in ihren Gedanken. Er war von den Ereignissen, die diesem Tag vorausgegangen waren, schon erschüttert gewesen. Wie tief bestürzt musste er jetzt sein? Die Schuld, ihn zu solch einer Krisenzeit zurückgelassen zu haben – aus keinem besseren Grund als ihrem verletzten Stolz –, nagte an ihr. Sie wollte verzweifelt wissen, wo er war. Der Gedanke, ihn aus den Augen zu verlieren, brachte sie um den Verstand.

Einige Blocks vor dem dreistöckigen Backsteingebäude aus den 1920er-Jahren, in dem sie übernachtete, erhielt sie eine SMS.

Ich habe deine Antwort.

Sie war dankbar dafür, dass Ezra klug genug war, sie nicht auf ihrem Handy anzurufen oder zu viele Informationen per SMS preiszugeben.

Sie rannte den Rest des Weges und benutzte eines der öffentlichen Telefone in der Hotellobby. Er hob beim ersten Klingeln ab.

»Ezra.« Sie atmete durch. »Sprich mit mir.«

»Es war nicht einfach«, sagte er. »Keine meiner üblichen Quellen wusste etwas, also musste ich meinen Stolz runterschlucken und meine Exfreundin Yael kontaktieren, die bei der israelischen Militärpolizei ist. Was ich nicht alles für dich tue.«

Sie seufzte ungeduldig. »Und?«

»Sie durchforstete Flugreservierungen und fand ihn in einen Flug heute Abend um acht Uhr eingebucht. Dein Freund ist unterwegs nach Delhi.«

Unfähig, etwas zu sagen, stand Sarah da, starr und mit offenem Mund. Sie wurde blass, als ihr Abdul-Qadirs Worte wieder einfielen.

Indien … Varanasi …

Daniel war auf dem Weg in die Höhle des Löwen.

Kapitel 12

Zur Mittagszeit war Varanasi so geschäftig wie ein Bienenstock, gerade so, wie Daniel es in Erinnerung hatte. Die Straßen waren mit Verkehr aller Art überfüllt, von Autos bis zu Tieren. Es gab keine Ampeln, keine offensichtlichen Regeln. Ein mit sechs Reihen von je vier übereinandergestapelten Kisten beladener Pritschenwagen legte alles um sich herum lahm. Davor angespannt war ein weißer Ochse in die Knie gegangen und weigerte sich vom Fleck zu rühren, den wiederholten Peitschenhieben und Obszönitäten des Fahrers zum Trotz. Das Tier saß schlicht da, ächzte aus Protest, und war sich der Tatsache, dass es drei Spuren des Straßenverkehrs aufhielt, nicht bewusst.

Die feststeckenden Autofahrer waren nicht allzu geduldig. Sie beugten sich aus ihren Fenstern oder verließen ihre Fahrzeuge und riefen dem Fahrer des Ochsenkarrens Ratschläge zu oder nannten ihn einen ahnungslosen Bauerntölpel. Die einzigen, die durch das Dickicht kamen, waren die Mopedfahrer, die sich zwischen Autos, Kamelen, Rikschas und heiligen Kühen hindurch zwängten.

Ein Rikschafahrer stand auf den Pedalen und betrachtete den Tumult, als sei er eine Theateraufführung. Sein Körper war mager wie ein Zollstock und in einen schmutzigen, wahllos gewickelten Sarong gehüllt, aus dem Beine hervorragten, die so dünn waren, dass man alle Sehnen deutlich erkennen konnte. Sein Kopf war von einem gestreiften *Dupatta* bedeckt, der zu einem losen Turban gebunden war. Er drehte sich zu seinen Passagieren um. Sein Lächeln enthüllte eine unvollständige Reihe rotfleckiger Zähne. Er spuckte einen Klumpen Betelpaste auf das staubige Pflaster.

»Dieser Ochse fertig«, sagte er mit wippendem Kopf. »Nicht mehr arbeiten heute.«

Daniel setzte sich unter dem ausgefransten, blass-grünblauen Vinylverdeck auf und gab dem Mann ein paar Rupien. »Vielen Dank fürs Mitnehmen, mein Freund.«

Daniel und Abdul-Qadir stiegen aus der Rikscha und schlängelten sich durch den feststeckenden Verkehr zum Bürgersteig, auf dem es von untätigen Schaulustigen und Straßenverkäufern wimmelte.

»Und du kennst den Weg ganz sicher?«, fragte Daniel auf Arabisch.

Sein Begleiter sah sich in Varanasis chaotischem Irrgarten aus Straßen und Gassen und dicht gedrängten, baufälligen Häusern um. »Das ist der Ort. Ich war hier, um Kampfsport zu lernen. Ekelhaft. Wir haben auch einige schmutzige alte Städte in Saudi-Arabien, aber keine wie diese.«

Daniel stimmte ihm im Stillen zu. Er war mehrere Male in Indien gewesen, und jedes Mal musste er sich aufs Neue an das Chaos, den Schmutz und die bittere Armut gewöhnen. Menschen aus allen Teilen des Landes strömten hierher. Für die Hindus war Varanasi was Jerusalem für die Juden, Moslems und Christen war. Nach dem hinduistischen Glauben war es in alten Zeiten die Heimat des Herrn Shiva gewesen, und später der Ort, an dem Buddha meditierte und seinen Schülern seine Weisheit übermittelte. Dem Abschnitt des Ganges, der von Varanasi umschlossen war, wurde die Macht nachgesagt, alle Sünden auszulöschen, und das alleine war Grund genug für die Inder, um eine Pilgerfahrt hierher zu unternehmen.

»Wohin?«

Abdul-Qadir zuckte mit den Achseln. »Ich kann mich nur daran erinnern, dass es nahe am Fluss war.« Er zögerte. »Und daneben war ein Seidengeschäft.«

»Tja, das könnte überall sein.« Daniel zeigte nach Osten. »Der Fluss liegt in dieser Richtung. Los geht's.«

Sie folgten einem rissigen Bürgersteig.

Vor abgeschlossenen Auslagen in Schaufenstern parkten flache Holzkarren, auf denen Betelblätter und Kaupaste feilgeboten wurden. Abgemagerte Männer saßen mit dem Rücken gegen den abbröckelnden Putz der Gebäude gelehnt auf Schilfmatten und taten nichts. Sie hatten keine Arbeit, kein Zuhause, keine Perspektive; ihre Leben waren auf die einen Quadratmeter kleinen Matten begrenzt, die sie zum Sitzen und Schlafen nutzten, und auf eine seltene Mahlzeit.

Kurz bevor sie das Flussufer erreichten, erkannte Abdul-Qadir einen der Hindutempel wieder und zeigte nach Norden. Sie betraten eine Gasse abseits des Massenchaos der Hauptstraße. Der Weg war mit Schaufenstern und Verkäufern gesäumt, die von den berühmten varanasischen Seidenwaren bis zu Haaröl alles anpriesen. Räucherwerk aus Sandelholz brannte überall, vielleicht um den Gestank menschlicher Ausscheidungen zu überdecken, der von den Freiluft-Urinalen aufstieg.

Ein ungewaschener Junge, kaum im Teenageralter, dem beide Daumen fehlten, zerrte an Daniels kakifarbener Cargohose und bettelte um eine Rupie.

Daniel verweigerte sie ihm, wohlwissend, dass es einen ganzen Schwarm Bettler anlocken würde, wenn er diesem Jungen eine Münze gäbe. Er ignorierte den hartnäckigen Bengel beinahe zehn Minuten lang.

In Indien waren überall Bettler, aber nicht alle baten um Geld. Manche suchten schlicht Hilfe. Ein Mann, der nur aus Haut und Knochen bestand und der so tief in seinen eigenen Ausscheidungen versunken war, dass Fliegen um ihn herum schwirrten, lag gekrümmt auf dem Bürgersteig und streckte eine schwache Hand nach Vorbeigehenden aus. Er lag im Sterben. Seine Mitmenschen ignorierten ihn; manche traten sogar über ihn hinweg. Diese Hartherzigkeit stieß Daniel ab, obwohl er ihren Grund kannte: Es war das Karma dieses Mannes, auf diese Art zu sterben, und niemand wagte es, sich einzumischen.

Daniel und Abdul-Qadir wandten sich wieder nach Osten und liefen durch ein Wohngebiet. Die Gassen waren mit unebenen, grob gehauenen Steinen gepflastert, und der Weg war so schmal, dass die beiden nicht nebeneinander gehen konnten, ohne dass sich ihre Schultern berührten. Die Gebäude zu beiden Seiten verfielen, aber dennoch hingen Spitzenvorhänge in den Fenstern und schablonierte Abbildungen dekorierten die Türen. Vor schmalen Ladenzeilen hängende Schilder unterbrachen die Reihen von Wohnhäusern. Schwarzhändler boten alles an, dass ihnen die heutige Mahlzeit verdienen würde.

Abdul-Qadir hielt an einer Ecke an und sah sich um. »Ja, hier sind wir richtig. Wir sind ganz nah.«

Daniel kniff die Augen zusammen. Obwohl Abdul auf das Leben seiner Mutter geschworen hatte, ihn zu seinem britischen Boss zu führen, hatte ihn die Geschichte gelehrt, Vorsicht walten zu lassen. Er konnte niemandem vertrauen. In diesem komplizierten Spiel schien sich jeder selbst der Nächste zu sein.

Oder die Nächste. Sarahs plötzliche Abreise kam ihm in den Sinn. Ihn störte die Art und Weise, in der sie gegangen war, mit offenkundiger Gleichgültigkeit ihm und ihrer gemeinsamen Aufgabe gegenüber. Er hatte sie für einen Teil von sich gehalten und gedacht, sie fühle ebenso. Dass sie sich mit ihrem Fund an Ezra Harel wandte, kam ihm wie ein Verrat vor. Er verdrängte den Gedanken.

»Ich hoffe für dich, dass du recht hast«, sagte er. »Ich habe es nämlich ernst gemeint.«

Wenn Abdul ihn zum richtigen Ort führte, ohne jemanden zu warnen, dann würde Daniel die Anschuldigungen gegen ihn fallen lassen. Ging das Vorhaben schief, würde Abdul teuer dafür bezahlen, selbst wenn Daniel mit eigenen Händen Vergeltung üben müsste.

Es war ein großes Risiko, und das wusste er. Aber es war die einzige Möglichkeit, Informationen über den Feind zu sammeln und ein Licht auf dessen finsteren Absichten zu werfen.

»Ja, Boss. Ja«, sagte der zierliche Araber. »Das ist der richtige Weg. Hier entlang.«

Auf eine Konfrontation gefasst folgte Daniel ihm. Weitere fünfzehn Minuten lang gingen sie scheinbar im Kreis durch die labyrinthartige Altstadt.

Schließlich erreichten sie einen Hauseingang, der dem in Abduls Erinnerung glich. Es war eine Doppeltür, frisch in Himmelblau gestrichen, ohne Türknauf, aber mit einem messingenen Türklopfer in der Form von Shivas offener Hand. Daneben befand sich ein Seidengeschäft, genau wie Abdul-Qadir es beschrieben hatte, von dessen Dachtraufen Reihen von farbenfrohen, mit Goldfäden bestickten *Dupattas* hingen.

»Du weißt, was du zu tun hast«, sagte Daniel. Mit einem Nicken schlupfte er bei der Ladenfront der Seidenwerkstatt außer Sichtweite.

Der Araber betätigte den Messingtürklopfer drei Mal.

Niemand öffnete, aber eine Stimme drang durch die Tür und fragte auf Hindi, wer da sei.

Abdul trat vor den Hauseingang. »Lasst den Herrn wissen, dass Abdul-Qadir hier ist«, antwortete er auf Englisch. »Er wird mich sehen wollen.«

Nach einem Moment der Stille öffnete sich die Tür mit einem Klicken.

Abdul trat ein und die Tür schloss sich wieder.

Daniel gab Abdul-Qadir ein paar Minuten. Während er darauf wartete, vorgelassen zu werden, sollte er die Tür anlehnen und etwas Kitt in die Verriegelung schmieren, um sie daran zu hindern, wieder ins Schloss zu fallen.

Daniel horchte an der Tür und hörte zwei Männer weggehen. Er wartete solange, bis er sicher sein konnte, dass niemand sonst da war.

Dann legte er los. Er vermied den Aufnahmebereich der Türkamera und schob einen hauchdünnen, magnetischen Stab in den

Spalt zwischen den beiden Türelementen, den er hin und her schob, bis der starke Magnet an der Metallplatte des Bolzenschlosses anhaftete. Er zog vorsichtig daran und die Tür sprang auf.

Im Schatten des dunkeln Foyers stehend musterte er den Ort. Zwei Stufen führten zu einem großzügig bemessenen Salon mit hohen Wänden hinab. Ein durch Glastüren kommender Lichtstrahl erhellte das Mobiliar: Ein einzelnes, mit einem weißen Laken bedecktes Sofa und einen runden, mit Perlmutt intarsierten Säulenfußtisch. Rechts im Raum führte eine Wendeltreppe zu einem zweiten Stockwerk. Direkt geradeaus säumten kunstvolle Bogen aus geschnitztem Holz den Eingang zu einem kleinen Zierhof. Abdul-Qadir wartete allein draußen, verlagerte sein Gewicht und klopfte seine Fingerspitzen aneinander.

Rechts und links von Daniel lagen Korridore, die zu anderen Bereichen des Hauses führten. Abdul hatte ihm von einem Konferenzzimmer irgendwo auf dieser Achse berichtet. Er wandte sich nach rechts und war überrascht, wie dunkel es dort war. Falls es Fenster gab, mussten deren Läden fest geschlossen sein. Ein abgestandener Geruch wurde vom schwachen Duft verbrauchten Räucherwerks aus Tempelbaum und Patchouli durchzogen.

Die ersten beiden Räume waren unverschlossen. Als er die Türen aufdrückte, fand er vollkommen leere Zimmer vor. Er begab sich zum dritten Raum, dem letzten auf dieser Seite des Korridors. Diese Tür war verschlossen. Er sah sich nach irgendeinem Anzeichen darauf um, dass er beobachtet wurde, und griff dann nach seinen Nachschließ-Werkzeugen in seiner Tasche. Er führte einen langen Hook und einen Spanner in das Schloss ein und knackte es beim ersten Versuch.

Er zuckte zusammen, als die Tür knarrte. Dann schlüpfte er in den dunklen Raum und wartete mit dem Rücken an der Wand, lauschte auf mögliche Gesellschaft. Nach ungefähr drei Minuten war es noch immer still. Es schien, als sei er sicher – zumindest im Moment.

In der durchdringenden Dunkelheit konnte Daniel den Umriss eines viereckigen Tisches mit einem einzelnen Stuhl daneben in der Mitte des Raumes ausmachen. Papiere waren auf der Tischplatte verstreut. Er näherte sich, um einen genaueren Blick darauf zu werfen. Er zog eine Stiftlampe aus seiner Tasche und richtete den schmalen Lichtstrahl auf die Papiere.

Einige waren mit unverständlichen Diagrammen versehen. Sie schienen die unausgereiften Kritzeleien eines Ingenieurs zu sein, der ein Netzwerk aus Abwasserkanälen plante. Andere waren Zeichnungen – recht gute – von Tieren: Löwen mit weit aufgerissenen Mäulern, mystische Sphinxen, Adler mit ausgebreiteten Flügeln. Daniel erinnerte sich an die Passage der Schriftrolle, die von der Menagerie der Verführerin sprach.

Dann erblickte er eine topografische Karte der Judäischen Wüste und des Toten Meeres. Als er sie studierte, fielen ihm Kreise um bestimmte Erhöhungen innerhalb des trostlosen Terrains auf. Neben der Karte befand sich eine Zeichnung von etwas, das wie der Eingang zu einer Höhle aussah. All das prägte er sich ins Gedächtnis ein.

Gerade als er sich zum Gehen entschloss, fiel ihm eine Visitenkarte am Boden eines Papierstapels ins Auge. Daniel schob die Papiere beiseite, um den Namen auf der Karte zu enthüllen: Alastair Bromley, MP. Es war keine offizielle Karte, sondern eher eine Telefonkarte mit Bromleys Namen und seiner englischen Telefonnummer. Keine Adresse, keine Zugehörigkeit außer dem Titel – Mitglied des Parlaments – hinter seinem Namen.

Daniel steckte die Karte in seine Tasche, und zufrieden mit den Informationen, die er gesammelt hatte, begann er, sich zurückzuziehen. Er verließ den Raum und schloss die Tür hinter sich ab, um keinen Verdacht zu erregen. Während er sich verstohlen durch den Korridor bewegte, hielt er die Augen nach Gefahr offen.

Er trat ins Foyer und stürzte auf die Tür zu. Der Türknauf ließ sich nicht drehen. Verschlossen. Als er erkannte, dass der Kitt nicht länger in der Verriegelung steckte, verspannte er sich. Er tastete nach dem Schließriegel.

Der feste Griff einer fleischigen Hand auf seiner Schulter ließ sein linkes Knie einknicken. Er fing sich wieder, stieß mit dem Ellbogen hinter sich, und traf seinen Angreifer in die Bauchgegend. Daniel versuchte es erneut mit der Tür, aber der Mann schlang ihm einen muskulösen Arm um den Kopf und machte ihn so bewegungsunfähig.

Daniel wusste, dass es nur eine Frage der Zeit war, bis Verstärkung einträfe. Mit aller Kraft, die er aufbringen konnte, trat er seinem Angreifer gegen das Schienbein und befreite sich.

Der Mann, ein untersetzter, turbantragender, hemdloser Inder in einem zu einer Haremshose gewickelten Dhoti, stürzte sich knurrend auf ihn.

Daniel versuchte ihn abzuwehren, und ihre Arme verkeilten sich. Daniels Bizeps brannte von der Anstrengung, den Inder zu überwältigen, doch er drückte ihn gegen die Wand. Ferne Schritte mahnten ihn dazu, schnell zu handeln. Ein rascher Fausthieb in den Bauch des Mannes ließ ihn sich krümmen. Ein Ellbogen in den Trapezmuskel warf seinen Widersacher zu Boden.

Ein halbes Dutzend griesgrämiger Inder trat durch die Vordertür ein. Daniel huschte in den linken Teil des Korridors und durch eine Tür an dessen Ende, von der er hoffte, sie würde zu einem Ausgang führen. Mit ihrem Zweifachriegel versperrte er die Tür hinter sich, um etwas Zeit zu gewinnen. Er drehte sich um und stand vor einer zweiten Tür, die verschlossen war. Eilig begutachtete er das Schloss und zog seine Werkzeuge heraus; er war davon überzeugt, dass er es knacken konnte.

Er arbeitete schnell, hörte das Schloss klicken und drückte dann die Tür auf. Er fand sich in einem Kellerabgang wieder. Schweißperlen rannen an der Seite seines Gesichts hinab.

Während die Männer auf die Tür hinter ihm einhämmerten, eilte er die Stufen hinunter. In der Dunkelheit hörte er ein Tröpfeln und erkannte, als er sich danach umdrehte, die schwachen Konturen eines Wandbrunnens. Er holte seine Stiftlampe heraus und suchte nach einem Ausgang.

Am anderen Ende des Raumes befand sich ein von zwei steinernen Türpfosten umrahmtes Tor. Sie wurden von einem Fries gekrönt, der verschiedene im Dämmerlicht undeutlich erkennbare Szenen darstellte. Zwei Säulen flankierten das Tor. Daniels Gehirn verknüpfte es vage mit einigen Eingängen zu ägyptischen Grabmälern.

Durch die Dunkelheit rannte er auf das Tor zu, kollidierte aber mit etwas Massivem und Solidem. Der Schmerz ließ ihn sich an den Hüftknochen greifen. Als er sein Licht auf den Gegenstand richtete, erblickte er eine Art Altar, auf welchem eine schwere Steinschale stand. Er spähte hinein. Dunkle, rote Flüssigkeit. Er sog den stechenden Geruch ein. Es war tatsächlich Blut.

Mit wem hatte er es hier zu tun? Mit hämmerndem Herzen schoss Daniel auf das Tor zu. Schwere Messingriegel oben, unten und an der Seite hielten sie fest verschlossen.

Die Tür über der Treppe fiel aus den Angeln und stürzte zu Boden. Sechs Männer, von denen manche Knüppel und Messer schwangen, traten über sie hinweg und kamen die Treppe herab.

Daniel löste eilig die Verriegelung und öffnete das Tor. Instinktiv hielt er seinen Unterarm vor die Augen, um sie vor der plötzlichen Explosion von Tageslicht zu schützen. Jenseits der Türöffnung befand sich nur ein schmaler Sims und darunter lauerte ein senkrechter, zwei Meter tiefer Sturz in den Ganges. Der Fluss war trüb von Müll, ungeklärtem Abwasser und Rückständen der dutzenden brennenden Ghats, die seine Ufer säumten.

Die schweren Schritte waren dicht hinter ihm. Mit den Füßen voran sprang er ins Wasser. Als er wie ein Geschoss in die schmutzigen Tiefen hinabsank, hatte er die Augen weit geöffnet. Er blickte über die Schulter und identifizierte die Umrisse zweier Männer durch den Schmutzschleier hindurch.

Als geübter Höhlentaucher hatte Daniel einen Vorteil. Er schnellte unter Wasser vorwärts. Zuerst hielten seine Verfolger mit ihm mit, aber einer fiel schnell zurück. Daniel drehte sich um und sah das blasse, entschlossene Gesicht eines blonden jungen Mannes etwa anderthalb Meter hinter sich. Der Mann holte rasch auf.

Daniel schwamm schneller. Er wusste, dass ihm nicht mehr als dreißig Sekunden blieben, bis er würde auftauchen müssen, um Atem zu holen. Der junge Mann folgte ihm dichtauf wie ein Schatten. Der Wasserdruck zerquetschte seine Brust wie die Backen eines Schraubstocks. Die Zeit war nicht auf seiner Seite; er musste mit dem Aufstieg beginnen, oder er würde riskieren, dass ihm der Sauerstoff ausging.

Als er sich auf die Oberfläche zubewegte, verspürte Daniel ein scharfes Stechen im rechten Oberschenkel. Er blickte nach unten und sah einen Blutstrom wie in Zeitlupe aus seinem Körper austreten und eine rote Wolke im Fluss bilden.

Sein Verfolger, in dessen Hand ein Messer funkelte, war jetzt direkt neben ihm und starrte ihn mit kalten, blauen Augen an. Daniel packte seine Messerhand am Gelenk und drückte mit der Kraft einer Python zu.

Mit hervortretenden Augen öffnete der Mann langsam die Finger. Das Messer glitt aus seiner Hand und trudelte zum Flussbett hinab. Daniels Lunge bettelte jetzt nach Luft. Er schob seinen Verfolger mit einem Tritt in den Bauch beiseite und steuerte die Oberfläche an.

Er tauchte mit einem Keuchen auf und schluckte müllversetztes Gangeswasser, während er sich aufzurappeln versuchte. Er schaute sich nach dem blonden Mann um und sah seinen Kopf in annehmbarer Entfernung auftauchen. Im Bewusstsein, dass er noch immer verfolgt wurde, schwamm er aufs Flussufer zu.

Der Ganges schwirrte von Leben. Auf dem trüben, grauen Wasser tanzten hunderte Boote. Einige waren längst sich selbst überlassen. Manche wurden von Männern gelenkt, die nach kontaminierten Fischen angelten. Andere enthielten tote Körper, in rote Seide gewickelt und an Bahren festgebunden, die aus religiösen Gründen nicht eingeäschert werden konnten und dem Fluss anvertraut werden mussten.

Am Ufer hatten sich tausende fromme Inder versammelt, um ihre rituellen Waschungen durchzuführen und den Göttern Opfer in Form kleiner, blütengefüllter Schalen oder Girlanden aus Ringelblumen darzureichen. Wäsche waschende Frauen schlugen Kleider gegen die Steine und breiteten ihre Saris zum Trocknen auf den Stufen aus wie riesige Seidenbänder in allen Farben des Regenbogens.

Vor Erschöpfung gekrümmt und mit heftig pochender Stichverletzung verließ Daniel endlich den Fluss. Er stolperte auf die Steintreppe zu, die sich zum Wasser hin ergoss. Sogar hier, in einer Stadt, in der kein Anblick jemals schockierte, hielten Menschen inne und starrten den Fremden an, der durchnässt und blutend aus dem Wasser kam.

Sein T-Shirt und seine Cargohose klebten an seinem Körper und sein Haar klebte an seinem Hals und seinen Schultern. Als er die Stufen hinaufging, hinterließ er eine Spur aus Wasser und Blut, die die Menschen dazu veranlasste, verwirrt und erschrocken beiseitezutreten.

Nachdem er oben auf der Treppe angekommen war, lief er in eine Gasse und rannte, den Schmerz ignorierend, in Richtung der Hauptstraße; er hoffte, er würde sich an den Weg erinnern. Er drehte sich nach seinem Verfolger um und sah, wie dieser die Stufen hinaufeilte. Während er durch die enge Gasse humpelte, stieß er in seiner Eile mehrere Fußgänger gegen die Wand oder zu Boden. Er bog um eine Ecke, nur um in das Hinterteil einer sich gemächlich durch das Straßengewirr bewegenden Kuh zu laufen. Daniel drehte sich um, suchte nach einem anderen Ausgang, und bemerkte, dass der Angreifer aufschloss.

Da er wusste, dass der blockierte Weg der kürzeste aus dem Irrgarten heraus war, krabbelte er zwischen die Beine der heiligen Kuh. Das Tier brüllte auf. Frauen pressten ihre kleinen Kinder an ihren Busen und zahnlose Bettler nickten ihm aufmunternd zu, als er an schmuddeligen Schaufenstern, provisorischen Tempeln und zerfallenden Häusern vorbei auf die Straße zuschoss, wo er vorhatte, seinen Verfolger im unaufhörlichen Verkehr abzuschütteln.

Seine Instinkte hatten ihn nicht getäuscht. Am Ende der Gasse befand sich die Hauptstraße, wie immer mit Fahrzeugen und herumziehenden Tieren verstopft. Daniel entdeckte eine freie Fahrradrikscha und rannte darauf zu. Er drückte dem Fahrer ein Bündel zerknitterter nasser Rupien in die Hand.

»Steig hinten ein«, sagte er und zeigte auf den überdachten Sitz. »Ich fahre.«

Während das Blut stetig aus seiner Stichverletzung tropfte und sein Hosenbein durchweichte, trat Daniel in die Pedale. Er manövrierte die Rikscha durch den dichten Verkehr, während andere Fahrer seinen Mangel an Geduld anprangerten.

Er suchte die Straße nach seinem Gegner ab, fand aber keine Spur von ihm. »Wo geht es zum Bahnhof?«, rief er dem verwirrten Rikschafahrer zu.

Der Inder zeigte nach links. »Etwa eine Meile, vielleicht zwei.«

Daniel fand eine Lücke im Verkehr und fuhr mit zusammengebissenen Zähnen wild in die Pedale tretend nach Varanasi Junction.

Kapitel 13

Trent Sacks lag mit dem Gesicht nach oben auf dem Massagetisch und seufzte wohlig. Der junge Mann mit den klaren blauen Augen führte einige letzte, kraftvolle und zugleich behutsame Handgriffe zur Beendigung der Tiefengewebemassage aus, die ein Teil von Sacks nächtlichem Ritual darstellte.

Als er fertig war, zog er das weiße Seidenlaken zur Mitte von Sacks Oberkörper und legte ihm sanft eine Hand auf die Brust. »Soll ich Ihnen etwas Tee bringen?«

»Danke, Angus.« Sacks strich dem jungen Mann federleicht über den Unterarm. »Du hast heute tapfer gekämpft.«

»Ich bedauere, dass er davongekommen ist.«

»Das macht nichts. Du hast deine Loyalität bewiesen, indem du ihn bis zum Schluss verfolgt hast.« Er schloss die Augen und atmete tief ein. »Ich hätte jetzt gerne den Tee.«

»Ja, mein Herr.«

Ohne sich die Mühe zu machen, sich anzuziehen, stand Sacks auf und nahm sein Telefon zur Hand. Während er die Nummer wählte, fiel ihm auf, dass es in Birmingham auf fünf Uhr abends zuging.

»Warum hast du so lange gebraucht?«

»Wir hatten einen kleinen Besuch«, sagte Sacks. »Daniel Madigan hat hierher gefunden.«

»Madigan? Wie ist das möglich?«

»Unser arabischer Informant hat ein doppeltes Spiel gespielt. Angeblich kam er her, um uns die Computerdateien zu bringen. Aber er war nicht allein.«

»Ich hoffe, Madigan hat nichts gesehen?«

»Ich fürchte, er hat. Er war unten in der Kaverne. Meine Leute waren ihm sofort auf den Fersen und haben ihn in den Fluss hinausgejagt. Sie haben ihn verwundet, aber letzten Endes ist er entwischt.«

Der Mann räusperte sich. »Was ist mit der Frau?«

»Uns wurde berichtet, dass sie al-Fau vor dem Zwischenfall mit dem Kurier verlassen hat. Wir haben Grund zu der Annahme, dass sie und Madigan getrennte Wege gehen.«

»Gut. Ihre Allianz zerfällt. Aber wir können keinem von beiden trauen. Du musst jederzeit wissen, wo sie sich jeweils aufhalten. Und wenn die Zeit gekommen ist …«

»Dann werde ich sie eliminieren.«

»Ja. Aber sei vorsichtig. Sie ist Westons Tochter. Wir dürfen unter keinen Umständen Verdacht erregen. Verstehst du mich?«

Er schluckte schwer. »Vollkommen.«

»Gut. Und was ist mit der Schriftrolle?«

»Sie wurde sicher überbracht und befindet sich in diesem Moment in meinem Besitz.«

»Dann sind wir bereit für Phase Zwei.«

»Das sind wir in der Tat«, sagte Sacks. »Wir brechen im Morgengrauen auf. Aber zuerst muss ich mich noch um eine Kleinigkeit kümmern.«

»Sehr gut. Ich erwarte die nächste Nachricht vor Ort.« Eine kurze Stille hing zwischen ihnen. »Das hast du gut gemacht, mein Sohn.«

»Danke, Vater«, antwortete Sacks mit einem gehauchten Flüstern. Die Verbindung wurde getrennt und er schaltete sein Telefon für den Rest des Abends ab.

Angus betrat den Raum mit Tee und einem frisch gebügeltem *Sherwani*, dem traditionellen Gewand aristokratischer indischer Männer.

Sacks nahm einen Schluck des Rosentees.

Angus kniete sich hin und hielt die enge Tunnelzughose auf, sodass Sacks hineinsteigen konnte. Er zog das Kleidungsstück bis zur Taille hinauf und band die Kordel fest zu. Dann hielt er den langen Brokat-Gehrock offen, dessen weiche weiße Seide mit Silberfäden an den Aufschlägen und am Kragen bestickt war, und Sacks schlüpfte mit den Armen hinein. Angus knöpfte die Jacke vom hohen Kragen bis zur Mitte der Oberschenkel zu.

Sacks warf sein seidiges schwarzes Haar zurück und ließ es über seinen Rücken fallen. Sein Ausdruck verhärtete sich und in seinem Herzen flammte Wut auf. Er wandte sich Angus zu. »Bring mich zu ihm.«

Die beiden liefen durch den langen, dunklen Korridor zu einem abgeschiedenen Raum auf der Ostseite des Gebäudes, den Sacks vor dem Rest des Hauses durch den Einbau einer Geheimtür verborgen hatte. Weil er in Indien nicht die rechten Facharbeiter dafür finden konnte, hatte er amerikanische Bauunternehmer einfliegen lassen und diese mehrere Wochen lang angestellt, um zu gewährleisten, dass das System zu seiner Zufriedenheit funktionierte.

Es war eine äußerst wichtige Ergänzung seiner Festung, denn hier hielt er die Sammlung von für seine Mission unverzichtbaren Büchern und Artefakten versteckt. Heute jedoch funktionierte der Raum ebenso gut als Gefängnis.

Sacks lief zum Kamin und rückte den Kerzenleuchter auf dessen Verkleidung zurecht, um den Mechanismus zu aktivieren. Dann gab er einen Code in einen Flachbildschirm ein und Rauchsammler und Feuerraum lösten sich in einem Stück von der Wand. Nicht gewillt, sich über Gebühr anzustrengen, trat Sacks beiseite und ließ Angus die Konstruktion verschieben, um den Durchgang freizulegen.

Angus betrat den Raum zuerst. Vor dem am Boden liegenden Mann, dessen Hände und Füße mit Stahlketten gefesselt waren, blieb er stehen. Mit lauter, feierlicher Stimme verkündete er: »Heil dem rechtschaffenen Trent Sacks.«

Sacks schritt langsam mit vor seiner Brust verschränkten Händen in den Raum hinein. In seinem teuren weißen *Sherwani* und mit seinen rabenschwarzen Haaren, die ihm über die Schultern und bis zur Mitte seines Rückens fielen, wusste er, dass er imposant und königlich aussah. Das war seine Absicht. Er wollte den Eindruck eines erhabenen, unantastbaren Wesens erwecken – einer Art König – um Abdul-Qadirs Abtrünnigkeit zu betonen.

Der gefangene Mann sah seinen Entführer, dessen Gesicht er zum ersten Mal erblickte, mit so gespanntem Ausdruck an, dass es wirkte, als fielen ihm die Augen aus den Höhlen. Sein dunkles Gesicht war mit einem Schweißfilm bedeckt, während er seines Schicksals harrte. Er versuchte nicht, sich gegen seine Fesseln zu wehren, sondern zitterte stattdessen in ihnen.

Sacks war es zufrieden, dass Abdul-Qadirs Angst vollkommen war. Er sah durch den Raum zu den verschlossenen Vitrinen, die die biblischen Artefakte enthielten, welche er im letzten Jahrzehnt mit großer Mühe zusammengetragen hatte – beschriebene Ostraka, Bullen, Fragmente von Schriftrollen aus den Höhlen Qumrans und der wertvollste Besitz von allen, die Schriftrolle von al-Fau – und neuerliche Wut über das Unvermögen seines Informanten brodelte in ihm auf. Der Araber hatte nicht nur den ersten Versuch verpfuscht, die Schriftrolle in Besitz zu nehmen, er hatte auch den schlimmsten Verrat begangen – den Feind an seine Türschwelle zu bringen.

Ja, dachte er. *Er verdient den Richtspruch des Herrn.*

Ruhig und ohne Abdul-Qadir in die Augen zu sehen, sagte Sacks: »Weißt du, was du getan hast?«

Obwohl er eine Antwort zu geben versuchte, brachte Abdul-Qadir keinen Ton heraus.

Sacks wandte sich ihm zu und verlangte mit so lauter Stimme, dass sie ein Echo erzeugte: »Sprich!«

Der Araber senkte den Blick und schluchzte leise.

»In Ordnung.« Sacks drückte auf einen Knopf an der Seite einer Vitrine.

Innerhalb von Sekunden erschienen drei seiner Männer in der Tür.

Angus reichte Sacks ein Bündel aus Seidenbändern und eine Rolle Isolierband.

Sacks kniete sich neben Abdul-Qadir und stopfte ihm die Seide in den Mund. »Dieses Tuch symbolisiert die Hülle Gottes, der du dich widersetzt hast.«

Der Gefangene protestierte mit gedämpften, panischen Schreien, als Sacks die Seide immer tiefer in seinen Rachen schob. Sacks riss zwei Stücke des Isolierbands ab und klebte eines über Abduls bebende Lippen, das andere über seine offenen, angststarren Augen. Der Gefangene stöhnte und wand sich wie ein verwundetes Tier im Todeskampf.

Sacks stand auf und wischte Abdul-Qadirs Schmutz mit einem seidenen Taschentuch von seinen Händen. In feierlichem Ton zitierte er aus dem Buch Jeremia. »Ich will euch heimsuchen, spricht der Herr, nach der Frucht eures Tuns; ich will ein Feuer anzünden in ihrem Walde, das soll alles umher verzehren.«

Die drei Inder betraten den Raum mit einer Bahre und einigen Metern roter, bestickter Seide. Sie hoben den wild zappelnden Abdul-Qadir auf und legten ihn auf die Bahre. Seine Gliedmaßen und seinen Hals banden sie sicher am Gestänge fest, sodass er vollständig bewegungsunfähig war. Während der Araber gedämpfte Angstschreie ausstieß, begannen die Männer damit, seinen Körper von Kopf bis Fuß in die blutrote Seide zu wickeln.

Erhobenen Hauptes atmete Sacks tief ein, zufrieden mit dem Werk der Männer. »Beseitigt ihn«, verlangte er und verließ den Raum.

Mit Angus auf den Fersen folgte er der Wendeltreppe zu einem leeren Raum mit einem großen, den Ganges überblickenden Fenster hinauf. Stumm wartete er vor diesem Fenster, bis seine Männer mit der Bahre das Gebäude verließen. Er sah dabei zu, wie sie Abdul-Qadirs eingewickelten Körper in ein Motorboot luden und dieses zu Wasser ließen. Der Plan war perfekt: Niemand in Varanasi würde einen solchen Vorfall hinterfragen. Man würde annehmen, der Körper auf der Bahre wäre das Opfer eines Schlangenbisses oder eine schwangere Frau oder eine andere unglückliche Seele, deren sterbliche Überreste dem hinduistischen Glauben nach nicht durch Verbrennen beseitigt werden konnten.

Die drei Henker lenkten das Boot zur Mitte des Flusses, so weit ab vom Verkehr wie möglich, und hoben die Bahre an deren Ende hoch. Mit Wonne stellte Sacks sich die erstickten Verzweiflungsschreie Abdul-Qadirs vor, als sein Körper den heiligen Tiefen des Ganges übergeben wurde.

Kapitel 14

Daniel schreckte aus dem Schlaf hoch. Er rieb sich die brennenden, müden Augen und tauchte aus dem Nebel beinahe komatösen Schlummers auf. Ein Traum über Sarah hatte ihn aus dem Tiefschlaf gerissen. Er sah sie in der Kaverne des Briten stehen, mit dem Blut aus der Zeremonienschale vom Altar des Mannes beschmiert und die Arme um Hilfe flehend ausgestreckt.

Obwohl sein verletztes Ego ihn dazu drängte, sie zu vergessen, konnte er nicht aufhören, sich Sorgen zu machen. Falls Sarah weitermachte – und er war sicher, dass sie das täte – würde der Mann nicht zögern, sie auszuschalten.

Der Gedanke ließ ihn schaudern. Er setzte sich auf dem harten Bett auf. Die Wand war pockennarbig von Löchern und Rissen, um deren Ausbesserung sich niemand bemüht hatte. Die Farbe blätterte ab und enthüllte eine Schicht schwarzen Schimmels darunter. Ein trüber Spiegel hing über einem altersschwachen Schminktisch. Das angrenzende Badezimmer war verschimmelt und roch schwach nach den Abwässern der Stadt.

Daniel hatte die Nacht in einer Pension in der Gegend von Delhis hochfrequentiertem Janpath verbracht. Er hatte sich für dieses von Menschen aller Nationalitäten wimmelnde Viertel entschieden, damit er sich unerkannt bewegen konnte, während er sich neu organisierte. Vor dem Betreten des feindlichen Rückzugsortes hatte er Abdul-Qadir die Adresse der Pension als Treffpunkt gegeben. Aber das war, bevor alles so falsch gelaufen war.

Der Plan hatte vorgesehen, dass Abdul die anderen ablenkte, während Daniel herumschnüffelte um jede Information zu sammeln, die ihm helfen würde, die Schriftrolle zu finden – und mehr über den Mann in Erfahrung zu bringen, der seine Welt eigenhändig zerschmettert hatte. Er hätte nicht erwischt werden sollen. Und auch wenn er es geschafft hatte zu entkommen, war er sich nicht sicher, ob Abdul ebenso viel Glück hätte.

Ursprünglich beabsichtigte Daniel, ein paar Tage in Janpath zu warten, um Abdul-Qadir die Möglichkeit zu bieten, sich ihm anzuschließen. Wenn es kein Zeichen von ihm gab, wäre er gezwungen, vom Schlimmsten auszugehen. Schließlich hatte Abdul seine Fähigkeit, ein doppeltes Spiel zu spielen, bereits unter Beweis gestellt. Wer wusste schon, ob er Daniels Koordinaten preisgeben würde?

Als er über die Ereignisse des Vortages nachdachte, lief ihm ein Schauer über den Rücken. Dieses Haus war sowohl längst verlassen als auch technologisch ausgeklügelt. Es war klar, dass niemand darin lebte, sondern es nur als Operationsbasis diente. Und dieser Keller … Daniel hatte während seiner Zeit in Ägypten in den Ruinen antiker Kulträume gearbeitet und war dort ähnlichen Altaren und Toren begegnet, die angeblich in Gefilde der Erleuchtung führten.

Und dennoch war dies erheblich anders. In der Antike waren solche Räume viel verzierter, zeigten oft die Bildnisse von Göttern und enthielten kunstvolle Kultwerkzeuge. Das Untergeschoss in Varanasi war schlicht, beinahe Zen-artig. Daniel hatte im gesamten Raum eine einzige Lichtquelle ausgemacht, direkt über dem Altar, und fragte sich, ob diese das unbeschreibliche Licht Gottes symbolisierte. Das Blut, das menschlich oder tierisch gewesen sein konnte, war offensichtlich eine Art Opfer, was zwei Möglichkeiten zuließ: Das Kultverhalten war entweder satanisch oder frühzeitlich.

Seine Gedanken wanderten zum Tor, das zum Ganges hinausführte. Er rief sich den dreieckigen Fries über dem Durchgang ins Gedächtnis. Undeutlich erinnerte er sich an zwei männliche Gestalten, von denen einer in siegreicher Haltung auf den Körper des anderen trat. In seiner Hand hielt er etwas, das zu klein und stumpf war, um eine Waffe zu sein.

David und Goliath. Der Mann am Boden war zweimal so groß wie sein Bezwinger. Und dieser Gegenstand, der nicht wie eine traditionelle Waffe wirkte, könnte leicht eine Schleuder gewesen sein.

Er rieb sich die Stirn und versuchte, einen Sinn in diesen grundverschiedenen Puzzleteilen zu finden. Die Verbindung zu Israel, zum ersten Mal durch die Analyse der Tonspuren auf der Schriftrolle hergestellt, wurde greifbarer. Die topografische Karte im verschlossenen Arbeitszimmer zeigte ein Areal westlich des Toten Meeres – die Judäische Wüste. Das Alte Testament enthielt Geschichten darüber, wie David sich vor dem wütenden König Saul in judäischen Höhlen versteckte, ehe er zum König gekrönt wurde.

Er griff nach seiner über einem Stuhl hängenden nassen Hose und zog die Visitenkarte, die unter den Landkarten und Skizzen verborgen gewesen war, aus der Tasche. Sie war noch immer feucht vom unerwarteten Bad im Ganges, und ein Teil der Telefonnummer hatte sich abgeschält. Daniel fragte sich, in welcher Verbindung ein Mitglied des britischen Parlaments zu diesem Verbrecher stehen könnte. Er kannte jemanden, der etwas Licht in dieses Dunkel bringen konnte.

Mit einiger Anstrengung belastete er sein verletztes Bein und humpelte ins stinkende Badezimmer. Er betrachtete sich im gesprungenen Spiegel über dem Waschbecken. Er sah aus, als hätte er seit Tagen nicht geschlafen. Die Falten auf seiner Stirn schienen tiefer als gewöhnlich und seine Augen waren von Schmerz und Erschöpfung getrübt. Die dunkle Behaarung auf Kiefer und Hals wurde stetig dichter. Er fuhr sich mit den Fingern durch seine rauen, ungekämmten Haare. Seine Erscheinung war ein Spiegel seiner Stimmung: angeschlagen, unruhig.

Er spritzte sich ein wenig kaltes Wasser ins Gesicht. Bereit oder nicht, er musste dem Tag gegenübertreten.

Delhi war so überfüllt, verschmutzt und laut wie immer. Daniel war dankbar dafür, dass es Herbst war und eine angenehme Kühle die durchdringende Schwüle ersetzt hatte, welche die Stadt normalerweise erfüllte. Auf den Straßen ertönte ein Missklang aus Hupen, den lauten Auspuffen der motorisierten Rikschas, der groben Beschleunigung von Lastkraftwagen und lautem Fluchen. Der Geruch – ein Pesthauch aus Benzindämpfen, brennendem Öl und schwarz-rauchigen Emissionen – war ebenso widerlich. Er hatte gelernt, das alles weniger als Affront denn als Teil des Lokalkolorits zu betrachten.

Er betrat eines der allgegenwärtigen Public Call Offices – öffentliche Telefone, kurz PCO genannt. Es war kaum größer als ein Schrank und bot drei Computerplätze und eine Telefonzelle von der Größe einer MRT-Röhre. Daniel erhielt einen Code vom Ladenbesitzer und betrat die Telefonzelle, deren lose in den Angeln hängende Plexiglastür er hinter sich schloss.

Er sah auf seine Uhr. In London war es etwa halb acht am Morgen. Er durchsuchte das Adressbuch seines Handys nach der Nummer und wählte diese dann auf dem veralteten indischen Telefon. Das entfernte Doppelklingeln bescherte ihm Erinnerungen an Europa und an Sarah.

Sir Richard nahm beim dritten Klingeln ab. »Weston am Apparat.«

»Richard«, sagte Daniel, ohne sich um Ehrentitel zu scheren, obwohl einer von ihnen ein blaublütiger Aristokrat war und der andere aus einem Provinznest in den Bergen stammte. »Hier ist Daniel. Daniel Madigan.«

»Madigan. Welch eine Überraschung.« Sir Richards Tonfall war heiter. »Wo in Gottes Namen sind Sie?«

Daniel war erleichtert. Er hatte nicht mehr mit ihm gesprochen, seit Vater und Tochter bei einer Konfrontation in Brüssel nach einer spektakulären Machtprobe des Willens alle Brücken hinter sich verbrannt hatten. Seinen Anweisungen und dem starren Standpunkt des Establishments zum Trotz hatte Sarah die Vergehen einer Firma mit politischen Verbindungen zur Krone offengelegt.

Es war das erste Mal in ihrem Leben gewesen, dass sie sich ihrem Vater in solchem Maß widersetzt hatte, und er hatte sie hart dafür bestraft. Daniel hatte zugesehen, wie Sir Richard sich kaltschnäuzig von seinem eigenen Kind abwandte und damit eine deutliche Nachricht sendete: Wenn sie nicht nach seinen Regeln spielen wollte, dann würde er sie enterben.

Daniel wusste, wie sehr Sarah das verletzt hatte. Sein eigener Vater hatte die Familie verlassen, als Daniel klein gewesen war.

Aber im Gegensatz zu seinem Vater, der nie die High School abgeschlossen und die Flasche einem festen Job vorgezogen hatte, war Sir Richard – der respektierte Politiker Lord Weston – ein gebildeter, vernünftiger Mann. Das Verhalten seines eigenen Vaters konnte er der Dummheit zuschreiben; Sir Richards Verhalten war weit hässlicher. Obwohl er Vorbehalte bezüglich des Charakters des Mannes hatte, zog er es vor, ihn sich nicht zum Feind zu machen. »Ich rufe aus Delhi an«, sagte er.

»Sie sind in Indien? Wozu denn?«

»Lange Geschichte«, sagte Daniel und sah sich in dem kleinen Raum und auf der Straße davor um. »Ich habe keine Zeit für Erklärungen. Hören Sie, ich hoffte, Sie könnten mir bei etwas behilflich sein.«

Eine kurze Stille folgte. »In Ordnung. Fahren Sie fort.«

»Alastair Bromley. Kennen Sie ihn?«

»Bromley? Ja, natürlich. Er sitzt im Unterhaus. Warum fragen Sie?«

»Okay. Ist er Mitglied irgendwelcher Ausschüsse? Engagiert er sich für irgendwelche Gesetzesentwürfe?«

»Er sitzt im Auswärtigen Amt und ist Mitglied des Vierergremiums über Waffenexportkontrollen. Er ist ein recht *liberaler* Kerl«, antwortete Sir Richard mit offenkundiger Geringschätzung.

»Interessant. Wissen Sie irgendwas über seinen Hintergrund?«

»Ich kenne ihn kaum … ich weiß, dass er aus dem Norden stammt. Edinburgh, glaube ich. Er ist Vorsitzender einer kleinen aber schnell wachsenden Herstellerfirma namens Advanced Electronic Solutions. Sie produziert Instrumente und Komponenten für Kriegsschiffe. Die Royal Navy ist ihr bester Kunde.«

»Also sprechen wir von militärischer Verteidigung.«

»Das ist korrekt.« Sir Richards Tonfall wurde skeptisch, sogar argwöhnisch. »Und von welcher Bedeutung ist das für einen Kulturanthropologen?«

»Darauf kann ich nicht wirklich eingehen«, sagte Daniel. Eine Erklärung wäre kontraproduktiv. Es fehlte ihm gerade noch, dass Sir Richard per Assoziation in die Sache hineingezogen würde. Und er wollte ihm keinen Hinweis auf die Gefahren geben, die seiner entfremdeten Tochter auflauerten.

Sir Richard, ewiger Diplomat, formulierte seine Frage um. »Und wie steht es um Ihre Expedition, alter Junge? Läuft wie geschmiert, möchte ich hoffen.«

Daniel wollte nicht lügen. Mit etwas Fragerei konnte Sir Richard die Wahrheit erfahren. »Im Augenblick liegt sie auf Eis. Es gab ein kleines Feuer und wir versuchen gerade, uns nach dem Schaden wieder aufzubauen.«

»Oh?«

»Es ist nicht der Rede wert, Richard. Die Situation ist unter Kontrolle.«

Sir Richard war einen Augenblick lang still. »Und Sarah?«

Daniel wog seine Antwort ab. Trotz des Zerwürfnisses zwischen dem Mann und seiner Tochter, musste sich Sir Richard noch immer um sie sorgen. »Sie ist in Israel, wo sie einen biblischen Archäologen wegen eines Objekts zurate zieht, das wir ergraben haben.«

»Israel. Faszinierend. Und Sie sind in Indien.«

»Hören Sie, Richard, die Zeit auf dieser Telefonkarte wird knapp …«

»Warum rufen Sie mich nicht von Ihrem Handy aus zurück? Ich möchte dieses Gespräch gerne zu Ende führen.«

»Ich werde es später noch einmal versuchen. Ich muss los. Es war schön, mit Ihnen zu sprechen … wie immer.«

Daniel legte auf und atmete aus. Vielleicht war es ein Fehler gewesen, ihn anzurufen. Ein weiterer Fehltritt.

Er setzte sich an einen der Computerplätze und suchte nach Advanced Electronic Solutions; er hoffte auf irgendeine Information, die eine Beziehung zwischen Bromley und dem mysteriösen, wohlhabenden Briten, der sich in Varanasi verkrochen hatte, herstellen würde. Erwartungsgemäß lieferte die Geschäftswebsite nichts anderes als Propaganda. Aber einige vereinzelte Nachrichtenartikel warfen ein wenig Licht auf die Ziele der Firma, wenn auch nicht auf Bromleys eigene.

Zwei Artikel fand Daniel besonders interessant. Der erste war ein Bericht über eine ausstehende Fusion zwischen AES und dem amerikanischen Hersteller elektronischer Flugsysteme Apex Avionics. Apex war Anbieter für GPS-Navigation, Raketenlenksysteme und Täuschkörperwerfer für Militärflugzeuge. Hauptsächlich lieferte Apex Komponenten an die US Air Force, verkaufte aber auch an ausländische Regierungen, einschließlich Saudi-Arabien und Ägypten. Angesichts des Kundenstamms würde die Fusion AES zu einem der ganz Großen machen, nicht nur in der britischen Rüstungsindustrie, wo sie Giganten wie BAE Systems einen harten Wettkampf bieten würden, sondern auch auf der internationalen Bühne.

Was er ebenso faszinierend fand, war ein Verweis auf eine Tochtergesellschaft der AES, EastCorp, ein kleiner aber innovativer Elektronikhersteller mit Sitz in Jerusalem. Diese Firma, ein Magnet für junge, talentierte israelische Wissenschaftler, hatte sich dank ihrer fortschrittlichen Radartäuschung einen weltweiten Namen gemacht. Von EastCorp gefertigte Komponenten wurden hauptsächlich vom israelischen Militär verwendet, aber zwischen der Firma und anderen Nationen wurden schon Verträge geschrieben.

Daniel fand nichts unmittelbar Fragwürdiges über Bromley –

die wenigen Presseartikel, die es über ihn gab, beschrieben ihn als rechtschaffen. Aber je tiefer er grub, desto mehr Auskunft erhielt er über seine Abstimmungsbilanz; sie unterstrich Sir Richards Aussage. *Er ist ein recht liberaler Kerl.* In einem besonders aufschlussreichen Fall hatte Bromley zugunsten von intelligenter, sich selbst zerstörender Streumunition gestimmt, ein äußerst lukrativer Zweig. Das war im Jahr 2005 gewesen, als Teil einer erhitzten Debatte, die letztendlich zum Beschluss der britischen Regierung zur Eliminierung einiger Arten von Streumunition aus dem Arsenal geführt hatte. In der Tat war die ganze Welt auf diesen Zug aufgesprungen, und bis 2008 hatte es ein weltweites Verbot von Splitterbomben gegeben.

Es gab weitere solcher Fälle, die auf Bromleys Interesse an Aufrüstung vor Abrüstung hindeuteten. Daniel speicherte die Information und richtete seinen Fokus auf die Hinweise, die er in Varanasi gesammelt hatte.

Er bezahlte den Verkäufer und trat in die chaotischen Anblicke und Geräusche Delhis hinaus. Er nahm sich eine Rikscha – ein motorisierter, dreirädriger Zweisitzer, der blockweise in Gelb und Grasgrün gestrichen war – und bat den Fahrer, ihn zur Universität von Delhi zu bringen.

Die Universitätsbibliothek war genauso überfüllt wie jeder andere Ort in Delhi. Studenten belegten alle Stühle und noch mehr standen um die Computerplätze herum oder lehnten an den Wänden und blickten in Bücher. Die Gänge waren vollgestopft und die Auskunftstheken barsten schier mit Studenten, die darauf warteten, ihre Fragen stellen zu können. Daniel überlegte, wie sie mit so wenig Intimsphäre arbeiten konnten, obwohl ihm klar war, dass sie es nicht anders kannten.

Er lief nach oben in ein Zwischengeschoss, in dem es etwas ruhiger war. Eine junge Bibliotheksmitarbeiterin in einem strahlend blauen Sari räumte Bücher auf.

»Ich suche nach Karten von der Judäischen Wüste«, sagte er zu ihr.

Sichtlich unsicher, was sie von dem humpelnden Fremden und seiner ungewöhnlichen Frage halten sollte, trat sie einen Schritt zurück. »Die Karten sind im Informationsbereich, hinter der Theke. Ich weiß nicht, ob wir welche haben, die der Beschreibung entsprechen.«

Er zwinkerte dem Mädchen zu, was einen zu gleichen Teilen aus Verwirrung und Faszination bestehenden Blick hervorrief, und lief zur Abteilung mit den Landkarten. Er fand zwei Bücher von Interesse – die Interpretation eines Kartografen vom biblischen Israel und Juda und eine Reihe topografischer Karten des modernen Israels. Letztere sah er sich zuerst an.

Daniel rief sich die auf der Karte umkreisten Gebiete in Erinnerung – beide befanden sich im kargen, unfruchtbaren Gebiet der Judäischen Wüste, gerade oberhalb des Toten Meeres, nördlich von Masada. Dies war die südliche Grenze der Judäischen Wüste, die zwischen dem Meer und den Judäischen Bergen im Westen lag. Im Grunde war das Gebiet ein Komplex aus zerklüfteten Steilhängen, aber es war auch reich an Höhlen, einschließlich der Höhlen von Qumran, wo bekanntermaßen in den 1940er Jahren die Schriftrollen vom Toten Meer von Beduinen gefunden worden waren. Es lag auf einem bedeutenden Grundwasserleiter, der von den Bergen ins Tote Meer reichte und die Quellen der Oase En Gedi speiste.

Er fühlte sich an die mysteriöse Zeile aus der Schriftrolle erinnert – Ich wandere barfuß durch die Wüste, auf der Suche nach meiner Liebsten. – und war sich jetzt beinahe sicher, dass dies die Wüste war, von der der Autor sprach. Er sah sich nach einem freien Computer um und bemerkte, wie sich eine Gruppe Studenten von einem der Plätze erhob. Schnell setzte er sich und rief das Erste Buch Samuel des Alten Testaments auf – die Hebräische Bibel. Er scrollte zu dem Teil über Davids Flucht vor dem Wahnsinn des regierenden Königs Saul.

Und es begab sich, als Saul von der Verfolgung der Philister zurückkehrte, da sagte man ihm: Siehe, David ist in der Wüste En Gedi. Sodann nahm Saul dreitausend auserwählte Männer aus ganz Israel und zog aus, David und seine Männer auf den Steinbockfelsen zu suchen. Und er kam zu den Schafhürden am Weg und dort war eine Höhle. Und Saul ging hinein, um seine Füße zu bedecken: und David und seine Männer aber blieben hinten in der Höhle.

Daniel suchte die Lage der Wüste En Gedi zu biblischen Zeiten auf der Karte des antiken Israels. Es war der exakte Ort, auf den die Karte aus Varanasi verwies – ein gewaltiges, felsiges Plateau oberhalb der Oase, ein Ort, der besser für Wildziegen als für Menschen geeignet war.

Sarahs Theorie begann glaubhaft zu klingen.

Wenn die Schriftrolle den Weg zu einem biblischen Artefakt wies, war es möglich, dass irgendwo in diesem Reich aus alten Höhlen und windgepeitschten Bergen einer der bedeutendsten archäologischen Funde der Neuzeit lag.

Daniel wusste genau, was er zu tun hatte.

Kapitel 15

Sarah traf um sechs Uhr morgens in Jerusalem ein. Das Licht des Tages hatte seinen warmen Schein noch nicht über das Land geworfen und die Stadt, ein dichtes Durcheinander aus von modernen Gebäuden umgebenen alten Steinbauten und historischen Ruinen, war in die stahlblauen Schattierungen der frühen Morgendämmerung gehüllt. Nur die vergoldete Kuppel des Felsendoms, das muslimische Heiligtum, das von der Spitze des Tempelberges auf die alte Stadt herabblickte, funkelte golden und schien ein eigenes Licht auszustrahlen. Das Leuchten des Doms, das von einer Außenschicht aus achtzig Kilo Gold rührte, verlosch nie, sondern erstrahlte den Gläubigen wie ein Leuchtfeuer zu allen Stunden des Tages.

Sarah parkte außerhalb der Mauern der Altstadt und ging zu Fuß durch das Dungtor am südwestlichen Ende des Tempelberges. Das Steintor, ein Bauwerk, das über die Jahrhunderte hinweg errichtet, zerstört und wieder errichtet worden war, empfing Besucher mit einem bescheidenen, gewölbten Durchgang. Seine Wälle verwiesen auf die Stadtgeschichte der Befestigung gegen die blutigen Belagerungen, die sie unausweichlich befallen mussten. Dies war das Schicksal einer von nicht weniger als drei Religionen als heilig und für Gottes Königreich auf Erden befundenen Stadt.

Sie erreichte die Westmauer – der Juden berüchtigte Klagemauer – und betrachtete die Aktivität, während die Dämmerung über der Stadt hereinbrach. In angemessener Entfernung blieb sie stehen, respektvoll gegenüber denen, die des Gebets wegen herkamen. Das historische Bauwerk, ein Relikt aus der Zeit des zweiten Tempels, das interessanterweise von den Römern, die den Tempel selbst zerstört hatten, unversehrt gelassen worden war, war den Juden heilig. Jeden Tag hörte die Mauer ihre Gebete an.

Im ersten Tageslicht hatten sich die Frommen schon zu ihrer Morgenandacht versammelt. Manche standen so nah an der Mauer, dass sie ihre Jarmulke-bedeckten Köpfe am Quadermauerwerk anlehnen konnten; andere standen oder saßen in stummer Besinnlichkeit einige Schritte entfernt. Eine Gruppe in *Tallitot* – weiße, mit Fransen besetzte Gebetstücher mit schwarzen und neutral gefärbten Streifen – gehüllte Männer standen mit geneigten Köpfen da und lasen aus der Heiligen Schrift. Ihr Glaube war spürbar und ihr Gebet wart von ruhiger, demütiger Art, mehr Wehklagen denn Hochstimmung.

Rabbi Uri'el Ben Moshe lebte im Jüdischen Viertel am Fuß des Tempelbergs, gerade jenseits der Westmauer. Er leitete keine Synagoge – möglicherweise, weil er sein achtes Jahrzehnt beschritt und sich von der Politik des organisierten Gebets zur Ruhe gesetzt hatte –, aber er leitete dennoch eine Gemeinde. Seine Lehren, zumeist aus Büchern und mündlich überliefert, machten ihn zu einem der respektiertesten geistigen Führer des Judentums.

Er hatte auch eine Gruppe treuer Schüler, die regelmäßig zu seinem Haus kamen, um spirituelle Führung zu erhalten und sowohl traditionelle als auch mystische jüdische Texte zu studieren. Durch einen dieser Studenten – ein Bekannter Ezras – hatte Sarah die Adresse des Rabbis erhalten.

Das Tageslicht war noch nicht in die Steingassen des Jüdischen Viertels gedrungen. Geschäftigkeit würde sich erst in einigen weiteren Stunden richtig einstellen, und so war Sarah praktisch allein auf ihrem Weg durch die gepflasterten Straßen. Zu dieser Stunde suchte eine geisterhafte Stille die Steinarkaden heim, und sie konnte ihre eigenen Schritte hören, als sie die Stufen zu ihrem Ziel hinaufstieg.

Hier schien alles – die Pflastersteine, die Stützpfeiler, die bescheidenen, aus behauenen, sandfarbenen Natursteinen gebauten Gebäude – der Erde zu entstammen. Die wenigen Farbtupfer, hauptsächlich Schaufensterschilder und Markisen, waren fehl am

Platz und missachteten die antike Qualität des Ortes. Israelische Flaggen hingen an Pfosten oder waren aus offenen Fenstern gehängt worden, um jeden daran zu erinnern, wessen Heim dies war.

Sarah lief unter einer Reihe Schwibbögen her, welche die eine Seite der Gasse mit der anderen verbanden. Sie passierte einen Laubengang, der zu einem Innenhof führte, in dessen Mitte ein einsamer Olivenbaum stand. Als die ersten Strahlen der Sonne über die Gebäude krochen, die den Baum wie eine Steinfestung umgaben, verlieh das Spiel von Licht und Schatten der monochromen Szenerie Leben. Sie betrachtete die silbrigen Blätter des Baumes, die strukturierte Rinde seines knorrigen Stamms. Ungeachtet der Unruhen, die die Stadt durch die Zeitalter hindurch erlebt hatte, bestand der Olivenbaum fort, harrte trotz der Bürde der Menschen aus.

Als Nächstes folgte sie einem Pfad, der zu einer weiteren Treppe führte. Die schmale Gasse am Ende der Stufen war jene, die sie suchte. Als fast vergessener Streifen am Rand des Viertels war sie an einem Ende ummauert, sodass die kleine Steintreppe den einzigen Ein- und Ausgang bildete. Entlang der Gasse befanden sich wenige Türen, die alle zu Wohnhäusern gehörten. Sie suchte nach der Hausnummer und fand sie auf einer verwitterten Holztür mit verrosteten Eisenbeschlägen. Sie schlug den schweren eisernen Klopfring leicht gegen die Tür, sodass das im Inneren vernommene Geräusch sacht war, und nicht aggressiv.

Drei Minuten vergingen, ohne dass jemand antwortete. Sarah klopfte erneut. Nach einem langen Moment erklang eine Stimme von der anderen Seite der Tür.

»Nennen Sie Ihre Absicht«, sagte ein Mann auf Hebräisch.

Ihr Hebräisch war begrenzt, aber sie wagte es dennoch. »Rav Ben Moshe, ich komme auf der Suche nach Führung. Ich bin Archäologin.« Da sie die hebräischen Worte nicht fand, fuhr sie auf Englisch fort. »Ich benötige Ihre Hilfe beim Lösen eines uralten Rätsels.«

Er öffnete die Tür einen Spalt breit und beäugte sie aus den Schatten. »Sie erwarten, dass der Geist antwortet, wo die Wissenschaft versagt?«

Sie war überrascht, dass er Englisch sprach. »Etwas in der Art, ja.«

Er öffnete die Tür und bedeutete ihr, einzutreten. Der Rabbi war gute zehn Zentimeter kleiner als Sarah mit ihren Eins-siebenundsiebzig, und er wirkte sogar noch kleiner, weil seine Schultern hochgezogen waren. Sein Haar war reinweiß und zu einem Knoten in seinem Nacken zurückgebunden. Eine einfache schwarze Jarmulke bedeckte seinen Hinterkopf. Ein drahtiger weißer Bart breitete sich fächerförmig von seinem Gesicht aus und berührte sein Schlüsselbein. Er trug ein weißes Hemd unter einer weitärmeligen schwarzen Wolllangjacke, die über seine Brust gewickelt und in der Taille mit einer Kordel gegürtet war. Er führte sie ins Haus. Obwohl er mithilfe eines Stocks ging, war sein Gang für einen Mann seines Alters rüstig und selbstbewusst.

Sie betraten ein Wohnzimmer. Auf seinen Stock gestützt setzte er sich mit einiger Anstrengung auf ein alterndes, olivgrünes Samtsofa, dessen Rücken- und Seitenlehnen in bestickte Stoffe gehüllt waren. Sie setzte sich auf die Kante eines Sessels ihm gegenüber.

»Vergeben Sie mir meine Skepsis.« Sein Englisch hatte einen starken Akzent. »Archäologen und Rabbis sind nicht gerade einer Meinung. Besonders nicht in diesem Land.«

»Ich kann mich nicht für meinen Berufsstand entschuldigen und es ist auch nicht meine Absicht, Ihren herabzumindern. Aber ich hoffe, wir können uns auf einer Ebene gegenseitigen Respekts begegnen.«

Sie konnte spüren, wie sein Blick sie auf der Suche nach einer Spur von Unaufrichtigkeit durchbohrte. Es war das uralte Dilemma eines Ortes, der so heftig umkämpft war: Niemand konnte irgendjemandem trauen oder die Dinge für bare Münze nehmen. In dieser Hinsicht waren sie sich nicht unähnlich.

»Ich möchte mit Ihnen über eine biblische Gestalt sprechen. König Salomon.«

Er richtete seine Brille. »Eines meiner Lieblingsthemen. Was wünschen Sie zu wissen?«

»Wir haben eine Schriftrolle ergraben, von der wir glauben, sie könnte von ihm verfasst und von einem der Schreiber an seinem Hof geschrieben worden sein – von einer Ägypterin.«

»Eine Frau. Das ist in der Tat sehr faszinierend.«

»Genau meine Meinung. Laut ihres Siegels stand sie im Dienst der Königin.«

»Der Tochter des Pharaos?«

»Vermutlich, ja.« Sie beugte sich vor. »Wir haben keinen Beweis dafür, dass irgendetwas davon stimmt. Es ist lediglich eine Theorie von mir. Ich hoffe, Sie werden mir helfen, diese Theorie entweder auszuarbeiten oder sie zu verwerfen.«

Er zwirbelte die Enden seines Barts. »Sicher muss ich Ihnen nicht erzählen, dass es der Welt vollständig an Salomon betreffenden Artefakten mangelt. Und jedes Mal, wenn etwas auftaucht, das ihm zugeordnet werden könnte, verschwindet es genau so schnell wieder. Sehr merkwürdig, nicht wahr?«

Ihr Züge verhärteten sich. Sie forschte nach der Wahrheit hinter seiner verschleierten Aussage. »Was meinen Sie?«

Er winkte ihre Frage ab. »Sagen Sie mir, was Sie wissen wollen.«

»Der minimalistische Standpunkt behauptet, dass Salomon, sofern er überhaupt existiert hat, der Führer eines kleinen Stammeshinterlands war und nicht etwa eines Imperiums wie nach biblischer Aussage. Der Reichtum, die Weisheit, die Ehefrauen … all das ist ein Mythos, um eine Legende davidischen Anspruchs aufrecht zu erhalten. Was glauben Sie als Bibelgelehrter?«

»In unseren Glauben, junge Dame, bilden die Könige Salomon und David bedeutende Eckpfeiler. Wir beten um den Tag, an dem der Eine, durch dessen Adern davidisches Blut fließt, sich erheben und Frieden über die Welt bringen wird. Was meine Meinung über die Archäologen betrifft, die an dieser minimalistischen Anschauung festhalten, so habe ich Mitleid mit ihren Seelen. Es ist schrecklich, keine Leidenschaft zu kennen.«

Obwohl sie das minimalistische Gegenargument vorgebracht hatte, glaubte Sarah persönlich nicht daran. Da sie bei Weitem keine Frau des Glaubens war, hatten die Jahre der Erfahrung sie gelehrt, dass es Fragen gab, welche die Wissenschaft allein nicht beantworten konnte. »Wie interpretieren Sie die biblischen Erzählungen über Salomon?«

»Die Geschichte Salomons wird in den Büchern der Könige und in den Chroniken sehr unterschiedlich dargestellt. In den Chroniken wird er praktisch vergöttert. In den Büchern der Könige wird er als fehlbarer Mann beschrieben, der zunächst einen starken Glauben besaß, letztendlich aber vom Weg abkam. Wenn Sie mich fragen, was ich glaube … ich halte die Version der Könige für näher an der Wahrheit.«

»Und der Tempel?«

»Die Bibel sagt, er hat den Tempel gebaut. Ich glaube, das hat er.«

»Obwohl keinerlei Beweise gefunden wurden?«

Der Rabbi lächelte gelassen. »Ein Land wie Israel ist voller Beweise, die nie gefunden wurden. In dieser Erde ruhen Antworten, die Sie und ich uns nicht einmal vorstellen können.« Er deutete in die Richtung des Tempelbergs. »Was liegt unter dem Berg? Wissen Sie es? Werden Sie es je erfahren? Ich weiß, dass Sie Archäologin sind und sich nicht auf den Glauben verlassen, aber Sie müssen die Möglichkeit zulassen. Ihre Wissenschaft ist alles andere als perfekt.«

»Ich wäre nicht hier, wenn ich die Möglichkeit nicht zuließe.«

»Zur Kenntnis genommen.«

Sie holte ein Notizbuch aus ihrem Rucksack und wandte sich ihren Aufzeichnungen zu. »Ich würde Ihnen gerne etwas vorlesen, und ich möchte Sie bitten, mir zu sagen, ob es mit Ihrer eigenen Ansicht über Salomon im Einklang steht. Darf ich?«

Er bedeutete ihr, fortzufahren.

Sie las aus dem Text vor. »Mein Sohn, die Dämmerung des Lebens bricht über mir herein. Ich wandere barfuß durch die Wüste, auf der Suche nach meiner Liebsten. Mit Besitztümern und Weisheit und Ehefrauen war ich reichlich gesegnet, doch nun, da meine Jugend schwindet und meine Kräfte mich verlassen, suche ich Trost an ihrer Brust.«

Rabbi Ben Moshe richtete seinen Blick auf nichts Bestimmtes. Nach langer Stille sagte er: »Zusätzlich zu dem, was wir aus der Bibel wissen, gibt es auch mystische Texte, die Hinweise über Salomons Leben und seine Zeit enthalten. Diese sind voller Metaphern und philosophischer Argumente. Sie sollen nicht so hingenommen werden, wie sie geschrieben stehen, sondern vielmehr den Leser zwingen, auf seiner Suche nach spiritueller Wahrheit vielschichtig zu denken. Ich sage das vorab, weil ich auf beides eingehen möchte, um Ihre Frage zu beantworten.«

»Deswegen kam ich zu Ihnen.« Sie war sich seines Rufs für kontroverse Bibelauslegungen und seines umfassenden Verständnisses der Midraschim – die rabbinische Literatur, die sich dem tieferen Sinn biblischer Texte widmete – bewusst.

»Der Teil über die Wanderschaft durch die Wüste taucht in verschiedenen Schriften auf, von der Kabbala bis zum Koran«, sagte er. »Die Legende besagt, dass er seiner Sünden wegen entthront wurde und vierzig Tage lang als Bettler umherzog. Davon abhängig, welcher Version der Geschichte Sie Glauben schenken, wurde er entweder von seinen Sünden freigesprochen und bestieg erneut den Thron, oder er starb als einfacher, namenloser Bürger.«

»Was glauben Sie?«

»Ich war immer der Ansicht, dass Salomon ein Mann Gottes, aber nicht gottgleich war. Ihm wurde in jungen Jahren Macht verliehen und er wuchs auf dem Thron auf. Er besaß Weisheit, aber er hatte auch Schwächen. Er kämpfte … triumphierte … und versagte. Wie alle Menschen, damals und heute. Zu seiner Zeit wäre es für einen König, der stark durch seinen Glauben definiert war, nicht ungewöhnlich gewesen, vierzig Tage umherzuziehen. Vermutlich entschied er sich dazu, die Wüste zu durchwandern – barfuß, wie Sie sagen – um mit seiner eigenen Spiritualität ins Reine zu kommen. Umhergewandert ist er allen Berichten zufolge, von der Bibel bis zu den apokryphen Texten. Reichtum, Macht und die Freuden des Fleisches hatten ihn für seine wahre Aufgabe blind gemacht. Er könnte leicht eines Tages den Palast verlassen haben, mit nichts weiter als den verschlissenen Kleidern, die er am Leib trug, und ausgezogen sein, um sich selbst zu finden.«

»In welche Wüste könnte er gegangen sein?«

»Das weiß niemand. Aber es war vermutlich eine in unmittelbarer Nähe Jerusalems. Am wahrscheinlichsten die Judäische Wüste.«

»Wir fanden diese Schriftrolle in Saudi-Arabien, am Rand der Rub al-Chali.« Sarah wusste, dass es weit hergeholt war, aber sie fragte dennoch. »Wie könnte sie dort hingelangt sein?«

Er zuckte mit den Schultern. »Das weiß ich nicht.«

Auf die Frage, die an ihrem Verstand nagte, gab es keine einfache Antwort. »Könnte er sie Mâkedâ, der Königin von Saba, gegeben haben, als sie ihn in Jerusalem besuchte? Könnte sie die Rolle, zusammen mit anderen Geschenken, in ihrer Karawane mitgenommen haben?«

»Ich nehme an, das wäre möglich.«

»Wissen Sie, dass es eine Geschichte im Kebra Negest gibt, in der es heißt, dass Mâkedâ und Salomon einen Sohn hatten? Angeblich hatte sie dieses Kind, Menelik, während der langen Heimreise geboren.«

»Natürlich kenne ich die Geschichte. Es heißt, er habe ein zweites Jerusalem in Äthiopien gebaut.« Er kniff die Augen hinter seinen Brillengläsern zusammen. »Worauf wollen Sie hinaus?«

»Rabbi, die Schriftrolle nimmt mehrfach auf ein heiliges Geheimnis und einen Schatz Bezug. Ich vermute, dass es sich nicht um materiellen Reichtum, sondern vielmehr um eine Sammlung an

Wissen handelt – etwas, das Salomon an seinen Sohn weitergeben wollte. Vielleicht an seinen Sohn Rehabeam, der seine Nachfolge auf dem Thron antrat, oder vielleicht …«

»… an seinen unehelichen Sohn mit der Königin von Saba.« Der Rabbi schüttelte den Kopf. »Dazu kann ich mich nicht äußern. Aber bezüglich Ihrer Meinung über den Schatz … wenn etwas es wert war, versteckt zu werden, dann nicht Gold. Reichtum war vergänglich; er kam und ging. Was fortdauerte und es wert war, geschützt zu werden, war etwas von Gott gegebenes – ein Vertrag, beispielsweise. Deswegen wurde die Bundeslade so viele Male über die Jahrtausende hinweg fortgebracht und versteckt, und deswegen weiß noch immer niemand, wo sie ist.«

Theoretisch stimmte sie dem zu, aber sie glaubte nicht an ein göttliches Versprechen. Ihre Instinkte sagten ihr, dass dieser wie auch immer geartete Schatz ein Menschenwerk war. Aber es fehlte die Zeit für solch eine philosophische Debatte, besonders da sie beinahe sicher in eine Sackgasse führen würde.

»Ich will Ihnen eine andere Passage vorlesen, wenn ich darf.« Sie las aus dem übersetzten Text. »Der Obstgarten trägt Feigen im Überfluss, die Reben sind von Trauben schwer. Wenn das Gesicht meiner Liebsten sich aus den Schatten löst, werden alle Geheimnisse gelüftet. Ihre Schönheit erhellt den Pfad und die schwarzen Steine, und ich, zu machtlos, um zu widerstehen, folge ihr. Welche Gewalt besitzt du über mich, oh holde Nymphe? Und sie saget, all was verborgen, will ich dir zeigen, mit all, was dich hungert, will ich dich sättigen, doch nur, wenn du treu mir bist. Folge mir nun zu den Wällen, unter dem Blick des Berges, und habe teil an meiner Liebe, denn wenn der Hahn kräht, so bin ich fort, doch du wirst haben, all was du begehrst.«

Als Sarah aufblickte, saß der Rabbi mit zitternden Händen auf seinen Stock gestützt da. Sein Blick war abwesend, seine Haut fahl.

Um seine Gesundheit besorgt stand sie auf. »Geht es Ihnen gut? Soll ich Ihnen etwas Wasser bringen?«

Er deutete auf den Sessel. »Setzen Sie sich.«

Unsicher, was vor sich ging, folgte sie seiner Aufforderung.

»Wo ist diese Schriftrolle?« Trotz seines aufgewühlten Äußeren war sein Tonfall ruhig und gelassen.

Sie seufzte. »Sie wurde gestohlen. Ein Kurier der König-Saud-Universität hat sie abgeholt, aber er ist nie angekommen. Der Wagen wurde am Rand des Highways gefunden und die Universitätseskorte war ermordet worden. Der Kurier und die Schriftrolle waren verschwunden.« Sarah studierte sein Gesicht, seine Reaktion. »Ich wüsste gern, was Sie gerade denken.«

Der Rabbi wandte den Blick ab. »Er ist zurückgekehrt.«

»Wer ist zurückgekehrt?«

Mit nun strengem Ausdruck sah er sie an. »Junge Dame, wenn Sie wissen, was gut für Sie ist, dann verfolgen Sie die Angelegenheit nicht weiter. Andernfalls könnte ihr Schicksal dem der Universitätseskorte gleichen … oder dem meiner Schüler.«

Das überraschte sie. Sie war auf der Suche nach Hilfe hergekommen, nicht auf der Suche nach einer Verbindung. Dies war eine unerwartete Wendung, über die sie entschieden mehr erfahren wollte. »Hören Sie mich an, Rabbi. Seit diese Schriftrolle aufgetaucht ist, haben wir nichts als Unglück erlebt. Unsere Crew wurde vergiftet, die Ausgrabung, an der wir arbeiteten, wurde von einem Feuer heimgesucht, in dem einige Männer schrecklich verletzt wurden oder gestorben sind, und jetzt, dank des Diebstahls der Schriftrolle, wurde die Expedition zerschlagen und mein Partner und ich sind praktisch Flüchtlinge.« Emotionen schlichen sich in ihre Stimme, während sie die Ereignisse der vergangenen Wochen aufzählte.

Sie holte tief Luft. »Wenn Sie etwas über diesen Verrückten wissen, mit dem wir es zu tun haben, dann bitte ich Sie, sagen Sie es mir.«

Rabbi Ben Moshe versank in Stille. Im durchs Fenster hereindringenden Morgenlicht schimmerten seine Augen feucht. Schließlich sprach er. »Vor etwa sechs Jahren lebte ich in Polen, in einer kleinen Stadt im Norden, mitten im Nirgendwo. Dort stand eine bescheidene Synagoge, die von einer Gruppe Juden, die vor den Kreuzzügen des zwölften Jahrhunderts geflohen waren, von Hand gebaut worden war. An den Steinen, die zu ihrem Bau verwendet wurden, war nichts außergewöhnliches – außer an einem. Es war ein alter Stein, der den Gerüchten nach aus Jerusalem gekommen war und der von denen, die um seine Heiligkeit wussten, von Hand zu Hand weitergegeben worden war. Aufgrund dieses organisierten Bemühens, ihn versteckt zu halten, hatte er Jahrhunderte der Diaspora und der Verfolgung überdauert. Nur gewisse Mitglieder des Rabbinats wussten von ihm.«

»Ich nehme an, das schließt Sie mit ein?«

»Ja. Das war der Grund, warum ich überhaupt nach Polen gegangen bin. Wir hatten den dort zuständigen Rabbi verloren und ich wurde ausgewählt, seinen Platz einzunehmen.«

»Und was ist mit diesem Stein? Warum ist er heilig?«

Der Rabbi sah sich nervös um. Er stützte sich auf seinen Stock und sprach leise. »Unsere Überlieferung besagt, dass er einer der im Tempel Salomons, dem ersten in Jerusalem gebauten Tempel, verwendeten Steine war. Laut einer ungeschriebenen Legende war dieser Stein Teil der Befestigungsmauern rund um den Berg Moriah – Teil der Festung, die den Tempel schützte. Ein einzelnes Bild war hineingraviert: Zwei zerklüftete Gipfel, die einen Berg darstellten.«

Folge mir nun zu den Wällen unter dem Blick des Berges. Sarah verspürte ein vertrautes Kribbeln, als sie über einen möglichen Zusammenhang zwischen dem Text der Schriftrolle und einem tatsächlichen, auf die Zeit des ersten Tempels datierten Objekts nachdachte. Wenn es stimmte, wären die Auswirkungen gewaltig. Die beiden Artefakte zusammen könnten auf die Existenz eines Tempels in Jerusalem während Salomons Herrschaft hinweisen – etwas, das sich Historikern und Archäologen bis zu diesem Tag entzogen und somit eine heftige Debatte zwischen den wissenschaftlichen und den theologischen Gemeinschaften entfacht hatte. Aber dieser Stein als auch die Schriftrolle waren höchstwahrscheinlich verloren. Wie Ezra erzählt hatte, war die Synagoge in Polen ausgeraubt und abgebrannt worden.

Sie kannte die Antwort, bevor sie die Frage stellte. »Dieser Stein … wo ist er jetzt?«

»Bevor ich darauf antworte, will ich Ihnen ein wenig von den Hintergründen erzählen. Als die Babylonier den Tempel im sechsten Jahrhundert vor unserer Zeitrechnung zerstörten, nahm ein Priester den Stein an sich und versteckte ihn. Seit jenem Tag war er im Besitz der Männer und Frauen gewesen, die Gott am nächsten standen. Wir kennen keine exakte Chronologie, aber der Legende nach wurde der Stein irgendwann im frühen zwölften Jahrhundert aus Jerusalem geschafft, kurz nachdem die Kreuzritter die Stadt erobert hatten. Er wurde einer Frau anvertraut – einer Nachfahrin des längst vergessenen Hauses Davids – die einem der Kreuzritter Liebe vortäuschte und mit ihm ging, als er nach Europa zurückkehrte.«

»Waren alle Hüter des Steins Mitglieder der davidischen Dynastie?«

»Nein. So fing es an, aber im dreizehnten Jahrhundert waren alle Spuren davidischer Erben ausgelöscht. Die meisten waren getötet worden oder untergetaucht, um der Verfolgung zu entgehen. Die Juden haben schwere Zeiten erlebt« – er wedelte mit der Hand – »hier und überall. Es war nicht leicht, an unserer Geschichte festzuhalten.«

»Ich habe gehört, dass die Synagoge abgebrannt wurde. Hatte das etwas mit dem Stein zu tun?«

Ein bekümmerter Ausdruck kam über sein Gesicht. »Ja. Oder vielmehr mit dem im Stein verborgenen Gegenstand.«

Sarah erinnerte sich an Ezras Kommentar über den Ring. Sie studierte das Gesicht des Rabbis. Es war bleich wie Segeltuch und seine Augen waren voller Unbehagen. Sie verriet nicht, dass sie davon wusste; stattdessen las sie den Rest des Absatzes vor. »Unsere Liebe ist ein vollkommner Ring, aus weltlicher Substanz geschmiedet, doch von himmlischer Gnade geweiht. Sein Geheimnis offenbart sich, und siehe! die Verzückung im Himmel. Deine Schatztruhe reiche mir, und ich reiche dir den Schlüssel, der sie aufsperrt.«

»Dieser Wortlaut«, sagte er, »ist ein Verweis auf diesen Gegenstand. Es war ein Ring – der Ring des Königs.«

Laut einer Legende, welche sie immer als Hirngespinst mittelalterlicher Okkultisten abgetan hatte, hatte König Salomon einen magischen Siegelring verwendet, um mit den Anderswelten zu kommunizieren. »Beziehen Sie sich auf das Siegel Salomons? Den Ring mit übernatürlichen Kräften? Ich habe immer geglaubt, den hätte man erfunden.«

Er lächelte. »Der König besaß einen Ring. Der Rest dieses Unfugs wurde erfunden. Genauso wie viele andere Dinge über Salomon. Wenn man darüber nachdenkt, dann war er vermutlich die umstrittenste Person der Geschichte. Jeder kennt eine Version darüber, wer und was er war. Weiser Mann, großer Herrscher, Begründer von Imperien, unersättlicher Liebhaber, Götzendiener, Magier … das klingt eher nach den Zutaten für einen Hollywoodfilm als nach jüdischer Geschichte, nicht wahr?«

»Absolut. Dieser Ring war also … einfach nur ein Ring?«

»Nun ja, nicht ganz. Die letzte Zeile, die Sie mir vorgelesen haben, ist die wichtigste. Der Ring war zum Entschlüsseln eines von Salomon verfassten Manuskripts gedacht. Das behauptet zumindest die ungeschriebene Geschichte.« Er hielt inne, um tief Luft zu holen. »Es heißt auch, dass das Manuskript und der Ring zusammen unaussprechliche Macht besitzen. Sie dürfen nur vom Messias vereint werden.«

Sarah hatte so viele Fragen. Die wissenschaftliche Methode ignorierte Faktoren wie eine mündlich überliefere apokryphe Geschichte. Aber sie besaß einen Hinweis darauf – eine antike, in einer fernen Wüste verloren gegangene Schriftrolle –, dass ein Teil dieser

Geschichte wahr sein könnte. Sie vermutete, dass das Manuskript, von dem der Rabbi sprach, und der in der Schriftrolle erwähnte Schatz ein und dasselbe waren.

»Was können Sie mir über dieses Manuskript erzählen?«, fragte sie. »Erwähnen die Apokryphen seinen Inhalt oder geben sie einen Hinweis auf seinen Verbleib?«

»Nichts über den Inhalt. Das ist ein seit der Antike ungelöstes Rätsel. Was seinen Verbleib betrifft, so wissen wir nur, dass es irgendwo im alten Juda sein soll. Ich bezweifle, dass jemand darüber stolpern würde, so wie das bei den Schriftrollen vom Toten Meer der Fall war.«

»Vielleicht haben wir einen Anhaltspunkt«, sagte sie. »Was halten Sie davon? *Sie bewohnt die finstersten Tiefen des tapfren Königs Festung.*«

»Der tapfere König wäre nicht Salomon gewesen. Salomon war weder ein Krieger, noch war er für seinen Heldenmut bekannt. Das wäre David gewesen, sein Vater.«

»Also wäre diese Festung sein Palast.«

»Vielleicht … vielleicht auch nicht. In der Antike wurde das Wort ›Festung‹ nicht wirklich so benutzt, wie das heute der Fall ist. Seine Bedeutung wäre näher an ›Bollwerk‹ oder ›Höhle‹.« Mit einiger Mühe stand er auf und verließ das Zimmer. Ein paar Minuten später kehrte er mit einer Kopie der Hebräischen Bibel zurück.

Sie erhob sich und half ihm, sich hinzusetzen. Dann setzte sie sich neben ihm auf das Sofa.

»Ich will Ihnen etwas vorlesen.« Er blätterte durch das Buch, bis er die Stelle fand. »*Und David zog hinauf von dannen und barg sich auf den Berghöhen zu Engedi. Da nun Saul wiederkam von den Philistern, ward ihm gesagt: Siehe, David ist in der Wüste Engedi. Und Saul nahm dreitausend junger Mannschaft aus ganz Israel und zog hin, David samt seinen Männern zu suchen auf den Felsen der Gemsen. Und da er kam zu den Schafhürden am Wege, war daselbst eine Höhle, und Saul ging hinein, seine Füße zu decken. David aber und seine Männer saßen hinten in der Höhle.* Abhängig von der Übersetzung, die sie nutzen, wird ›die Wüste Engedi‹ auch als ›das Bollwerk Engedis‹ oder ›die Festung bei Engedi‹ bezeichnet. Dort versteckte sich David mit seinen Männern, als er von Saul gesucht wurde. Das ist nur ein Verweis auf eine Festung, in der David verweilte. Es gibt andere …«

Sie unterbrach ihn. »Nein. Das ist sie. Ich bin sicher.«

»Wie das?«

Ein einzelnes Wort im Text der Schriftrolle hatte es ihr verraten. »Balsam«, sagte sie. »Im selben Abschnitt gibt es einen konkreten Verweis auf Balsam. En Gedi ist einer der wenigen Orte im Heiligen Land, wo Balsam wächst.«

»Selbst wenn«, sagte er. »En Gedi ist eine riesige Wildnis. Das Netzwerk aus Höhlen auf dem Plateau oberhalb der Quellen ist recht umfangreich und manche dieser Höhlen sind tief und weit verzweigt. Dort nach einem verborgenen Artefakt zu suchen, könnte Jahre dauern. Und für mich klingt es so, als sei die Zeit nicht auf Ihrer Seite.«

Sarah wusste, dass der Rabbi recht hatte. Aber wenn die Schriftrolle wirklich eine Karte war, die durch Metaphern und Allegorien den Weg dorthin wies, dann war sie zuversichtlich, dass sie den von König Salomon vor so vielen Jahren hinterlassenen Brotkrumen folgen konnte. Was jetzt noch blieb, war, nach En Gedi zu gehen und den Ort zu ihr sprechen zu lassen. Das war nicht wissenschaftlich oder gar rational, aber ihr Instinkt sagte ihr, dass es trotzdem funktionieren könnte. Nur eine letzte Sache musste sie noch wissen.

»Rabbi, es gibt etwas, das ich Sie fragen muss. Als die Synagoge in Polen zerstört wurde, was wurde dann aus dem Stein?«

»Er wurde gestohlen. Niemand hat ihn seither gesehen oder von ihm gehört.«

»Haben Sie eine Vermutung, wer hinter dem Feuer steckte?«

»Oh ja.« Ein bitteres Lächeln huschte über seine Lippen. »Es war ein Brite. Er sagte, sein Name sei Asher, aber ich weiß nicht, ob das der Wahrheit entspricht. Er war nach Polen gekommen, um bei mir zu studieren. Sagte er jedenfalls. Er kam weniger als drei Wochen vor dem Zwischenfall zu uns.«

Sarah horchte auf. Ein weiterer Zusammenhang. Alles deutete darauf hin, dass dieselbe Person für beide Feuer verantwortlich war – und beide Diebstähle. »Wie können Sie sicher sein, dass er das Feuer gelegt hat?«

»Zeugen. Ein Paar aus dem Dorf, das spät in der Nacht mit seinem Hund spazieren ging, sah, wie jemand das Gelände mit Benzin übergoss. Der Mann ging ins Haus zurück, um die Polizei zu rufen, und brachte dann sein Fernglas mit nach draußen, um einen genaueren Blick darauf zu werfen. Als die Polizei ankam, stand das Gebäude bereits in Flammen und der Brandstifter war längst fort. Aber der Dorfbewohner konnte ihn als schlaksigen Kerl mit einem langen, schwarzen Pferdeschwanz identifizieren. Diese Beschreibung trifft nicht auf viele Menschen im ländlichen Polen zu.«

Sarah bekam eine Gänsehaut, als sie sich an das Feuer in Qaryat-al-Fau erinnerte. Sie konnte noch immer den Gestank vom Benzin und dem widerlichen Rauch riechen. Und niemals könnte sie die in die verkohlte Erde gebrannten Worte vergessen. »Wurde etwas zurückgelassen? Eine Nachricht?«

Er sah sie fragend an. »Nein … es wurde nichts geschrieben, wenn Sie das meinen.«

»Ich frage, weil in Qaryat-al-Fau eine Nachricht hinterlassen wurde. Sie lautete: *Die Streitmacht erhebt sich. Niemand kann den Richtspruch verhindern.* Was könnte das bedeuten?«

»Die Streitmacht? Gottes Streitmacht?« Er strich über die Enden seines weißen Barts. »Im Judentum bezieht sich der ›Richtspruch‹ auf eine Zeit, in der alle Juden nach Israel zurückgerufen werden. Er ist Teil der messianischen Prophezeiung.«

»Könnten wir damit konfrontiert sein? Mit jemandem, der diese Prophezeiung durchspielt?«

»Das weiß ich genau so wenig wie Sie, junge Dame. Aber was immer es ist, es kann nichts Gutes dabei herauskommen.« Er stützte sich auf seinen Stock und erhob sich. »Ich muss jetzt gehen; ich erwarte einen Schüler. Es war ein äußerst aufschlussreicher Morgen.« Er legte ihr eine Hand auf die Schulter. »Mir gefällt der Gedanke, dass das Gute über das Böse triumphiert, aber das ist nicht immer der Fall. Ich denke, Sie wissen, womit Sie es zu tun haben. Passen Sie nur auf sich auf.«

Sarah neigte den Kopf und umschloss seine knotige Hand mit ihrer, um ihren Dank stumm auszudrücken. Seine sanfte Berührung wärmte sie, ließ sie sich stark fühlen. Ihre Entschlossenheit, eines der größten Rätsel der Antike zu lösen, minderte ihre Angst. Die Antworten warteten im ungezähmten Herzen der Judäischen Wüste auf sie.

Kapitel 16

En Gedi hatte den wilden Charakter aus biblischen Zeiten behalten. Die unteren Plateaus entlang des Ufers des Toten Meeres waren recht fruchtbar, mit Dattelpalmgärten, Wasserfällen und aus zwei Flüssen gespeisten Quellen – eine Oase inmitten eines steinigen Reichs.

Sarah stand am Rand einer dieser Quellen. Das Gemurmel des vorbeiströmenden Wassers übertönte das ihrer Gedanken. Silberne Wasserfäden fielen über eine senkrechte Felswand hinab, die vom Rad der Zeit zu symmetrischen horizontalen Schichten geschliffen worden war. Smaragdgrüne Vegetation klammerte sich an die Felsen: Eine Mahnung, dass das Leben auch unter den härtesten Bedingungen siegte.

Es war beinahe Abenddämmerung. Sarah wusste um die Gefahren des Kletterns im Dunkeln, hatte aber keine Wahl. En Gedi lag nicht länger verlassen, wie das zur Zeit Davids der Fall gewesen war. Heute wimmelte der Ort von Touristen und war mit Hotels, Restaurants und Bars übersät. Es gab sogar einen Kibbuz mit einem botanischen Garten und einer Quellwasserabfüllanlage.

Aber all das lag Welten entfernt. Wo sie hinging, waren kaum Anzeichen menschlicher Besiedlung vorhanden. Nur die unerschrockensten Seelen begaben sich ins Hochland und in das unwirtliche Höhlengeflecht hinein.

Sie stieg einen ausgetretenen Pfad seitlich des Wasserfalls hinauf und bediente sich dabei der vielen Haltegriffe im porösen Kalkstein. Am Ende des Pfades musterte sie das Terrain im Westen. Eine Reihe ausgedörrter Gipfel und Täler verfinsterten die Horizontlinie: die steinerne Wildnis der Judäischen Wüste.

Das Gestein, das im Nachmittagslicht wie Kaminbesteck glühte, kündete von den Widrigkeiten, die dieser verlassene Außenposten ertragen hatte. Von der römischen Besatzung bis zur jüdischen Revolte hatte dieser Ort alles überstanden. Das Blut auf seiner Erde verschwand unter dem heißen, trockenen Atem einer grausamen Sonne oder wurde von heftigen Überschwemmungen, welche die Region oft heimsuchten, fortgewaschen.

Dieses feindselige, steinige Reich war ihr Ziel. Sie lief in diese Richtung, bis die Sonne, eine riesige goldene Kugel, die von magentafarbenen Wolkenfetzen durchbrochen wurde, ihren Abstieg hinter die Berggipfel antrat. An diesem Ort ging die Sonne schnell unter, und das felsige Ödland würde bald schon in Dunkelheit gehüllt. Sich in der Nacht zwischen Wölfen und Leoparden in der Wüste aufzuhalten war gefährlich genug, aber im Dunkeln hier zu klettern, wo die Abhänge abschüssig waren und sich ohne Vorwarnung auftaten, war praktisch selbstmörderisch.

Sarah war nicht ohne Sorge. Obwohl sie auf ihre Fähigkeiten vertraute, kannte sie dieses Terrain nicht. Sie verspürte einen Stich von Einsamkeit. Das letzte Mal, als sie eine gefährliche Nachtkletterei gewagt hatte, im äthiopischen Hinterland, war sie nicht allein gewesen. Wäre sie es gewesen, hätte sie es vielleicht nicht überlebt. Sie senkte den Kopf und schloss fest die Augen. *Was habe ich getan?*

Indem sie die al-Fau-Ausgrabung und Daniels Seite verließ, hatte sie Emotion über Vernunft gestellt. Wie die Judäische Wüste war auch dies unbekanntes Terrain für sie. Sie war allein, ein herrenloses Schiff in einem reißenden Fluss der Gefahr, ohne ausgleichenden Ballast, ohne Ruder. Und so, vermutete sie, ging es auch ihm.

Für Reue blieb keine Zeit. Sie biss die Zähne zusammen und holte tief Luft. Welche Konsequenzen ihre Handlungen auch hätten, sie würde dazu stehen. Bevor Daniel aufgetaucht war, hatte sie sich immer auf ihren eigenen, und nur ihren eigenen, Verstand verlassen; das würde sie wieder tun.

Sie holte ihre Stirnlampe aus dem Rucksack und setzte sie auf. Dann ging sie entlang des Plateaus weiter, bis sie eine Reihe kalkweißer Felsen erreichte, denen der Wind der Zeit gespenstische, gesichtsähnliche Formen verliehen hatte. Sie holte ihren Hüftgurt heraus und legte ihn an, dann befestigte sie ihr Seil mit einem Achterknoten daran. Sie brachte einen Fixpunkt am Felsen an und zog das Seil hindurch.

Sarah kannte die Gefahren des Solo-Kletterns, ohne Partner, der sie sichern konnte, sehr genau. Im zerklüfteten Felsenland des Tuwaiq Escarpments hatte Daniel sie in der fortgeschrittenen Technik der Eigensicherung unterrichtet. Zu jener Zeit hatte sie nicht geglaubt, dass sie diese je anwenden müsse.

In Ermangelung eines Menschen, der das Seil unter Spannung hielt, war das Risiko eines tiefen, ungeschützten Sturzes groß. Die drohende Dunkelheit verkomplizierte die Angelegenheit noch.

Sie brachte eine Selbstsicherungsschlinge an ihrem Hüftgurt an und band das Seil zu einem Webleinstek. Ihr Herz hämmerte, als sie ihren Fuß in einen Tritt klemmte und den ersten Schritt nach oben machte. Das Licht schwand schnell. Sie beeilte sich, die Felswand hinauf zu gelangen, sodass sie den Gipfel vor Einbruch der Nacht erreichen und ihre Umgebung in Augenschein nehmen könnte.

Sarah verankerte eine Reihe von Haken, durch welche sie das Seil ziehen konnte, und überwand den Steilabhang schneller, als sie es hätte tun sollen. Sie hatte gerade die Unterseite des Felsvorsprungs erreicht, da brannten ihre Oberkörpermuskeln schon, während sie sich mit einer Hand am Seil festhielt und mit der anderen Haken setzte. Sie hatte beide Füßen in Tritten, als sie das Seil losließ und nach der Kante griff. Mit zusammengebissenen Zähnen zog sie sich hinauf. Sie unterdrückte ein lautes Stöhnen, damit es nicht von den Canyons widerhallen würde. Es fehlte ihr gerade noch, dass die nachtaktiven Raubtiere sie hörten.

Oben auf dem Felsvorsprung legte Sarah eine Pause ein, um zu Atem zu kommen. Mittlerweile war der Himmel zu einem abstrakten Gemälde aus magentafarbenen Schwaden auf einer violetten

Leinwand geworden, mit Goldtupfern über den dunkler werdenden Berggipfeln am Horizont. Die Felsenlandschaft unter ihren Füßen war in Schatten gehüllt. Nur die höchsten Gipfel reflektierten die Sonne noch: rot glühende Spitzen in einem Meer aufziehender Schwärze.

Mit einem Fernglas musterte sie das zerklüftete Terrain, in der Hoffnung, das Höhlengeflecht in den Felswänden zu entdecken. Sie wusste, dass die Judäische Wüste reich an Höhlen war. Manche davon waren in biblischen Zeiten von Schafhirten und Rebellenkämpfern bewohnt gewesen, andere von Kriegsflüchtlingen schon in den ersten Jahrhunderten der christlichen Zeitrechnung.

Archäologen hatten einige davon erkundet und ihre Forschung hatte Früchte in der Form von Sarkophagen, Papyri, Werkzeugen und Gefäßen getragen. Die Höhle, nach der sie suchte, war allerdings beinahe sicher von ihren Kollegen übersehen worden. Sie hatte das Gefühl, dass der weise König es nicht allzu leicht gemacht hätte.

In der Ferne, an einer Felswand jenseits einer Schlucht, erinnerten drei Öffnungen im Stein an Gesichtszüge. Diese Höhlen waren schwer zugänglich – man müsste den Berg besteigen, um sie erreichen zu können –, aber ihre Struktur erschien menschengemacht. Sie vermutete, dass sie von Juden als Bollwerke während des Bar-Kochba-Aufstands gegen die Römer in den Fels geschlagen worden waren. Die Festung, in welcher der tapfere König gelebt hatte – Davids Versteck im zehnten Jahrhundert vor Christus – wäre auf natürliche Weise entstanden.

Sie senkte ihr Fernglas. Ihr fiel nichts auf. Sie war sicher, dass das Absicht war. Deswegen war die Schriftrolle überhaupt geschrieben worden. Sie war als Karte gedacht, obwohl ihre Bestimmungsorte nicht von Grafiken, sondern von Worten markiert wurden, die nur denen verständlich sein sollten, die Glauben besaßen.

Unter dem dunkelsten Schleier der Nacht erscheint die Verführerin.

Sie wartete. Hier, hoch oben auf einer Klippe über den Hochebenen, kam die Welt zum Stillstand. In der Wüste regte sich nichts – sogar die Steinböcke, die oftmals zwischen den Felsen umhertollten, waren nirgendwo zu sehen. Die Luft war unbewegt. Nicht einmal das Flüstern einer Brise frischte auf. Sarah sog den Geruch der alten Erde ein. Sie roch trocken, staubig und flüchtig schwefelig. In der vollkommenen Stille war Sarah eins mit diesem wilden Land.

Die Sonne vollendete ihre Reise hinter die dunklen Silhouetten der Berge und ließ einen goldenen Streifen zurück. Innerhalb kürzester Zeit bedeckte der indigoblaue Schleier der Nacht den Himmel, und der Abendstern erschien im *Sharav*, flackernd wie eine Flamme. Die Dünen und Schluchten der Judäischen Wüste verschmolzen zu einer formlosen, schwarzen Masse.

Sarah drehte sich nach Osten. Nur der aufgehende Mond verschaffte ihr die Möglichkeit, ein Detail in der verdunkelten Landschaft ausmachen zu können. Die Luft wurde eisig. Sie zitterte und zog ihre Knie an die Brust. Sie trug ein langärmeliges, leichtes Wollshirt mit einer Thermalschicht aus Polypropylen darunter, sowie schwarze Kletterhosen – kaum genug, um die Kälte der Nacht abzuwehren. Sie müsste in Bewegung bleiben, um sich warm zu halten.

Ein erstes Leuchten erschien hinter den Bergen. Wie eine Nymphe sich zögerlich einem bewundernden Liebhaber zeigte, so ging der Vollmond ganz langsam auf und strahlte heller, je höher er stieg. Ein Lichtkranz umgab die schwachgoldene Sphäre, die am tintenschwarzen Himmel emporstieg. Sie war so nahe, dass Sarah die schwachen Konturen der Krater und Täler auf ihrer pockennarbigen Oberfläche ausmachen konnte.

Endlich zeigte der Mond sein ganzes Gesicht. Er war größer und lichtschwangerer, als sie ihn je gesehen hatte. Der Jägermond. Einen flüchtigen Moment lang schwebte er am Horizont wie ein himmlisches Versprechen.

Ein Wolf heulte in der Ferne.

Sarah blieben nur wenige Minuten, um zu finden, wonach sie suchte. Es würde nur offenbart sein, solange der Mond seinen hauchdünnen goldenen Schleier trug.

Sie duftet nach Balsam und feinen Gewürzen, und ihre Finger sind goldbestäubt.

Mit ihrem Fernglas suchte sie die erhellte Landschaft ab und drehte sich dabei langsam im Kreis. Im Nordwesten hielt sie inne und senkte ihr Fernglas. Für einen Moment vergaß sie zu atmen.

Eine Felswand, am Tag wie jede andere, erschien unwirklich im Licht des aufgehenden Mondes. Drei Kalksteinvorsprünge wurden vom goldenen Licht berührt und glühten wie altertümliche, verdrehte Finger vor einem Hintergrund aus Schatten. Am Fuß der Felswand wuchs ein einzelner Baum, nicht größer als ein Busch, mit holzigen Zweigen und wenigen Blättern. *Commiphora gileadensis.* Der berühmte Balsam En Gedis.

Auf halber Höhe der Felswand, zwischen zwei Vorsprüngen, befand sich eine kleine Öffnung, die leicht als gewöhnlicher Spalt im Stein übersehen werden konnte. Aber Sarah wusste es besser. Das war sie: die Festung eines Königs und das Versteck eines anderen.

Die Haare auf ihren Armen stellten sich auf. Sie konnte nur erahnen, welche Geheimnisse innerhalb dieser Steingrenzen lagen.

Kapitel 17

Der Felsvorsprung war nicht einfach zu erreichen. Sarah plante ihre Route und schätzte, dass ihre Reise den größten Teil der Nacht in Anspruch nehmen würde. Sie musste zum Hochplateau gelangen und dann auf dem Weg zu einer tiefen Schlucht über einem ausgetrockneten Flussbett eine weitreichende Felsenfläche überqueren. Auf der anderen Seite dieser Schlucht lag die Felswand und, wie sie annahm, auch die gesuchte Höhle.

Der Mond, jetzt eine strahlend weiße Scheibe, die höher am Himmel schwebte, bescherte der trostlosen Wildnis einen silbrigen Glanz. Das Spiel zwischen Schatten und schwachem Licht ließ den fernen Gebirgszug wie eine Mondlandschaft erscheinen. Sie war dankbar für die zusätzliche Helligkeit; sie war ein Segen in diesem heimtückischen, gnadenlosen Land.

Sarah seilte sich mit relativer Leichtigkeit von ihrem Aussichtspunkt ab, was ihr Vertrauen in ihre Eigensicherungsfähigkeit stärkte. Als ihre Füße den Boden berührten, sammelte sie das Seil und die Haken ein und verstaute sie in ihrem Rucksack. Sie würde sie wieder brauchen, um die Schlucht hinaufzuklettern und die Öffnung in der Felswand zu erreichen. Sie zurrte die Brust- und Hüftriemen ihres Rucksacks fest, richtete das Gummiband, das ihre dichten blonden Locken in einem Pferdeschwanz hielt, und begab sich in einen leichten Lauf über die seicht ansteigende Oberfläche des mondbeschienenen Plateaus.

Ein Wolfspaar heulte abwechselnd. Das Geräusch kam vom Gipfel einer nahen Felsformation, hallte aber durch den Kalksteinkessel. Ihr Puls beschleunigte sich.

Sie hörte auf zu joggen, als sie eine felsenübersäte Ebene erreichte, die allmählich in Bodensenken und Anhöhen überging –

das Landäquivalent zu Wellenkämmen. Um keine Schlangen oder Skorpione aufzuscheuchen, oder andere übel gesinnte Wüstenbewohner, bewegte sie sich behutsam zwischen den Gesteinsbrocken hindurch. Sie war erstaunt, welch eine Flora es in diesem Teil der Wüste gab. Büsche wuchsen zwischen den Felsen und ließen das ausgedörrte Land beinahe fruchtbar erscheinen. Irgendwo gab es Wasser. Wenngleich zwei Flüsse – Nachal David und Nachal Arugot – durch die Täler En Gedis flossen, so waren sie doch recht weit entfernt von hier. Sie fragte sich, ob es einige unterirdische Quellen gab.

Die Gipfel und Täler in diesem Teil der Wüste verlangsamten Sarah erheblich. Das wogende Meer versteinerten Sandes und Kalksteins bot keine Möglichkeit zur Hast. Sie versuchte, zu einem meditativen Rhythmus zu finden, war aber zu unruhig. So nahe, Salomons Geheimnis zu entdecken, wurde sie vom Adrenalin getrieben, und vom unbändigen Verlangen, Antworten auf längst vergessene Fragen zu finden. Ihre Sinne waren ganz bei der Sache. Sie fühlte sich wach, stark und lebendig.

Schließlich erreichte Sarah den Rand der Schlucht. Mit den Händen in den Hüften schöpfte sie nach dem körperlich anstrengenden Marsch Atem. Er hatte mehrere Stunden gedauert; weit länger, als sie berechnet hatte. Sie sah auf ihre Timex und stellte fest, dass es auf drei Uhr zuging. Ihr blieben etwa drei Stunden Dunkelheit, um ihre Erkundung zu beenden. Sie musste schnell sein.

Sarah musterte die Steigung der Schlucht. Sie war beinahe senkrecht und fiel fast sechzig Meter zum Boden ab, wo einst die Flüsse der Antike geflossen waren. Nur vom schwachen Licht des Monds beleuchtet erschien die Felswand nicht bedrohlicher als manche andere, der sie schon gegenübergestanden hatte. Die verdichteten Kalksteinschichten, von den Wüstenwinden über die Jahrtausende hinweg aufgeraut, waren kahl und feindlich. Das Positive daran war, dass die Textur des Felsens einige Griffe und Tritte bot. Aber eine falsche Bewegung könnte zu schlimmen Verletzungen führen.

Sarah knotete das Seil an ihren Gurt und zog daran, um sicherzugehen, dass es festsaß. Sie hatte vor, Toprope zu klettern, da es die ungefährlichste ihrer Solokletter-Optionen war. Sie befestigte die Umlenkung an einem Findling auf dem Felsvorsprung und fragte sich, ob der Stein stabil genug war. Dann entschied sie, sich nicht allein auf ihn zu verlassen. Mit dem Rücken zum Abhang trat sie von der Felskante, hielt sich sorgfältig am Seil fest, und kletterte etwa sechs Meter hinab, um dort einen zusätzlichen Fixpunkt anzubringen. Sie schraubte zwei Hex in den Felsen und brachte Karabiner daran an. Dann fädelte sie eine Rebschnur durch die Karabiner und brachte ihre beiden Enden an einem zentralen Punkt zusammen. Das würde ihr als Sicherungspunkt dienen.

Sie band ihren Rucksack ans Seilende und ließ ihn fallen. Das Gewicht würde dem Seillauf helfen. Sie zog an ihrem Fixpunkt, um sicherzustellen, dass er bombenfest saß, und begann den Abstieg. Jeder einzelne Muskel in ihrem Oberkörper beteiligte sich an ihrem Bemühen, ihre Bewegungen mithilfe eines Griffs um das Seil zu kontrollieren und gleichzeitig ihre Füße in kleine Felsspalten zu zwängen. Ihr Blickfeld war auf das reduziert, was vor ihr lag: ihr Seil, die Beschaffenheit des Felsens, der nächste Tritt. Sie hatte keine andere Wahl, als einen Schritt nach dem anderen zu machen – und zu vertrauen.

Zu wissen, dass sie gegen die Uhr arbeitete, entmutigte sie. Vorsichtig, um sich nicht selbst aus dem Gleichgewicht zu bringen, sah sie hinter sich. Sie konnte den Boden nicht sehen oder die Entfernung abschätzen.

Trotz der ausgeprägten Textur der Felswand waren nicht überall Tritte verfügbar. An manchen Stellen war der Fels komprimiert und gänzlich ohne Spalten. Sie musste damit auskommen, die schmalen Vorsprünge im Stein als Stufen zu nutzen. Das war zweifacher Unsinn: Es war nicht so sicher wie ein Tritt, und es strengte sie mehr an, sodass sie an ihren Kraftreserven rührte.

Sarah schaffte es, einen großen Teil der Felswand hinabzuklettern – gemessen an der Entfernung zum Gipfel schätzte sie, dass sie mindestens die Hälfte des Weges geschafft hatte – als ihre Beine anfingen, zittrig zu werden. Sie spürte die Auswirkungen ihres nächtlichen Marsches und des Solo-Kletterns mit geringer Sichtweite in besonders unwirtlichem Gelände.

»Nur noch ein bisschen länger«, flüsterte sie. Mit zusammengebissenen Zähnen sagte sie die Worte wie ein Mantra. »Du kannst es schaffen.«

Die nächsten Schritte waren ein Kraftakt. Ihr Herz schlug jetzt schneller. Ihre Muskeln brannten. Sie fand einen kleinen Felsvorsprung und trat darauf. Gegen den Stein gelehnt schloss sie die Augen und machte eine Pause. Der Kalkstein fühlte sich kalt und rau an ihrem Gesicht an. Sie atmete den trockenen Staub und kreidehaltigen Geruch des Felsens ein.

Sarah öffnete die Augen und blickte über ihre Schulter zu der Felswand, die ihr Ziel darstellte. Sie dachte an die Worte des Rabbis: *Der Ring war zum Entschlüsseln eines von Salomon verfassten Manuskripts gedacht.* Das behauptet zumindest die ungeschriebene Geschichte. Die Aussicht darauf, diese Schrift zu finden, verlieh ihr einen plötzlichen Energieschub.

Die Hoffnung auf ein großartiges Fundobjekt hatte sie immer genährt; etwas, dass die Art und Weise, wie Menschen die Geschichte betrachteten, ändern könnte, dass einer Legende Glaubwürdigkeit verlieh, dass Überzeugungen stärken oder zerschlagen könnte. Es war der *Raison d'Être* der Archäologen, die Belohnung für all die banalen und eintönigen Aufgaben, die den Beruf bestimmten. Vielleicht war es eine romanhafte Vorstellung, aber sie sehnte sich so sehr nach einer bahnbrechenden Entdeckung, dass sie alles riskierte, um dieser nachzujagen.

Im Bewusstsein, dass ihr die Zeit davonlief, trat Sarah vom Vorsprung und setzte zum Rest des Abstiegs an. Ihre neu gewonnene Energie war eine Illusion. Obwohl ihre geistigen Akkus aufgeladen waren, war sie physisch zu erschöpft, um sicher weiter zu klettern. Sie wusste es, hatte aber keine Wahl. Sarah vertraute darauf, dass ihr Verstand das Versagen ihres Körpers kompensierte.

Sie stieg weitere neun Meter hinab, bevor sie das erlebte, was Kletterer einen »Elvis« nannten – das unkontrollierte Zittern der unteren Extremitäten aufgrund überstrapazierter Muskeln. Sie machte trotzdem weiter.

Das war ein Fehler.

Als sie versuchte, in die nächste Spalte zu treten, gaben ihre Beine komplett nach und ihr Fuß glitt vom Felsen und brachte ihren Körper aus dem Gleichgewicht. Im verzweifelten Versuch, sich festzuhalten, griff sie nach dem Felsen, verfehlte ihn aber. Sie verlor allen Halt und stürzte mit den Füßen voran in die Leere.

Sie wusste, dass ihr Sicherheitspunkt blockieren und sie davor bewahren würde, zu tief zu stürzen. Aber etwas ging schief. Sie hörte das Surren des Mechanismus, der vergeblich versuchte, seine Aufgabe zu erfüllen.

Sie befand sich im freien Fall.

Mit all ihrer verbliebenen Kraft stürzte sie sich auf den Felsen zu, prallte dagegen. Dank dieser Aktion verlor sie ihre Stirnlampe, sodass sie jetzt ohne Licht war, aber der Aufprall verringerte ihren Schwung und verlieh ihr mehr Kontrolle.

Sie griff nach dem Felsen und schaffte es, sich noch mehr zu verlangsamen. Während sie die Klippe entlang rutschte und der freiliegende Kalkstein ihre Haut zerkratzte, schaffte sie es endlich, Halt zu finden und den Sturz zu beenden, der sie sicherlich getötet hätte. Keuchend hing sie in der Dunkelheit und klammerte sich mit beiden Händen an den Felsen.

Sie blickte über ihre Schulter und sah, wie der Lichtstrahl ihrer Stirnlampe, so klein wie ein Stecknadelkopf, auf den Boden zusegelte. Gemessen an der Zeit, die er brauchte, um den Grund der Schlucht zu erreichen, schätzte sie die Distanz auf etwa fünfzehn Meter. Sie war so nah.

Wieder sah sie auf die Uhr. Es war beinahe fünf. Sie musste ihre pochenden Muskeln ignorieren und sich einen letzten Anstoß geben. Sie stemmte ihre Füße gegen den Felsen und seilte sich langsam und mit vor Erschöpfung zitternden Beinen ab.

Als sie den Boden erreichte, war sie ausgelaugt und aufgewühlt. Sie sah an der Felswand hinauf, die sie gerade herabgestiegen war. Im schwindenden Mondlicht schien sie wie eine undurchdringliche Mauer, ein Wall, der die Geheimnisse eines Königs schützte.

Sarah blickte durch die Schlucht zur Felskante mit den drei Fingern. Ohne den goldenen Schimmer des aufgehenden Mondes wirkte sie unscheinbar, eine Felsformation wie jede andere. Hätte sie sie in diesem Licht gesehen, ohne Führung durch die mysteriösen Worte der Schrifttrolle, hätte sie ihr niemals Aufmerksamkeit gezollt. Jetzt wusste sie mit jeder Faser ihres Seins, dass dies der richtige Ort war.

Sie brannte darauf, die Öffnung im Fels zu finden. Dazu brauchte sie ihre Stirnlampe. Sie suchte nach dem Lichtstrahl, sah ihn aber nicht. Vermutlich war die Lampe beim Aufprall ausgegangen oder zerbrochen. Sie holte eine Stiftlampe aus ihrem Rucksack. Mit gesenktem Kopf ließ sie den blauen Lichtstrahl über den Boden der Schlucht gleiten. Sie suchte die rissige, durstige Erde des alten Flussbettes ab, fand aber nichts. Dann beleuchtete sie das Schiefergestein an den Ufern des ausgetrockneten Flusses. Wieder nichts.

Ohne aufzusehen, folgte sie dem Flussbett und bewegte ihr Licht langsam über etwas hinweg, das wie tausend Keramikscherben aussah. Sie vernahm ein leises Rascheln, als ob etwas über den Schiefer glitt. Sie hielt an und kniete sich hin, um besser sehen zu können. Sie richtete das Licht nach links, dann drehte sie es langsam nach rechts. Dort war etwas.

Der Lichtstrahl machte auf einem Stiefel halt.

Sie erstarrte.

Eine Männerstimme fragte: »Suchen Sie das hier?«

Kapitel 18

Sarah sah langsam auf und erblickte einen schwarzbärtigen, lockenköpfigen Mann in einem sandfarbenen Militäranzug. Eine Uzi war über seine Schulter geschlungen und ihre Stirnlampe baumelte von seiner Hand herab.

»Wer sind Sie?« Ihre Stimme bebte.

Sein lautes Lachen hallte im Steinkessel wieder. »Haben Sie Angst?« Sein Gesicht wurde so ausdruckslos wie die alten Steine. »Das sollten Sie auch.«

Sie stand auf, holte tief Luft und erwiderte nichts.

Er warf ihre Stirnlampe neben ihren Füßen auf den Boden. »Sie müssen mitkommen.« Er sprach Englisch mit einem starken Akzent, der sie zu der Annahme verleitete, er könne Israeli sein. »Der Boss mag keine Eindringlinge.«

»Eindringlinge? Soweit ich weiß, ist die Judäische Wüste nicht in Privatbesitz.«

»Halten Sie den Mund und laufen Sie los.« Er deutete mit der Uzi auf den Pfad und folgte ihr.

Da der Mann ihr so nah war, dass sie das Rascheln seines Militäranzugs hören könnte, ging Sarah schnellen Schrittes. Die vertrocknete Erde knirschte unter ihren Füßen. Ihr Blick huschte hin und her, registrierte die Besonderheiten der Landschaft und erstellte einen mentalen Weg, von dem sie hoffte, ihm später folgen zu können.

Wer war dieser Mann? Wohin brachte er sie? Wer war sein Boss? Sie hatte das Gefühl, dass alles miteinander in Verbindung stand. Der Asher des Rabbis, das Feuer in Qaryat-al-Fau, der Diebstahl der Schriftrolle und das hier. Sie schauderte, als sie daran dachte, dass sie dem Kopf hinter so viel Bosheit bald an einem derart abgelegenen Ort gegenüberstehen könnte, dass niemand sie schreien hören würde.

Ein Singvogel kündigte den Tag mit einem Zwitschern an. Bald würden die Sonnenstrahlen die Dunkelheit durchbrechen. Sie biss sich auf die Lippe. Ihr Plan war vereitelt worden – zumindest für den Moment.

Sie hörte, wie der Mann hinter ihr ein Streichholz anzündete. Der Geruch von Tabakrauch hüllte sie ein.

Sie sprach über ihre Schulter hinweg. »Haben Sie noch eine übrig?«

»Eine Raucherin.« Er lachte leise. »Hier.« Mit der Waffe auf sie gerichtet hielt er an und bot ihr eine Zigarette aus einem zerknitterten Softpack an.

Sie nahm sie. Er entfachte ein weiteres Streichholz und zündete ihre Zigarette an. Im schwachen Streichholzlicht fielen ihr seine ledrige Haut und die gefühllosen Augen auf. Trotz der Geste wusste sie, dass er nicht vom freundlichen Schlag war. Sie nickte zum Dank.

»Also.« Sie sog den Rauch ein. »Haben Sie einen Namen?«

»Hassan.« Er deutete wieder auf den Pfad.

Sie lief weiter. »Wo bringen Sie mich hin, Hassan?«

»Zum Bohrturm.«

»Bohrturm? Was für eine Art Bohrturm?«

»Genug gefragt«, blaffte er. »Sie werden es verstehen, wenn Sie es sehen.«

Sarah folgte dem Pfad entlang des Flussbetts, bis er zu einer schmalen Passage zwischen zwei steilen Felswänden wurde. Sie blickte zu Hassan zurück. Er warf seinen Zigarettenstummel zu Boden, ohne sich darum zu scheren, ihn auszutreten, und reckte sein Kinn in Richtung der Passage.

Der Pfad war von Schiefer und herabgefallenen Kalksteinbrocken bedeckt, die so trocken waren, dass sie den Staub riechen konnte, den jeder Schritt aufwirbelte. In der Dunkelheit konnte sie kaum mehr als ein paar Meter weit sehen – nur das wenige, dass von Hassans Taschenlampe beleuchtet wurde –, daher ging sie langsam. Gelände wie diese waren dafür bekannt, Knöchelverletzungen zu verursachen; das konnte sie nicht riskieren.

Irgendwo hinter ihnen ging die Sonne auf. Sarah konnte die ersten Anzeichen des Tages auf den Felsen sehen, deren Gipfel unter dem Blick der Sonne langsam rosig grau wurden. Schließlich sickerte das Licht in den Canyon hinein, beseitigte die Schatten und offenbarte die natürliche Beschaffenheit des Steins. Zu beiden Seiten der Kluft spiegelten die Schichten des verdichteten Sediments einander so genau wieder, dass es schien, als wäre der Felsen von einem besonders heftigen Erdbeben vor hunderten, vielleicht tausenden von Jahren auseinandergerissen worden.

Während sie vorangingen, wurde die Passage breiter, und Sarah konnte den äußeren Felsrand sehen. Sie näherten sich einem breiten Vorsprung am Ende des Pfads. Jenseits davon erstreckten sich die nebelhaften Umrisse eines Gebirgszuges und der lavendelfarbene Himmel.

Am Rand hielt sie an und blickte ins Tal darunter. Ihr Körper versteifte sich, als sie realisierte, dass sich dort unten etwas befand. Um besser sehen zu können, kniff sie die Augen zusammen. Konnte das möglich sein?

Sie drehte sich zu Hassan um. »Ist es das, was ich glaube, dass es ist?«

Er grinste. »Sie werden es gleich herausfinden.« Er richtete seine Waffe auf sie. »Los. Man wartet schon.«

Kapitel 19

Der Lärm des Pressluftbohrers, der die Erde durchlöcherte, war ohrenbetäubend. Das rhythmische Pochen donnerte durch das friedliche Tal wie der Herzschlag eines Riesen. Aus dem ausgedörrten Boden ragte ein etwa fünfzehn Meter hoher Derrickkran heraus, ein einsames Leuchtfeuer in einem Meer aus Sand und Schiefergestein. Zuvor gebohrte Löcher, die nicht fündig gewesen waren, übersäten die Erdoberfläche und verliehen dem Ort den Anschein eines altertümlichen Friedhofs.

Öl. Die Verheißung eines unterirdischen Reservoirs war Israel erst kürzlich zugeflüstert worden. Trotz seiner Lage zwischen den ölreichsten Nationen der Welt war das Land für seine eigene Versorgung auf andere angewiesen. Obwohl noch niemand das ganz große Los gezogen hatte, behauptete eine Handvoll Firmen, dass die Judäische Wüste Millionen von Barrels unter ihren Schieferfeldern verborgen hielt.

Sarah stand reglos da und versuchte, den Anblick zu verarbeiten. Sie erinnerte sich daran, vor ein paar Jahren gelesen zu haben, dass Probebohrungen in der Wüste genehmigt worden waren, aber sie wusste auch, dass die Region empfindlich war, sowohl aus archäologischer als auch aus ökologischer Sicht. Berichten zufolge hatte der Rat der Nationalparks und Naturreservate die Aktion unter der Voraussetzung genehmigt, dass sämtlicher Schaden, den die Bohrungen verursachten, repariert würde. Als Sarah diesen Bohrturm sah, und die Gewalt, mit dem er die Erde attackierte, bezweifelte sie, dass das möglich wäre.

»Hier entlang«, rief Hassan über das Brüllen der Maschinen hinweg.

Sie passierten eine zerstreute Flotte aus Schwermaschinen und erreichten ein provisorisches Bauwerk mit Betonblockwänden und einem schiefen Blechdach. Ein großes Fenster beherrschte eine Seite des Gebäudes und ermöglichte es den Bewohnern, die Arbeiten zu beobachten, ohne dem ohrenbetäubenden Stampfen ausgesetzt zu sein.

Hassan hielt die Tür auf und bedeutete Sarah, einzutreten. Drei Männer, alle in Variationen kakifarbener Tarnanzüge gekleidet, befanden sich im Gebäude. Einer sprach auf Hebräisch in ein militärisches Funkgerät; offensichtlich gab es so weit von der Zivilisation entfernt keinen Handyempfang. Ein anderer saß hinter einem Computer und arbeitete an irgendwelchen Diagrammen. Der dritte, ein blasshäutiger Mann mit stacheligem blondem Haar in einem engen, schwarzen T-Shirt und Tarnhosen, stand mit hinter dem Rücken verschränkten Händen dem Fenster zugewandt. Er drehte sich zur Tür um.

»Sieh an«, sagte er mit britischem Akzent. »Was haben wir denn hier?«

»Ein kleiner Nachtkletterer«, sagte Hassan. »Ich hab sie dabei erwischt, wie sie sich im Stockfinstern am Höllenfelsen abgeseilt hat.«

Also hat dieser bedrohliche Berg einen Namen, dachte sie. *Wie passend.* »Hören Sie, ich klettere in meiner Freizeit ...«

»Ach, wirklich?« Der Brite starrte sie mit einem höhnischen Lächeln an. »So habe ich das aber nicht verstanden.«

Sie neigte ihren Kopf. »Ach? Dann klären Sie mich doch bitte auf. Was ist Ihre Auffassung?«

Er ging langsam auf sie zu und blieb nur wenige Zentimeter vor ihr stehen. Er verschränkte seine muskulösen Arme vor seiner Brust. »Es scheint mir, als hätten Sie herumgeschnüffelt. Vielleicht sind Sie ja auf einer kleinen Forschungsreise. Trifft das etwa nicht zu, Dr. Weston?«

Sie erstarrte. Woher kannte er ihren Namen? Was könnte dieser Ölförderturm womöglich mit ihrer Forschung zu tun haben? Sie suchte den Raum nach irgendetwas ab, dass ihr helfen würde, eine Verbindung herzustellen.

»Ich will offen sein«, fuhr er fort. »Ihre Anwesenheit hier ist nicht willkommen. Sehen Sie, wir haben eine wichtige Aufgabe zu erfüllen, und das behandeln wir lieber vertraulich.«

Sie kniff die Augen zusammen. »Warum? Haben Sie etwas zu verbergen?«

Er lachte. »Ganz im Gegenteil, Doktor. Unsere kleine Einrichtung hier ist durchaus legal. Aber wie unhöflich ich doch bin. Ich habe mich noch nicht einmal vorgestellt.« Er streckte seine rechte Hand aus. »Ich bin John Ridley. Ich arbeite für eine britische Firma namens Royal Petroleum. Als Untertanin Ihrer Majestät haben Sie vielleicht von uns gehört. Wir agieren in Zusammenarbeit mit der Firma Judah Oil and Gas, welche die Lizenz für die Erschließung dieses Gebiets besitzt.«

Sie schüttelte ihm nicht die Hand. »Ihre Operation ist für mich nicht von Bedeutung. Und genau so, wie Sie das Recht haben, hier zu sein, habe ich es auch. Ich verlange, dass Sie mich gehen lassen.«

»Ich glaube, Sie verstehen nicht.« Er wandte sich an den Mann mit dem Funkgerät. »Akim, finde heraus, was er mit ihr vorhat.«

Trotz all seines Gehabes war Ridley offensichtlich nicht derjenige, der das Sagen hatte.

Mit dem Rücken zu ihnen murmelte Akim etwas ins Funkgerät. Sarah konnte weder verstehen, ob er Hebräisch oder Englisch sprach, noch konnte sie die Stimme am anderen Ende des Geräts hören. Sie verspürte ein nagendes Gefühl in der Magengrube.

Mit einer schnellen Kopfbewegung bedeutete Akim Ridley, zu ihm zu kommen. Die beiden standen in der hinteren Ecke und flüsterten miteinander. Dann wandte sich Ridley an Sarah. »Wie es scheint, möchte er, dass wir Sie zu ihm bringen.« Er lief zu ihr und musterte sie von Kopf bis Fuß. »Ihren Rucksack können Sie hierlassen.«

Sie umfasste die Riemen. »Er gehört mir. Ich habe das Recht, ihn mitzunehmen.«

Sie spürte die Spitze von Hassans Uzi an ihrem Hinterkopf.

Mit einem leisen Seufzen ließ sie den Rucksack von ihren Schultern rutschen.

»Hände hoch«, blaffte Hassan.

Sie gehorchte.

Er tastete sie ab. »Sie ist sauber.«

Ridley lächelte schief. »Gut.« Er bückte sich und hob ihren Rucksack auf. »Dort, wo Sie hingehen, ist das einzige, dass Sie brauchen … Glück.«

Kapitel 20

Daniel musterte die unter ihnen vorbeiziehende Landschaft durch seine dunkelgrüne Fliegersonnenbrille. Obgleich sie eine riesige Weite endlos vieler Gipfel und Täler war, hatte sie etwas Gleichförmiges. Die erodierten Berge und Klippen verfügten über eine solch einheitliche Bänderung, dass er glaubte, sich im Kreis zu bewegen.

Laut der topografischen Karte, die er im Studierzimmer in Varanasi gefunden hatte, war dies der richtige Ort. Tief im Herzen der Judäischen Wüste gelegen war er vermutlich zwei Tagesmärsche von den Ufern des Toten Meeres entfernt und gänzlich außer Sichtweite gelegentlicher Touristen. Irgendwo hier befand sich die Höhle, nach der er suchte – eine steile Felswand mit einer mittigen Öffnung, die von drei Felsnadeln verborgen wurde. Die Zeichnung, die er gefunden und sich ins Gedächtnis eingebrannt hatte, war unmissverständlich. Wenn und falls er diese Felsformation sähe, würde er sie nicht verkennen.

Bis jetzt aber entzog sie sich ihm. Der Helikopter, den er in Tel Aviv gemietet hatte, war nun beinahe eine Stunde lang über der Wüste gekreist. Er sah zum Piloten, einem jungen Israeli mit Armeehaarschnitt und Dauerknurren. Seine beiden Arme waren vom Handgelenk bis zum Bizeps mit Tattoos bedeckt.

Daniel rückte das Mikrofon an seinem Headset zurecht. »Wie lange noch?«

Der Pilot starrte vor sich hin. »Höchstens eine halbe Stunde. Ich muss es wieder nach Tel Aviv schaffen.«

Daniel lehnte sich zurück und wurde sich plötzlich der Vibrationen des Helikopters und des rhythmischen Surrens der Rotorblätter bewusst, die ihn an die Dringlichkeit seiner Lage erinnerten. Er wägte seine Optionen ab. Er konnte hier landen und zu Fuß weitergehen, aber in Anbetracht der Tatsache, dass die Zeit drängte, wäre das ineffizient. Er konnte den Piloten noch ein letztes Mal kreisen lassen und hoffen, dass diese Runde anders wäre. Oder er konnte ihn unter die übliche Helikopterflugzone sinken lassen. Das würde ihm eine bessere Sicht verschaffen, brächte aber auch das Risiko mit sich, vom feindlichen Lager, das sicherlich in Bewegung war, gehört oder gesehen zu werden.

Er zeichnete mit seinem Zeigefinger Kreise in die Luft. »Noch eine Runde.«

Kommentarlos drehte der Pilot nach links ab.

Daniel hob sein Fernglas an die Augen und blickte aus der gewölbten Frontscheibe des Cockpits. Er studierte jeden Zentimeter der Felsenlandschaft, an der der Hubschrauber vorbeizog, konnte die gesuchte Felswand aber noch immer nicht ausmachen. Ihm lief die Zeit davon.

Er beobachtete einen Steinbock dabei, wie er eine Felsböschung hinabkletterte, und unwillkürlich fiel ihm die Bibelstelle ein. *Saul … zog aus, David und seine Männer auf den Steinbockfelsen zu suchen.* Sein Blick folgte dem Tier und er sah, wie es vor einem winzigen Bäumchen stehenblieb und an dessen Blättern knabberte. Er setzte sich auf. *Der Balsambaum.*

Ehe er einen näheren Blick darauf werfen konnte, war der Helikopter schon über das Areal hinweggeflogen. Er drehte sich zum Piloten um. »Fliegen Sie zurück.«

Der Pilot wendete den Helikopter in einem engen Kreis.

»Gut«, sagte Daniel. »Jetzt halten Sie die Position.« Er begutachtete die vom Balsambaum gekennzeichnete Felswand. Sie entsprach der Zeichnung.

Jetzt bräuchte er einen Landeplatz weit genug von hier entfernt, damit niemand seine Anwesenheit bemerken würde. Schnell untersuchte er die Umgebung und registrierte eine flache Stelle in der Ferne. Er schätzte die Entfernung auf etwa fünf Kilometer. »Dort drüben«, sagte er. »Bringen Sie ihn runter.«

Der Pilot flog zum behelfsmäßigen Landeplatz. Während er langsam zur Erde herabsank, sprengte der Wind der Rotorblätter den Schiefer am Boden und verursachte einen Staubwirbel. Die Landekufen setzten hart auf. Pilot und Passagier wurden durchgeschüttelt. Der Pilot zeigte Daniel das Daumenhoch für den Ausstieg. Daniel schüttelte ihm die Hand und duckte sich aus dem Heli. Er beschrieb einen großen Bogen um den Heckrotor. Ein Brüllen erfüllte die Luft, als der Hubschrauber wieder abhob, und Daniel hoffte, dass der Lärm ihn nicht verriet.

In diesem Teil der Wüste war ein Helikopter kein ungewöhnlicher Anblick; täglich flogen mehrere vorüber, um Touristen eine Vogelperspektive auf das wilde Herz Judäas zu bieten, ein unwirtliches Ödland, in das sie sich niemals zu Fuß hineinwagen würden. Eine Landung allerdings geschah nicht so oft. Dieses Risiko nahm er auf sich, um den Ort schneller zu erreichen. Dank verspäteter Flüge und Behördenkram hatte er schon recht viel Zeit in Indien verloren. Er konnte keine weitere Minute verschwenden.

Daniel schnallte seinen Rucksack fest und ging strammen Schrittes auf die Stelle zu. Glücklicherweise war die Herbstluft kühl, auch wenn sie knochentrocken und staubig war. Das wohlbekannte Empfinden war mehr Trost als Ärgernis. Er blickte zum Himmel, um die Bahn der Sonne zu überprüfen, und stellte fest, dass sie über dem westlichen Horizont schwebte. Alles lief genau nach Plan: den technischen Teil im schwindenden Tageslicht hinter sich bringen und die Höhle im Schutz der Dunkelheit betreten.

Seine Schätzung von fünf Kilometern zwischen dem Landeplatz und der Felswand war beinahe exakt. Aber es waren harte fünf Kilometer. Er musste ein Geröllfeld und scheinbar endlose Unebenheiten in der Landschaft überwinden, was ihn weit mehr verlangsamte, als ihm lieb war. Als er den Rand der Schlucht erreichte, hatte die Abenddämmerung ihr blaugraues Licht schon auf die Steinfelder geworfen.

Er musterte die Steigung. Sie war beinahe senkrecht, aber das war nichts, was er nicht schon kannte. Er entschied, dass es der leichteste und schnellste Weg nach unten wäre, ein Seil zu sichern und sich abzuseilen. Er betrachtete die Felsen auf dem Vorsprung, aber keiner wirkte stabil genug, um garantiert sicher zu sein. Allerdings waren auch keine Bäume in Sichtweite. Er würde einen dreifachen Fixpunkt an der Felswand anbringen müssen.

Er holte sein Equipment aus seinem Rucksack. Dann zurrte er seinen Gurt fest und befestigte ein Ende des Seils daran, wobei er die Seillänge in einer Schlaufe über seine Schulter hängte. Unter Benutzung der wenigen vorhandenen Griffe kletterte er vorsichtig frei zu einem Punkt hinab, wo er sich lange genug ausbalancieren konnte, um den Fixpunkt zu setzen. Er ließ das Seil ins Nichts fallen und stellte fest, dass es nicht lang genug war, um ihn bis ganz nach unten zu bringen. Er würde diesen Schritt auf halber Strecke den Fels hinab wiederholen müssen.

Er klemmte zwei Cams in Felsritzen. Sie eigneten sich bestens für die Kalksteinoberfläche, die stellenweise schwach sein und unter außerordentlichem Druck abbröckeln konnte, wie zum Beispiel durch das Gewicht beim Hinabklettern. Dann verband er Schlaufen und Karabiner mit der Vorrichtung und befestigte sein Seil daran. Er war bereit.

Im schwindenden Licht stieß sich Daniel vom Felsen ab und ließ sich gleichmäßig hinunter. Ein kalter Windstoß fegte durch den Canyon und verkündete die eisigen Temperaturen, die mit Einbruch der Dunkelheit über die Wüste hereinbrechen würden. Er hatte sich an die der Wüste eigene Kälte gewöhnt und begrüßte sie. Sie war erfrischend, nicht übergriffig, süßer als sie bitter war.

Während er rückwärts an der Felswand hinabstieg, fiel ihm eine im Stein steckende Kletterausrüstung auf. Auf den Karabinern fanden sich keine Spuren von Rost oder Alter, was darauf hindeutete, dass erst vor Kurzem jemand diese Steilwand hinabgeklettert war. Auf der Suche nach irgendeiner Spur von menschlicher Gegenwart sah er nach unten, aber der Boden war zu weit entfernt und das

Licht spärlich. Vielleicht war er an diesem einsamen Ort nicht allein.

Daniels wollte sein Ziel erreichen und eine Gelegenheit zur Erkundung erhalten, bevor sein Widersacher sich überhaupt in Bewegung setzte. Aber das sah zunehmend weniger wahrscheinlich aus. Er überdachte die jetzt nur zu reale Möglichkeit einer Konfrontation.

Davor schreckte er nicht zurück. Nach allem, was dieses Monster unternommen hatte, um die al-Fau-Expedition zu zerschlagen, nach der Brandstiftung und dem Terror und dem Diebstahl eines möglicherweise monumentalen Stücks Geschichte, wäre es Daniel eine besondere Ehre, dem Feind Mann gegen Mann entgegenzutreten.

Der Gedanke trieb ihn an und er setzte seinen Abstieg fort. Etwa auf halbem Weg nach unten fand er einen weiteren Fixpunkt. Er war beschädigt. Einer der Hex' war nicht sicher platziert worden und aus dem Felsen gebrochen. Das Seil des Kletterers war noch immer an der Vorrichtung befestigt. Er nahm es in die rechte Hand und untersuchte es. Da es überspannt aussah und sich auch so anfühlte, vermutete er einen ziemlich hohen Sturzfaktor.

Er ließ es los und begann, schneller abzusteigen. Er brannte darauf, den Boden zu erreichen, wo er mögliche unmittelbare Gefahren besser einschätzen könnte.

Rasch platzierte er einen zweiten Fixpunkt an der Felswand und befestigte sein Seil neu. Jetzt verfügte er über genug Seillänge für den Rest seines Abstiegs. Auf seine Ausrüstung vertrauend gab er sich viel Seil und sprang die Klippe mit katzengleicher Geschicklichkeit hinab. In Windeseile war er am Boden.

Daniel wickelte das Seil um seinen Arm herum zu einer Achterschleife auf und steckte es in seinen Rucksack. Atemschöpfend blickte er sich um. Der Ort lag in vollkommener Stille, während die dunklen Hände der Nacht ihn umfingen. Die schwarzen, zum Himmel ragenden Klippen rückten näher wie Skylla und Charybdis, aber ein silberner Mondstrahl beleuchtete seinen Pfad durch die Mitte des Canyons. Da er nicht vorhatte, eine künstliche Lichtquelle zu nutzen, kam ihm das gelegen. Er musste so verstohlen wie möglich sein.

Tief gebückt huschte er zur anderen Seite der Schlucht und schlich mit dem Rücken am Felsen auf seinen Zielort zu. Alle paar Schritte hielt er inne und lauschte. Eine Brise trug das ferne Heulen eines einsamen Wolfes heran, der seinem Rudel zurief.

Wo der Ruf der Wölfe andere mit Furcht erfüllte, erfreute er Daniel. Dies war die eine Sache aus seiner Jugend, an die er sich gern erinnerte. Er wuchs in den Bergen Tennessees auf, als Sohn einer sich abstrampelnden, alleinerziehenden Mutter und eines Versagers von Vater, der die Familie früh verließ und nie wieder auftauchte. An seinem dreizehnten Geburtstag schnappte sich Daniel eine Schaufel und eine Hacke und begann, in einer Tongrube zu arbeiten, um etwas Geld nach Hause zu bringen und seine Mutter mit den sich auftürmenden Rechnungen zu unterstützen. Dort entdeckte er seine Liebe zur Erde und den Geheimnissen, die sie unter natürlichen Schichten aus Stein und Grund verbarg – eine Leidenschaft, die ihn nie verlassen hatte.

Wenn die Abenddämmerung die Great Smokies gegen Ende seines Arbeitstages einhüllte, klang das Geheul der Wölfe, die zueinanderfinden wollten, durch die Gebirgskette. Während jener Tage, als er an der Schwelle zum Mannesalter stand, stellte er sich oft die Tiefe des Bandes zwischen dem Wolf und seinem Rudel vor und sehnte sich nach einer solchen Verbindung, die er in seiner zerrütteten Familie nie gekannt hatte.

Bis zum heutigen Tag assoziierte er dasselbe damit. Gestärkt vom Ruf des Tieres, mit dem er eine solche Verbundenheit verspürte, schob er sich langsam vorwärts. Adrenalin durchflutete ihn, während er sich der Höhle näherte, die vielleicht ein antikes Mysterium aufklären könnte. Seine Wissbegier überdeckte seine Furcht vor dem, was – oder wen – er hier finden würde.

Als die Felswand gänzlich in sein Sichtfeld rückte, blieb er in einiger Entfernung stehen, um seinen nächsten Schritt zu durchdenken. Die Klippe war zerklüftet genug, dass ein erfahrener Kletterer sie ohne Ausrüstung besteigen konnte.

So weit, so gut.

Er lokalisierte, was er für den Höhleneingang hielt: Eine kleine Öffnung, die eher wie eine Spalte als ein Eingang schien.

Er sah sich in alle Richtungen um. Da alles still war, ermutigte ihn das, weiterzugehen. Langsam rückte er bis zur Felswand vor und blieb hinter dem Balsambaum stehen. Der kühle Herbstatem wehte durch die Schlucht und ließ die Blätter des Baumes erzittern. Aus dem Augenwinkel registrierte Daniel einen Gegenstand, der von einem der unteren Äste baumelte, und musste zweimal hinsehen.

Ein Frösteln durchfuhr ihn, als er sie erkannte: Die tibetanischen Gebetsperlen, die er Sarah ein Jahr zuvor in Äthiopien geschenkt hatte.

Wieder hörte er den einsamen Wolf heulen.

Er ergriff die Perlen und sah an der Felswand hinauf.

Sie war dort drinnen. Und sie steckte in der Klemme.

Kapitel 21

»Hier. Ziehen Sie das an.«

Ein schmal gebauter, bärtiger Inder, dessen Haare unter einem engen schwarzen Turban steckten, reichte Sarah eine Tarierweste und eine Druckluftflasche. Widerwillig nahm sie beides an. »Wofür ist das?«

»Eins nach dem anderen, ja? Nehmen Sie sie einfach und akzeptieren Sie, was auf Sie zukommt.«

»Ersparen Sie mir Ihre billige Spiritualität. Die kann ich nicht brauchen.«

Er knurrte. »Lady, es ist in Ihrem besten Interesse, den Mund zu halten. Jetzt tun Sie, was ich sage.«

Sie zog die Weste an und beobachtete den Inder dabei, wie er in einer Tasche voller Tauchausrüstung kramte. Er holte einen Atemregler und eine Tauchmaske heraus und warf sie ihr vor die Füße. »Hoffentlich wissen Sie, wie das funktioniert, weil ich nämlich keine Zeit für eine Unterrichtsstunde habe.«

Er legte seine eigene Tarierweste an und befestigte einen Atemregler an seiner Druckluftflasche. Sie würden also tauchen gehen.

Sarah sah sich in der Höhle um. Das einzige Gewässer, das sie entdecken konnte, war eine kleine, scheinbar seichte Quelle etwa sechs Meter jenseits des Felsvorsprungs, auf dem sie gerade standen. Offensichtlich befand sich ein größerer See darunter. Sie war nicht besonders vom Wasser angetan, und der Gedanke ans Tauchen, was sie nur einmal vor vielen Jahren versucht hatte, erfüllte sie mit Furcht. Sie schloss die Augen und atmete tief ein, um ihr Herzrasen zu beruhigen.

»Bereit?«, bellte er. Das Wort hallte in der leeren Kalksteinhöhle wider.

»Ach, halt den Mund«, stieß sie zwischen den Zähnen aus, während sie am Atemregler herumfummelte und sich daran zu erinnern versuchte, wie man ihn befestigte.

Er ging zu ihr und riss ihn ihr aus der Hand. »Geben Sie mir das, Sie Dummkopf.« Mit geschickten Fingern befestigte und teste er ihn. »Funktioniert einwandfrei. Anziehen. Wir verschwenden Zeit.«

Sie gehorchte. Ein kleiner Teil von ihr wollte ihn von der Felskante stoßen und weglaufen; sie war sich nicht sicher, ob es der Anstand war, der es ihr verbot, oder die Angst. Sie zog die Tauchmaske über und atmete etwas Sauerstoff ein.

Der Inder zeigte auf das Wasser. »Wir steigen in diese Quelle. Sie folgen meinen Anweisungen. Unter der Wasseroberfläche liegt eine Rinne, die zu einem Reservoir führt. Wir müssen zum anderen Ende dieses Reservoirs. Es ist ein langer Tauchgang.« Sein Blick wanderte an ihrem Körper hinab. »Das Wasser ist kalt. Sehr kalt.«

Obwohl sie nervös war, verzog sie keine Miene, sondern nickte.

»Okay. Los geht's.« Er kletterte am zerklüfteten Fels zum Höhlenboden hinab. Bevor er ins Wasser stieg, zog er Schwimmflossen an und drehte sich zu ihr um. »Sorry. Hab nur ein Paar.« Er zog sich seine Tauchmaske über, steckte sich den Atemregler in den Mund und stellte den Tauchcomputer an seinem Handgelenk ein. Dann reichte er Sarah eine Taschenlampe und bedeutete ihr, als erste ins Wasser zu steigen.

Sie ließ sich in die Quelle hinab und verspannte sich, als sie das eisige Wasser an ihren Beinen spürte. Der Inder trug einen Trockenanzug, aber sie trug ihre Kleidung vom Klettern. Es würde ein unangenehmer Ausflug werden.

Das Wasser war so dunkel, dass es schien, als tauche man in schwarzer Tinte. Sarah schaltete ihre Taschenlampe ein, die einen gespenstischen blauen Lichtstrahl aussendete. Sie richtete ihn umher, registrierte den knotigen Grund der Quelle und schätzte, dass sie in sechs Meter tiefem Wasser trieben. Rechts von ihr lag der Eingang zur Rinne, ein verdunkelter, mit Seepocken überzogener Schlund voll zackiger Felszähne. Sie betraten sie nacheinander, er hinter ihr.

Ihre Taschenlampen tauchten die enge Höhle in ein blaues Glühen. Im unwirklichen Licht erschien der verzerrte, ausgehöhlte Fels wie das Set eines Science-Fiction-Films. Sarah konnte ihren Atem durch den Regler an- und abschwellen hören. Ihre Gliedmaßen kribbelten vor Kälte und diese Empfindung verlangsamte sie. Sie zwang sich zu schnelleren Schwimmzügen. So unangenehm das auch war, so wusste sie doch, dass das Risiko auf Unterkühlung anstieg, je mehr Zeit sie in diesem Wasser verbrachte.

An manchen Stellen verengte sich die Höhle so sehr, dass ein Taucher kaum hindurchpasste. Es war, als schwömmen sie durch einen Schraubstock, der Eindringlinge mit starken Steinkiefern einklemmen wollte. Die Formen um sie herum waren außergewöhnlich. Krumme Gesteinsspitzen gleich den Zähnen einer prähistorischen Bestie erhoben sich vom Höhlengrund, während sich tausende winziger Stalaktiten von ihrer Decke ergossen.

Sarah begann das Gefühl in ihren Fingern zu verlieren. Sie öffnete und schloss die Fäuste, um es wiederherzustellen, aber es war zu spät. Ihre Handflächen prickelten und sie konnte ihre Fingerspitzen nicht mehr spüren. Angst ergriff sie. Der Geruch vom Gummi der Maske war durchdringend. Jedes Geräusch – jedes sanfte Rauschen des Wassers, ihr eigener Atem – war wie durch einen Lautsprecher verstärkt. Sie kämpfte gegen die ansteigende Sturmflut der Furcht um innere Ruhe. Eine panische Atmung konnte den Sauerstoff in Windeseile aufbrauchen.

Sie atmete langsam und gleichmäßig ein. In ihrem adrenalingeplagten Bewusstsein realisierte sie zum ersten Mal, dass die Luft in der Flasche vorgeheizt war. Das würde sie davor bewahren, vor Kälte zusammenzubrechen, oder das Unausweichliche zumindest hinauszögern. Dann wurde ihr bewusst, was sie trug. Wolle und Polypropylen blieben wärmer als andere Gewebe, wenn sie nass wurden. Hätte sie Baumwolle getragen, welche die Körpertemperatur schnell senken konnte, wenn sie mit kaltem Wasser durchtränkt war, dann hätte sie wahrscheinlich keine Chance gehabt.

Diese Erkenntnisse beruhigten sie und halfen ihr, konzentriert zu bleiben, während sie auf einen engen senkrechten Durchgang in der dunklen Tiefe zuschwammen.

Er führte zu einem See, der so groß und tief war, dass er ein Ozean hätte sein können. Sarah richtete ihr Licht überallhin und sah nichts als Wasser. Ihr Gefährte machte sich ins flüssige Nichts auf und bedeutete ihr, ihm zu folgen.

Es war, als schwammen sie durch eine bodenlose Kluft. Es gab keine Riffe, keine Korallen, kein Meeresleben – nur diese endlose Dunkelheit. Sarah verspürte eine seltsame Heiterkeit, die an Euphorie grenzte. Etwas an diesem Schweben im Nichts, ohne Anzeichen auf einen Anfang oder ein Ende, ohne Verständnis für eine Richtung, war herrlich. Jeder rationale Gedanke schmolz dahin wie Salz in Wasser und hinterließ nichts als einen Ansturm zufälliger Bilder. Ihre Augen nahmen alles mit scharfer Klarheit wahr, aber ihr Gehirn verarbeitete es nicht. Empfindung und Bewusstsein wichen dem Instinkt.

Es fühlte sich an, wie der Anfang allen Lebens.

Oder das Ende.

Sie spürte zwei Hände unter ihren Armen und merkte, dass ihr Kopf die Wasseroberfläche durchbrach. In diesem Augenblick fühlte sich ihr Gesicht so an, als würde es von tausend Eiszapfen durchbohrt. Sie versuchte, ihre Augen zu fokussieren, konnte aber nicht begreifen, was sie sah. Die Hände zogen sie durchs Wasser und ließen sie dann los. Sarah schloss die Augen und trieb dahin, sich weder Ort noch Zeit bewusst.

Die Hände packten sie wieder und zogen sie rückwärts. Sie hörte das Plätschern aufgewühlten Wassers. Ihre Brust fühlte sich an, als hätte man einen Eisblock darauf gelegt. Sie hatte keine Kontrolle über ihre Beine. Ein seltsames Geräusch – fast wie ein Knirschen –

erfüllte ihre Ohren und ihr träger Körper kam zum Stillstand. Der Atemregler fiel aus ihrem Mund, und dennoch war sie in der Lage, zu atmen. Sie drehte sich auf die Seite und legte ihre Wange auf eine harte, trockene Kruste. Sie spürte, wie etwas Warmes ihren Rücken traf. Schlaf zerrte an ihren Lidern. Sie konnte ihn nicht abwehren. Sie driftete in einen Zustand zwischen Wachen und Träumen, in dem undeutliche Bilder aus den Tiefen ihres Unterbewusstseins sie heimsuchten. Sarah konnte sie nicht verstehen.

Eine Hand schüttelte sie grob. »Wachen Sie auf. Wachen Sie auf und sehen Sie ihn an.«

Plötzlich merkte sie, dass sie in Decken gehüllt war. Mit großer Mühe öffnete sie die Augen. Ihr Bewusstsein kehrte langsam zurück.

»Dort. Oben auf dem Vorsprung.«

Sie sah hinauf und erblickte eine männliche Gestalt, die, von einem schrecklichen Halogenscheinwerfer beleuchtet, etwa drei Meter über ihr stand. Sie blinzelte, um sich zu fokussieren. Er trug einen schwarzglänzenden Taucheranzug, der alle Konturen seines schlanken Körpers betonte. Sein Gesicht war so bleich wie der Mond, sein Ausdruck beherrscht aber streng. Völlig glattes, rabenschwarzes Haar hing ihm über die Schultern.

»Guten Abend, Dr. Weston«, sagte er mit einem perfekten britischen Akzent. »Sie kommen gerade rechtzeitig.«

Kapitel 22

Zwei junge Männer stemmten sich ächzend gegen die Brechstangen, um den Felsbrocken damit zu bewegen. Der Stein war groß, vermutlich zwei Meter hoch und breit, und er rührte sich nicht vom Fleck. Hinter den Männern befand sich eine Vielzahl an Werkzeugen, Tauchausrüstung, wasserdichten Behältern und mindestens einem Dutzend Sauerstoffflaschen.

Sarah setzte sich auf. »Wer sind Sie?«

Er grinste. »Wissen Sie das nicht?«

»Asher.«

»Wie ich sehe, haben Sie den Rabbi kennengelernt. Er sollte nicht so geschwätzig sein. Was hat er Ihnen noch über mich erzählt?«

»Nichts, was ich nicht schon gewusst hätte. Ich habe die Verwüstung, die Sie anrichten, aus erster Hand gesehen.«

Er verließ den Vorsprung und kam über die Felsen zum schmalen Ufer am Rand des Reservoirs hinunter. Die Arme vor der Brust verschränkt stand er über Sarah. »Mein Name ist Trent Sacks. Sie und ich, Doktor, haben recht viel gemeinsam.«

Sie sah zu ihm auf. »Das bezweifle ich stark.«

Er ging vor ihr in die Hocke und erwiderte ihren Blick. Seine schiefergrauen Augen waren so voller Hass, dass sie wegsehen musste. Er packte sie bei den nassen Haaren und riss ihren Kopf zurück. »Sie haben keine Ahnung, mit wem Sie sprechen, nicht wahr? Nun, Sie werden es bald herausfinden.« Er ließ sie abrupt los, sodass ihr Kopf nach vorne schnellte. »Alle werden das.«

»Er bewegt sich.« Die Stimme mit britischem Akzent hallte von der Höhlenwand wider.

Beide blickten zum Vorsprung hinauf, wo ein junger Mann mit zerzaustem blondem Haar stand.

»Gute Arbeit, Angus«, rief Sacks nach oben. Er wandte sich an Sarah. »Was wir gemeinsam haben, Dr. Weston« – er nickte in Richtung des Felsbrockens –»ist das, was hinter diesem Stein liegt. Und wir wissen beide, dass es bahnbrechend ist. Der Beweis, der der Welt gefehlt hat, um die Existenz König Salomons zu bestätigen – und die Legitimität der Bibel.« Er erhob sich. »All die Jahre ist es den Archäologen entgangen. Nicht aber Ihnen. Sie waren entschlossen, diejenige zu sein, deren Namen in die Geschichte eingeht.«

»Stellen Sie keine Mutmaßungen über meine Motivation an, Sacks.«

Er schüttelte den Kopf. »Meine Liebe, ich kenne die menschliche Veranlagung. Die Zerbrechlichkeit des menschlichen Geistes. Die Menschen sind willensschwach. Bei der kleinsten Gelegenheit geben sie weltlichen Versuchungen wie Ruhm, Ehre oder Geld nach. Es ist wirklich ein Jammer.«

Sie starrte ihn an. »Das hat nichts mit mir zu tun.«

»Nein?« Er hob eine Hand zu seinem Kinn. »Ich schätze, Sie werden mir sagen, dass Sie höheren Idealen folgen. Dass Sie nicht die erste an der Ziellinie sein wollen.«

Sie antwortete nicht.

»Sagen Sie mir, Dr. Weston, wann haben Sie zum letzten Mal mit Ihrem angeblichen Partner gesprochen?« Er sah zum Vorsprung hinauf und gab dem blonden Mann ein Zeichen.

Angus warf einen Gegenstand herunter. Sie sah etwas im Halogenlicht funkeln, begriff aber nicht, was es war, bevor es am Boden aufkam.

»Das ist das Messer, mit dem Daniel Madigan eine Lektion erteilt wurde, als er in mein Haus eindrang.«

Die breite, gebogene Klinge des Jagdmessers grub sich in den Schiefer. Sarahs Unterlippe bebte.

»Haben Sie nichts zu sagen?«, fragte Sacks ruhig. »Interessiert Sie sein Wohlergehen nicht? Ist Ihr eigener Ehrgeiz das Einzige, dass Ihnen etwas bedeutet?«

»Mistkerl. Wie können Sie es wagen?«

Er spie auf den Boden. »Sie sind wie alle anderen. Sie kennen keine Moral. Sie verstecken sich lediglich hinter einem Schleier rechtschaffener Prinzipien. Sie würden die Welt glauben lassen, dass Sie bereit sind, Ihr eigenes Leben zu riskieren, um diese Relikte im Namen der Geschichte zu retten« – er bückte sich, um das Messer an seinem schwarzen Griff aufzuheben – »während Sie in Wirklichkeit nur berühmt werden wollen. Vielleicht auch Ihren Ruf retten, denn der ist ziemlich ruiniert, nicht wahr?«

Er ging vor ihr in die Hocke und strich ihr mit dem Messer langsam vom Brustbein bis zur Unterseite des Kinns.

Sie zitterte, zum Teil aus Angst, zum Teil aus Wut.

»Nun, ich bin der Meinung, Sie müssen für Ihre Sünden bestraft werden.«

Die scharfe Spitze des Messers durchstach ihre Haut. Warme Flüssigkeit tröpfelte an ihrem Hals hinab. Sie hielt ihren Blick auf ihn fixiert. Vor diesem Augenblick hatte sie nie einen Killerinstinkt verspürt. Sie wollte ihn schlagen, ihm Schmerzen verursachen. Konnte dieses Monster Daniel wirklich verletzt haben? Sie glaubte es nicht – oder wollte es nicht glauben. Sie durfte den Gedanken nicht in ihr Bewusstsein lassen; er würde sie zu sehr auflösen.

Sacks stand auf und richtet das Messer auf ihr Gesicht. »Hoch mit Ihnen.«

Mit schwerfälligen Bewegungen stand sie langsam auf. Das Gefühl war noch nicht ganz in ihre Beine zurückgekehrt.

»Ich vermute, Sie möchten wissen, warum ich Sie herbringen ließ.«

Weder antwortete sie, noch änderte sie ihren Ausdruck.

»Nein? Gut. Ich will es Ihnen trotzdem sagen. Es ist eine Frage der Selbstachtung, meine Feinde zu kennen, bevor ich sie eliminiere. Und Sie waren eine besonders interessante Fallstudie. Die Archäologin auf dem Kreuzzug. Die Rebellin, die alles aufs Spiel setzen würde.« Er schüttelte den Kopf. »Zuerst dachte ich: Was für vornehme Ziele. Doch dann realisierte ich, dass es einfach ist, alles aufs Spiel zu setzen, wenn man nichts mehr zu verlieren hat. Niemand interessiert sich für Sarah Weston. Alle haben von Ihnen Abstand genommen, nicht wahr? Ihr Institut, Ihre Kollegen, Ihr Vater …« Er lächelte verschlagen und zischte die Worte: »Sogar Daniel Madigan.«

Sie ballte die Fäuste und wandte den Blick ab.

»Was ist los? Schmerzt die Wahrheit so sehr?« Sein böses Lachen donnerte durch die Kalksteinhöhle. »Nur Mut, Dr. Weston. Ich bin ein großzügiger Mann. Ich möchte, dass Sie bezeugen, was ich im Begriff bin zu enthüllen. Ich möchte, dass das lange vergessene Manuskript König Salomons das letzte ist, was Sie sehen. Betrachten Sie es als meinen Judaskuss, bevor ich Sie Ihrem Schicksal überlasse.«

Da die Unterkühlung ihr noch immer zu schaffen machte, konnte Sarah nicht klar denken. Sie spürte, wie sie in den Strudel seines Hasses hineingesogen wurde und kämpfte darum, sich zu befreien.

Offensichtlich wollte er genau das: Zorn in ihr gären lassen, um ihren Charakter zu schwächen und zu beweisen, dass sie von Natur aus schlecht war. Den Gefallen würde sie ihm nicht tun.

»Wer sind Sie wirklich? Was wollen Sie?«

Er zeigte ein schmallippiges Lächeln. »Eine gute Frage. Nun gut, ich will sie beantworten. Ich bin der Nachfahre einer langen Linie von Königen. Um es offen zu sagen, ich bin der einzige lebende Angehörige der davidischen Dynastie aus der Blutlinie Salomons. Der letzte Erbe, wenn Sie so wollen. Diese Ehre teilte ich mit meinem Bruder, bis er einen äußerst unglücklichen Unfall hatte. Er war Pilot, wissen Sie, und eines Tages versagten seine Instrumente. Die Polizei vermutete Fremdeinwirkung« – er wandte den Blick ab – »aber sie konnten es nie beweisen.«

»Sie Bastard«, flüsterte sie. »Sie haben Ihren eigenen Bruder getötet?«

Er grinste, antwortete aber nicht, sondern zeigte auf den Felsen.

»Was immer sich dort drinnen befindet, es ist das Erbe meiner Vorfahren. Ich bin der rechtmäßige Besitzer und ich bin hier, um einzufordern, was mir gehört. Und so wie ich das sehe … sind Sie ein Eindringling und Dieb in meinem Haus. Und danach sollen Sie gerichtet werden.«

»Gerichtet? Von einem Mörder? Und wer wird über Sie richten, Mr. Sacks? Oder stehen Sie über allem?«

»Wenn eure Sünden auch scharlachrot sind, so sollen sie schneeweiß werden; wenn sie auch wie Blut sind, so sollen sie wie Wolle sein.« Seine Stimme klang wie die eines Evangelisten. »Seid ihr willig und gehorsam, so werdet ihr das Gute des Landes essen; weigert ihr euch aber und empört ihr euch, so werdet ihr vom Schwert verschlungen. Der Mund des Herrn hat gesprochen.«

Sarah erkannte die Passage aus dem Buch Jesaja. Sie begann, die Puzzleteile zusammenzufügen. Die biblischen Bezüge, der angeblich davidische Stammbaum, die Suche nach dem Salomonischen Schatz, sogar die Nachricht, die in der Erde al-Faus hinterlassen wurde. Die Absichten dieses Mannes waren weit teuflischer, als sie es zuerst angenommen hatte.

»Wir haben einen Durchgang«, rief Angus herab.

Sacks schloss die Augen und atmete ein. Plötzlich waren seine Züge heiter. Er öffnete die Augen wieder und sprach zu Sarah: »Lassen Sie uns herausfinden, was in Salomons Höhle liegt.« Er deutete zum Vorsprung. »Nach Ihnen.«

Sarahs Herz raste gleichermaßen vor Erwartung und Furcht. Auf der einen Seite lebte sie für solche Momente. Auf der anderen Seite standen die Wetten gegen sie, diese Erfahrung zu überleben. Sacks hatte seine Karten schon auf den Tisch gelegt. Wenn man bedachte, dass er bewiesen hatte, zu allem fähig zu sein, hatte sie keinen Grund anzunehmen, dass er bluffte. Alles was ihr jetzt noch blieb, war ihr eigener Einfallsreichtum. Aber genügte das, um ihn in diesem tödlichen Spiel zu schlagen?

Sie ging über den zerklüfteten Kalkstein zum Überhang. Sacks Männer hatten den Felsen gerade weit genug bewegt, um einen Spalt freizulegen.

Sie begegnete ihren Blicken flüchtig. Der erste war ein junger Mann mit der Schönheit einer romanischen Statue, mit glatter Haut und ebenso blass wie sein Meister. Seine Augen, so hell wie Blautopas, waren zwei leere Tümpel, in denen kein Leben wohnte.

Der zweite war ein Araber mit straffer Haut in der Farbe schwarzen Tees und mit nassen, schwarzen Haaren, die lose in seinem Nacken zusammengebunden waren. Um seine Taille, mit einem Ledergürtel befestigt, befand sich ein gebogener *Khanjar* mit einem schwarzen Stein am Griff in einer geprägten Silberscheide. Sarahs Blick verweilte auf seinem Gesicht. Er grinste fast unmerklich. Sie verstand die Nachricht in den schimmernden Onyxaugen, die sie seit der Nacht der Feuersbrunst verfolgt hatten: *So sehen wir uns wieder.*

Als Sacks auf den Vorsprung trat, verneigten sich beide Männer tief. Er bedeutete ihnen, sich aufzurichten. »Ich glaube, Sie haben Sa'id schon getroffen, den rechtmäßigen Erben, der die wilden Al Murra in ein neues Zeitalter führen wird.«

Daniel hatte recht gehabt; der Brandstifter von al-Fau war der Sohn des Amirs. Von der Erkenntnis angewidert sah Sarah weg.

»Wir haben die Fackeln entzündet, mein Herr«, sagte Angus.

Sacks stand mit gesenktem Kopf vor der Spalte. Nach langer Stille sah er auf und öffnete den Reißverschluss seines Taucheranzugs. Er schob ihn über Schultern und Hüften hinab und trat vollständig heraus. Er trug nur ein Paar schwarzer, tief sitzender Elastan-Leggings, die ihm bis zur Mitte der Wade reichten.

Beim Anblick seines Körpers schreckte Sarah zurück. Haarlos und von grauer Blässe bot er eine leichenhafte Erscheinung. Eine lebensgroße Natter, so detailliert in Tinte gebannt, dass ihre Struktur und ihre Schuppen bemerkenswert realistisch erschienen, war um seinen Oberkörper geschlungen. Die Schlussfolgerung lag auf der Hand: In der Antike, besonders im dynastischen Ägypten und in Nordafrika, galt die Natter sowohl als todbringende Schlange als auch das Symbol des Königshauses.

Er bedeutete dem Inder, zurückzubleiben und den Eingang zu bewachen. Dann wandte er sich an Sarah. »Angus und ich gehen vor. Sie folgen uns. Sa'id wird hinter Ihnen gehen, also benehmen Sie sich.« Angus reichte ihm eine Handfeuerwaffe, die Sacks in seinen Hosenbund steckte, sodass der Griff an seiner Taille ruhte. Er nickte den anderen zu. »Wir sind bereit.«

Hintereinander betraten sie die enge Öffnung. Im Höhleneingang war die Decke so niedrig, dass sie vornübergebeugt weitergehen mussten. Auf beiden Seiten hängende Eisenfackeln warfen ein goldenes Licht auf den gekritzten Stein. Die Wände strahlten eine feuchte Kälte aus. Sarah zitterte. Sie vermutete, dass ein Teil des Reservoirs unter dem Höhlenboden liegen musste.

Der Durchgang öffnete sich in eine größere Kammer, deren Beschaffenheit im fahlen Fackelschein kaum zu erkennen war.

»Hier gibt es noch mehr Fackeln«, verkündete Angus. Er machte sich daran, sie anzuzünden. Das ursprünglich in die Fackeln gestopfte Stroh war zu feucht, um entzündet zu werden, daher umwickelte er es mit Stofffetzen. Der Geruch von Kerosin erfüllte die Höhle, als er die behelfsmäßigen Dochte entzündete.

Jedes neue Fackellicht enthüllte mehr und mehr der Höhle. Das Innere war beinahe röhrenförmig, wie eine Mündung. Über Kopf formten Stalaktiten ein merkwürdiges Bogenmuster, wie ein mitten im Sturz gefrorener Wasserfall. Die zitternden Flammen der Fackeln warfen dunkle Schatten auf den alten Kalkstein, und die Höhle schien zum Leben zu erwachen, als das Licht von den Wänden abstrahlte.

Ganz am Ende dieser Kammer befand sich etwas, dass Sarah wie angewurzelt stehen bleiben ließ. An der Wand war ein Gemälde von zwei einander gegenüberstehenden geflügelten Löwen, eine kunstvollere Version des Symbols auf der Alabasterschatulle. Es war eine mit Goldbögen verzierte Kohlezeichnung. Die Kohle war verblasst und große Teile des Goldes waren abgerieben oder abgeblättert; dennoch war die ursprüngliche Absicht des Künstlers noch immer deutlich. Es war prachtvoll. Auf einem Felsbord unter dem Gemälde stand ein Quintett aus messingfarbenen, mit Grünspan überzogenen Räucherschalen, die bei Zeremonien entzündet worden waren.

»Erhaben«, flüsterte Sacks.

Sarah zuckte zusammen. Er hatte nicht das Recht, irgendetwas in dieser Höhle erhaben zu nennen oder solch einen wichtigen Augenblick zu entweihen.

Er sah zu seinen Männern. »Dies war ein Opferaltar für Yahweh.« Er benutzte den althebräischen Namen für Gott. »Die Löwen sind die Symbole des Königs. Wir sind am richtigen Ort.«

Die Kammer führte nach rechts. Sacks, mit Sarah und seinem Team im Schlepptau, folgte dem Durchgang. Der kurze Pfad endete abrupt an einer Kante. Sie konnten weder weitergehen noch sehen, was sich unter ihnen befand.

Obwohl sie völlig durchgefroren war, durchflutete die Erwartung Sarah mit Wärme. Die Angst verflüchtigte sich; alles, was noch zählte, war das, dem sie im Begriff war, gegenüberzustehen.

»Schalte den Scheinwerfer ein«, befahl Sacks.

Angus griff in seinen Rucksack und holte eine schwere Lampe auf einem Gestell heraus. Er sicherte das Gestell am Boden, schwenkte die Lampe in Richtung des Abgrunds und schaltete sie dann ein.

Sarah stockte der Atem. Sie konnte sich nicht rühren. Nicht einmal in ihrer wildesten Fantasie hätte sie sich so etwas ausmalen können.

Kapitel 23

Unter der Felskante, auf der sie standen, befand sich eine Nische, die menschengemacht erschien. Die freigelegten Sedimentschichten zeigten, dass der Stein bearbeitet wurde, um ein Versteck zu schaffen, einen Tresor zum Schutz eines wertvollen Inhalts.

Das in diese Senke eingebettete Objekt strahlte einen so hellen Glanz aus, dass Sarah wie versteinert war. Zu einem Miniatur-Amphitheater geformt bestand die Konstruktion aus sechs Stufen, jede mit goldenen Statuen geschmückt. Oben auf der Treppe stand ein hölzerner Lehnstuhl.

König Salomons Thron.

Konnte dies wirklich der mechanisierte Herrschersitz sein, auf den biblische Texte und die Midraschim verwiesen? Wurde er nicht von den Babyloniern gestohlen, zusammen mit allen anderen Tempelschätzen? War er nicht nach Ägypten und dann Persien gelangt, um anschließend zu verschwinden und auf eine Legende reduziert zu werden?

Und, am wichtigsten, wer hatte ihn hier versteckt? Konnte es der König selbst gewesen sein, nachdem er seiner Macht beraubt worden war und sich aufgemacht hatte, die Wüste zu durchwandern? War das vielleicht der eigentliche Grund für seine Wanderschaft?

Das Objekt faszinierte sie derart, dass sie zu ihm hinabzusteigen begann. Dabei vergaß sie, dass sie in Gesellschaft anderer war, bis eine starke Hand sie am Unterarm packte und sie stoppte.

Sie drehte sich um und starrte in Sa'ids stechenden Blick. Er verstärkte seinen Griff, bis sie vor Schmerz das Gesicht verzog, dann ließ er sie los.

Sacks fiel auf die Knie und beugte sich so weit vor, dass seine Stirn den Boden berührte. In ehrfurchtsvollem Ton murmelte er etwas, dass Sarah nicht verstehen konnte. Sie nahm an, dass es ein Gebet war, und war dankbar, die Worte nicht hören zu können. Selbst die heiligste Darbietung würde aus seinem Mund abscheulich klingen.

Mit einer einzigen flüssigen Bewegung stand er auf und streifte sie auf seinem Weg über erodierte Steinstufen, die aussahen, als wären sie von Menschenhand gehauen worden. Offensichtlich war diese merkwürdige Treppe eine Passage zwischen dem Thronraum und dem Altar darüber. Diese Kammer, so schien es, war mehr als ein Versteck. Vermutlich diente sie irgendeiner Form der Anbetung.

Der Rest der Gruppe folgte Sacks nach unten. Mit geschlossenen Augen und ausgestreckten Armen stellte er sich vor den Thron. Er war reglos, stumm, eine Erscheinung, die zwischen den Welten der Lebenden und der Toten schwebte.

Sarah richtete ihre Aufmerksamkeit auf den Thron. Die Stufen waren breit, glatt und von milchiger Farbe. Sie war beinahe sicher, dass sie aus Elfenbein gefertigt waren. Mit Gold überzogene Tierskulpturen flankierten jede Stufe. Auf der ersten saß ein Löwe mit offenem Maul. Die scharfen Reißzähne gebleckt schien er bereit, sein nächstes Opfer in Stücke zu reißen. Dem Löwen gegenüber stand ein Ochse, der seinen Kopf zur Seite geneigt hatte, um seine glänzenden Hörner zu präsentieren, die eine Spannweite von einem Meter hatten.

Die nächste Stufe war das Herrschaftsgebiet des Wolfs. Mit über den Kopf hochgezogenen Schultern war das Raubtier beim Anpirschen erstarrt. Dem Wolf gegenüber stand ein Schaf, dessen spitzes Gesicht und spindeldürre Beine aus einem goldenen Fell herausragten, das so aufwendig bearbeitet war, dass es lebensecht wirkte. Sein Ausdruck war gleichmütig, die Haltung entspannt, als ob es sich vom bevorstehenden Angriff des Wolfs nicht im Geringsten bedroht fühlte.

Auf der dritten Stufe hatte sich ein Tiger auf die Hinterbeine erhoben. Seine Vorderpfoten waren wie zum Sprung bereit ausgestreckt. Mit einem ewigen Zähnefletschen stand die Wildkatze einem sitzenden Kamel gegenüber, dessen Höcker mit einer Fracht aus reich verzierten Kisten beladen war, die vermutlich wertvolle Gewürze beinhalteten.

Als Nächstes kamen der Adler und der Auerhahn. Der Adler hatte die Flügel so weit ausgebreitet, dass sie einen Baldachin über dem Tiger darunter bildeten. Seine gewaltigen Krallen hatte er ausgefahren und seinen Schnabel zu einem schrecklichen Ausdruck geöffnet. Der Auerhahn saß mit dem Schnabel zum Himmel auf einem Zweig. Seine prächtigen Schwanzfedern waren ausgebreitet wie ein Flamencofächer.

Auf der fünften Stufe befand sich ein Dämon, eine garstige Kreatur mit den Beinen eines Huftiers, einem stacheligen Schwanz und den Klauen eines Raubvogels. Lange Hörner ragten aus seinem Kopf und sein bärtiges, deformiertes Gesicht erinnerte an eine Kreuzung aus Ziege und Fledermaus. Ihm gegenüber saß ein Mann, nur mit Lendenschurz und Turban bekleidet, der eine Schriftrolle in der Hand hielt – vermutlich die Tora.

Die letzte Stufe wurde von zwei Vögeln beherrscht: einer Taube und einem Sperber. Sie standen einander mit ausgebreiteten Flügeln gegenüber, als wären sie zum Kampf bereit. Interessanterweise flankieren die Vögel diese Stufe nicht, sondern standen vielmehr in deren Mitte, sodass es unmöglich war, nach oben zu gelangen, ohne über sie hinweg zu steigen.

Auf einem Podest an der Spitze der Konstruktion befand sich der Königsthron. In seine Seiten war die mittlerweile vertraute Form der geflügelten Löwen geschnitzt, und sie waren goldverziert. Die Augen der Löwen bestanden aus Malachiten, ihre Fänge aus Elfenbein. In die hohe Rückenlehne des Throns war ein Baum graviert, auf dessen Ästen sieben Namen in Althebräisch geschrieben standen. Auf zwei Kreuzblumen oben auf der Lehne saßen zwei Adler.

Sarah konnte ihren Augen kaum trauen.

Was so lange auf eine Legende reduziert gewesen war, existierte tatsächlich – und es entsprach der biblischen Beschreibung beinahe Wort für Wort. Wenn dieses Objekt tatsächlich aus der Zeit Salomons stammte, dann wären die Folgen dieser Entdeckung immens. Teile der Bibel zu bestätigen brachte die Theologen einen Schritt näher daran, sie als Geschichtsbuch zu beweisen, was den Glauben der Menschen in die Lehren und ihr Vertrauen in die Prophezeiungen festigte – ebenso wie Israels Anspruch auf das Heilige Land.

Aber die Geschichte Salomons tatsächlich zu belegen, hätte ein gewaltiges Ausmaß, denn sie war die Grundlage des Messianismus. Der Messias, auf den die Juden warteten, würde dem Stammbaum Davids aus der Linie Salomons entstammen.

Der Gedanke erschütterte Sarah. Sie betrachtete den Mann, der vor dem Thron stand. Konnte es möglich sein?

Mit geschlossenen Augen und nach oben gerichteten Handflächen psalmodierte Sacks in einer Monotonie, die eher mittelalterlich als frühzeitlich wirkte. Er hob seine Arme höher, und zum ersten Mal fiel ihr eine Tätowierung auf der Innenseite seines linken Handgelenks auf: ein mit ihr unverständlichen Zeichen beschriftetes Kreuz. Darunter war das Wort *Magus* tätowiert.

Das Symbol kam ihr bekannt vor, aber sie konnte es nicht zuordnen.

»Allmächtiger Gott, der Du hast erschaffen alle Dinge und uns die Macht verliehen, Gut und Böse zu erkennen, Dein heiliger Name sei gepriesen. Oh Herr, gewähre Deinem demütigen Diener Erfolg bei dieser Aufgabe und lasse alle Wahrheit durch Dein heiliges Siegel offenbar werden. Amen.«

Aus dem Mund eines Mannes, der zwischen Anbetung und Verbrechen nicht unterschied, klangen die Worte gottlos. Sarah erkannte diese gefährliche Mentalität wieder, die grässlichsten Taten im Namen einer höheren Macht zu begründen: Es war das Kennzeichen des Bösen.

Sacks legte sich mit dem Gesicht nach unten auf die Erde, die Beine zusammen und die Arme ausgebreitet. Sein aschfahler Körper bildete die Form eines Kreuzes. Zu seinen beiden Seiten psalmodierten Angus und Sa'id.

Offensichtlich hatte er die Loyalität dieser Männer großzügig erkauft. Ob sie nun an seine Form von Spiritualismus glaubten oder nicht, sie spielten ihre Rollen bereitwillig. Sogar Sa'id, ein Araber beduinischer Abstammung, dessen Volk an Allah glaubte und einen ganz anderen Propheten anerkannte, schien Sacks Phrasendrescherei ernst zu nehmen.

Was hatte er ihnen versprochen? Geld? Macht? Einen Platz in der Geschichte?

Sacks stand auf und Angus näherte sich ihm. Mit geneigtem Kopf hielt der Akolyth eine Kiste hoch. Der Meister griff hinein und holte ihren Inhalt heraus, einen grobgeschmiedeten Eisenring, der mit vier Edelsteinen besetzt war.

Sarahs Augen weiteten sich. Der Ring des Königs.

Sie erinnerte sich daran, was Rabbi Ben Moshe gesagt hatte: *Der Ring war zum Entschlüsseln eines von Salomon verfassten Manuskripts gedacht. Zusammen besitzen das Manuskript und der Ring unaussprechliche Macht. Sie dürfen nur vom Messias vereint werden.*

Die Erkenntnis, dass dieser Unmensch glaubte, der Gesalbte zu sein, empörte sie. Und ebenso skrupellos, wie er die ersten Gegenstände an sich gebracht hatte, die ihm diese Macht verleihen würden, so hätte er auch keine Skrupel, jeden aus dem Weg zu schaffen, der zwischen ihm und dem Manuskript stünde. Plötzlich sah sie ihr Schicksal an den Wänden dieser Höhle geschrieben stehen. Sie war gefangen, ohne Ausweg.

Sacks streifte den Ring an und legte seine Hand auf Sai'ds Schulter. »Mein lieber Schüler, es ist an der Zeit, die Stufen hinaufzusteigen. Vergiss nicht: Der Glaube ist entscheidend. Wenn du glaubst, wird dir kein Leid geschehen.«

Sa'id verneigte sich und näherte sich dem Thron. Er schien ängstlich, als er sich bereitmachte, die erste Stufe zu betreten, als versuchte er, seine fünf Sinne zusammenzunehmen. Sarah erinnerte sich an die Bibelstellen über die Mechanismen des Throns. Er durfte nur vom König bestiegen werden; Hochstapler würden den goldenen Bestien zum Opfer fallen. Der Legende nach hatte Pharao Necho, der ägyptische Herrscher, der König Joshija von Juda getötet hatte, den Thron zusammen mit anderen Schätzen aus dem Palast beansprucht, wusste ihn aber nicht zu handhaben und wurde vom Angriff des Löwen zum Krüppel gemacht.

Sa'id musste diese Geschichte kennen, denn er entschied sich dafür, die Treppe von rechts zu begehen – der Seite des Ochsen. Sobald er sie betrat, löste sein Gewicht den Mechanismus aus und der Ochse schoss vorwärts und spießte seinen Bauch auf die Hörner. Sa'id heulte wie eine läufige Katze.

Mit ruckartigen Kopfbewegungen trieb der Ochse sein Horn tiefer in Sa'id, bis es durch seinen Rücken wieder austrat. Dann warf er sein Opfer gute anderthalb Meter in die Luft. Sa'ids Körper landete mit einem dumpfen Aufprall und überschlug sich zweimal, ehe er auf dem Rücken liegend zum Stillstand kam. Seine Bauchgegend war blutgetränkt. Der Mann schlug um sich und schnappte nach Luft. Mit ausgestreckten, zitternden Armen bettelte er darum, dass ihm jemand zu Hilfe käme.

Niemand tat es.

Sarah hob beide Hände zum Mund und kämpfte gegen den Würgereiz an. Entsetzt blickte sie zu Sacks. Er war reglos, ausdruckslos, sein Blick an den Thron geheftet. Sie schloss fest die Augen; sie konnte das nicht länger mit ansehen.

»Das war bedauerlich«, sagte Sacks. »Ganz wie ich erwartet habe. Der Thron unterwirft sich nicht.«

Sarah öffnete halb die Augen und sah, dass Sa'id sich nicht länger bewegte. Dieser Mistkerl hatte einen seiner eigenen Männer ohne Emotion oder Gnade geopfert. Ihr Mund wurde gallebitter.

Sacks wandte sich ihr zu. »Und nun, meine Liebe, sind Sie an der Reihe. Wollen wir doch mal sehen, wie klug Sie wirklich sind.«

Sie biss die Zähne zusammen. »Warum erschießen Sie mich nicht einfach? Denn lieber sterbe ich, als Ihre Schachfigur zu sein.«

»Ich glaube, Sie verstehen nicht recht.« Er ging auf sie zu und blieb dicht vor ihr stehen. Sein Tonfall war gleichmütig. »Es ist nicht Ihre Entscheidung. Es ist gottgewollt. Ich weiß, dass es für Sie schwer zu verstehen ist, dass Gott hier wirkt und dass ich sein Instrument bin.«

»Gott? Sie haben gerade einen Mann getötet. Und er ist nur einer in einer Reihe von vielen. Billigt Ihr Gott so etwas?«

Er atmete tief ein. »Sa'id starb ehrenvoll, im Dienst des Gesalbten.«

»Sie widern mich an. Glauben Sie wirklich, sie wären der Eine? Haben Sie die Heilige Schrift nicht gelesen, von der Sie behaupten, sie zu wahren? Der Gesalbte, von dem Sie sprechen, ist ein Mann von außerordentlicher Tugend, ein Mann, der Gnade zeigt und Weisheit besitzt und die Menschen in eine Ära des Friedens führt. Sie haben nichts anderes getan, als zu töten und zu zerstören.«

»Aber, aber, Dr. Weston. Nichts davon diente dem Vergnügen. Es war notwendig, damit ich Anspruch auf das erheben konnte, was rechtmäßig mir gehört.« Er wurde abfällig. »Warum erkläre ich mich Ihnen? Sie besitzen weder die moralische noch die spirituelle Basis, um über solche Angelegenheiten zu sprechen.«

»Maschiach« – sie benutzte das hebräische Wort für Messias – »wird nicht nach dem richten, was er mit seinen Augen sieht, oder nach dem entscheiden, was er mit seinen Ohren hört; aber mit Rechtschaffenheit wird er die Notleidenden richten, mit Gerechtigkeit wird er ein Urteil sprechen für die Armen der Erde. Die Erde wird er mit dem Stab seines Mundes schlagen; mit dem Atem seiner Lippen wird er die Gottlosen erschlagen.«

»Wie ich sehe, haben Sie Nachhilfe bekommen. Schade nur, dass Sie kein Wort davon verstehen. Ich will Ihnen einen Gefallen tun, damit Sie nicht als unwissende Sünderin sterben. Maschiach wird erscheinen, wenn die Welt am gottlosesten ist – was, wie wir beide wissen, jetzt der Fall ist. In der Tat wird es im messianischen Zeitalter keine Kriege geben, aber damit der Messias sich erheben und die Vertriebenen Israels versammeln kann, müssen die Länder im Norden unterworfen werden. Es wird Krieg geben, aber der nördliche Feind wird vernichtet und die große Nation Israel gefürchtet werden. Dank neuer Technologien, die es autark machen – besonders Öl und Erdgas – wird Israel reich werden.« Er grinste breit. »Es ist alles Teil des Plans, meine Liebe.«

»Ich verstehe nicht. Welcher Krieg?«

»Es genügt zu sagen, dass unsere Freunde im Libanon aufgrund eines bestimmten territorialen Streits bald in Waffen stehen werden. Aber ihre militärischen Fähigkeiten werden sich nicht mit denen Israels messen können – insbesondere nicht, wenn dank der Briten technisch ausgereifte neue Waffensysteme ins Spiel kommen. Aber all das betrifft Sie nicht. Schließlich werden Sie das nicht mehr erleben.«

»Vergessen Sie da nicht etwas, Mr. Sacks? Der Schlüsselgedanke der messianischen Prophezeiung ist die Errichtung des dritten Tempels. Wie genau wollen Sie das tun?«

Er ging auf sie zu und stand so nah bei ihr, dass sie seinen Atem spüren konnte, während er sprach. »Lassen Sie mich eines klarstellen. Ich übersehe nichts. Ich habe mein gesamtes erwachsenes Leben der Studie und Erfüllung der Prophezeiungen gewidmet. Der Tempel wird gebaut werden.«

»Und was ist mit der Moschee auf dem Tempelberg?«

Er lachte. »Die ist nebensächlich; die kleinste meiner Herausforderungen. Die eigentliche Frage sollte lauten: Wie werden Sie ihn bauen?«

»In Ordnung. Wie?«

»Ah, das ist der Grund, warum wir hier sind. Ich werde nichts mehr sagen. Warum die Überraschung verderben?« Er hob ihr Kinn mit seinem Zeigefinger an. »Vielleicht werden Sie es selbst herausfinden. Wenn Sie würdig sind.«

Sarah riss den Kopf zur Seite. »Fassen Sie mich nicht an.«

Ein Sturm erhob sich in seinen schiefergrauen Augen. »Sie wagen es, so mit mir zu sprechen? Haben Sie denn keine Ahnung, zu wem Sie so respektlos sind?«

»Oh, das weiß ich ganz genau. Ihnen zeige ich keinen Respekt.«

Er schlug ihr mit der Rückhand ins Gesicht. Sie stürzte zu Boden. Mit geballten Fäusten stand er über ihr. Sein schwarzes Haar umgab sein Gesicht wie Rabenfedern.

»Stehen Sie augenblicklich auf und besteigen Sie den Thron.«

Ihr Gesicht brannte. »Tun Sie es doch selbst.«

Er zog seine Waffe aus dem Hosenbund und richtete sie auf ihren Kopf. Die tätowierte Schlange schien über seine Brust zu gleiten, während sich seine Muskeln anspannten. »Möglicherweise haben Sie mich nicht gehört. Ich sagte, stehen Sie auf der Stelle auf.«

»Nein.« Sie spuckte ihm vor die Füße.

Mit einem Knurren zog er sie an den Haaren hoch. Während sie noch auf die Beine stolperte, drückte er sie gegen die Höhlenwand und presste sie mit seinem Unterarm dagegen. Mit zitternder Hand setzte er ihr die Waffe mitten auf die Stirn. »Ich sollte Sie hier und jetzt töten.«

Sie kämpfte darum, sich aus diesem unerwartet starken Griff zu befreien. Trotz der klammen Kälte tropfte ihr eine Schweißperle von der Stirn. »Was hält Sie davon ab?«

»Sie verdienen nichts anderes. Aber ich bin in gütiger Stimmung, und daher will ich Ihnen eine zweite Chance geben. Es ist Ihre Entscheidung. Werden Sie sich der Herausforderung von Salomons Treppe stellen?« Er presste den Lauf der Waffe fester gegen ihre Stirn. »Oder werden Sie sterben?«

Sie richtete ihren Blick auf den Königsthron.

Er entsicherte die Waffe.

Sie könnte durch seine Hand sterben oder die Würfel entscheiden lassen. »Ich tue es.«

Er lockerte seinen Griff. »Gut.« Die Waffe weiterhin auf ihren Kopf gerichtet trat er einen Schritt zurück. »Dann wollen wir mal. Es gibt viel zu tun.«

Wenn sie es die Stufen hinaufschaffte, würde sie ihm zum Triumph verhelfen. Wahrscheinlich würde er sie so oder so töten. Sie sah sich in der Höhle nach Angus um; sie hatte ihn eine Weile nicht gesehen oder gehört. Dann blickte sie in Sacks hasserfüllte Augen.

Sie hatte nicht viele Alternativen. Mit aller Kraft trat sie Sacks in den Bauch.

Er fiel rückwärts, sprang aber sofort auf. Die Waffe glitt ihm aus den Händen, doch er bemühte sich nicht darum, sie aufzuheben. Mit einer neuen Welle von Wut griff er Sarah wieder an.

Sie duckte sich und schaffte es, ihm ein paar Mal auszuweichen, aber er war zu schnell, zu stark. Er drückte sie zu Boden und schloss seine Hände mit eisernem Griff um ihren Hals.

Sie röchelte.

Der Druck auf ihre Luftröhre nahm ihr den Atem. Sie grub ihre Fingernägel in seinen Unterarm, aber das ließ ihn unbeeindruckt. Jede verstreichende Sekunde ließ sie schwächer werden. Sie würde den Kampf verlieren.

»Lassen Sie sie los, Sie Freak.«

Sarah spürte, wie sich Sacks Griff lockerte, und schnappte nach Luft.

Durch den Nebel sah sie Daniel über Sacks stehen, eine Waffe auf seinen Hinterkopf gerichtet.

Kapitel 24

»Langsam aufstehen. Keine Mätzchen.«

Sacks gehorchte. »Sieh an, sieh an. Er lebt noch. Ich hatte gehofft, Sie wären in Varanasi verblutet.«

»Das wäre praktisch gewesen, nicht wahr?« Mit der Waffe auf Sacks Gesicht gerichtet trat Daniel vor und streckte Sarah seine Hand hin.

Sie ergriff sie und ließ sich von ihm auf die Füße ziehen. Seine Haut war warm, obwohl seine Haare und Kleider durchnässt waren.

Nach ihrem letzten Gespräch und seiner abrupten Abreise aus Saudi-Arabien hatte sie befürchtet, ihn nie wieder zu sehen. Jetzt, da er neben ihr stand, hatte sie mehr als nur einen Verbündeten in einem entscheidenden Moment gefunden; sie hatte die mächtigste Form der Kraft gefunden, die eine, die nur aus einer tiefen menschlichen Verbundenheit erwächst. Seine Anwesenheit erfüllte sie, stärkte sie. Zum ersten Mal seit sie auf Sacks getroffen war, besaß sie die Oberhand.

»Angus!«, rief Sacks nach seinem Akolythen.

»Er kann Sie nicht hören«, sagte Daniel. »Er hatte einen kleinen Unfall. Ist gegen einen vollen Sauerstofftank gelaufen. Hat ihn bewusstlos geschlagen.«

Sarah blickte sich um und sah einen Körper am anderen Ende der Höhle liegen. Angus war tatsächlich bewusstlos. Sein Oberkörper und seine Hände waren mit Kletterseil verschnürt.

»Und bemühen Sie sich nicht, nach Ihrem indischen Freund zu rufen«, fügte Daniel hinzu. »Er hat mich im Wasser verfolgt. Sagen wir mal, er ist kein besonders guter Schwimmer.«

Sacks starrte ihn zornig an. »Was haben Sie vor, Madigan? Mich töten?«

»Oh nein. Das wäre zu einfach. Ich glaube, Sie können uns helfen.«

»Wirklich? Bitte. Weihen Sie mich in Ihre großartigen Pläne ein.«

»Wir sind aus demselben Grund hier wie Sie. Der Unterschied besteht darin, dass wir damit hier herausspazieren und Sie nicht.« Er nickte in Richtung des Throns. »Irgendwo im Königsthron ist der in der Schriftrolle erwähnte Schatz. Aber jemand muss die Bestien zähmen. Ich schätze, das werden Sie sein.«

»Unmöglich. Der Thron unterwirft sich allein dem König. Die Bestien können nicht gezähmt werden, nur beschwichtigt … mit Blut.«

»Doch bist du der Auserwählte, so wird sie dich mit einem Schatz belohnen, der seinesgleichen sucht, geschmiedet aus Engelsflüstern und von Königen in alle Ewigkeit bewacht.« Sarah zitierte aus der Schriftrolle. »Wenn Sie sind, wer zu sein Sie behaupten, was haben Sie dann zu befürchten?«

Sacks bedachte erst sie dann Daniel mit einem wütenden Blick. »Ich bin es nicht gewohnt, Befehle entgegenzunehmen. Die Antwort lautet Nein.«

»Sind Sie bereit, die Konsequenzen zu tragen?«, fragte Daniel.

»Es gibt nichts, das Sie austeilen und ich nicht einstecken könnte, mein Bester. Tun Sie Ihr Schlimmstes.«

»Na gut.« Er richtete die Pistole zwischen Sacks Augen und spannte seinen Finger am Abzug an. Sarah versteifte sich. In Daniels Zügen lag eine unbekannte Feindseligkeit, die an Distanziertheit grenzte. Sie wollte glauben, dass er bluffte. Aber tat er das?

Sie würde es nie herausfinden. Mit einer schnellen Drehung trat Sacks Daniel die Waffe aus der Hand. Sie schlitterte über den Boden und kam in mehr als drei Metern Entfernung zum Liegen.

Daniel packte Sacks Schultern und drückte zu. Sacks versetzte Daniel einen Schlag in den Bauch, aber Daniel ließ nicht los. Die hervortretenden Adern an seinen Schläfen verrieten seine von Abscheu angetriebene Entschlossenheit.

Sacks krallte sich in Daniels Schultern. Offensichtlich unter Schmerzen lockerte Daniel seinen Griff zuerst. Er rammte seinen Ellbogen hart in Sacks Bizeps. Es half nicht. Indem er sein Bein hinter Sacks einhakte, brachte er ihn gerade soweit aus dem Gleichgewicht, dass er einen Vorteil hatte. Mit einem Ächzen stürzte Daniel seinen Widersacher zu Boden, und die beiden rangen weiter.

Aus dem Augenwinkel nahm Sarah eine Bewegung am anderen Ende der Höhle wahr. Angus kam zu sich und versuchte, sich von dem Seil zu befreien, mit dem er gefesselt war. Beißender Schweiß rann ihr in die Augen. Sie lief los, um die Handfeuerwaffe aufzuheben.

Inmitten des Kampfes drehte sich Daniel zu ihr um. »Tu es, Sarah.«

Sie schüttelte den Kopf. Sie besaß nicht genug Vertrauen in ihre Schießkunst, um ein bewegliches, mit jemanden ringendes Ziel zu treffen. Geschweige denn, dass sie ein Leben auslöschen konnte, nicht einmal ein so schamlos bösartiges.

Daniel hatte Sacks zu Boden gedrückt. Mit einer Kopfbewegung zum Thron hin rief er: »Los!«

Sie begriff, dass sie die Treppe hinaufsteigen sollte. Ein Schauder ging über sie hinweg wie Schmelzwasser über Flussteine. Sie sah zur prachtvollen Konstruktion aus Elfenbein und Gold und dann zu Daniel. Sie nickte.

Nervös näherte sie sich dem Thron. Sie betrachtete die erste Stufe, auf der der Ochse noch immer in seiner Angriffsposition verharrte, sein Horn mit frischem Blut befleckt. Sie schloss die Augen.

Hütet euch, Brüder, denn sie wird euch fangen und euch ihrer Armee aus Bestien zum Fraß vorwerfen!

Hatte sie das Zeug dazu?

Ihre Gedanken wanderten zu König Salomon. Wie wenig sie – oder eigentlich sonst jemand – doch von ihm wusste. Er war eine dieser seltenen, bewunderten Gestalten in der Geschichte, deren Legende die Wahrheit übertrumpfte. Sie beschwor ihre ureigensten

Instinkte. Obwohl alles so rätselverschlungen und mysterienbehaftet war, sagte das Bauchgefühl ihr doch, dass Salomon kein boshafter König war. Er wollte nicht absichtlich töten; er beschützte lediglich etwas vor dem Zugriff der Ungläubigen.

Die Erkenntnis verlieh ihr neue Entschlossenheit. Sie wusste, dass die erste Stufe die tödlichste war, entworfen, um die Gottlosen abzuwehren. Sie musste sie um jeden Preis umgehen. Sie trat ein paar Schritte zurück, um Anlauf zu nehmen. Dann rannte sie auf den Ochsen zu, sprang über ihn hinweg und landete auf der zweiten Stufe neben dem Schaf.

Ihr Gewicht löste den Mechanismus aus und der Wolf hob seinen Kopf und entblößte Reißzähne, die in der Lage waren, Fleisch zu zerfetzen. In dem Sekundenbruchteil bevor er sich vorwärts stürzte, stolperte sie auf die dritte Stufe.

In ihrer Eile hatte sie nicht gemerkt, dass sie auf den Weg des aufgebäumten Tigers geraten war. Sie schrie auf, als die massiven, rasiermesserscharfen Klauen des Tieres auf sie zu rasten. Es war das Letzte, dass sie sah, bevor sie zu Boden stürzte.

»Was um alles in der Welt würdest du ohne mich tun?«

Mit bis zum Hals schlagenden Herzen sah sie zu Daniel auf, der sich über sie geworfen hatte, um sie aus der Gefahrenzone zu bringen.

»Gute Frage«, sagte sie atemlos, sah nach unten und erblickte Sacks am Boden liegend. »Was ist passiert?«

»Rechter Haken gegen den Kopf«, sagte Daniel. Während er aufstand, sah er sich nach Gefahr um. »Für den Moment ist er ausgeschaltet, aber viel Zeit haben wir nicht.«

Sie stellte sich neben ihn. »Noch drei Stufen, dann sind wir oben.«

»Du weißt, was du tun musst.«

»Ich glaube schon.« Sie warf dem Adler auf der vierten Stufe einen Blick zu. »*Ihre Adler werden euch mit ihren Schreien betäuben*. Mach dich bereit.«

»In der Schriftrolle heißt es: Nur der, der reinen Herzens ist und sanfter Natur, kann ihre Bestien zähmen und die Frucht ihres Leibes besitzen.« Er legte Sarah die Hand auf die Schulter. »Was immer du tust, verlier das nicht aus den Augen.«

Sie nickte, und mit fest auf ihre Ohren gepressten Händen trat sie nach oben. Daniel folgte ihr.

Wie vorhergesagt stieß der Adler einen gellenden Schrei aus, der Glas hätte zerschmettern können. Sarahs Trommelfelle vibrierten. Sie senkte den Kopf und verzog das Gesicht. Selbst in der darauffolgenden Stille hallten die teuflischen Adlerschreie in ihrem Kopf wider.

Zwei weitere Stufen.

Auf der fünften Stufe, auf welcher der Dämon dem Mann mit der Tora gegenübersaß, wusste sie, was sie zu erwarten hatte. Sie kauerte sich nieder und kroch auf die Stufe hinauf. Als sie aufblickte, sah sie, wie die scharfe, gespaltene Zunge des Dämons aus seinem Mund peitschte. Hätte die Schriftrolle sie nicht gewarnt, dann wären sie aufgespießt worden. Als die Zunge des Dämons den Kopf des sitzenden Mannes traf, fiel diesem die Tora aus der Hand.

Sarah wusste, dass das kein Zufall war. Sie wägte ihren nächsten Schritt ab. Die sechste und letzte Stufe, vollkommen von Taube und Sperber vereinnahmt, war eine Herausforderung. Es gab keinen freien Tritt und daher keinen direkten Weg, um zum Sitzplatz des Königs hinaufzusteigen. Sie warf Daniel, der neben ihr hockte, einen Blick zu. Er sah so verunsichert aus, wie sie sich fühlte.

Nur der, der reinen Herzens ist …

Sie dachte über den Symbolismus der Taube im Judentum nach. In den antiken Texten weit verbreitet, ganz besonders im Hohelied Salomons, war die Taube ein Symbol für das israelische Volk. Im Jerusalemer Tempel wurden regelmäßig Tauben als Symbole der Reinheit vor Gott geopfert. Sarah studierte die Flügel des vergoldeten Vogels, die kaum gespreizt waren, so als bereite er sich gerade erst auf den Flug vor. Eine seiner Klauen war vollständig geöffnet, die Krallen der anderen waren eingerollt.

Sie hob die winzige Nachbildung der Tora auf. Ihr Durchmesser entsprach in etwa dem Freiraum in der eingerollten Klaue. Da sie die Bedeutung der Tora für die Juden kannte, riskierte sie es und schob die Schriftrolle zwischen die Krallen der Taube.

Es funktionierte. Der Mechanismus setzte sich in Bewegung. Die Taube breitete ihre Flügel aus und hob vom Boden ab. Mit ihrer freien Klaue packte sie den Sperber, was vermutlich den Sieg Israels über seine Feinde symbolisierte, und gemeinsam glitten sie über die Kante der Stufe und hinterließen einen freien Weg.

»Kluges Mädchen«, sagte Daniel. »Ich wusste, du würdest es schaffen.«

Sarah atmete aus. Die beiden duckten sich unter der ausgesteckten Zunge des Dämons auf die obere Stufe hinauf und näherten sich Salomons kunstvollem Königsstuhl.

Sarah sah sich vorsichtig um. »Nimm dich vor der Schlange in Acht«, sagte sie. »Irgendwo hier gibt es eine oder mehrere Schlangen, die *sich um eure Füße winden und euch lähmen* werden.« Sie untersuchte den Stuhl. »Ich sehe nichts.«

»Vermutlich bewachen sie den Schatz«, sagte er. »Was für ein Schatz das auch sein mag.«

Sie musterte den Thron. Wie prachtvoll er ihr erschien. Die geschnitzten Adler obenauf waren wie Wachposten über die sieben in die Rückenlehne eingelassenen hebräischen Wörter, die sie als die Namen der Erzväter und Erzmütter erkannte – Abraham, Isaak, Jakob, Sarah, Rebekka, Lea und Rachel. Die geflügelten Löwen zu beiden Seiten des Stuhls schienen sie mit ihren Malachitaugen zu beobachten. Sie wollte sie berühren, traute sich aber nicht, das Andenken an den großen König zu beschmutzen.

»Sieh dir das an.« Daniel zeigte auf eine Bodenplatte, die mit zwei zusammengerollten goldenen Nattern bemalt war, welche einander ansahen. »Da sind deine Schlangen.«

»Das Manuskript muss dort versteckt sein.«

»Manuskript?«

»Der Schatz, von dem Salomon gesprochen hat, hatte nichts mit Gold oder Besitztümern zu tun. Es ist eine Sammlung von Wissen, die zu verstecken er sich offensichtlich große Mühe gemacht hat. Laut den Mystikern ist sie dazu bestimmt, vom Messias allein gefunden zu werden.«

Über seine Schulter hinweg blickte Daniel zu Sacks regloser Gestalt, dann zu Sarah. »Er hält sich für den Messias?«

Sie nickte. »Das macht ihn ja so gefährlich.«

Er rieb sich die Stirn. »Dann ergibt das Sinn.«

»Was?«

»Nicht jetzt. Wir müssen herausfinden, wie wir diese Platte lösen, bevor Dornröschen da drüben aufwacht.« Er sah sich um. »Hier muss irgendetwas sein …«

Sie deutete auf eine runde Vertiefung in der Armlehne des Throns. »Warte mal. Was ist das?«

»Bingo. Sieht wie ein Mechanismus aus.«

»Genau. Jetzt brauchen wir nur noch den Schlüssel.«

Sie bückte sich, um die Vertiefung sorgfältig zu begutachten. Ihr fielen vier kleine Rillen im Kreis auf. Mit offenem Mund blickte sie auf, als sie die Puzzleteile plötzlich zusammensetzen konnte. »Der Ring. Wir brauchen den Ring.«

Daniel griff in seine Tasche. In seiner verschrammten, blutbefleckten Hand hielt er ein kleines Eisenobjekt mit vier eingelassenen Edelsteinen. »Meinst du den hier?«

Sie lächelte. »Daniel Madigan, du bist ein Genie.«

»Ich weiß.« Er zwinkerte ihr zu. »Erweist du mir die Ehre?«

Sie streckte ihm die Handfläche hin. Er legte den Ring hinein und sie schloss eine Faust darum. Der Gegenstand fühlte sich rau auf ihrer Haut an und war schwerer, als sie erwartet hatte. Sie dachte an Rabbi Ben Moshe. Welche Leiden und Opfer dafür nötig gewesen waren, dieses Relikt vor dem Blick der einfachen Menschen verborgen zu halten, nur damit es von jemand so Niederträchtigem entrissen wurde. Es in ihrer Hand zu halten kam ihr wie eine Rechtfertigung für all die Männer und Frauen vor, die alles aufs Spiel gesetzt hatten, um das Geheimnis zu wahren.

Sie ging zum Thron, legte den Ring in die Vertiefung und drehte ihn. Es ertönte ein leises Klicken.

Daniel, der über der von den goldenen Nattern bewachten Platte stand, gab ihr ein Daumenhoch. »Wir sind drin.«

Sie stellte sich neben ihn und sah, dass die Schlangen sich aufgerollt und zurückgezogen hatten und sich die Platte vom Boden löste. Sie war das Einzige, was sie von einer uralten Wahrheit trennte, und alles, was sie zu tun hatten, war, sie anzuheben. Sarah spürte die Feierlichkeit des Augenblicks; ihr Mund wurde trocken, ihre Hände zittrig. *Das Manuskript und der Ring besitzen zusammen unaussprechliche Macht.* Die Worte des Rabbis klangen in ihren Ohren nach. Sie zögerte.

»Sarah? Stimmt was nicht?«

»Nein. Ich bin bereit.«

Gemeinsam hoben sie die marmorne Platte an, die sich als etwa zehn Zentimeter dick erwies und fünfundvierzig Zentimeter im Quadrat maß. Sie wuchteten sie beiseite.

Daniel wischte sich über die Stirn. »Die wiegt gut und gern fünfunddreißig Kilo. Wie ist sie hierher gekommen? Und eigentlich auch alles andere?«

Sarah antwortete nicht. Sie starrte den Inhalt der Kiste an. Eine Papyrusrolle war darin, mehrere lose zusammengerollte Seiten. Das antike Papier hatte die Farbe von honigfarben gestreiftem Stroh und seine Ränder waren uneben. Es schien beinahe identisch mit der im Tal des Winds gefundenen Schriftrolle.

Daniel hob die Schriftrolle auf und musterte sie sorgfältig, ohne sie zu öffnen. Dann gab er sie an Sarah.

Sie schämte sich, jemals seine Aufrichtigkeit angezweifelt zu haben. Nur ein Mann von Ehre und Charakter würde ihr diesen

Augenblick überlassen, anstatt ihn für sich selbst zu beanspruchen. Vorsichtig rollte sie das brüchige Dokument auf.

Es war nicht das, was sie erwartet hatte.

»Wow«, flüsterte Daniel. »Ist es das, wofür ich es halte?«

Sie löste ihren Fokus nicht vom Papyrus, sondern blätterte durch die Seiten – fünf insgesamt – und schnaufte beim Anblick der vertrauten Skizzen. Die ersten beiden zeigten den Umriss eines Gebäudes mit Wänden von bemerkenswertem Umfang, eine Reihe von Alkoven und Kammern, und eine Säulenfassade. Eine weitere zeigte grobe Zeichnungen von Details – eine Menora, das Kapitell einer Säule, Cherubim. Auf einer weiteren war ein detaillierter Plan für den Feueraltar verzeichnet. Vermutlich sollten dort Tieropfer zusammen mit Gewürzen verbrannt werden, um den Geruch von versengtem Fleisch und Parfum zum Himmel zu entsenden.

Die letzte Seite enthielt die Skizze einer Kammer, mit der Sarah nicht vertraut war. Sie prägte sich den runden Säulenbau und seine Gefäße mit Wasser und Feuer ein, und ihr fiel die Metapher auf die vier Elemente auf.

»Das sind Baupläne.« Sie warf Daniel einen Blick zu. »Die Pläne für den ersten Jerusalemer Tempel.«

Er stieß einen langen Atem aus. »Das ist ein verdammt guter Schatz.«

»Das ist er in der Tat.«

Sarah und Daniel blickten gleichzeitig hinter sich.

Dort stand Trent Sacks. Er hob seine rechte Hand und die Klinge des Jagdmessers funkelte im Laternenlicht. »Danke, dass Sie mir meine Arbeit erleichtert haben. Und jetzt muss ich Sie bitten, beiseitezutreten.«

Sarah erinnerte sich an die Handfeuerwaffe in ihrem Hosenbund. Sie griff danach.

»An Ihrer Stelle würde ich das nicht tun, Dr. Weston.« Sacks funkelte sie an. »Ich bin weit schneller mit dem Messer als Sie mit einer Pistole. Wenn Sie mich auf die Probe stellen wollen … nur zu.«

Verstohlen sah sie zu Daniel. Seine Stirn war gerunzelt, sein Kiefer angespannt.

»Stehen Sie auf.« Sacks richtete die Klinge auf sie.

Sie tat wie geheißen und hoffte, dass sie sich auf Daniel verlassen konnte.

Sacks riss die Handfeuerwaffe aus ihrem Hosenbund und richtete sie auf Daniel. »Jetzt legen Sie die Schriftrolle vorsichtig hin. Sie beschmutzen Sie mit Ihren Sünderhänden.«

Sarah wog ihren nächsten Schritt ab, aber ihre Möglichkeiten waren begrenzt. Selbst unbewaffnet war er ein vorzüglicher Gegner gewesen. Nun besaß er zwei Waffen.

Widerwillig legte sie die Schriftrolle in die Kiste.

»Gut. Jetzt kommen Sie zu mir und stellen Sie sich Ihrem Urteil.«

Sie sah Daniel an und versuchte, seine Gedanken zu lesen. Vielleicht war es eine närrische Hoffnung, aber sein Blick hieß sie ein Ablenkungsmanöver schaffen.

»Sofort«, brüllte Sacks.

Sie ging auf ihn zu und stellte sich an den Punkt am Rand der Treppe, auf den er zeigte. Sein Anblick, bleich und schwitzend, ekelte sie an.

Er leckte sich über die Lippen. »Sie haben Ihren Zweck erfüllt. Und jetzt« – er stieß sie mit den Unterarmen weg – »müssen Sie sterben.«

Die Wucht ließ Sarah über die Mitte der Treppe nach unten fallen, wobei ihr verschiedene Bestandteile des Bauwerks die Haut aufrissen und ihr Blutergüsse zufügten. Formlose Gebilde aus Gold und Elfenbein rasten an ihr vorbei.

Am Fuß der Treppe prallte sie gegen etwas. Sie rollte sich auf den Rücken. Als sie aufblickte, sah sie den blonden Mann mit kalten blauen Augen auf sich herabstarren. Er sah zu Sacks und hob die Hand. Sacks warf ihm die Pistole zu, und er fing sie aus der Luft. Dann richtete er den Lauf auf Sarah.

Diese beobachtete entsetzt die Szene oben am Thron.

Sacks hielt das Messer an Daniels Hals. »Mit Ihnen habe ich noch eine Rechnung zu begleichen, Madigan. Sie waren mir bei jedem Schritt ein Dorn im Auge.« Er presste das Messer gegen Daniels Halsschlagader.

Daniel stöhnte. Sein Gesicht war schmerzverzerrt.

Sarah erstarrte. »Nein!«, flüsterte sie.

»Auf die Knie, Ungläubiger«, befahl Sacks.

Daniel gehorchte.

»Jetzt greifen Sie in die Kiste und überreichen mir die Schriftrolle.«

Mit Hass in den Augen hob Daniel die Schriftrolle heraus und legte sie seinem Feind zu Füßen.

Ohne den Augenkontakt zu unterbrechen, bückte sich Sacks, um sie aufzuheben. Dann machte er einen Schritt nach hinten und griff nach der Armlehne des Throns. Als er den Ring aus dem Schließmechanismus löste, begannen die Bestien langsam, sich in ihre Ausgangsposition zurückzubegeben. Er streifte den Ring an und hielt das Messer hoch über den Kopf. Er richtete es auf Daniel, der noch immer auf den Knien war.

»Was haben Sie Ihrem Erlöser zu sagen?«

Daniel spuckte aus. »Fahr zur Hölle, Kumpel.«

Mit einem Brüllen senkte Sacks das Messer. Daniel packte sein Handgelenk und hielt es zitternd zurück.

»Angus!« Sacks ließ das Manuskript die Treppe hinab zu seinem Partner rollen. Er grub seine Finger in Daniels Hals.

Der Anblick nahm Sarah fast den Atem.

Mit verkeilten Armen kämpften sich die Männer auf den Rand der Treppe zu. Sacks stieß seinen Widersacher von sich, und beide rollten über die Stufen nach unten, während sich die vergoldeten Bestien noch immer bewegten.

Sie stürzten in die Tigerklauen und Sarah hörte ein schwaches, reißendes Geräusch. Während die Männer die verbleibenden

Stufen hinunterstürzten, konnte sie die blutigen Linien auf Sacks nacktem Rücken sehen. Alles andere war undeutlich, bis sie am Fuß der Treppe zum Stillstand kamen.

Daniel hatte Sacks Arme mit den Knien zu Boden gedrückt und hielt ihm das Messer an die Kehle.

Sarah stieß den Atem aus.

Angus richtete die Waffe auf Daniel.

»Lassen Sie ihn los.«

»Nein, Angus«, sagte Sacks ruhig. Sein Blick ruhte auf Daniel. »Er wird es nicht tun.«

Daniel atmete schwer. Seine Hand zitterte, als er das Messer in Sacks Haut drückte.

»Sie erbärmlicher Mistkerl. Sie haben nicht den Mut dazu, oder?«

Daniel hatte die Zähne zusammengebissen. Mit einer Hand ergriff er Sacks Haare und hielt ihn fest, den Messerarm hob er über seinen Kopf. Mit einem durchdringenden Schrei ließ er die Waffe abwärts schnellen.

Sacks Augen weiteten sich, als die Klinge auf ihn zu stürzte.

Sarah schlug sich die Hand vor den Mund, um ihren Schrei zu dämpfen. Entsetzt beobachtete sie, wie Daniels Messer herabfuhr. Anstatt es in Sacks Kehle zu bohren, schnitt Daniel eine dicke Strähne von Sacks langen schwarzen Haaren ab. Er warf das Büschel beiseite, ließ das Messer fallen und stand auf. Keuchend wandte er sich ab.

Sacks erhob und sammelte sich. »Feigling. Wissen Sie denn nicht, dass Sie es nicht mit der Macht des Gesalbten aufnehmen können? Sie können nichts tun, um die Ereignisse aufzuhalten, die von Gott selbst ins Rollen gebracht wurden. Wir sprechen hier über das Schicksal der Menschheit. Ein Wurm wie Sie kann sich dem nicht in den Weg stellen.« Er blaffte. »Ich sollte dafür sorgen, dass Sie sich vor mir verneigen und mich um Gnade anflehen.« Dann holte er tief Luft und sprach in einem ruhigen Tonfall weiter. »Doch ich bin ein wohlwollender Herrscher. Ich vergebe Ihnen. In diesem Wissen können Sie in Frieden sterben.« Über seine Schulter hinweg sagte er, »Angus? Sind wir soweit?«

»Es ist alles verpackt, mein Herr.«

»Gut.« Er drückte Salomons Manuskript an seine Brust und warf ihnen einen letzten, flammenden Blick zu. Die vier glatten Edelsteine des Eisenrings, der am knochigen Mittelfinger seiner rechten Hand saß, glühten mit einem unauslöschbaren Feuer. »Beeilen wir uns.«

Angus hielt seine Waffe hoch. »Soll ich sie beseitigen?«

»Nein«, sagte er, zum Gehen gewandt. »Sie sollen hier verrotten.«

Kapitel 25

»Zur Hölle, verdammt!«

Das Wort *verdammt* prallte von den Kalksteinwänden ab, hallte in unterschiedlicher Heftigkeit wider und verspottete Daniel wie ein Dämon. Er trat nach der Erde und vertrieb einige lose Kieselsteine.

Sarah legte ihm eine Hand auf die Schulter. »Ich hätte nichts anders gemacht.«

Er riss sich los. »Ich war schwach. Das ist unverzeihlich.«

»Bestrafe dich nicht für deine Menschlichkeit.«

»Menschlichkeit funktioniert nur, wenn man einem anderen Menschen gegenübersteht. Dieser Kerl ist ein Tier. Er hat es nicht verdient, zu leben.«

»Das haben wir nicht zu entscheiden.«

Er warf ihr einen gequälten Blick zu. Wie immer hatte sie recht.

»Das Problem ist«, sagte sie mit einem Blick durch die Steinhöhle, »dass wir festsitzen. Sie haben alle Sauerstofftanks mitgenommen.«

Er sah zum Thron. Die Bestien waren auf ihre ursprünglichen Positionen zurückgekehrt und das Bauwerk strahlte Opulenz und Serenität aus, als wäre nichts geschehen. Aber das war es. Ohne eben jenes Objekt, das zu bewachen er erschaffen wurde, war der Thron nichts weiter als eine prächtige Hülle, ein Schauspiel zum Beweis des Reichtums und der Fähigkeiten des antiken vereinten Königreichs Israel.

Wieder einmal hatte Sacks gewonnen. Das lastete schwer auf Daniels Gemüt. Ganz gleich, wie viel er einsetzte, was er riskierte, er wurde von diesem verachtenswerten Feind, dessen Heimtücke keine Grenzen kannte, besiegt, wieder und wieder. Beim Gedanken daran, dass Sacks sich als Messias ausgab, drehte sich ihm der Magen um. Dessen Größenwahn und seine vermeintliche Berufung durch Gott verwandelten ihn in die grausamste Art Feind. Einen, der sich selbst sowohl für rechtschaffen als auch unbezwingbar hielt.

Wenigstens hatte er sie am Leben gelassen. Daniel schwor, dafür zu sorgen, dass er das bereuen würde.

»Danny?«, unterbrach Sarah seine Überlegungen. »Worüber denkst du nach?«

Er betrachtete sie abwesend. Seine Gedanken formten sich langsam zu einer vagen Theorie.

»Na schön, dann verrate ich dir eben, was mich beschäftigt«, sagte sie. »Bevor du herkamst, hatte Sacks ein wenig von seinem Plan verraten. Er hat von einem Krieg gesprochen, in dem der nördliche Feind, vermutlich der Libanon, vernichtet wird. Es klang fast so, als würde er persönlich die Hebel in Bewegung setzen, um diesen Krieg anzufachen.«

Er war fasziniert. »Wie das?«

»Er sagte etwas über einen territorialen Streit um Öl und Erdgas. Interessanterweise steht er irgendwie mit einem Bohrturm nicht weit von hier in Verbindung. Ich weiß nicht wie … oder warum.«

»Hat er sonst noch was gesagt? Hat er eine britische Firma namens Advanced Electronic Solutions erwähnt?«

Sie schüttelte den Kopf. »Nein. Aber er hat etwas darüber gesagt, den Krieg mit von den Briten zur Verfügung gestellten technisch ausgereiften Waffensystemen zu gewinnen.«

Er schnippte mit den Fingern. »Das ist es. Advanced Electronic Solutions ist ein Hersteller von Instrumenten und Bauteilen für die Marineschiffe Ihrer Majestät. Die Jungs von AES haben sich kürzlich mit den Amerikanern zusammengetan und militärische Flugzeugelektronik zu ihrem Repertoire hinzugefügt. Und AES besitzt eine Tochtergesellschaft in Jerusalem, die Weltmarktführer im Bereich Radartäuschung ist. Hauptsächlich fürs israelische Militär.«

»Woher weißt du das alles?«

»Als ich den Widerling in Varanasi besuchte, hatte ich mich in seine Bibliothek geschlichen und ein paar Karten und Skizzen gefunden, die mich hierher geführt haben. Aber ich fand außerdem die Visitenkarte eines Kerls namens Alastair Bromley.«

»Bromley? Der Abgeordnete?«

»Genau der. Bromley ist Vorsitzender von AES und offenbar pro Kampfmittel eingestellt.« Er ließ den Teil über die Informationsbeschaffung durch ihren Vater aus; er brauchte jetzt keinen neuen Streit. Sie mussten beide besonnen bleiben, wenn sein Fluchtplan funktionieren sollte. »So wie ich das sehe, würde er sehr von einem Konflikt in dieser Situation profitieren.«

Zwischen Sarahs Brauen formte sich eine Falte. »Mich stört noch etwas anderes. Hast du zufällig die Tätowierung auf Sacks linkem Handgelenk gesehen?«

»Undeutlich. Es ging alles ziemlich schnell.« Er durchforstete sein Gedächtnis. »Eine Art Kreuz?«

»Genau. Es war eine Art Kreuz mit allen möglichen Symbolen darauf, und darunter stand das Wort *Magus*, was natürlich Hexer bedeutet. Es muss mit einem Geheimbund in Verbindung stehen.«

»Dieser Typ steht definitiv auf eine Form von Voodoo. Als ich in Varanasi zu entkommen versuchte, bin ich in einen Keller gelaufen, der offensichtlich für Rituale benutzt wurde. Es war merkwürdig: Ein abgedunkelter Raum mit einem einzelnen Scheinwerfer über einem Altar, auf dem eine Schale mit Blut stand. Auf einer Seite befand sich ein Wandbrunnen, und ein Durchgang auf der anderen. Echt ziemlich unheimlich, wenn du mich fragst.«

»Das Messer«, sagte sie, als hätte sie gerade eine Eingebung gehabt. »Das war keine normale Waffe. Es sah genau so aus, wie ein für die dunklen Künste verwendetes Messer, das ich mal in einer Ausstellung gesehen habe.«

Das war eine vielversprechende Spur. »Was für eine Ausstellung war das? Denk nach.«

Sie sah zu Boden und rieb sich die Stirn. Nach einem langen Augenblick sah sie ihn an. »Der Hermetische Orden der Goldenen Dämmerung. Das ist eine Gemeinschaft von Magiern, die im neunzehnten Jahrhundert in England gegründet wurde. Die Ausstellung zeigte die Gerätschaften und Geheimzeichen, die die Mitglieder verwenden – ich glaube, man nennt sie Adepten –, um Ritualmagie zu praktizieren. Wenn ich mich recht erinnere, dient das Messer mit der gebogenen Klinge und dem schwarzen Griff dazu, die Geister in Angst zu versetzen.«

Die Stichwunde heilte, aber der Schmerz war noch frisch in seiner Erinnerung. Daniel verspürte ihn aufs Neue, als sie über das Messer sprach. Er spielte es herunter. »Klingt wie eine Menge Hokuspokus.«

»Genau. Aber für die Menschen, die nach diesen esoterischen Traditionen leben und sterben, ist es nur allzu real.«

»Also haben wir es mit einem Okkultisten mit messianischen Ambitionen zu tun, der einen Konflikt anzettelt, der den Mittleren Osten in Flammen aufgehen lassen könnte.« Er strich sich über die kratzigen Stoppeln an seinem Kinn. »Ich glaube, wir werden alle Hände voll zu tun bekommen.«

»Klar. Wenn wir nur von hier verschwinden könnten.«

»Na ja, wir werden nicht hier herumsitzen und auf den Tod warten, so viel kann ich dir versichern.« Er machte sich in Richtung Ausgang auf. Als er bemerkte, dass Sarah ihm nicht folgte, rief er ihr zu: »Lass uns gehen.«

»Gehen … wohin? Der einzige Weg nach draußen führt durch diese Quelle. Die kann man ohne Sauerstoff nicht durchqueren.«

»Ich hab einen Plan.« Er zwinkerte. »Vertrau mir.«

Sie sah zum Thron zurück.

»Gib mir einen Moment.«

Sarah näherte sich der Leiche des Arabers und nahm den Gürtel und den silbernen *Khanjar* von seiner Taille. Mit den Gegenständen in der Hand gesellte sie sich zu Daniel. »Das könnte uns später noch nützlich sein. Jetzt müssen wir nur noch lebend von hier wegkommen.« Sie spannte den Gürtel um ihre Hüften und schob das blutbefleckte Messer darunter. »Geh voraus.«

Sarah und Daniel standen am Rand der Quelle. Dieser Teil der Höhle war stockfinster. Ohne künstliches Licht erschien das Wasser wie ein endloser Teich unheilbringender Schwärze.

Ein fernes Surren durchdrang die Stille. Instinktiv hielt Daniel seinen Arm vor Sarah und mobilisierte all seine Sinne, um potenzielle Bedrohungen zu beurteilen. Das Echo betrog seine Ohren, und er konnte das Geräusch oder dessen Ursprung nicht identifizieren. Als der Krach zunehmend lauter wurde, wurde ihm klar, dass es Flügel waren – dutzende, dann hunderte. Während sich die unsichtbaren Eindringlinge näherten, donnerte ihr gemeinsames Flügelschlagen wie Geschützfeuer durch die Kalksteinhöhle. Dann wurde es leiser, bis es aufhörte und nichts hinterließ als den schwachen Seufzer des Wassers, das unter der Brise erzitterte, die die Kreaturen auf ihrem Weg verursacht hatten.

»Fledermäuse.«

Daniel nickte. »Sie kehren zu ihrem Schlafplatz zurück. Der Tag muss anbrechen.«

»Woher kommen sie? Es muss noch einen anderen Eingang geben.«

»Du hast's erfasst. Du glaubst doch nicht, dass ich tatsächlich diesen ganzen abgrundtiefen See durchschwommen habe, oder? Ich musste eine Abkürzung finden.«

»Aber woher wusstest du das?«

Er lachte leise. »Ich bin ein Höhlentaucher, Süße. Grotten wie diese hab ich schon hundert Mal gesehen. Anhand der Wassermenge konnte ich erkennen, dass es tiefer war, als es den Anschein hatte. Außerdem haben sie Taucherausrüstung zurückgelassen. Das war ein verräterisches Zeichen. Also bin ich außenrum geklettert und hab nach einem anderen Weg hinein gesucht. Ich fand eine

Rinne an der Rückseite der Felswand. Es ist immer noch weit zu schwimmen, aber es ist machbar.«

Sie seufzte. »Ich weiß nicht, Danny. Ich will's versuchen, aber … Unterwasserdistanzschwimmen war noch nie mein Sport.«

Er konnte ihr Gesicht in der Dunkelheit nicht sehen, aber er hörte die Ängstlichkeit in ihrer Stimme. »Du schaffst das schon. Und übrigens« – er zog die Mala-Perlen aus seiner Tasche – »hättest du die beinahe verloren.«

Einen Moment lang war sie still. Er konnte das leise Klicken der Perlen hören, als sie diese vermutlich um ihr Handgelenk wickelte. »Danke, Danny.«

Er hörte ihren schnellen Atem und begriff, wie verletzlich sie in diesem Augenblick war. Er verspürte den überwältigenden Drang, sie zu beschützen. »Bist du bereit zu tauchen?«

»Ich nehme an, es gibt keinen Grund, es hinauszuzögern. Lass es uns tun.«

Sie holten tief Luft und stiegen ins tintenschwarze Wasser. Daniel erinnerte sich an einen kurzen Weg durch vollständige Dunkelheit zu einer breiteren Stelle, wo ein Lichtstrahl durch eine Öffnung im Felsen hereindrang. Er schaltete das grüne Licht seiner wasserdichten Uhr ein und las den Kompass ab. Auf seinem Weg hinein war er in nordwestliche Richtung geschwommen. Jetzt drehte er sich in die entgegengesetzte Richtung, um den Weg hinaus zu finden.

Das Licht der Uhr schaltete sich ab und etwa sechzig Sekunden lang konnte er überhaupt nichts sehen. Er war erleichtert, Sarahs subtile Bewegungen neben sich zu spüren. Er verriet es nicht, aber er machte sich ernsthafte Sorgen über ihre Fähigkeit, einen freien Aufstieg durchzuführen. Abgesehen davon, dass er ein erfahrener Höhlentaucher war, hatte er auch den Vorzug des Unterwassertrainings während seiner Zeit bei der Navy genossen; sie besaß keinen solchen Vorteil. Er wusste, dass er sie genau im Auge behalten musste.

Als sie aus dem dunklen Herzen des Reservoirs emportauchten, zerschnitt ein Sonnenstrahl das Wasser und erschuf einen Lichttunnel, dem sie bis zur Wasseroberfläche folgen konnten. Auf dem Weg nach unten hatte Daniel die Zeit gestoppt. Er hatte etwa zwei Minuten zum Abtauchen gebraucht, aber das Auftauchen würde etwas länger dauern. Er drehte sich zu Sarah um. Sie gab ihm ein Daumenhoch.

Er bestimmte das Tempo, als sie nach oben schwammen, denn er wusste, dass ein zu schneller Aufstieg tödlich enden konnte. Er atmete kontinuierlich aus, was ein optimales Lungenvolumen garantierte, und konnte sehen, dass sie das gleiche tat.

Fast da, wiederholte er immer wieder im Stillen. Es war irgendetwas zwischen einem Mantra und einer Selbsttäuschung.

Als sie auf halbem Weg zur Oberfläche waren, spürte er die Schwere in seiner Lunge. Trotz kontrollierten Ausatmens ging ihm die Luft aus. Es würde knapp werden.

Sarah war nicht länger neben ihm. Sie begann zurückzufallen, und er fragte sich, ob sie in Schwierigkeiten war. Er blickte zu ihr. Ihre Bewegungen schienen normal, wenn auch langsamer, und ihr Ausdruck war gefasst. Er verspürte einen Stich von Besorgnis, aber er drängte vorwärts.

Sekunden später überkam ihn jenes erdrückende Gefühl, das ihm sagte, dass ihm ernsthaft die Zeit davonlief. Er war erleichtert, die Wasseroberfläche zu sehen. Noch ein paar Schwimmzüge, und sie wären dort. Er sah hinter sich. Sarah war weiter zurückgefallen. Ihre Bewegungen waren willkürlich und sie wirkte panisch.

Angst verkrampfte Daniels Magen. Er drehte sich um und schwamm zu ihr hinunter. Ihre Lippen waren fest verschlossen, begannen aber, sich blau zu färben.

Besonnen wägte er seine Möglichkeiten ab. Nur die Wechselatmung konnte einem gestressten Taucher aus so einer Bredouille helfen, aber ohne auch nur eine winzige Sauerstoffflasche gab es keine Möglichkeit, sie durchzuführen.

Sarahs Augen sahen leer aus.

Oder gab es doch eine Möglichkeit? Verzweifelt zog er sie fest an sich und drückte seine Lippen auf ihre, versiegelte sie. Die Hälfte seiner verbliebenen Luft atmete er in ihren Mund aus, dankbar, dass sie genug bei Sinnen war, um sie zu empfangen. Er löste sich und beobachtete ihre Reaktion. Sie nickte schwach. Er legte ihr den Arm um die Taille, und gemeinsam brachten sie den Rest des Aufstiegs hinter sich.

Ihre Köpfe durchbrachen die Wasseroberfläche und sie schnappten gleichzeitig laut nach Luft. Daniel hielt Sarahs krampfenden Körper aufrecht, während sie das Wasser aus ihrer Lunge hustete. Er hielt sie fest und schwamm zur nächstliegenden Felszunge.

Mit brennenden Muskeln griff er in eine Kerbe an einem Stein am Wasserrand, und mit einem Ächzen zog er ihre beiden Körper an Land. Heftig hustend und zitternd brach Sarah zusammen. Nasse Haarsträhnen klebten ihr an Stirn und Wange, benetzten den felsigen Boden.

Von der Anstrengung entkräftet sank Daniel über sie, um sie zu wärmen. Das war zu knapp gewesen. Ein paar Sekunden länger, und sie wären draufgegangen. Er würde das Geschenk des Lebens nicht als selbstverständlich hinnehmen. Er würde es nutzen, um dieses Monster ein und für alle Mal aufzuhalten.

Kapitel 26

In einen schwarzen Parka gehüllt stand Sacks an Deck des zweihundertvierzig Meter langen Bohrschiffs *MedStar*. Sein schwarzes Haar, rechts direkt unter dem Ohr abgeschnitten, schaute unter einer schwarzen Wollkappe heraus. Er hatte es absichtlich ungleichmäßig gelassen. Es war sein Ehrenabzeichen, eine Erinnerung daran, wie nahe er dem Tod gekommen war. Dass er lebendig und als Sieger hervorging, bestätigte seine Unbezwingbarkeit. Er war unbestreitbar der Auserwählte.

Die israelische Flagge flatterte wild, als ein steifer Winterwind über das Mittelmeer fegte. Die Wellen schlugen hoch und prallten gegen die Seiten des massiven mettallgrauen Schiffs, das sich dank seines hoch entwickelten Systems zur dynamischen Positionierung kaum bewegte. Lediglich die Kräne auf seinem Deck schwankten und ächzten.

Das Schiff war ein technisches Wunderwerk von der Größe dreier Fußballfelder. In seiner Erscheinung einem Tanker ähnlich war es eine unabhängige Bohrinsel mit einem massiven Derrickkran im Zentrum und einem Moonpool im Rumpf, durch welchen die Bohrausrüstung abgelassen wurde, die hunderte Meter unter den Meeresspiegel und zu unterirdischen Quellen reichte. Am Bug befand sich ein Helikopterlandeplatz, der zum Einfliegen von Vorräten und zum Transport von Personal diente.

Die *MedStar*, der Stolz der Flotte von Royal Petroleum, verlieh ihrem Betreiber, Judah Oil and Gas, den Vorteil der Mobilität, da sie in der Lage war, größere Strecken des Meeresbodens abzusuchen als traditionell fixe Ölplattformen. Dadurch konnte sie sogenannte »Dry Holes« umgehen und sich auf die vielsprechenderen Gebiete konzentrieren. Im Rennen um Ölfunde vor den Küsten des Mittleren Osten, an dem sich mehrere Nationen beteiligten, war Eile geboten.

In den achtzehn Monaten seit ihrer Ankunft in Israel hatte die *MedStar* hektarweise Meeresboden untersucht und drei aussichtsreiche Stätten identifiziert. Die ersten beiden hatten sich als Fehlschläge erwiesen, aber die letzte, achtzig Kilometer Westnordwest von Haifa, barg das größte Potenzial mit einer geschätzten Reserve von vier Milliarden Barrels. Sie war auch die Kontroverseste, da sie gefährlich nahe an der libanesischen Grenze lag.

Sacks beobachtete seinen Betriebsingenieur, einen rundlichen Schotten mittleren Alters mit einem rötlichen Gesicht und einem ekelerregenden Hautleiden, das die Falten von Nase, Kinn und Stirn mit einer abblätternden, weißen Kruste überzog. »Ich werde ungeduldig, McConnell. Wie lange noch, bis wir etwas finden?«

»In dem Loch da ist Öl; da können Sie sicher sein. Aber es ist tief unten. Wir sind schon auf achtzehnhundert Meter und noch nicht mal nah dran.«

»Ich verstehe. Was ist Ihre beste Schätzung?«

»Wir müssen wahrscheinlich vierundzwanzig, fünfundzwanzighundert runter, bevor wir auf eine Ader stoßen.« Er schob den Ärmel seiner Flanelljacke hoch und sah auf seine Uhr. »Wir sollten zum ersten Dezember soweit sein, vielleicht früher.«

»Gut«, sagte Sacks ruhig. »Sechzig Jahre und vierhundert Bohrungen, jede davon ein Fehlschlag. Es ist an der Zeit, dass Israel ein Stück des Kuchens abbekommt … und wir Geschichte schreiben.«

»Was immer Sie sagen, Boss.«

»Gehen Sie wieder an die Arbeit. Ich erwarte gute Nachrichten eher heute als morgen.«

McConnell rieb seine behandschuhten Hände aneinander. »Wir tun unser Bestes.«

Sacks Handy vibrierte. Es war der Anruf, den er erwartet hatte. Er entließ McConnell und beobachtete, wie dieser auf den Derrickkran zuging. Er nahm den Videoanruf entgegen. Das vertraute Gesicht – lang, schmal und blass wie sein eigenes, mit einem leicht säuerlichen Ausdruck – tauchte auf dem Bildschirm auf. Sorgenfalten erstreckten sich über die Stirn und lenkten die Aufmerksamkeit auf fliehendes, silbergesträhntes Haar. Die Augen, trübe Tümpel in der Farbe von Sumpfwasser, hatten den stieren, gleichgültigen Blick eines Söldners. Sacks erkannte sich selbst im antiseptischen Blick seines Vaters und fühlte sich augenblicklich bestätigt. »Guten Morgen, Vater.«

»Du siehst grauenhaft aus. Was ist mit deinen Haaren geschehen?«

»Ich bin erneut mit Madigan aneinandergeraten. Er hat versucht, mir ein Messer in den Hals zu rammen, und mich verfehlt. Aber keine Sorge. Er und Sarah Weston sind keine Bedrohung mehr.«

Ein Funkeln flackerte in den Augen seines Vaters auf. »Dann hast du sie getötet.«

»Nein. Ich konnte es nicht riskieren, dass ihr Tod mit uns in Verbindung gebracht wird. Ich habe sie in der Höhle zurückgelassen, ohne möglichen Ausweg. Wenn – und falls – man sie findet, wird es so aussehen, als hätten sie herumgeschnüffelt und wären drinnen gefangen worden.« Er grinste. »Welch tragischer Unfall.«

»Ich hoffe, du hast dieses Mal recht. Wir können uns keine weiteren Fehler leisten.« Sein Gesicht war ausdruckslos, aber sein Ton war streng wie ein Tadel. »Jetzt hör mir genau zu. Ich habe gerade mit Bromley gesprochen. Alle Waffensysteme sind bereit. Wir brauchen nur noch eine Provokation.«

Sacks Herz setzte einen Schlag aus. Dies war seine Chance, die Enttäuschung, die er zuvor verursacht hatte, wiedergutzumachen; er war entschlossen diesmal fehlerfrei zu handeln. »Überlass das mir. Ich habe schon einen Plan.«

Der Alte richtete den Blick auf seinen Sohn und zischte durch die Zähne. »Der Erfolg oder Misserfolg dieser Operation hängt von dir ab. Enttäusche mich nicht.« Seine Züge entspannten sich und sein Tonfall wurde freundlich. »Vergiss nicht: Du bist der Auserwählte.«

Dieses unangestrengte Wechselspiel seines Vaters war eine der Eigenschaften, die er an ihm bewunderte und eine, die er nachzuahmen versuchte. Er verspürte einen Schmerz tief im Inneren, eine Art Hunger. »Vater, es ist ein Jahr her. Wann werde ich dich wiedersehen?«

»Wenn unser Plan aufgeht, mein Sohn, dann werden wir alle Zeit der Welt haben.« Er lächelte, als wäre er in ein Geheimnis eingeweiht. Der Bildschirm wurde dunkel.

In der aufkommenden eisigen Brise fühlten sich Sacks Lippen so kalt an wie die eines Toten. Er schloss die Augen und stellte sich die Umarmung seines geliebten Vaters vor, wenn alles vorüber wäre. Es würde nicht mehr lange dauern.

Er blickte zum Kran hinauf, der gut so hoch war wie der Eiffelturm und zweimal so breit. Die Rohre wurden verlängert, während der Bohrkopf tiefer und tiefer ins Erdinnere vordrang. Die israelischen Besatzungsmitglieder von Judah Oil brüllten über den Missklang aus polternden Maschinen und pfeifendem Wind hinweg.

Obwohl seine Crew multinational war und ihr sogar einige arbeitshungrige junge Männer angehörten, die er von den Beduinenstämmen rekrutiert hatte, vertraute Sacks den Israelis die sensibelsten Abläufe an. Sie waren nicht nur die Besten in diesem Geschäft, sondern besaßen auch ein persönliches Interesse am Erfolg der Operation. Sie alle wussten nur zu gut, was Öl für ihr Land bedeutete: Endlich Unabhängigkeit von den Unterdrückern der OPEC, die seine Wirtschaft als Geisel hielten, und ein beispielloses Maß an Reichtum und Macht für den Staat.

Es war höchste Zeit, dass Israels Herrlichkeit der Antike wiederhergestellt wurde. Die Prophezeiungen sagten diesen Tag voraus. Durch Ezechiel hatte Gott den Juden dieses Versprechen gemacht: *Ich will euch besiedeln wie früher und will euch besser tun, denn zu euren Anfängen: und ihr sollt wissen, dass ich der Herr bin.* In seinen Anfängen, unter König Salomon, hatte Israel floriert. Aber das war nichts im Vergleich zu dem Wohlstand, den es kennenlernen würde. Und Sacks war derjenige, der Gottes Versprechen an die Menschen einlösen würde. Und wenn er das tat, gäbe es keinen Zweifel an seiner Macht.

Er lief zum Bug und stieg die Lochblechstufen zum Helikopterlandeplatz hinauf. Als er dem Piloten seiner Bell 407 das Signal gab, erwachten die Rotorblätter dröhnend zum Leben. Er sog die kalte Luft ein und blickte nach Osten. In achtzig Kilometer Entfernung konnte er die Küsten Israels und des Libanon sehen, zwei identische Punkte am Horizont und in Wirklichkeit doch so unterschiedlich.

Er lächelte. Alles verlief haargenau nach Plan.

Kapitel 27

»Sarah. Wach auf.«

Das laute Klopfen an der Tür ihres Hotelzimmers riss Sarah aus einem tiefen Schlaf. Jeder einzelne ihrer Muskeln schmerzte und ihre Lunge fühlte sich an, als wäre sie unter einen Steinbrocken geklemmt worden. Es war zwei Tage her, dass sie nach Jerusalem zurückgekehrt waren, aber sie hatte sich noch immer nicht von der Tortur in Salomons Höhle erholt. Sie versuchte sich an einem tiefen Atemzug. »Ich komme sofort.«

Sarah schlüpfte in eine Fleecejacke und öffnete die Tür. Auf der anderen Seite stand Daniel, der eine Handvoll Papiere in die Höhe hielt. »Ich hab die Ergebnisse der DNA-Untersuchung«, sagte er etwas zu fröhlich.

»So schnell?« Das überraschte sie. Normalerweise dauerten Haaranalysen ein paar Wochen.

»Ich musste einen Gefallen bei meinen Freunden im Labor einfordern. Ich hab ihnen gesagt, es ginge um Leben und Tod, und da haben sie es wie einen Kriminalfall behandelt.«

»Das ist nicht allzu weit von der Wahrheit weg. Also? Was steht drin?«

Er blickte über ihre Schulter ins Zimmer. »Willst du mich reinbitten?«

»Entschuldige.«

Sie trat beiseite, um ihn passieren zu lassen, und schloss die Tür hinter ihm.

Er hielt sich nicht mit Hinsetzen auf. Sie konnte es ihm nicht verübeln. Der einzige Stuhl im Zimmer ging aus dem Leim und knickte ein. Tatsächlich hing der Charme des Zerfalls über allem –

die Matratze war uneben, die hellblaue Farbe blätterte ab, die Bettwäsche war mit unidentifizierbaren Flecken gesprenkelt und der gesamte Raum roch nach Schimmel. Das war ihr gerade recht. Je tiefer sie jetzt untertauchten, desto besser.

»Zuerst mal hab ich seinen richtigen Namen. Trent Robert Ashworth. Ich habe ein paar schnelle Nachforschungen über ihn angestellt und seine nächsten Angehörigen gefunden.« Er blätterte durch die Papiere und las von einem Blatt vor. ›Vater: James Ashworth III; Mutter: Agatha, Mädchenname Patton, verstorben im Alter von zweiundfünfzig; Bruder: Harry, verstorben im Alter von dreißig. Sacks war anscheinend der Mädchenname seiner Großmutter mütterlicherseits. Das jüdische Erbe kam von dieser Seite, obwohl er nicht in dem Glauben erzogen wurde. Er konvertierte mit achtzehn zum Judentum.«

Sie tippte sich mit dem Zeigefinger an die Lippe. »Wieso klingt der Name James Ashworth III so vertraut?«

»Weil er der Gründer und CEO von Royal Petroleum mit Sitz in Birmingham ist. Das große Geld.«

Diese Information war wie ein Flutlicht in der Tiefe. »Also war dieser Bohrturm in der Judäischen Wüste …«

»… seiner. Ich hatte keine Zeit, mir den Besitz von Royal Petroleum anzusehen, aber ich würde Haus und Hof drauf verwetten, dass das nicht das einzige Bohranliegen der Firma in Israel ist.«

Sie setzte sich auf die Bettkante. »Das ist also sein Plan.«

Er setzte sich neben sie. »Was ist sein Plan?«

»Als wir in der Höhle waren und er mir seine messianischen Wahnvorstellungen enthüllte, habe ich ihn gefragt, wie er den Bau des dritten Tempels in Angriff nehmen wollte. Das ist eine der Aufgaben des Messias. Ich habe ihn daran erinnert, dass eine Moschee auf dem Tempelberg steht. Er hat es mit einem Lachen abgetan, so als seien die Araber nur Ameisen, die er von seiner Schulter wischen könne. Er hat seine Absicht erwähnt, sie in einen Streit zu verwickeln … und worüber kann man sich besser streiten als um Öl?«

»Das würde einen großen internationalen Zwischenfall verursachen. Einen Dschihad von einem Ausmaß, wie ihn die Welt noch nicht gesehen hat.«

»Ja, aber genau das will er. Er sagte, dass es erst einen ausgewachsenen Krieg geben müsse, damit der Messias eine Ära des Friedens, wie die Bibel sie vorhersagt, einleiten könne. Zwischen Israel und dem Libanon besteht ohnehin schon ein Territorialkonflikt über Öl und Gas. Genau da kann er gut ansetzen, um einen Krieg auszulösen. Ich schätze, er will, dass die Libanesen angreifen, damit Israel sie mithilfe der von den Briten entwickelten modernen Waffen vernichtend schlagen kann.«

»Ausgeschlossen. Was ist mit Syrien? Dem Iran? Die werden sich schneller einmischen, als du Allah sagen kannst.«

»Genau. Das ist Teil seines Plans. Einen riesigen Streit anzetteln und Israel mithilfe des Westens siegreich über seine uralten Feinde daraus hervorgehen lassen. Begreifst du es denn nicht, Danny? Er spielt die biblische Prophezeiung durch.«

Daniel starrte sie an, als müsse er ihre Worte verdauen.

»Konntest du irgendwas über die Goldene Dämmerung herausfinden?«

»Ich hab das Symbol auf Sacks Handgelenk recherchiert – das hermetische Rosenkreuz. Die Symbole darauf sind kabbalistischen Ursprungs und repräsentieren anscheinend sämtliche universalen Wahrheiten. Aber sie können auch bis zur Zeit Salomons zurückverfolgt werden, insbesondere zum ersten Tempel. Tatsächlich basieren viele der magischen Bräuche des Ordens auf Salomonischen Ritualen. Es gibt etwas, das man ›den Schlüssel Salomons‹ nennt. Er ist von entscheidender Bedeutung für den Glauben des Ordens. Er ist die Vorlage für die mittelalterlichen okkulten Bräuche, die die Mitglieder des ursprünglichen Ordens übernommen haben.«

»Ich steig bei den dunklen Künsten nicht so durch. Was ist dieser Schlüssel?«

»Es ist ein altes hebräisches Manuskript, das im Mittelalter in Europa entdeckt wurde. Angeblich wurde es von Salomon geschrieben. Aber wenn du mich fragst, ist das Unsinn.«

»Was steht drin?«

»Es ist eine Lehre von Zahlen und Buchstaben. Die Zahlen stehen für die Geister der göttlichen Ordnung – die Tugenden und Mächte des Universums, wenn du so willst. Die Zahlen werden dann in Talismane und Symbole übertragen, die auf verschiedene Weisen kombiniert werden können, um die Geister und Engel zum Sprechen zu bewegen. Es ist ein bisschen verrückt.«

»Das treibt er also in seinem dunklen Verlies: Er ruft die Geister an und quetscht sie nach Informationen aus.« Seine Stimme troff vor Ironie.

Sie verschränkte die Arme. »Glaubst du, seine Erkenntnis stammt aus der Anderswelt?«

»Ich hab mal über ein paar sogenannte Magier gelesen. Ihre Erkenntnisse kommen nicht aus der Anderswelt, sondern eher von dem Zeug, das sie einatmen. Sie benutzen verschiedene halluzinogene Substanzen, um einen veränderten Bewusstseinszustand zu erreichen. Dann behaupten sie, man hätte zu ihnen gesprochen.« Er klopfte seine Fingerspitzen aneinander. »Ich schätze, er hat ein Netz von Informanten. Wenn wir unsere Karten richtig ausspielen, dann sollten wir in der Lage sein, das gegen ihn zu verwenden.«

Sie blickte zum Nachttisch, wo Sa'ids silberner Dolch lag. »Ich glaube, ich weiß wie.«

Er sah auf die Uhr. »Merk dir das. Wir müssen in zwanzig Minuten an der Universität sein.«

Ezra Harel führte Sarah und Daniel in eine der Forschungseinrichtungen der Universität von Tel Aviv. Er geleitete sie zu einem Bereich, der nur der Dozentenschaft zugänglich war. Eine Sammlung von Fach- und Lehrbüchern säumte drei Wände des Raums, während Computertische und Arbeitsbereiche dessen Mitte ausfüllten. Eine komplette Glaswand überblickte den Campus, einen Komplex aus Grünflächen und Betongebäuden, der sich darunter erstreckte.

»Ihr solltet mehr finden können, als ihr sucht«, sagte Ezra. »Ihr habt freien Zugang zu allen Facharchiven der Universität und einigen der komplexesten Datenbanken der Welt, die von Staatsurkunden bis zu Regierungsdokumenten alles beinhalten. Was da nicht drinsteht, ist entweder unter Verschluss oder es existiert nicht.«

»Danke«, sagte Daniel.

»Für Sarah tue ich alles.«

Errötend blickte Sarah zu Daniel, der sich abwandte.

»Dann lass ich euch mal arbeiten«, sagte Ezra. »Ruft an, wenn ihr etwas braucht.«

Als er den Raum verlassen hatte, sagte Sarah: »Danny, hör mal, wegen Ezra …«

»Vergiss es.« Er sprach abgehackt. »Machen wir uns an die Arbeit.«

Sie verspürte eine leichte Enge in ihrer Brust. Sie wollte unbedingt, dass die zwischen ihnen bestehende Spannung verschwand, aber sie wusste, sie würde bleiben und sie beide verspotten, bis sie ein ehrliches, vielleicht schmerzliches Gespräch führen würden. Sie setzte zum Sprechen an, hielt sich aber zurück. Das war nicht der richtige Zeitpunkt.

Sie setzten sich an ihre jeweiligen Plätze und begannen mit der Arbeit. Da sie hoffte, Hinweise auf ihr Engagement in Israel und ihre Verbindung zu Advanced Electronic Solutions zu finden, recherchierte Sarah zuerst Royal Petroleum.

Seit der Gründung in den Siebzigern war James Ashworth III Präsident und CEO der Firma gewesen. Zu der Zeit nannte sie sich British Isles Energy Group. Sie war von Ashworth und einem Partner, Charles Bellows, gemeinsam gegründet worden. Bellows war bis 2005 Co-Präsident gewesen. Im selben Jahr kam Ashworths ältester Sohn, Harry, bei einem Flugzeugabsturz in den schottischen Highlands ums Leben. Bestand da eine Verbindung?

Was steckte hinter Bellows Abschied? In der offiziellen Stellungnahme hieß es nur, dass der Präsident zurücktrat – ohne Details. Sie fand es merkwürdig, dass die Firma eine solch knappe Erklärung über einen ihrer Gründer abgab. Sie entschied sich dafür, tiefer zu graben.

Sie fand einen Artikel aus der lokalen Tageszeitung. Der Reporter war in den Besitz einiger Memos von Bellows an Ashworth gelangt, in denen Bellows eindringlich von einem Investment in Israel abriet. Zur Begründung sagte er, dass ein solches Vorgehen die Araber verstimmen würde, deren Unterstützung zu verlieren, sie sich kaum erlauben konnten. Zumindest, hatte er vermerkt, könnten Schwankungen in der Region Zig-Millionen an Umsatzeinbußen bedeuten.

In einem anderen Memo mit sogar noch deutlicheren Worten, das sechs Monate später geschrieben worden war, riet Bellows von einem bevorstehenden Bohrvorhaben im östlichen Mittelmeer ab, weil man sich nie auf die Seegrenzen geeinigt hatte. Ashworths Vorschlag, sich mit Judah Oil and Gas zusammenzuschließen, kritisierte er scharf. Ein solches Vorgehen, sagte er, sei für die Beziehungen der Firma mit den Regierungen von Jordanien, Syrien und dem Iran katastrophal.

Also hatte Bellows die Zeichen an der Wand erkannt. Darum war er zurückgetreten – oder dazu gezwungen worden. Laut der Firmenunterlagen hatte er fünfundzwanzig Millionen Pfund Bargeld erhalten, aber den gleichen Betrag in Aktienoptionen abgelehnt. Sarah überlief es kalt. War er bestochen worden? Hatte er auf die Aktien verzichtet, weil er sie für schmutziges Geld hielt?

»Sarah«, rief Daniel. »Sieh dir das mal an.«

Sie ging zu seinem Arbeitsplatz und zog sich einen Stuhl heran. »Was hast du gefunden?«

»Sacks hat es geschafft, eine bemerkenswert weiße Weste zu behalten. Er hat keine Vorstrafen. Nicht mal einen Strafzettel. Ich hab sogar den Tod seines Bruders überprüft, weil ich dachte, er sei vielleicht darin verwickelt. Er wurde zum Unfall erklärt. Laut der Akten gab es nichts Fragwürdiges.«

»Das passt zu seiner Geschichte. Die Polizei konnte nie etwas beweisen.«

»Vielleicht nicht.« Er zeigte auf einen Text auf dem Bildschirm. »Aber sieh dir das an.«

Sarah las laut vor: »Harry Ashworths gesamter Treuhandfonds, dessen geschätzter Wert sich auf fünfhundert Millionen Pfund in Bargeld, Wertpapieren und Immobilien beläuft, ging auf Ashworths jüngsten und einzig lebenden Sohn Trent über. Nach einer ungewöhnlichen Entscheidung wurde Trent Ashworth sowohl zum Verwalter als auch zum Begünstigten des Fonds ernannt.« Sie wandte sich an Daniel. »Daher hat er also sein Geld.«

»Es kommt noch besser. Nach der Übertragung hat der junge Trent sich daran gemacht, alle Immobilien zu liquidieren und das Geld auf Nummernkonten in ganz Europa zu verteilen.«

Sie runzelte die Stirn. »Ich verstehe das nicht. Warum würde Ashworth seinem Sohn, der zu der Zeit in seinen Zwanzigern war, volle Verfügungsfreiheit über diese Geldmittel geben? Das entspricht nicht dem üblichen Prozedere in Familien mit derartigem Reichtum.«

»Vielleicht war es ein Moment der Schwäche eines trauernden Vaters. Oder vielleicht –« Daniel rief ein anderes Suchfenster auf »– hatte Sacks etwas gegen seinen Vater in der Hand.«

Eine Welle der Übelkeit überkam Sarah, als sie den Bericht des Jugendamtes aus dem Jahr 1995 las, in dem es hieß, dass Ashworth seinen damals fünfzehnjährigen jüngsten Sohn sexuell missbrauchte. Sowohl der jüngere als auch der ältere Ashworth hatten alle Vorwürfe bestritten, und aus Mangel an Beweisen waren die Anschuldigungen fallengelassen worden, die Akte geschlossen. Der Fall war nie wieder aufgerollt worden.

»Das ist nur eine Theorie«, sagte Daniel, »aber es würde mich nicht überraschen, wenn beide, Vater und Sohn, dieses schmutzige Geheimnis die ganze Zeit für sich behalten hätten. Das würde die Carte blanche über den Treuhandfonds erklären.«

Sarahs Stirn kräuselte sich, als sie über die emotionalen Auswirkungen einer solchen Beziehung nachdachte. Es wäre nicht das erste Mal, dass ein derartiges Trauma jemanden so sehr zerrüttete oder abstumpfte, bis er eine verbrecherische Gesinnung entwickelte.

»Wie ist die Mutter gestorben?«

»So weit bin ich nicht gekommen.« Daniel wandte sich wieder dem Computer zu und rief eine der Ansichten auf, dann eine weitere, und suchte im Text nach einer Offenbarung.

Sie beugte sich vor und las mit. Als er nach unten scrollte, fiel ihr etwas ins Auge. »Da. Halt.«

Er entdeckte einen Link zu Agatha Ashworths Nachruf. Er klickte ihn an.

Die Gedenkrede nannte keinen Grund für ihr Ableben. »Typisch für die britische Oberschicht«, sagte sie. »Enthülle so wenig wie möglich und sprich nur das Gute aus. Ich hätte es wissen müssen.«

Daniel startete eine neue Suche und fand einen Link zu einen Artikel aus der *Birmingham Post* aus dem Jahr 1998. Nach so etwas hatte sie gesucht. Sie las den kurzen Text und richtete sich kerzengerade auf.

Sacks Mutter hatte Selbstmord begangen. Dem Artikel zufolge hatte sie eine Freundin in London besucht, war aber nie zurückgekehrt. Ihr aufgedunsener, zyanotischer Körper war ein paar Tage später in der Themse treibend entdeckt worden. Das war im Dezember 1997 gewesen, kurz vor Weihnachten. Obwohl es keinen Abschiedsbrief gab, hatte die Polizei es zum Selbstmord erklärt.

Sarah zitterte. Der Gedanke an ihre eigenen Erfahrungen mit Selbstmord drängte sich ihr unaufgefordert auf. Momentaufnahmen ihrer Mutter, die wie eine Geistererscheinung im verbrauchten Gardenienschaumbad trieb, verhöhnten sie. Sie wandte sich ab.

Behutsam legte Daniel ihr eine Hand auf die Schulter. Er kannte ihre Geschichte. Seine stille Geste gewährte ihr einen Augenblick, um sich zu sammeln und wieder zur Tagesordnung zurückzukehren.

Sie holte tief Luft und nahm das Gespräch wieder auf. »Ich vermute, dass Sacks auch etwas damit zu tun hatte, dass Ashworth wider besseren Wissens seines Stellvertreters auf ein Abkommen mit Israel bestand. Sein langjähriger Partner Charles Bellows verließ die Firma direkt nach der Bekanntgabe, dass Royal in Judah Oil and Gas investierte. Er war entschieden dagegen.«

»Judah Oil … das ist die Firma, die die Lizenz für die Exploration in der Judäischen Wüste besitzt.«

»Ja, und noch einige mehr. Sie unterhalten auch küstennahe Plattformen im Mittelmeer und erschließen die Ölschieferfelder südwestlich von Jerusalem. Sie sitzen auf potenziellen Reserven von Milliarden Tonnen Öl, ganz zu schweigen vom Erdgas. Und all das passiert mit Geld und Ausrüstung von Royal Petroleum.«

»Aber was für eine Rolle spielt Sacks in alldem?«

»Als sie mich zu dem Bohrturm in der Wüste gebracht haben, war es offensichtlich, dass er das Sagen hat. Also nehme ich an, er leitet den Einsatz vor Ort für seinen Vater. Das Merkwürdige ist nur, dass ich nichts finden konnte, dass ihn als Firmenangestellten oder Vorstandsmitglied angeführt hätte. Seine komplette Arbeit für Royal Petroleum ist unerwähnt.«

Daniels Finger flogen über die Tastatur, während er eine neue Suche formulierte. Sekunden später rief er den neusten Jahresbericht von Judah Oil and Gas auf und steuerte die Seite an, die den Firmenvorstand auflistete.

T. Robert Ashworth, Vizepräsident.

Sein Name stand fast am Anfang der Liste der Vorstandsmitglieder. Plötzlich ergab alles einen Sinn für Sarah. Er blieb bei Royal Petroleum ungenannt, weil er sich seine Anerkennung durch Judah Oil verdienen wollte. Nur so würden die Israelis ihn akzeptieren.

»Tu mir einen Gefallen«, sagte sie. »Such nach Judahs Belangen im Mittelmeer.«

Daniels Suche brachte zwei Erdgasplattformen und ein Bohrschiff, die *MedStar*, zutage, die alle vor der Küste Haifas lagen.

Das erregte Verdacht. »Kannst du mir irgendwie die Koordinaten der *MedStar* besorgen?«

»Das bezweifle ich. Dafür müssen wir vielleicht das Militär hinzuziehen.«

Sie hob eine Augenbraue. »Ich bin gleich wieder da.«

Sie kehrte zu ihrem Platz zurück und wählte eine Nummer, ohne sich hinzusetzen.

»Archäologie. Harel.«

»Ezra, du musst etwas für mich herausfinden. Ich brauche die exakten Koordinaten eines Schiffs, das im Mittelmeer nach Öl sucht. Es heißt *MedStar* und wird von Judah Oil and Gas betrieben. Ich muss auch wissen, ob es vor Anker liegt oder nicht.«

»Du willst, dass ich Yael anrufe?«

»Würde es dir etwas ausmachen?«

»Wenn ich sie um noch viel mehr bitte, dann werde ich wieder anfangen müssen, mit ihr auszugehen.«

»Danke, Ezra. Du bist der Beste.« Sie legte auf und setzte sich an den Computertisch, um sämtliche auffindbaren Informationen über die Person zu sammeln, von der sie glaubte, sie könne ihnen helfen.

Zwanzig Minuten später kam der Anruf. Sarah nahm beim ersten Klingeln ab.

»Hallo?«

»Ich sag's dir, sie liebt mich noch immer.«

»Also hast du meine Koordinaten?«

»Du kommst immer gleich zur Sache, nicht wahr?« Ezra seufzte. »Okay, ja, ich habe deine Koordinaten. Dreiunddreißig Grad, drei Minuten Nord; dreiunddreißig Grad, fünfundzwanzig Minuten, fünfunddreißig Sekunden Ost. Und ja, sie ankert. Schon etwa eine Woche lang.«

»Hervorragend. Tschüs, Ezra.« Sie legte auf und bestimmte die Koordinaten anhand einer GPS-Karte. Genau das hatte sie sich gedacht: achtzig Kilometer Westnordwest von Haifa, kurz vor der libanesischen Grenze. Umstrittenes Gewässer.

Daniel kam zu ihr und stellte sich hinter ihren Stuhl. »Irgendwas Interessantes?«

»Das will ich meinen.« Sie drehte sich zu ihm um. »Es scheint, als würde die *MedStar* in diesem Augenblick bohren, und das in einem Gebiet, in dem die Aktion Unruhen praktisch vorprogrammiert.«

Ein sorgenvoller Ausdruck huschte über Daniels Gesicht, und sie wusste, dass sie dasselbe dachten. Es war an der Zeit für einen kleinen Ausflug nach England.

Kapitel 28

Sarah lenkte ihren gemieteten Land Rover über die Schotterzufahrt, während die Spätnachmittagssonne durch die Buchen schien und ein konfettiähnliches Schattenmuster auf die Erde warf. Es hatte gerade erst geregnet, und die Tropfen, die sich an die braunen Blätter und Gräser klammerten, funkelten und tanzten wie mystische Waldfeen. Sie ließ ihr Fenster herab und atmete die Frische nasser Erde ein.

Der Klang des unter ihren Reifen knirschenden Schotters erinnerte sie an die Wochenenden in ihrem Familienlandsitz in Wiltshire, eine Zeit, die so lange zurücklag, dass sie sich nicht länger real anfühlte. Als Heranwachsende war sie über Reitwege in ähnlichem Gelände geritten. Die Unschuld dieser Tage würde für immer von dem befleckt sein, was sie vor so langer Zeit an einem Herbsttag ähnlich diesem heimlich mitangehört hatte.

Als sie durch das Waldgebiet auf die Lichtung zugeritten war, hatte sie Stimmen gehört, laut, streitlustig, wutschäumend. Sie hatte ihr Pferd angehalten und gelauscht.

»Wie kannst du so herzlos sein?«, hatte sie gesagt. »Ich habe alles für dich geopfert. Ich habe meine Karriere aufgegeben, mein Land, meine eigene Identität. Alles nur, damit du mich aus einer Laune heraus rausschmeißen kannst?«

»Eine Laune? Glaubst du das?«, hatte er gebrüllt. »Sieh dich doch mal ganz genau an, Alexis. Du bist eine gewöhnliche Süchtige. Ganz London spricht davon. Offen gesagt beschämst du mich.«

»Du Kotzbrocken! Du kannst an nichts anderes denken als an deine soziale Stellung.« Ein leises Schluchzen erklang. »Was ist mit Sarah? Sie ist zwölf. Kein Kind in diesem Alter sollte eine Scheidung durchmachen müssen.«

Sarah war erstarrt. *Scheidung.* Sie hatte gewusst, dass ihre Eltern gelegentlich gestritten hatten, aber das hätte sie sich nie ausgemalt. Das Wort hatte sich noch nicht einmal setzen können, bevor der finale Schlag kam.

»Ich bin sicher, ihr werdet euch umeinander kümmern«, hatte er gesagt.

»Wie meinst du das?« Ihre Mutter hatte überrascht geklungen. »Sie ist gerade erst nach Brighton aufs Internat gegangen.«

»Ich habe sie schon abgemeldet. Du nimmst sie mit nach Connecticut.« Er hatte eine Pause gemacht, sicherlich um der Schwere seiner Entscheidung Wirkung zu verleihen. »Schließlich ist sie genauso wie du.«

Sarah schüttelte die unliebsame Erinnerung ab. Der erste Winterhauch in England hatte etwas Ernüchterndes an sich. Schwacher Frost lag in der Luft, der Vorbote des Schnees. Dennoch blieb die Sonne unbeirrt, genoss den letzten Rest des Herbstes, bevor ihr Licht sich den schweren, grauen Wolken ergeben würde, die den Himmel während der düsteren Wintermonate in ihrem Griff hatten.

Sarah hielt auf dem Parkplatz an und ging zur Eingangstür. Charles Bellows Landhaus, inmitten von zwei Hektar Land in Hertfordshire gelegen, war ein makellos Georgianisches Anwesen des neunzehnten Jahrhunderts, aus roten Ziegeln gebaut und mit bemalten Holzornamenten versehen. An der Fassade kroch Efeu hinauf, dessen Blätter in der aufziehenden Kälte welkten. Vier weiße Säulen bildeten einen Portikus, der die glänzende Mahagonitür mit dem Bronzeklopfer schützte.

Sarah klopfte. Sie wurde nicht erwartet, aber sie hielt es für möglich, dass der Hausherr sie dennoch empfangen würde. Von ihren Nachforschungen wusste sie, dass er zu Hause war und sich von einer Kniegelenkersatzoperation erholte.

Eine füllige Hausangestellte mit rosa Wangen öffnete die Tür einen Spalt breit. »Ja?«

»Ich bin hier, um Mr. Bellows zu sehen. Mein Name ist Sarah Weston.«

»Erwartet Mr. Bellows Sie, Ma'am?«

»Nein.«

Sie begann, die Tür zu schließen. »Nun, ich glaube nicht …«

»Das wird mich vorstellen.« Sarah hielt einen Umschlag in die Höhe. »Geben Sie es ihm.«

Das Hausmädchen sah Sarah argwöhnisch an.

»Bitte.«

»Warten Sie hier.« Sie nahm den Umschlag und schloss die Tür.

Sarah überprüfte ihr Mobiltelefon, ein Leihgerät von der Universität Tel Aviv, das sie dank Ezra bekommen hatte, auf eine Nachricht von Daniel. Nichts. Sie wünschte, sie hätten sich nicht getrennt, aber es gab keine andere Möglichkeit. Die Zeit lief ihnen davon.

Die Hausangestellte kam zur Tür zurück und öffnete sie weit. »Mr. Bellows erwartet sie.«

Sarah trat ins Haus, schlüpfte aus ihrer Barbourjacke, und reichte sie dann der Angestellten. Während sie darauf wartete, dass die Frau aus der Garderobe zurückkam, musterte sie ihre Umgebung. Das Haus war weit weniger traditionell, als sein Äußeres annehmen ließ. Das Foyer war wie eine Galerie gestaltet. Im Zentrum, unter einem Glaskunstkronleuchter von Chihuly, stand eine weiße Lederbank. Die Wände stellten ein beeindruckendes Sortiment moderner Kunst aus, teils amerikanisch, teils chinesisch.

Sie folgte der Hausangestellten durch den östlichen Flur, an einer Sammlung zeitgenössischer Fotografen vorbei. Sie erkannte ein paar Skrebneskis, die originale Silbergelatineabzüge zu sein schienen.

Die Hausangestellte bedeutete ihr, zu warten. Sie öffnete die Tür. »Miss Sarah Weston ist hier, Sir.« Sie hielt Sarah die Tür auf und empfahl sich.

Charles Bellows saß in einem Lehnstuhl. Eines seiner Beine ruhte auf einem Polsterhocker. Er war ein Mann, der auf die Siebzig zuging, wie Sarah anhand seines Werdegangs errechnet hatte, aber wesentlich jünger aussah. Er hatte volles graues Haar, sorgfältig auf einer Seite gescheitelt, und seine grünen Augen waren wach und voller Leben. Seine sportliche Statur suggerierte, dass er noch immer sein tägliches Tennisspiel genoss.

»Hallo, Miss Weston. Verzeihen Sie mir, wenn ich nicht aufstehe.«

»Bitte«, sagte sie. »Es gibt keinen Grund für solche Formalitäten.«

»Bitte setzen Sie sich.« Er deutete auf ein schwarzes Ledersofa, das auf den marmornen Kamin blickte.

Sie setzte sich auf die ihm am nächsten gelegene Ecke und betrachtete das tanzende Feuer, bevor sie ihn ansprach. »Danke, dass Sie mich empfangen.«

»Fürs Protokoll, das hier war nicht der Grund, weshalb ich Ihrem Besuch zugestimmt habe.« Er hielt den Umschlag in die Höhe, in dem sich eine Kolumne aus der *Jerusalem Post* befand, in welcher der Autor die Ölexploration im Mittelmeer lobpries, im Besonderen auch den Einsatz der *MedStar*. »Ich weiß, wer Sie sind. Und ich kenne Ihren Vater.«

Ihre Hals schnürte sich zu. Damit hätte sie rechnen müssen. Sie konnte sich in England nicht in solchen Kreisen bewegen, ohne dass man die Verbindung herstellen würde. Ihr Name, und alles, was damit zusammenhing, folgte ihr trotz der Vehemenz, mit der sie ihn abzustreifen versuchte.

»Mein Vater und ich stehen nicht in Kontakt.«

»Das ist eine Schande. Ich habe aus erster Hand miterlebt, was Verbitterung zwischen Vater und Kind anrichten kann.« Er sah fort. »Das kann in der Tat sehr hässlich werden.«

»Mr. Bellows, ich bin hier, weil ich Ihre Hilfe brauche.« Sie wartete, bis er sie ansah. »Ich bin Archäologin, wie Sie zweifelsohne wissen. Mein Partner und ich machten einige signifikante Entdeckungen … aber wir waren auf unserer Suche nicht allein. Eine

Ihnen wohlbekannte Person hat unsere Schritte verfolgt. Oder vielleicht wir seine.«

Bellows stopfte etwas Tabak in eine Pfeife und zündete sie an. Er paffte zwei Mal und stieß den Rauch langsam aus. Er roch nach gerösteten Haselnüssen und Vanille. »Fahren Sie fort.«

»Trent Sacks. Sie kennen ihn als Trent Ashworth.«

Er rückte sich im Sessel zurecht.

»Er hat ein obsessives Interesse an diesen Reliquien, so sehr, dass er einen Pfad aus Blut und Zerstörung hinterlassen hat. In seinem Besitz befinden sich einige antike Entwürfe zum Bau des Jerusalemer Tempels. Abgesehen von ihrer äußersten Wichtigkeit für das Judentum und der Verzeichnung der Menschheitsgeschichte haben sie auch beträchtliche spirituelle Bedeutung. Wie Sie wissen, kann der Tempel nur vom jüdischen Messias gebaut werden.« Sie schlug die Beine übereinander und beugte sich vor. »Trent Sacks glaubt, dieser Mann zu sein.«

Er schüttelte den Kopf. »Trent Ashworth ist sehr krank. Er hätte schon vor Jahren weggesperrt gehört. Wenn ich Sie wäre, junge Dame, dann würde ich ihm großzügig aus dem Weg gehen.«

»Ein weiterer Grund, ihn aufzuhalten. Er entzündet eine Lunte, die die Region explodieren lassen wird. Die *MedStar* bohrt im östlichen Mittelmeer, in Gewässern, die sowohl von Israel als auch dem Libanon beansprucht werden. Das führt garantiert zu einem Konflikt. Er hat sein Motiv gestanden: einen Krieg anzufachen. Und er ist auf bestem Weg, genau das zu tun.«

»Was hat das alles mit mir zu tun?«

»Niemand kennt die innerbetrieblichen Mechanismen von Royal Petroleum besser als Sie. Sie müssen mir sagen, wie man ihn aufhalten kann.«

»Man kann ihn nicht aufhalten, meine Liebe. Der Einzige, der dieses Vorhaben ausbremsen könnte, ist sein Vater. Und der wird es nicht tun.«

»Warum nicht?«

»Ich kann nicht darüber sprechen.« Er sah weg. »Es tut mir leid.«

»Hat er Sie bedroht? Oder Ihr Schweigen erkauft?«

Er wandte sich ihr mit eiskaltem Blick wieder zu. »Das genügt.« Zur Tür schauend rief er: »Fiona!«

»Es geht um Leben und Tod, Mr. Bellows. Schon zu viele Menschen sind seinem Schwert zum Opfer gefallen. Und das ist nichts im Vergleich zu dem Blutbad, das folgen könnte. Jetzt ist die Zeit für Transparenz, nicht für Geheimnisse.«

Das Hausmädchen öffnete die Tür. »Ja, Sir?«

»Begleiten Sie Miss Weston hinaus, Fiona. Wir sind fertig.«

Sarah sah ihn kalt an. »Sie sind schon einmal vor der Wahrheit davongelaufen. Und jetzt tun Sie es wieder. Zu was macht Sie das?«

»Zu einem klugen Menschen.«

Sie stand auf und starrte ihn an, bis er sich abwandte. Dann ging sie zur Tür.

Er rief ihr nach. »Oh, Miss Weston?«

Sie drehte sich zu ihm um.

Er hielt eine zusammengefaltete Zeitung in die Höhe. »Möglicherweise würden Sie das gern lesen.«

Sie lief zu seinem Sessel und nahm die Zeitung entgegen. Für einen Moment trafen sich ihre Blicke, und sie hätte schwören können, Zuspruch in seinen hellgrünen Augen zu sehen. Ohne ein weiteres Wort folgte sie Fiona zur Haustür.

Draußen zitterte Sarah und schloss den Reißverschluss ihres Mantels. Die Temperatur war stark gefallen, während sich die Dämmerung über die Landschaft außerhalb Londons gelegt hatte. Sie stieg in den Land Rover und startete den Wagen. Dann faltete sie die Zeitung auseinander, um die Überschrift eines kleinen Artikels unterhalb der Falz zu lesen.

Judah Oil and Gas Vorstandsvorsitzender tot aufgefunden.

Sie legte sich eine Hand über den Mund. Da fiel ihr die handschriftliche Notiz am Rand der Zeitung auf.

Gadebridge Park, pünktlich 22:00 Uhr.

Kapitel 29

Bevor Daniel sein Hotelzimmer verließ, betrachtete er sich im Spiegel. Er war frisch rasiert und trug einen teuren, navyblauen Dreiteiler, den er sich für den Abend geliehen hatte. Er richtete seine platinfarbene Krawatte und glättete sein passendes Einstecktuch. Seit zehn Jahren hatte er keine Slacks mehr getragen, geschweige denn einen Anzug, aber wenn er bei der heutigen Veranstaltung ernstgenommen werden wollte, dann musste er glaubwürdig wirken.

Vom Portier des 41 ließ er sich ein Black Cab rufen. Er setzte sich auf den Rücksitz und gab dem Fahrer die Adresse in Belgravia. Er sah auf seine Uhr: neun. Die Party hatte vor einer Stunde angefangen, aber er wusste, dass die Hauptakteure erst später eintreffen würden. Er sah aus dem Fenster und beobachtete, wie Central London vorbeirollte. Gleichgültig betrachtete er den geordneten Verkehr bei den Buckingham Palace Gardens und die hellen Lichter Victorias. Seine Gedanken galten einer einzigen Aufgabe: an Alastair Bromley heranzukommen.

Das Taxi hielt vor dem weißen Stuckgebäude an der Upper Belgrave Street. »Da wären wir«, sagte der Fahrer. »Schicke Party, hm?«

Daniel lächelte angespannt und bezahlte. Die Fenster des dreistöckigen Stadthauses waren lichtdurchflutet und er konnte die Geschäftigkeit der Gäste auf ihrem Weg zum Dachgarten hinter den Scheiben ausmachen. Er ging die Stufen bis zum Treppenabsatz hinauf und klingelte.

Als der Diener öffnete, zeigte er seine Visitenkarte vor, auf der schlicht *Daniel Madigan, PhD* stand. Der Diener erwiderte seine Begrüßung mit einer kleinen Verbeugung und ließ ihn ein.

Dame und Herr des Hauses empfingen ihre Gäste in der Tür zum Salon. Endloses Geplauder, das meiste davon in gekünsteltem, schrillen Tonfall, erinnerte ihn daran, warum er sich für ein abgeschiedenes Leben entschieden hatte. Szenen wie diese langweilten ihn sehr, aber gleichzeitig verstand er es, zu heucheln, wenn er musste.

Als er an der Reihe war, die Gastgeber zu begrüßen, reichte er dem Gatten, einem dickbäuchigen Mann mit grau meliertem Haar und ungestutzten, nach oben gekämmten schwarzen Augenbrauen, die rechte Hand. »Lord Strathmore. Daniel Madigan. Ich bin ein Gast Lord Westons.«

Die Gattin fiel ihm ins Wort. »Sie brauchen sich nicht vorzustellen, Dr. Madigan. Wir sind entzückt, dass Sie sich uns anschließen konnten.«

»Lady Ashley.« Er hob ihre Hand an seine Lippen. »Enchanté.«

Sie schob ihre Hand in seine Armbeuge. »Mein Lieber, ich will Dr. Madigan einigen Gästen vorstellen. Du wirst zurechtkommen, nicht wahr?«

Lord Strathmore winkte zustimmend und fuhr damit fort, seine Gäste zu begrüßen.

Daniel beugte sich zu ihr hinunter und sagte: »Meine Freunde nennen mich Danny.«

»Danny. Absolut bezaubernd.«

Er lächelte sie an. Sie war eine reizende Mittfünfzigerin mit einem gleichmütigen Gesicht, das von einem blonden, auftoupierten Bob eingerahmt wurde. Sie trug ein lachsfarbenes langes Seidenkleid mit einem durchsichtigen Capelet über dem Korsett und beeindruckenden Diamantschmuck.

»Sagen Sie mir, Danny, wann dürfen wir uns auf einen neuen Film von Ihnen freuen? Alle mochten Ihre Dokumentation über diese Stadt in der saudischen Wüste … du meine Güte, ich fürchte, ich kann den Namen nicht aussprechen.«

»Qaryat-al-Fau.«

Er hielt das Gespräch aufrecht, obwohl er in Wirklichkeit kaum weniger Interesse an Cocktailgeplänkel haben konnte. Dabei suchte er den Raum nach bekannten Gesichtern ab, fand aber keine.

Lady Ashley hielt vor einem Trio Champagner schlürfender und tratschender Frauen an. »Ladys, darf ich Ihnen Daniel Madigan vorstellen …«

Aus dem Augenwinkel erhaschte er einen Blick auf Sir Richard, der die Treppen hinaufstieg.

»Danny, das sind Baroness Strongwater, Lady Cybil von Bainbridge und Penelope Millstone, die Schwiegertochter des Premierministers.«

»Ich bin hocherfreut, Ihre Bekanntschaft zu machen«, sagte er in seinem charmantesten Tennessee-Tonfall. »Wenn Sie mich jedoch entschuldigen würden? Ich muss mich ums Geschäft kümmern.«

Er nahm die Treppe zum Dach, das so angelegt worden war, dass es an einen französischen Garten in Miniatur erinnerte. Ein Springbrunnen in der Mitte war von Heckenreihen in langen Pflanzgefäßen umgeben. Bäume säumten den Randbereich und rahmten Blicke auf den Hyde Park und Mayfair ein. Winzige weiße Lichter taten ein Übriges zur magischen Atmosphäre.

Eine frische Brise, welche die Verheißung des Winters mit sich trug, erfasste ihn. Er bestellte einen Scotch an der Bar und bahnte sich einen Weg durch die Menge. So näherte er sich Sir Richard von hinten und begrüßte ihn mit einem festen Schlag auf die Schulter.

Sir Richard wandte sich ihm zu. »Daniel, alter Freund. Schön, Sie zu sehen.«

»Hallo, Richard. Danke für die Einladung.«

»Keine Ursache. Obwohl ich beim besten Willen nicht verstehen kann, warum Sie darauf bestanden haben, heute herzukommen. Wenn ich das so sagen darf: Hier sind nur Stockfische.«

»Ich habe meine Gründe, hier zu sein.«

»Ohne Zweifel.» Er nippte an seinem Brandy. »Sagen Sie mir, sind Sie allein gekommen?«

»Ja.«

»Und wo ist meine Tochter?«

»Sie ist in Sicherheit. Mehr kann ich nicht sagen.«

»Ich vertraue darauf, dass Sie auf sie aufpassen.«

Daniel lachte leise.

»Sarah braucht mich nicht, Richard. Sie ist vollkommen in der Lage, auf sich selbst aufzupassen. Tatsächlich hat sie *meine* Haut ein paar Mal gerettet.«

Sir Richard lachte spöttisch. »Ihr Amerikaner übertreibt immer.«

»Richard, Ihre Tochter ist die fähigste und furchtloseste Frau, die ich kenne. Der einzige Unterschied zwischen Ihnen und ihr ist« – er nickte in Richtung der Menge – »dass sie sich dem hier nicht verschreibt. Geben Sie ihr eine Chance. Sie könnten etwas Vertrautes in ihr entdecken.«

Sir Richards Ausdruck des Unbehagens verriet Daniel, dass er den Hinweis verstanden hatte. Vor dem Titel und dem öffentlichen Amt hatte Richard Weston in den Hochplateaus des Himalajas zwischen den ethnischen Stämmen Nepals gelebt, um ihre Kultur für die Royal Geographical Society zu studieren und aufzuzeichnen. Am Ende einer siebenjährigen Mission, die bahnbrechende Forschung hervorgebracht hatte, war er nach England zurückgekehrt und hatte sein Entdecker-Ich ein für allemal abgestreift. Etwas sagte Daniel, dass er leichtes Bedauern hegte und Sarah den Mut verübelte, dieses Leben zu umarmen, der ihm abging.

»Ich mag Sie, Madigan.« Sir Richard bemühte sich nicht, seine Ironie zu verbergen. »Sie haben keine Angst davor, Ihre Meinung zu sagen. Selbst wenn Sie völlig falsch liegen.«

Daniel ließ es auf sich beruhen. Er war nicht eines Streits wegen gekommen. Im Gegenteil, er brauchte Sir Richards Hilfe.

»Hören Sie, Richard … wegen des Gefallens, um den ich Sie gebeten habe …«

»Oh, ja – Bromley. Sind Sie sicher, dass Sie diesen Halunken kennenlernen wollen?«

»Ich bin sicher.« Er warf einen Blick zum anderen Ende des Gartens. »Ist er das nicht?«

»Tatsächlich.« Sir Richard nahm einen weiteren Schluck. »Wollen wir?«

Daniel folgte ihm zum Rand des Dachs, wo Bromley sich zwischen Kumquatformschnitten mit einem anderen Mann unterhielt. Er war jünger, als Daniel angenommen hatte. Er wirkte, als sei er Ende vierzig: ein schlanker Mann von etwa seiner eigenen Größe mit ergrauendem, kastanienbraunem Haar und braunen Augen. Seine Mundwinkel zeigten in dauernder Missbilligung nach unten.

Daniel blieb zurück, als Sir Richard sich Bromley näherte. »Wie geht es Ihnen, Bromley, alter Knabe?«

»Hallo, Weston. Es ging mir nie besser.«

»Wie ich höre, läuft das Geschäft glänzend. Was ist mir da über einen großen Vertrag mit den Saudis zu Ohren gekommen?«

»Die Saudis brauchen uns nicht. Es war ein Vertrag mit den Libanesen. Wir haben ihnen bloß ein paar Raketenlenksysteme verkauft. Herkömmliche Verteidigungsausrüstung.«

Daniel spitzte die Ohren. Bromley verkaufte also an beide Seiten. Sir Richard stellte Blickkontakt mit ihm her und Daniel bedeutete ihm, fortzufahren.

»Die Libanesen oder Hisbollah?«

»Wir verkaufen nicht an Terroristen, Weston. Das wissen Sie.«

Sir Richard zwinkerte. »Zumindest nicht, dass es Ihnen bekannt wäre. Der Libanon ist ein heißes Pflaster, wenn Sie mich fragen.«

Bromley zuckte mit den Schultern. »Sein Geld ist so gut wie das jedes anderen. Ich hinterfrage die Motive nicht.«

Daniel nickte Sir Richard zu.

»Wie unhöflich von mir. Ich möchte Ihnen einen amerikanischen Freund vorstellen.« Er bedeutete Daniel, zu ihnen zu kommen. »Alastair Bromley, darf ich Sie mit Daniel Madigan bekannt machen? Er hat gerade ein Projekt im Mittleren Osten abgeschlossen.«

Bromley wurde blass.

Daniel lächelte und streckte seine rechte Hand aus. »Es freut mich, Sie kennenzulernen, Sir.« Er übertrieb es mit seinem Akzent und spielte seine Kenntnis herab. Er wollte sich nicht anmerken lassen, dass er wusste, wer Bromley war. »Woher kennen Sie beide sich?«

»Bromley hier ist ein Mitglied des Parlaments«, sagte Sir Richard. »Wir arbeiten beide für die Regierung Ihrer Majestät. Bitte entschuldigen Sie mich. Meine Anwesenheit wird anderswo verlangt.«

Während Sir Richard davonging, verweilte Bromleys Blick auf Daniel. »Was für eine Art Arbeit verrichten Sie im Mittleren Osten?«

»Ich bin Anthropologe. Ich leitete eine Ausgrabung in Saudi-Arabien, aber wir haben ein bisschen Ärger bekommen und mussten sie schließen.« Er nahm einen Schluck seines Scotchs. »Der Mittlere Osten ist nichts für mich. Ich habe mit ihm abgeschlossen.«

»Wirklich? Ich bin fasziniert. Welche Art von Ärger?«

»Sagen wir mal so, es wurde … ein ziemlicher Konkurrenzkampf. Zu viele Menschen waren hinter denselben Dingen her.« Er schüttelte den Kopf. »Ich ließ sie es untereinander ausfechten. Das Kämpfen liegt nicht in meiner Natur.«

Bromley zwang sich zu einem Lächeln. »Und wohin gehen Sie jetzt?«

»Ich denke, zurück in die Staaten. Ich reise Samstag ab. Ich werde ein Urlaubsjahr nehmen, rausfinden, was ich als Nächstes tun will.«

Bromley wedelte mit dem rechten Zeigefinger. »Jetzt erinnere ich mich an Ihren Namen. Qaryat-al-Fau, richtig?«

Daniel grinste breit. »Das stimmt. Gutes Gedächtnis.«

»Natürlich. Sie arbeiten mit Lord Westons Tochter zusammen.« Er sah sich um. »Wo ist sie denn?«

Daniel sah ihn überrascht an.

»Sarah? Ich habe keine Ahnung. Unsere Wege haben sich getrennt. Ein reizendes Mädchen, aber« – er beugte sich näher – »zu eigenwillig für meinen Geschmack.«

Er schmunzelte. »Ich habe davon gehört.«

Daniel sah über Bromleys Schulter und winkte. »Hören Sie, ich würde gerne bleiben und weiterreden, aber ich habe einen alten Freund entdeckt. Würde es Ihnen etwas ausmachen, Mr. … Verraten Sie mir Ihren Namen noch einmal?«

»Bromley. Der ehrenwerte Abgeordnete Alastair Bromley.«

»Haben Sie einen guten Abend.« Er schüttelte ihm die Hand und machte sich auf den Weg zur Gruppe der Damen, die von Lady Ashley unterhalten wurden.

Die Frauen empfingen ihn begeistert und verwickelten ihn in ihr Gespräch über Reisen. Er nickte höflich, konnte sich aber nicht auf das Gesagte konzentrieren. Ihr Geplapper war wie das Summen von Bienen. Bei der erstbesten Gelegenheit erfand er eine Ausrede über frühmorgendliche Meetings und machte sich auf den Weg zur Tür.

Kapitel 30

Mit der eisigen Novemberkühle hatte sich bereits der Winter über Gadebridge Park gelegt. So viele Bäume hatten ihre Blätter verloren, dass die Waldgebiete in den blauen Schatten des zunehmenden Mondes verzerrt und gespenstisch erschienen.

Sarah blickte auf ihre Timex. Es war Viertel vor zehn. Sie folgte dem kurvenreichen Ufer des River Gade und versuchte die Sorgen zu beschwichtigen, die sie plagten. War Bellows Bitte um ein Treffen aufrichtig gewesen? Lief sie in eine Falle?

Zusätzlich zu allem Übel hatte sie nichts von Daniel gehört. Sie machte sich Gedanken um sein Vorhaben, Alastair Bromley zu treffen, nicht zuletzt, weil er dazu die Hilfe ihres Vaters gewinnen musste. Sie hatte darauf bestanden, dass es Unsinn sei – er stellte sich der Gefahr direkt in den Weg und zog möglicherweise ihren Vater mit hinein –, aber er hatte nichts davon hören wollen. Sein Ziel war es, den Feind abzulenken, und er beteuerte, dass es der beste Weg sei, beiläufig seine Pläne zu erwähnen und seine Verbindung mit einem hochrangigen Politiker zur Schau zu stellen.

Ihre Gedanken wanderten zu dem Zeitungsartikel, den sie vorhin gelesen hatte. Die Neuigkeit über den Tod des Vorstandsvorsitzenden von Judah Oil and Gas hätte sie nicht überraschen sollen, besonders nicht, da Robert T. Ashworth als sein Nachfolger bestimmt worden war. Jetzt war Sacks in einer guten Position, sollte Judah im Mittelmeer auf Öl stoßen. Er würde die Anerkennung einheimsen und wie der eindeutige Held dastehen. Sein Plan ging nahtlos auf.

Das Knirschen der verdorrten Blätter unter ihren Füßen war wie gottlose Schreie in der vollkommenen Stille der Nacht. Es kam ihr so vor, als sei sie die einzige Kreatur, die sich im stillen Dorf Hemel

Hempstead bewegte. Ein Windstoß pfiff durch die kahlen Bäume. In ein paar Metern Entfernung, unter einer Trauerweide, deren Zweige über dem Fluss hingen, entdeckte sie eine undeutliche Bewegung. Sie lief in diese Richtung.

Charles Bellows stand auf einen Stock gestützt unter der lichterwerdenden Baumkrone. Er trug eine lange schwarze Lederjacke über einem grauen Kapuzenpullover und verblichene Jeans. Trotz seines fortschreitenden Alters und seiner eingeschränkten Beweglichkeit hatte er das Aussehen eines jungen Mannes.

Sie hielt vor ihm an. Sein Gesicht war in den Schatten der herabhängenden Zweige verborgen. Sie nickte zum Gruß, wartete aber darauf, dass er zuerst sprach.

Nach einer langen Weile tat er das. »Sarah, wissen Sie, warum ich Sie hierher gebeten habe?«

»Sie konnten Ihrem eigenen Haus nicht offen sprechen.«

»Das ist korrekt. Als ich Royal verließ, verpfändete ich mein Schweigen für die Sicherheit meiner Familie.«

»Schweigen … worüber?«

Er sah zum Fluss. »So viele Dinge … ich könnte es Ihnen gar nicht alles sagen.«

»Ich habe die Berichte des Jugendamts gelesen.«

Er wandte sich zu ihr um und machte einen Schritt auf sie zu. Sein Gesicht war jetzt ganz zu sehen, und sie konnte die Sorgenfalten auf seiner Stirn erkennen. »James Ashworth und sein Sohn haben eine einzigartige Beziehung. Trent ist ein extrem intelligenter, hochfunktionaler Psychopath. Dieser junge Mann sollte eingewiesen werden; stattdessen wird er befähigt. Sein Vater hat sich seine Krankheit zunutze gemacht, um sein eigenes Vermögen zu mehren.«

Sie warf ihm einen Blick zu. »Wollen Sie damit sagen, dass James Ashworth diesen Plan ausgeheckt hat?«

»Das will ich tatsächlich. Er wollte jahrelang in Israel nach Öl bohren, aber der Vorstand ließ es nicht zu, also hat er es auf andere

Weise in Angriff genommen. Da er wusste, dass es Trents wahnhafte Störung nähren würde, hat er einen Genealogen dafür bezahlt, eine gefälschte Blutlinie zu verfolgen.« Er presste die Lippen zusammen und sah weg.

Sarah atmete aus und konnte den warmen Nebel ihres Atems sehen. Diese Wendung hatte sie nicht erwartet; der Feind war kein einzelner Mann, sondern eine komplette Maschinerie.

Bellows fuhr fort. »Die abscheulichste Tat von allen war die Manipulation der zerbrechlichen Gefühle seines Sohnes. Trotz des Missbrauchs, oder vielleicht genau deswegen, verehrt Trent seinen Vater mit krankhafter Liebe. Deswegen kann James ihn als Marionette nach seiner Pfeife tanzen lassen.«

Sarah war angeekelt. So sehr sie Sacks auch verachtete, so verstand sie doch die Realität seines Zustandes. Menschen mit wahnhaften Störungen kennzeichnete ein mächtiger, alles verzehrender Glaube an ihre Wahnvorstellungen, nicht aber andere Symptome des Wahnsinns. Wenn sie ihre Wahnvorstellungen auslebten, konnte sich ihnen nichts in den Weg stellen – weder Vernunft noch Anstand noch das Gesetz. Und sie wurden besonders feindselig, wenn sie spürten, dass jemand ihnen nicht glaubte.

Der Täter war gleichzeitig das Opfer. Obwohl ein Teil von ihr Sacks bemitleidete, wusste sie, dass er aufgehalten werden musste, denn seinem Tun zum Ausleben seiner Fantasie waren keine Grenzen gesetzt. »Verraten Sie mir etwas, Mr. Bellows. Was hat den Vorstand dazu veranlasst, schließlich an James Ashworths Israelpropaganda zu glauben?«

»Zwei wichtige wahlberechtigte Mitglieder – sein Sohn Harry und ich – waren aus dem Weg geschafft. Der Rest konnte überzeugt oder gekauft werden.«

Sie drängte ihn, fortzufahren. »Hat er Ihren Rücktritt verlangt oder war das Ihre eigene Entscheidung?«

»Ich erhielt Drohungen. Zuerst ignorierte ich sie. Dann wurde meine kleine Tochter eines Tages auf ihrem Nachhauseweg von der

Schule gekidnappt. Die Entführer verlangten kein Geld. In der Nachricht stand nur: Sie wissen, was Sie tun müssen. Ich schied aus der Firma aus und sie wurde uns am nächsten Tag zurückgegeben. Seitdem schwor ich, Royal Petrol zu vergessen und den Mund zu halten. Nachdem ich mich so viele Jahre ganz der Firma verschrieben hatte, war es schwer, mich plötzlich nicht mehr um sie zu kümmern. Aber mir war die Gefahr bewusst.«

»Und Harry?«

Er zögerte. »Da ist etwas, dass ich jetzt schon einige Zeit mit mir herumgetragen habe, und es wog schwer auf meinem Gewissen. Ich werde Ihnen sagen, was ich weiß, aber ich werde damit nicht an die Öffentlichkeit gehen. Sie müssen sich etwas anderes einfallen lassen, wie es Ihnen helfen kann.«

»Ich höre.«

»Während meiner Zeit als Präsident war ich Harry Ashworths inoffizieller Mentor. Er kam mit den verschiedensten Problemen zu mir und ich half ihm dabei, sie zu lösen. Er war ein anständiger junger Mann ... klug, talentiert, charakterstark. Er war die naheliegende Wahl als mein Nachfolger im Vorstandsamt. Nicht nur verstand er das Geschäft auf beinahe instinktive Weise, sondern er beschaffte auch jede Menge neuer Klienten. Er war wirklich unaufhaltsam. Der Ärger begann, als er anfing, sich mit dem Judah-Deal zu beschäftigen, und er recht unverblümt verlangte, sich aus Israel zurückzuziehen. Es war nicht so sehr die Ölsuche, die er ablehnte, sondern die neue Partnerschaft mit Advanced Electronic Solutions. Er sah nicht ein, dass die Schiffe von Royal Petrol solche ausgefeilten Waffensysteme brauchten.«

Die Worte trafen Sarah wie ein Blitzschlag. »Warten Sie. Wollen Sie sagen, die *MedStar* ist mit einem Waffensystem ausgerüstet?«

»Es ist nicht allgemein bekannt, aber ja, es ist wahr. Sie verfügt über recht komplexe Computer- und Radarsysteme, um nahende Angriffe zu entdecken und sich dagegen zu verteidigen.«

»Sich zu verteidigen ... mit Raketen?«

Er nickte. »Harry hat fast zwei Jahre lang dagegen angekämpft. Er und sein Vater stritten sich bei Vorstandssitzungen und es war nur zu offensichtlich, dass sie nicht auf einen gemeinsamen Nenner fanden. Dann, eines Tages, besuchte Harry mich. Er war Pilot, also flog er mit seiner Maschine nach Sardinien, wo ich gerade Urlaub machte. Ich werde dieses Treffen nie vergessen. Er war mit den Nerven am Ende. Er war paranoid, dass sein Vater darauf aus war, ihn zum Schweigen zu bringen, und er hatte Todesangst.«

»Woher sollte er das gewusst haben?«

»Er hatte ein privates Telefongespräch mitangehört, während dem sein Vater Dinge sagte wie: *Ich will ihn aus dem Weg haben*, und *Es muss perfekt sein; niemand darf irgendetwas ahnen*. Er vermutete, dass sein Vater über ihn sprach. Eine Woche später stürzte sein Flugzeug über Schottland ab. Er war auf dem Weg zu einer Vorlesung vor einigen Studenten der Universität Saint Andrews.«

Also war es eine Verschwörung. Sarah zitterte unwillkürlich. »Als er dachte, dass ich niemals wieder das Tageslicht sehen würde, gestand mir Trent, dass die Instrumententafel in Harrys Flugzeug sabotiert gewesen war. Es sah nur wie ein Unfall aus.«

»Die Ironie daran? Das alles geschah mit der Technologie von Advanced Electronic Solutions.«

Ihre Augen weiteten sich. »Was? Woher wissen Sie das?«

»Laut des Gutachtens setzten die Instrumente aufgrund einer Computerpanne aus. Das erschien den Ermittlern zufällig, aber ich weiß es besser. Ich weiß, wozu AES in der Lage ist. Sie programmieren ständig Computer um, wenn auch normalerweise mit anderen Zielen.«

»Also ist es reine Vermutung?«

»Ich habe Beweise.«

Sie packte ihn an beiden Armen. »Sie müssen mir davon erzählen.«

Er blickte über eine seiner Schultern, dann über die andere, und letztlich wieder zu ihr. »Kurz nach unserem Gespräch in Sardinien kehrte Harry nach London zurück. Ein paar Tage später flog ich mit meinem eigenen Flugzeug dorthin. Als ich über die Rollbahn des Biggin Hill Airports lief, kam ich zufällig an Harrys Flugzeug vorbei und bemerkte, dass daran gearbeitet wurde. Ich merkte mir das Gesicht des Technikers, obwohl ich ihn zu der Zeit noch nicht kannte. Nach dem Unfall wurde ich argwöhnisch, also forschte ich ein wenig nach. Und tatsächlich war der Mann ein Auftragnehmer von AES. Kein Angestellter an sich, aber jemand, der an mehreren großen Projekten für die Firma gearbeitet hatte.«

Sie ließ ihre Hände sinken. »Und Sie haben niemals etwas gesagt?«

Ein bitterer Ausdruck huschte über sein Gesicht. Er sah weg.

»Zu meiner ewigen Schande, nein. Das tat ich nie. Ich hatte zu viel Angst davor.«

»Es ist noch nicht zu spät. Sie können sie noch immer bloßstellen.«

»Sarah, wenn ich damit an die Öffentlichkeit gehe, wird meine gesamte Familie in Gefahr sein. Diese Nachricht haben sie mir laut und deutlich durch die Entführung meiner Tochter vermittelt. Mein eigenes Leben ist eine Sache, aber sie gefährden ...« Er sah zu Boden. »Ich darf nicht einmal daran denken.«

Sie verstand seine Bedenken, drängte ihn aber dennoch. Auf einer kurzen Verbündetenliste war er ihre größte Hoffnung. »Also lehnen Sie sich einfach zurück und sehen dabei zu, wie die Opferzahl steigt. Ist es das?«

»Welche Wahl habe ich? Sagen Sie es mir.«

»Es gibt so viele Whistleblower-Programme. Ihre Familie kann bestimmt beschützt werden.«

»Und in einem abgelegenen Dorf in Finnland in Anonymität leben? Weit weg von allem, dass ihnen lieb und teuer ist? Ihr Leben wäre zerstört und sie würden mich für immer verabscheuen.«

Sie war fassungslos. »Dann wiegen Ihre eigenen Annehmlichkeiten also schwerer als Ihre moralische Verantwortung? Wenn Sie glauben, damit leben zu können, dann habe ich nichts mehr zu sagen.«

Für einen Moment starrte er sie an. »Ich werde darüber nachdenken. Es tut mir leid, dass ich Ihnen nicht sofort die Antwort geben kann, die Sie hören wollen. Möglicherweise bin ich nicht so mutig wie Sie.«

Sie wurde weicher. »Ich habe festgestellt, dass es wesentlich einfacher ist, mutig zu sein, wenn man davon überzeugt ist, das Richtige zu tun. Das ist das Richtige, Mr. Bellows.« Sie blickte in die Tiefe seiner grünen Augen und spürte sein Bedauern. »Ich hoffe wirklich, dass Sie Ihre Meinung ändern.«

Sie wandte sich ab und folgte dem Flussufer in Richtung Parkausgang. Ihre Gedanken waren mit dem, was sie gehört hatte, so überfrachtet, dass sie sich zu benommen fühlte, um über ihren nächsten Schritt nachzudenken. Die Fragen wirbelten durch ihren Kopf wie Geister, zu rastlos, um sich niederzulassen. Was hatte Harry gewusst, dass ihn das Leben gekostet hatte? Warum würde sich eine Firma wie AES an einer illegalen Unternehmung beteiligen, die, falls sie ans Licht käme, ihre Pforten für immer schließen könnte? Und welche Sorte Mann würde die Geisteskrankheit seines Sohnes ausschlachten?

Der Mond spiegelte sich auf der Oberfläche des Gades und beschien das Kräuseln des Wassers unter einer frischen Brise. Sarahs Haare tanzten um ihr Gesicht. Sie schob die verirrten Strähnen beiseite. Trockene Blätter schwebten in einem langsamen, grazilen Ballett zu Boden. Sie sah nach der Uhrzeit; es war nach Mitternacht. Daniel wäre mittlerweile zurückgekehrt.

Sie wartete, bis sie im Auto saß, um seine Nummer zu wählen.

Er antwortete beim ersten Klingeln. »Wie ist es gelaufen?«

»Ziemlich gut, muss ich sagen. Ich komme grade von einem Rendezvous mit Bellows. Er war zu paranoid, um zu Hause mit mir zu sprechen.«

»Alles klar. Ich bin ganz Ohr.«

»Erst einmal hat er mir die heutige Tageszeitung gegeben, auf einen Artikel gefaltet. Der Vorstandsvorsitzende von Judah Oil ist offensichtlich ertrunken. Er wurde gestern Nacht am Grund seines Pools gefunden. Dem Bericht zufolge war es ein kardiales Ereignis.«

»Lass mich raten …«

»Richtig. Sacks wurde als sein Nachfolger bestimmt.«

»Noch ein Punkt für ihn. Wie viel bist du bereit, darauf zu wetten, dass Judah sich darauf vorbereitet, einen Ölfund zu vermelden?«

»Das befürchte ich auch. Und es kommt noch schlimmer. Anscheinend ist die *MedStar* mit einem Waffensystem ausgerüstet. Was, schätzt du wohl, haben sie damit vor?«

»Bingo. Hat Bellows dir irgendetwas geliefert, dass wir gegen Sacks verwenden können?«

»Möglicherweise.« Leichte Paranoia überkam sie. Sie sah durch das Fahrerfenster in die Schatten hinaus. Die kahlen Bäume griffen mit knorrigen Holzfingern nach der Nacht. Der kurvenreiche Fluss, der das Waldland durchschnitt, schimmerte wie eine Vorwarnung. Sie schüttelte das Gefühl ab und fuhr fort. »Er hat bestätigt, dass Sacks geistesgestört ist. Sein Vater hat ihm seine Wahnvorstellungen eingepflanzt. Halt dich fest: Er hat einen Genealogen dafür bezahlt, Sacks zu erzählen, dass er der Nachfahre König Salomons ist. Er wusste voll und ganz, dass Sacks diese Einbildung bis zum Ende ausleben würde. Sacks glaubt wahrhaftig, die wichtigste Person unserer Zeit zu sein, während er in Wirklichkeit nur der Handlanger seines Vaters ist. James Ashworth benutzt ihn, um mit allen Mitteln an das ganz große Öl in Israel ranzukommen, mit dem ultimativen Ziel, einen Großteil der Versorgung im Mittleren Osten zu kontrollieren. Das ist der Gipfel des Bösen.«

»Wow.« Daniel stieß langsam den Atem aus. »Das ist eine wertvolle Information, aber sie wird uns nicht helfen, ihn dranzukriegen. Wir brauchen etwas, dass wir beweisen können.«

»Wie wäre es damit: Anscheinend haben sie ein Komplott geschmiedet, um Harry zu töten. Laut Bellows hörte Harry seinen Vater am Telefon über einen Mord sprechen. Er hatte Todesangst und erzählte es Bellows, der sein Freund und Mentor war. Hier wird es kompliziert.« Sie zögerte. »Ein Programmierer für Advanced Electronic Solutions arbeitete an Harrys Flugzeug, kurz bevor es abstürzte.«

Von Daniels Ende kam langes Schweigen. »Und du bist sicher?«

»Bellows hat ihn gesehen.«

»Das ist perfekt. Kann er ihn sicher identifizieren?«

»Er weiß, wie er aussieht. Aber er wird nichts sagen. Er ist nervös, weil seine Tochter mal entführt wurde, und er hat Angst um die Sicherheit seiner Familie.«

»Ach, bitte! Wir sprechen hier von Mord. Wie kann er da schweigen?«

»Angst ist ein machtvoller Beweggrund«, sagte sie. »Erzähl mir von deinem Abend.«

»Es bedurfte jeder Menge Schauspielerei, aber ich glaube, unsere Mission ist erfüllt. Dein Vater hat mich Bromley vorgestellt, wie geplant.«

Obwohl Sarah wusste, dass es der einzige Weg war, um schnell an Bromley heranzukommen, hatte sie gemischte Gefühle. Sie wollte ihren Vater nicht einbeziehen, aber hauptsächlich wollte sie ihn nicht durch die Verbindung in Gefahr bringen. »Wie viel weiß mein Vater?«

»Er weiß gar nichts. Er hat mir nur einen Gefallen getan. Ich habe ihn darum gebeten, mich Bromley vorzustellen, also lud er mich als sein Gast auf diese Party voller Politiker und Gesellschaftstypen ein. Darüber hinaus weiß er gar nichts. Aber er ist ein kluger Mann. Er ahnt, dass etwas im Busch ist.«

»Und wie hat Bromley reagiert, als er dich gesehen hat?«

»Er wurde kreidebleich. Ich war wohl der letzte Mensch, den er zu sehen erwartete. Ich bin sicher, er war davon überzeugt, dass wir beide in dieser Höhle draufgegangen sind. Das Gute ist, er begreift nicht, dass wir wissen, wer er ist. Also habe ich mich einfach dumm gestellt. Ich hab ihm erzählt, dass du und ich getrennte Wege gehen und ich mit dem Mittleren Osten fertig bin und zurück in die Staaten fliege.«

»Ausgezeichnet. Denkst du, er hat es dir abgekauft?«

»Es schien auf jeden Fall so.«

»Und was jetzt?«

»Ich nehme an, er wird meine Bewegungen verfolgen, also muss ich mich an das halten, was ich gesagt habe. Ich werde in die Staaten fliegen, während du am nächsten Teil des Plans arbeitest. Ich treffe dich dann in Jerusalem.«

Eine ungute Vorahnung überkam sie. »Du wirst doch vorsichtig sein, nicht wahr?«

Er lachte, aber darin lag ein Anflug von Nervosität. »Mach dir keine Sorgen um mich. Halt dich einfach bedeckt und komm sicher nach Israel. Alles wird gut gehen.«

»Ich bin nicht sicher, ob ich dir glaube. Aber trotzdem danke.«

»Nicht der Rede wert. Ruh dich etwas aus, Sarah. Morgen ist ein weiterer großer Tag.« Er zögerte. »Bist du sicher, dass du das tun willst?«

Ihr nächster Zug war riskant. Ein Erfolg könnte ihnen einen wertvollen Verbündeten einbringen. Aber ein Fehlschlag könnte katastrophal sein.

»Ja«, sagte sie. »Ich bin sicher.«

Kapitel 31

Um ein Uhr morgens betrat Sacks den Balkon seiner doppelgeschossigen Wohnung, um die Energie des draußen wütenden Gewitters zu spüren. Windstöße drängten die Regenflächen von ihrem vertikalen Kurs ab und peitschten sie in Raserei. Ferne Blitze zerrissen den sternlosen Himmel über Jerusalem.

Er genoss es, wie der kalte Regen auf seine nackte Haut prasselte. Die flüssigen Nadeln stachen sein Gesicht und seine unter einem aufgeknöpften weißen Leinenhemd entblößte Brust. Er spähte durch den Wolkenbruch zur Altstadt hin. Die Steinfeste war in bernsteinfarbenes, feuergleiches Licht getaucht, das sie wie ein Juwel aus dem Wirrwarr von Gebäuden und Lichtern abhob, die das moderne Jerusalem beschrieben. Die goldene Kuppel zuoberst des Felsendoms glühte weiß im Mittelpunkt, war unmöglich zu übersehen.

Ein schwaches Lächeln legte sich auf seine Lippen. Sein Moment war beinahe gekommen. Nicht länger würden die Ungläubigen Anspruch auf den Berg Moriah und den Gründungsfelsen der Welt erheben. Nicht länger würden sie das Allerheiligste beschmutzen, in dessen Brust einst das Wort Gottes geruht hatte. Die Zeit war gekommen, in der die Juden zurückverlangten, was ihnen rechtmäßig gehörte. Bald würde er seinem Volk diesen lange überfälligen Sieg einbringen und er würde ewig leben.

Sein Mobiltelefon vibrierte laut auf der Glasoberfläche des Esstischs. Er betrat den gratgewölbten Salon und lief barfuß über den goldenen Kalksteinboden.

Er sah auf die Anruferkennung: *unbekannt.*

Sacks nahm ab, sagte aber nichts.

Der Anrufer sprach zuerst. »Ich bin heute einem alten Freund begegnet.«

»Und wer könnte das gewesen sein?«

»Ich war bei einer Abendgesellschaft mit Mitgliedern der konservativen Partei in Belgravia. Stellen Sie sich meine Überraschung vor, als man mir Daniel Madigan vorstellte.«

Er erschrak. »Was? Unmöglich!«

»Oh, ich versichere Ihnen, es ist möglich. Er stand leibhaftig vor mir. Das Letzte, was ich von ihm hörte, war, dass er und die Frau in einer Höhle ohne Ausgang dem Tod überlassen wurden.« Er hielt inne. »Was ist passiert?«

Sacks Blick wanderte durch den Raum, während er versuchte, den Schock zu verdauen. »Sie müssen irgendwie entkommen sein.«

»Sie hätten den Job beim ersten Mal vernünftig erledigen sollen«, blaffte der Anrufer. »Sie hätten sie niemals lebendig dort zurücklassen sollen.«

Seine Nasenlöcher blähten sich; sein Kiefer verkrampfte. Er war es nicht gewohnt, dass man auf diese Art mit ihm sprach. Durch die Zähne stieß er hervor: »Wenn Sie mich ansprechen, dann tun Sie das mit Respekt. Haben Sie verstanden?«

Bromley erwiderte: »Ich will Sie daran erinnern, wer hier am längeren Hebel sitzt. Ohne mich könnte keines Ihrer geschmacklosen Vorhaben verwirklicht werden. Also werde ich reden, wie es mir gefällt. Habe ich mich klar ausgedrückt?«

Er ließ sich nicht zu einer Antwort herab. In seinen Augen loderte Abscheu. Hätte sein Vater Bromley nicht ins Boot geholt, hätte Sacks den Kontakt mit diesem arroganten Mistkerl längst abgebrochen. Er brauchte ihn, aber er traute ihm nicht.

»Gut. Jetzt hören Sie mir aufmerksam zu. Madigan hat erwähnt, dass er sich morgen in die Staaten zurückbegibt – alleine.«

»Was ist mit ihr?«

»Um sie kümmern wir uns später. Fürs Erste will ich, dass er von der Bildfläche verschwindet.«

Sacks schritt im Raum auf und ab. »Ich bin ganz Ihrer Meinung. Er hat die Angewohnheit, in den unpassendsten Momenten aufzutauchen. Tatsächlich bin ich nicht davon überzeugt, dass er zufällig auf dieser Party war. Sie haben mit ihm gesprochen. Glauben Sie, er ahnt etwas?«

»Eigentlich nicht. Er ist ein ziemlicher Blödmann. Hatte keinen Schimmer, wer ich bin, geschweige denn, zu was ich fähig bin.«

»Behauptet er. Er ist weit gefährlicher, als er durchblicken lässt. Und sie genauso.«

»Umso mehr ist Grund zur Eile geboten. Und diesmal kann es keine bloße Warnung sein. Ich habe bereits mit meinem liebsten Flugzeugmechaniker gesprochen.«

Sacks blieb wie angewurzelt stehen. Die Erinnerung an den reibungslosen Mord an seinem Bruder hielt in seinem Verstand Einzug. Er mochte die Idee einer Zugabe. »Ich verstehe. Und wie genau sehen Madigans Flugpläne aus?«

»Er fliegt privat. Er nimmt Westons Jet nach New York. Ich habe es überprüft. Er ist der einzige Passagier an Bord.«

»Und Lord Weston?«

»Er fliegt am Morgen in diplomatischer Vertretung nach Moskau. Er wird als Teil einer Gruppe an Bord einer der Regierungsmaschinen sein, um Russland und die verschiedenen *-stans* zu besuchen. Er wird gut zwei Wochen lang weg sein.«

Sacks lief zur Balkontür und beobachtete, wie Blitze den östlichen Horizont erhellten. Ein Donnerschlag trug zur Symphonie aus zischendem Wind und heftigem Regenfall bei. »Sehr gut. Ich werde alles Weitere von meiner Seite aus koordinieren.«

»Vergessen Sie nicht: keine Fehler.«

Sacks lächelte. »Keine Fehler.«

Kapitel 32

Mit einer einfachen schwarzen Djellaba und einem schwarz-weiß karierten Hidschab bekleidet saß Sarah hinten im Jeep und versuchte, den Missklang aus ohrenzerreißender arabischer Musik und der lauten Stimme ihres Fahrers auszublenden, welcher unablässig in sein Mobiltelefon sprach. Es war ein langer Weg von Riad in die Wüste, und sie hatte gehofft, die Fahrt würde ihr Zeit verschaffen, um ihre Gedanken zu ordnen. Stattdessen war sie aufgewühlter denn je.

Zum Teil war das dem Gespräch geschuldet, das sie, kurz bevor sie das Flugzeug nach Saudi-Arabien bestieg, geführt hatte. Sie hatte Johann Marlowe angerufen, den obersten Adepten des Hermetischen Ordens der Goldenen Dämmerung, und ihm im Austausch gegen Informationen über seinen früheren Schüler einen Blick auf die Salomonischen Texte angeboten, die sie ergraben hatten.

Marlowe, der sich üblicherweise bedeckt hielt, war von den Entwürfen für König Salomons Tempel fasziniert. Für den Orden war Salomon ein Leitbild, ein Fundament für die philosophische Doktrin und eine Inspiration für Kultriten. Sie hatte darauf gezählt, dass ihr dies die Türen öffnen würde, und das hatte es.

Der Adept war überraschend mitteilsam zum Thema Trent Sacks gewesen; es wurde deutlich, dass es böses Blut gegeben hatte. In ihren Gedanken spielte sie das Gespräch noch einmal ab.

»Trent schloss sich dem Orden vor etwa zehn Jahren an«, sagte Marlowe. »In ihm brannte ein echtes Feuer. Kaum war er initiiert, studierte er alles aufs Genauste, dass je über die magischen Künste geschrieben wurde. Er sprach nicht mit vielen Menschen; er schlief kaum. Seine Leidenschaft grenzte an Obsession. Aber er verstand sein Handwerk und wurde ziemlich gut in der Beschwörung. Vor drei Jahren erreichte er den Rang des Magus, der zweithöchste im dritten Orden der Goldenen Dämmerung. Dann wurde er launenhaft … machttrunken. Er war nicht länger Teil von etwas Höherem. Er war seine eigene Entität und er tat, was er wollte, ohne an den Lehren festzuhalten.«

»Was war es, dass er wollte?«

Marlowe zögerte. »Es ist etwas schwierig, das jemandem zu erklären, der nicht glaubt.«

»Ich bin unvoreingenommen.«

»Lassen Sie mich versuchen, alles für Sie in einen Kontext zu bringen. Vieles von unserem Tun beschäftigt sich mit der Kommunikation mit Geistern. Wir rufen sie an und wir beschwören sie herauf. In der Anrufungsmagie erwecken wir höhere Geister – hauptsächlich engelhafte Wesen. In der Beschwörungsmagie rufen wir niedrigere Wesen oder Dämonen herbei, in erster Linie, um sie zu befragen. Letzteres ist sehr gefährlich, da die Person, welche die Beschwörung durchführt, äußerst stark sein muss. Jeder Riss im Glauben kann dem Dämon ein Portal bieten, um einzudringen … und irreparablen Schaden zu verursachen.«

Für Sarah war das unbekanntes Terrain. Sie gab ihr Bestes, um zu folgen, ohne zu urteilen. Sie musste Sacks *Modus Operandi* begreifen. »Wollen Sie sagen, dass er … Dämonen beschwor?«

»Er sah sich selbst als Salomonischen Magier. Wie Sie vielleicht wissen, war der große König für seine Fähigkeit berühmt, sowohl mit Engeln als auch mit Dämonen zu kommunizieren. Letzteres verursachte seinen spirituellen Niedergang. Wenn Sie ein wenig der arabischen Literatur gelesen haben, und sogar die talmudischen Texte, dann haben Sie vielleicht Bezüge auf den Dämonenkönig Aschmedai gesehen. Salomon nahm ihn gefangen, kerkerte ihn ein und zwang ihn dazu, am Bau seines Tempels mitzuarbeiten. Aber Aschmedai war listig und stahl Salomon letztlich seinen Ring und seine Macht und verstieß ihn, sodass er als Bettler durch die Wüste wanderte. Einige glauben, dass Salomon triumphierte und wieder als König eingesetzt wurde. Andere glauben, dass er in jenem bedauernswerten Zustand starb, durchdrungen von der Sünde seiner Eitelkeit und Arroganz. Diese Geschichte beeinflusste Trent in hohem Maß. Er war entschlossen, Gebieter über die dämonische Welt zu werden, um seinen eigenen spirituellen Niedergang zu verhindern.«

»Sie sprechen in der Vergangenheitsform von ihm. Ich nehme an, das bedeutet, er ist nicht länger ein Mitglied der Goldenen Dämmerung?«

»Das ist korrekt. Seine Auslegungen der Lehren wurden unheimlich. Während er sich mehr und mehr auf Beschwörungen konzentrierte, wurde er zunehmend abwesend – einsiedlerisch sogar. Er führte einige Rituale durch, die unser Orden niemals billigte. Er missachtete die Meister ungeniert, als wäre unsere Ansicht belanglos.«

Sarah ahnte, dass er sich auf die dunkle Seite der magischen Künste bezog. »Welche Art Rituale?«

»Blutopfer. Wir haben sie nie praktiziert und werden es auch nicht. Tatsächlich lehnen wir sie vehement ab.«

Sie wusste, dass Marlowe nicht bloß vom Töten der Menschen sprach, die Sacks im Weg gestanden hatten, sondern von feierlichen, vorsätzlichen Opfern, Gaben für den Himmel. Dies war Sacks Art, seine Feinde zu schänden und zu vernichten – und zu zeigen, wie weit er für seinen Gott gehen würde.

Da sie spürte, dass sie Marlowes Vertrauen genoss, bohrte sie weiter. »Mr. Marlowe, Trent Sacks hat die Salomonischen Schätze gestohlen und ich fürchte, er wird sie in böser Absicht benutzen. Können Sie mir irgendetwas über Rituale oder Legenden sagen, die dieses Manuskript oder den Königsring einschließen?«

»Der Ring«, flüsterte er. »Das Maurerwerkzeug … dann existiert er also.«

Sarahs Puls beschleunigte sich. »Der Ring ist ein Werkzeug? Wie wird er eingesetzt?«

»Unglücklicherweise wissen wir es nicht. Überall in den Texten finden sich rätselhafte Bezüge auf das Siegel Salomons, aber keine konkreten Angaben darüber, wie es aussieht oder wie es funktioniert. Man hat immer angenommen, wenn es jemand mit einer magischen Ausbildung im Besitz hätte, wüsste derjenige, was damit zu tun sei.«

Das Maurerwerkzeug. Auf irgendeine Weise sollte der Ring während des Bauablaufs zum Maßnehmen, Angleichen oder Zentrieren verwendet werden. Deswegen war es unerlässlich, sowohl den Ring als auch die Pläne zu besitzen: Das eine war ohne das andere wertlos.

Rabbi Ben Moshe würde davon wissen. Sie würde ihn noch einmal besuchen – aber zuerst hatte sie etwas zuzustellen.

Der Fahrer stützte einen Arm auf die Rückenlehne und drehte sich um.

»Bitte sehr, Lady. Da wären wir.«

Sarah starrte aus dem Fenster auf den trostlosen Winkel des Leeren Viertels. Der Jeep war auf einer unbefestigten Straße durch die Wüste zum Stehen gekommen. Die goldenen Sanddünen, die im Morgenlicht rosig erglühten, erstreckten sich bis zur Unendlichkeit. In der Ferne bot ein Dickicht aus Palmen und einigen dürren *Asal*-Sträuchern vorübergehende Zuflucht vor den rauen Bedingungen.

Die halbpermanente Siedlung der Al Murra stand an der Randzone der Wüste. »Warten Sie hier auf mich«, sagte sie zum Fahrer, als sie aus dem Jeep stieg.

Sarah schlang sich den Riemen einer Webtasche über den Kopf und quer über die Brust. Sie atmete die trockene, heiße Luft ein, die eine Art Schmerz mit sich trug. Es war nicht sehr lange her, dass sie ein paar Kilometer von diesem Ort entfernt gegraben hatte. Und dennoch befanden sich die Tage in al-Fau schon hinter einer geschlossenen Tür ihres Verstandes. Sie hatte die starke Vorahnung, dass sie niemals wiederkommen würde, und der Gedanke beunruhigte sie. Zum ersten Mal in ihrem Leben hatte sie keinen Ort, an den sie zurückkehren konnte, keinen Kompass in der Wildnis. Der rationale Teil von ihr, der Teil, dem sie vertraute, war entsetzt. Aber sie konnte die Stimmen nicht zum Schweigen bringen, die sie dazu trieben weiterzumachen, egal, was kommen mochte.

Sogar im Dezember brannten gleichbleibende dreißig Grad auf die Wüste herab. In der Stille dieses Sandreiches konnte sie das Rascheln ihrer Baumwoll-Djellaba hören, während sie auf das Lager zuging. Obwohl die Zeit hier belanglos war, war sie sich deutlich ihres Verstreichens bewusst. Jede Minute, die vorüber tickte, war eine Erinnerung daran, dass der Feind an Boden gewann.

Sarah lief zügig zum Lager der Al Murra.

Zwei Wasser tragende Frauen empfingen sie mit argwöhnischen Mienen. Sie neigte den Kopf. »Ich möchte zum Amir«, sagte sie auf Arabisch.

Die beiden Frauen sahen erst einander, dann Sarah an. Sie betrachteten sie nicht mit Misstrauen, sondern mit Neugier, und fragten sich sicherlich, was eine Frau mit blauen Augen und heller Haut in ihrer Mitte tat, wie sie in ein schwarzes Gewand gehüllt, ihre Sprache sprechend.

Eine der Frauen studierte Sarah mit strahlenden, braunen Augen, die als einzige nicht von ihrer schwarzen Kopfbedeckung verhüllt wurden. Sie nickte zum anderen Ende des Lagers, wo ein grau und braun gestreiftes Zelt stand.

Sarah wusste, dass es nicht einfach sein würde, eine Audienz beim Anführer des Stammes zu erhalten. In der patriarchischen Gesellschaft der Nomaden herrschte eine klare Trennung zwischen Männern und Frauen, und die Meinung einer Frau wog nicht so schwer wie die eines Mannes. Sie umklammerte ihre Tasche und hoffte, dass das Objekt darin den Amir davon überzeugen würde, sie wenigstens anzuhören.

Vor seinem Zelt befand sich eine Gruppe junger Männer, die mit gekreuzten Beinen im Kreis beisammen saßen und Kaffee tranken. Sie blieb in angemessener Entfernung stehen und wartete darauf, angesprochen zu werden.

»Was willst du, Frau?«, fragte einer.

»Ich bringe Neuigkeiten über den Sohn des Amirs.«

»Sag, was du zu sagen hast, und geh.«

»Nein.« Sie wollte nicht respektlos klingen, aber ihre Selbstsicherheit brach durch. »Ich muss vertraulich mit ihm sprechen. Es ist eine ernste Angelegenheit.«

Sie murmelten miteinander und einer der Männer stand auf.

»Warte hier.«

Er verschwand im Zelt. Ein paar Augenblicke später tauchte er wieder auf und bedeutete ihr, einzutreten. Mit gesenktem Kopf und gefalteten Händen ging Sarah stumm hinein.

»Kommen Sie näher.« Die Stimme war tief und rau wie die eines lebenslangen Rauchers. Der Amir saß auf einem Stapel wollener Kissen und zupfte an einer Kette mit bernsteinfarbenen Perlen. Er war schwarz gekleidet. Um seinen Kopf war eine rot-weiße Kufiya geschlungen, die um den Scheitel herum von einem schwarzen Band festgehalten wurde. Sein Gesicht hatte die Farbe von Milchschokolade und war von den Linien der Entbehrung zerfurcht. Ein ergrauender Bart hing ihm bis aufs Brustbein hinab.

Der einzige Grund, warum er einer Frau gestattete, sein Zelt zu betreten, war die Verbindung zu seinem Sohn; Sarah wusste das. Sie hielt es für angemessen, zu sagen, wer sie war. »Eure Güte ist groß, Amir. Darf ich mich vorstellen?«

»Ich weiß, wer Sie sind.» Er klatschte laut in die Hände. »Setzen Sie sich.«

Sie setzte sich ihm gegenüber auf den abgetretenen Teppich.

Kaum einen Augenblick später traten zwei verschleierte Frauen mit einem kleinen Teller Datteln und einer Schüssel weißer, schaumiger Milch ein, die sie vor Sarah abstellten. Sie drückte ihren Dank mit einer leichten Verbeugung aus und nahm einen Schluck der süßen Milch, die vom Kamel noch warm war.

»Die Männer berichten, Sie haben Neuigkeiten über meinen Sohn», sagte er. »Ich habe ihn viele Tage nicht gesehen.«

»Ich sah Sa'id in Israel, in einer Höhle in der Judäischen Wüste.« Ihr Ton war selbstbewusst, ungerührt. »Er war mit dem Engländer zusammen. Ich war ihre Gefangene.«

Die Augen des Amirs verengten sich. »Sprechen Sie weiter.«

Sie hatte ihre Worte schon abgewogen. Die Ältesten der Al Murra waren ehrenwerte, direkte Menschen, die die schnörkellose Wahrheit schätzten. »Der Thron König Salomons von Israel und Juda stand in dieser Höhle. Der Engländer befahl Sa'id, ihn zu besteigen, sodass er sich nicht selbst der Gefahr aussetzen musste.« Sie senkte den Blick. »Sa'id wurde sofort getötet, vom Horn eines goldenen Ochsen durchbohrt. Ich habe es mitangesehen.«

»Lügen«, brüllte er. »Wie können Sie es wagen, eine solche Blasphemie in mein Haus zu bringen?«

Sie griff in ihre Tasche und holte Sa'ids *Khanjar* heraus. Der gebogene Teil der Scheide war verformt und im Griff befand sich ein vielsagender Einschnitt. Behutsam legte sie ihn vor den Amir.

Der Anführer nahm ihn geschwind an sich und begutachtete ihn, dann drückte er ihn an sein Herz. Trauer überkam ihn.

Sarah gab ihm einen Augenblick, da sie wusste, dass ihre nächste Nachricht ihn in Rage versetzen würde. Loyalität schätzten die Al Murra mehr als alles andere. Einen Verrat – durch einem der ihren oder einen Außenseiter – würden sie mit Rache vergelten, ganz gleich wie lange es dauerte oder wie weit sie gehen mussten. Es war Teil des *sharaf*, des Ehrencodex der Beduinen.

»Der Engländer hat Sa'id verraten, Amir. Er benutzte ihn ohne Rücksicht auf sein Leben. Er eilte ihm nicht einmal zur Hilfe, als er im Sterben lag. Ich weiß nicht, was er Ihnen versprochen hat, aber darauf können Sie sich verlassen: Am Ende wird er seine Versprechen brechen.«

Der Amir sog scharf die Luft ein. »Er hatte keinen Pakt mit mir. Ich bin ein Mann der alten Ordnung und ich habe die Verbindung mit einem Fremden abgelehnt. Sa'id bestand darauf. Als mein baldiger Erbe genoss er gewisse Sonderrechte. Er hielt die Partnerschaft aufrecht, weil sie Arbeit für unsere jungen Männer bedeutete. *Sie haben genug davon, Kamelhirten zu sein*, sagte er. *Sie wollen eine neue Lebensweise.* Unser Teil der Abmachung war es, dem Briten die im Tal gefundenen Artefakte zu übergeben.«

»Welche Art Arbeit hat er ihnen versprochen?«

»Öl. Er besitzt Bohrtürme in der Rub al-Chali. Einige unserer Männer arbeiten dort für ihn. Andere hat er in weitere Teile Arabiens gebracht.«

»Wissen Sie, wohin?«

»Nein. Aber wir können sie finden. Unter unserem Volk verbreiten sich Nachrichten rasch.«

Sie wusste, dass das stimmte. Nomadische Stammesmitglieder kommunizierten mithilfe von Boten und strategisch entzündeten Feuern quer durch die Wüste. Auf diese Weise konnten sie andere Stämme kilometerweit entfernt erreichen, um sie vor drohenden Gefahren wie Sandstürmen oder Angriffen zu warnen. Das System, seit der Antike angewandt, war allen Stämmen wichtig und hatte noch nie versagt.

»Ich bete dafür, dass Sie Gerechtigkeit für den Tod Ihres Sohnes finden.« Sie neigte sich vor, bis ihre Stirn den Teppich berührte.

»Erheben Sie sich.«

Ihre Blicke trafen aufeinander. Der Kummer hatte seine Augen verlassen und war jetzt von einem schrecklichen Zorn abgelöst, aus dem eines der heiligen Gesetze der Wüste sprach: Niemand legt sich mit den Beduinen an.

Sarah hatte erreicht, weswegen sie hergekommen war. Sie stand auf, verließ das Zelt des Amirs und ging an den gaffenden Männern und Frauen des Stammes vorbei, die aus Aufmerksamkeit für ihren Anführer in ihrem Tun innehielten. Sie spürte ihr Starren, während sie das Lager verließ und auf das Auto zueilte, das darauf wartete, sie zum Flughafen zu bringen.

Kapitel 33

Jenseits der Fensterluke des Jets der Royal Jordanian wirkte Tel Aviv an diesem Dezembermorgen besonders trostlos. Dicke Wolken in der Farbe alten Pergaments verbargen das Sonnenlicht und färbten alles Darunterliegende mit einer Grautönung. Der Regen fiel schwach und stetig herab und ließ Sarahs Fenster mit kleinen Tropfen beschlagen, die wie Tränen am Plexiglas hinunterliefen.

Das Flugzeug rollte zum Gate und eine Vielzahl an Pieptönen erklang in der Kabine. Während die Flugbegleiterin ihre Ansage zum Verlassen der Maschine machte, schaltete Sarah ihr Mobiltelefon ein und überprüfte es auf Nachrichten. Nichts, nicht einmal eine Mitteilung von Daniel, der jetzt vermutlich auf dem Weg nach New York war. Es war neun Uhr morgens in Tel Aviv. Sie steckte ihr Handy in die Tasche und verließ das Flugzeug.

Das Terminal war brechend voll, wie üblich. Durch ein Meer aus Gesichtern, alle losgelöst und charakterlos wie Geister, ging sie zum Ausgang. An ihrer Hüfte begann das Mobiltelefon zu vibrieren.

Sie nahm ab.

»Sarah …« Ezras Stimme klang erstickt, verhalten. »Es tut mir so leid.«

Sie konnte ihn kaum hören. Sie legte eine Hand über ihr anderes Ohr. »Leid … Weswegen? Was ist passiert?«

Eine kurze Stille folgte. »Du meinst, du …? Wo bist du?«

»Ich bin gerade in Tel Aviv gelandet. Ich laufe jetzt durch Ben Gurion.«

»Bleib, wo du bist. Ich bin gleich da.«

Sie wurde stutzig, beinahe irritiert. »Was ist los?«

Als sie aufsah, erhaschte sie einen Blick auf eine Nachrichtensendung auf einem Fernseher. Da sie die Worte des israelischen Sprechers über den Lärm im Terminal nicht hören konnte, versuchte sie, die hebräischen Worte zu lesen, die auf dem Bildschirm eingeblendet wurden.

Absturz von Flug 43.

Das nächste Bild zeigte ein Meer, das sie nicht zuordnen konnte. Wrackteile eines zerbrochenen Flugzeugflügels und eines Rumpfes trieben im Wasser. Dann wurde Luton, einer der Londoner Flughäfen, eingeblendet, gefolgt von einem Hangar und dem Bild eines intakten Jets. Sie erkannte ihn augenblicklich: ein Dassault Falcon 900, das Flugzeug der Familie Weston. Wie versteinert blieb sie unter dem Monitor stehen. Menschen liefen in sie hinein, rempelten sie an.

»Sarah? Bist du noch dran?«

Auf dem Bildschirm erschien das Foto ihres Vaters. Sie ließ das Handy fallen.

Ein junger Mann hob es auf und gab es ihr, während er etwas auf Hebräisch sagte, das sie nicht begriff. Sie konnte Ezras Stimme aus dem Gerät hören.

»Ich bin dran«, sagte sie. »Ich habe es gerade gesehen.«

»Ich bin unterwegs. Bleib, wo du bist. Wir treffen uns in der El Al Lounge.«

Ihre Hände zitterten, als sie den Telefonbildschirm antippte, um aufzulegen. Instinktiv wählte sie Daniels Nummer. Wie erwartet wurde sie direkt mit der Mailbox verbunden: Er war noch in der Luft, unterwegs nach New York. Auf dem Weg zur Lounge fühlte sie sich von ihrem Körper losgelöst. Gedanken und Gefühle stürzten auf sie ein.

Bei der Lounge zahlte sie dem Angestellten den Tagessatz und begab sich direkt zu einem Computer, um die weiterführende Berichterstattung zu verfolgen. Es gab frustrierend wenige Informationen. Bekannt war nur, dass sich das Flugzeug auf dem Weg in die Vereinigten Staaten befunden hatte, als es über dem Atlantik abstürzte. Kein Wort über die Ursache oder Überlebende.

Sie rief im Büro ihres Vaters an. Seine Sekretärin hob nicht ab und ihr Anrufbeantworter war voll. Sarah versuchte es in seiner Wohnung in London und dem Landhaus in Wiltshire. Bei beiden keine Antwort. Sie warf das Telefon auf den Beistelltisch und stützte ihren Kopf in die Handflächen.

Das Foto ihres Vaters auf dem Bildschirm der israelischen Nachrichtensendung verfolgte sie. Alles kam ihr so unwirklich vor, als erlebte sie es aus einem Paralleluniversum heraus. Konnte er wirklich von ihr gegangen sein? Auf gewisse Weise hatte sie ihn schon lange vorher verloren. Ihr Verstand begab sich in einen Rücklauf und spielte Szenen aus der Vergangenheit ab, Episoden, die zu vergessen sie sich so sehr bemüht hatte.

Sie sah sich selbst mit sechzehn, in jener schrecklichen Nacht kurz nach Neujahr. Ihr Mädcheninternat in Wallingford, Connecticut, hatte Ferien, und die verbrachte sie im Haus ihrer Mutter in New Canaan.

Zuerst kam der Anruf, gegen ein Uhr morgens. Sarah wollte nicht lauschen, aber die Wände zwischen ihren Schlafzimmern waren dünn und die Stimme ihrer Mutter laut, beinahe ein Schreien. Sicher war sie betrunken. Sarah konnte nur ihren Teil des Gesprächs hören.

»Dein Tennisspiel geht mir am Arsch vorbei, Richard. Ich habe es satt, von dir hingehalten zu werden … hör mir zu! Das Geld wird knapp. Ich kann es nicht mehr zusammenhalten. Allein die Rechnungen von Choate bringen mich um. Du wirst … was? Nein, hab ich nicht. Es gibt nichts. Ich bin praktisch jede Woche für Castings in der Stadt …« Einiges Schniefen folgte.

Sarah zuckte zusammen. Bevor ihre Mutter Sir Richard kennengelernt hatte und nach England gezogen war, hatte sie eine kurzlebige Schauspielkarriere gehabt. Sarah wusste, dass sie versuchte, diese wiederzubeleben. Aber zu viele Jahre waren vergangen und zu viele Falten hatten sich in ihre Haut gegraben, und die Absagen türmten sich.

»Wie konntest du das tun? Um Himmels willen. Es geht um dein Kind. Du kannst uns nicht einfach so den Geldhahn zudrehen … Richard? Richard!«

Sie hörte ein Knurren, dann den Klang von zerbrechendem Glas.

Sarah hatte an die Tür ihrer Mutter geklopft, aber außer den Schluchzern der Verzweiflung hatte sie keine Antwort erhalten. Sie hatte die verhängnisvolle Entscheidung getroffen, sie in Ruhe zu lassen.

Gegen fünf Uhr morgens schreckte sie plötzlich reuevoll aus dem Schlaf. Es war das erste Mal, dass sie erlebte, wie die Intuition sich über die Logik stellte. Sie kehrte zur Tür ihrer Mutter zurück, klopfte, erhielt keine Antwort.

Sie trat ein. Das Bett war unbenutzt. Der Spiegel der Eitelkeit war zerbrochen worden. Furcht überkam sie.

»Mum?«

Keine Antwort. Die Badezimmertür stand leicht offen und warf einen schimmernden Lichtstreifen in die Dunkelheit. Sie ging darauf zu.

Einen Moment lang stand sie vor dem Bad und lauschte in die Stille, erlaubte der Tür, sie vor dem, was sie auf der anderen Seite zu finden fürchtete, zu schützen. Langsam drückte sie die Tür auf und kniff aufgrund der plötzlichen Helligkeit die Augen zusammen.

»Mum, bist du hier? Geht es dir gut?«

Sie trat ein und sah sich im Raum um. Es roch schwach nach Gardenien. Ihr Blick blieb an der Badewanne hängen. Ein leeres Whiskeyglas stand auf dem Regal dahinter.

Verängstigt kam die jugendliche Sarah näher. Von unterhalb des Wassers starrte sie das bleiche Gesicht ihrer Mutter mit offenen aber leeren Augen an. Sie hatte sich komplett zurechtgemacht, mit blutroten Lippen und dickem Lidstrich, eine wunderschön bemalte Hülle. Ihre langen, wogenden Locken trieben um ihren Kopf wie ein goldener Heiligenschein.

Sarah stieß ein Heulen aus, dass sich in Schluchzen auflöste. Als ihre Knie nachgaben, stützte sie sich an der Wand ab und sank zu Boden, unsicher, was sie tun sollte. Sie fühlte sich verlassen, verzweifelt, versteinert.

Ihr Vater tat nichts, um ihren Kummer zu lindern. Am Tag der Beerdigung nahm er sie beiseite. »Sarah, was passiert ist, ist schrecklich, aber du darfst jetzt nicht Trübsal blasen. Das hilft deinem Charakter nicht. Du musst jetzt nach vorne blicken.«

Diese Art Weitsicht entzog sich ihr. In diesem Moment wollte sie nur getröstet werden. »Daddy, ich möchte nach England zurückkommen.«

»Noch nicht. Du hast noch ein Jahr in Choate. Ich will, dass du es beendest.«

»Aber ich hasse es. Und ich bin hier ganz alleine.«

»Du bist kein Mädchen mehr, Sarah. Du musst stark sein. Hat dieser Vorfall dich nichts gelehrt? Verzweiflung ist für die Schwachen. Und Schwäche« – er machte eine Pause – »hat furchtbare Konsequenzen.«

Das war das letzte Mal, dass er je über den ›Vorfall‹ sprach. Sarah musste den Sumpf ihrer Gefühle allein durchwandern, ohne Kompass und ohne Karte. Nicht nur bot er ihr keinen Funken Unterstützung: Indem er ihre Verzweiflung belächelte, schob er sie weiter von sich.

Nach all dem sollte sie ihn verachten. Sie tat es nicht. Irgendwo in ihrem Herzen war er immer noch ihr Daddy. Sie wollte seine Anerkennung nicht und ganz bestimmt nicht sein Vermögen; sie wünschte sich nur, dass er ein Mal weit genug aus der Reserve kam, um seine Schwächen und Unzulänglichkeiten einzugestehen und sie trotz der ihren zu akzeptieren.

Die Aussicht darauf trieb davon wie Wrackteile im kalten Atlantik. Sie rief sich ins Gedächtnis, dass der Tod ihres Vaters bei diesem Crash nicht bestätigt war. So lange es Hoffnung gab, würde sie sich daran klammern.

Sie spürte eine Hand auf ihrer Schulter und sah erschrocken auf. Ezra stand über ihr und telefonierte.

»Kannst du an die Passagierliste herankommen?«, hörte sie ihn fragen. Er senkte das Handy. »Ich spreche mit einem Freund, der bei der IAA arbeitet. In den Medien konnte ich nichts finden, also hab ich gedacht, ich wende mich direkt an die Quelle.« Er hob das Telefon wieder ans Ohr. »Ja, ich bin dran.«

Sie beobachtete, wie sich seine Stirn beim Zuhören furchte. Er nickte und murmelte ein paar Mal: »Okay.«

Sie stand auf und verschränkte die Arme. »Was sagt er?«

Er hob eine Hand und hörte weiter zu. »Ich verstehe. Okay, klasse. Ruf mich zurück.« Er legte auf. »Gute Neuigkeiten. Dein Vater war nicht im Flugzeug. Sein Name stand auf einer anderen Passagierliste für einen heutigen Flug nach Moskau.«

Sie senkte den Kopf. »Gott sei Dank.«

»Ein Passagier war aber trotzdem in der Falcon. Er versucht, den Namen herauszufinden. Er wird anrufen, sobald er ihn hat.» Er strich ihr übers Haar. »Bist du okay?«

Sie nickte. »Hat dein Freund gesagt, was der Grund für den Absturz war?«

»Sie wissen es noch nicht. Sie werden keine Vermutungen äußern, bevor die Blackbox nicht gefunden wurde und sie eine Untersuchung einleiten.«

»Was ist mit dem Piloten?« Sie sorgte sich um Branford Welles, der in den letzten sechsundzwanzig Jahren die Flugzeuge der Westons geflogen hatte und quasi zur Familie gehörte.

»Sie suchen nach Überlebenden. Es besteht immer eine Möglichkeit …«

Sie wandte den Blick ab. Über den Schrecken der Nachricht hatte sie nicht einmal in Erwägung gezogen, was jetzt offensichtlich schien. Ihr Blut gefror.

Was wenn …?

Ezras Telefon klingelte ein Mal. »Adam. Sprich mit mir.«

Während er seinem IAA-Kontakt zuhörte, wandten sich Sarahs Gedanken den Verbrechern zu, die Harry Ashworths Flugzeug sabotiert hatten. Sandten sie ihr eine Warnung, indem sie den Jet ihres Vaters zum Absturz brachten? Würden sie wirklich so weit gehen?«

»Was? Bist du sicher?« Ezra wurde blass. Er richtete seinen Blick zu Boden. Seine Miene war ausdruckslos. Er flüsterte: »Scheiße.«

»Ezra? Was ist los?«

Er legte auf und starrte sie an, die Stirn gerunzelt. Unter seinem grau melierten Bart traten die Sorgenfalten deutlich hervor.

Sie hatte ihn niemals so bekümmert gesehen. Es beunruhigte sie.

Er holte tief Luft. »Das Flugzeug war auf dem Weg nach New York. Der Name auf der Passagierliste lautet Daniel Madigan.«

Seine Worte trafen sie wie eine Abrisskugel. Sie fühlte sich, als müsse sie ersticken.

»Sarah, es tut mir so leid.«

»Nein …«

Mit einem gequälten Ausdruck nickte er.

Sie schlug ihm gegen die Brust. »Nein … nein!«

Ezra packte ihre Unterarme und zog sie an sich. Sie wehrte sich gegen seine Umarmung, doch er hielt sie fest. »Pscht …«

Ein ersticktes Wimmern kam über ihre Lippen und sie löste ihre Fäuste. Am ganzen Körper von heftigem Schluchzen geschüttelt brach sie in seinen Armen zusammen.

Kapitel 34

Sarah erwachte auf Ezras Sofa. Sie trug noch immer das Chambray-T-Shirt und die ausgewaschenen Jeans von ihrem Flug am Vortag. Ihr Kopf fühlte sich schwer und von ihrem Körper losgelöst an, wahrscheinlich eine Nachwirkung der Beruhigungsmittel, die Ezra ihr beschafft hatte. Sie rieb sich die brennenden, geschwollenen Augen.

Jenseits des Wohnzimmerfensters brach der Tag an. Der stahlgraue Himmel war von Bändern aus Roségold durchzogen und ein schwaches Licht drang durch das nackte Fenster herein. Ezras Haus war so unordentlich wie sein Büro, mit Bücherstapeln und Zeitschriften auf den Tischen und dem ganzen Boden. Und dennoch lag ein heimeliger Geruch über dem Ort. Sie glaubte, den Duft von Zimt auszumachen.

Sie hatte lange geschlafen. Das letzte, woran sie sich erinnerte, war, auf diesem Sofa eingerollt dazuliegen, versunken in einem bitteren Sud aus Verzweiflung und Zorn. Die Beruhigungsmittel entschärften die Kanten, vertrieben aber nicht die dunkle Realität. Ihre Brust verengte sich, als sie über Daniels Tod nachdachte. Sie rief sich ins Gedächtnis, dass es keinen eindeutigen Beweis dafür gab. Seine Leiche war nicht gefunden worden.

Doch einer Sache war sie sich gewiss: Dies war kein Unfall gewesen. Ihr war jetzt klar, dass Alistair Bromley seine Assassinen mobilisiert hatte, nachdem er Daniel auf der Party begegnet war. In Anbetracht ihres Gesprächs mit Bellows hätte sie wissen müssen, dass dies eine sehr reale Möglichkeit war, und sie hätte ihn warnen sollen. Warum hatte sie das nicht kommen sehen? Warum hatte sie ihn nicht vom Fliegen abgehalten?

»Guten Morgen.« Ezra betrat das Wohnzimmer mit einem Tablett, auf dem eine Kaffeekanne, zwei Kaffeebecher und ein Kuchen standen. »Wie fühlst du dich?«

»Höllisch. Du?«

Er goss den Kaffee ein und reichte ihr eine volle Tasse. »Eigentlich nicht schlecht. Rate mal, was heute Morgen überall im Internet steht.«

Sie starrte ihn ausdruckslos an, während sie einen Schluck des starken, schwarzen Kaffees trank.

»Neuigkeiten von der Unfallstelle«, fuhr er fort. »Der Pilot wurde lebend geborgen.«

»Du machst Witze.«

»Ganz und gar nicht. Er war bewusstlos und unterkühlt, aber er hatte einen Puls. Sie haben ihn in kritischem Zustand ins Krankenhaus gebracht.«

»Ezra, das sind fantastische Neuigkeiten. Das bedeutet, dass Danny …«

»… auch am Leben sein könnte.« Er legte ihr eine Hand auf den Unterarm. »Aber ich will nicht, dass du dir zu viele Hoffnungen machst. Dieses Wasser ist wirklich kalt. Allein die Tatsache, dass der Pilot überlebt hat, ist ein Wunder.«

»Daniel ist der einfallsreichste und fähigste Mensch, den ich kenne. Wenn irgendwer etwas Derartiges überleben könnte, dann er.«

Er schenkte ihr ein schmallippiges Lächeln. »Ich hoffe, du hast recht.«

Sie wusste, es war weit hergeholt, aber sie glaubte an Daniels Fähigkeiten. Offensichtlich war das Flugzeug nicht explodiert oder in der Luft auseinandergebrochen, sonst hätte Branford nie überlebt. Es musste eine Wasserlandung gegeben haben. Was bedeutete, dass Hoffnung bestand. »Ich muss mit Branford sprechen.«

»Unmöglich. Nicht einmal der Papst selbst könnte jetzt zu ihm. Zuerst mal kämpft er um sein Leben. Zweitens wird er wegen der

Untersuchung streng abgesichert. Das wird wochenlang so bleiben.«

Er hatte recht. Auf keinen Fall würde Scotland Yard Branford gestatten, mit irgendjemandem zu sprechen, bevor nicht eine umfangreiche Ermittlung in Gang kam. Sie musste sich eine Strategie ausdenken, wie sie die Unfallursache bestätigen und der Bloßstellung von Bromley und Advanced Electronic Solutions näher kommen konnte. Nichts täte sie lieber, als diese Mörder hinter Gitter zu bringen.

Aber wenn der Absturz ihr eines verdeutlichte, dann dass sie in den Schatten bleiben musste. Sie stand auf und holte ihren Rucksack und ihren Mantel.

»Was hast du vor?«

»Ich muss gehen. Meine Anwesenheit bringt dich in Gefahr. Das kann ich nicht zulassen.«

»Warte. Willst du damit sagen, jemand hatte es auf Daniel abgesehen?« Ezra wirkte fassungslos. »Und du bist die Nächste?«

»Das will ich tatsächlich damit sagen.« Sie seufzte. »Da gibt es so viel, das du nicht weißt.«

»Es kommt mir so vor, als könntest du einen Verbündeten brauchen. Warum erzählst du mir nicht wenigstens, was vor sich geht? Ich könnte dir helfen.«

»Glaub mir, je weniger du weißt, desto besser bist du dran.«

Er ging zu ihr und legte ihr beide Hände auf die Schultern. »Sorge dich nicht um mich. Ich habe ein ziemlich gutes Sicherheitsnetz. Also … wie kann ich dir helfen?«

Sie dachte darüber nach. Sie konnte ihm nicht alles sagen – das würde ihn in Gefahr bringen –, aber etwas konnte sie ihm schon verraten. »König Salomon war echt, Ezra. Sein Thron ist in einer Höhle in der Judäischen Wüste verborgen. Er diente als Versteck für ein Manuskript von unermesslichem Wert für unseren Beruf.« Sie zögerte. »Es enthält die Pläne zum Bau des originalen Jerusalemer Tempels.«

Seine Augen weiteten sich. »Wo in der Wüste? Wir können eine Mannschaft hinschicken.«

»Ich kann dir helfen, zum Thron zu kommen. Aber das Manuskript ist nicht länger dort. Ich fürchte, es ist in die falschen Hände gelangt.«

»Was? Wessen?«

»Des Mannes, der Jagd auf uns macht. Er hat Pläne für den Tempelberg. Er will den Tempel neu errichten.«

»Das ist absurd. Der Tempelberg ist unantastbar. Außerdem kann nur Maschiach den dritten Tempel bauen.«

»Ganz genau.«

»Du meinst doch nicht ...«

»Er ist sehr verblendet, aber er ist auch sehr mächtig. Es gibt nichts, dass dieser Mann nicht tun würde, um sein Ziel zu erreichen.«

»Und was hast du vor?«

Sie schlang sich den Rucksack über die Schultern. »Ich gehe nach Jerusalem zurück. Ich werde mich dort verstecken, bis er bereit ist, den nächsten Schritt zu machen.«

»Und was dann? Wirst du ihm auflauern? Bleib realistisch, Sarah.«

»Na ja, ich kann mich nicht zurücklehnen und nichts tun. Wenn er seinen Plan durchzieht, bedeutet das eine Katastrophe im großen Maßstab. Ich kann wenigstens versuchen, ihm Steine in den Weg zu legen.«

»Mit welchen Mitteln? Du denkst nicht klar.«

Sie eilte auf dem Weg zur Tür an ihm vorbei.

Er folgte ihr. »Lass mich wenigstens mitkommen.«

»Du kannst mir viel besser helfen, indem du hierbleibst. Ich brauche dich, um etwas herauszufinden. Die Baupläne sind nutzlos, wenn man die wahre Maßeinheit nicht kennt – diejenige, die beim Bau des ursprünglichen Tempels benutzt wurde. Ich brauche sämtliche Informationen, die du mir darüber beschaffen kannst.«

»Ich schätze, das ganze Gerede über die Weisheit des alten Königs war doch nicht bloß Schwachsinn.«

»Alles andere als das. Meiner Theorie nach hat Salomon den Zusammenbruch des vereinten Königreichs vorhergesehen. Er sah die Anzeichen während seiner Regierung und wusste, dass es nur eine Frage der Zeit war, bis der Tempel von den Feinden Israels zerstört würde. Also hat er seinem Sohn die Pläne hinterlassen, oder dem Sohn eines Sohnes. Aber aus Angst davor, dass sie in die falschen Hände geraten würden, hat er eine wichtige Information zurückgehalten. In seinen Augen gab es vermutlich kein abscheulicheres Vergehen als das Errichten eines Tempels durch die Unwürdigen.«

»Verzeih mir, wenn ich weiterhin skeptisch bleibe. Aber für dich … ich will sehen, was ich tun kann.«

»Behalte es nur für dich. Dieser Typ hat überall seine Fühler ausgestreckt.«

Ezra begleitete sie zur Tür. »Solltest du deine Meinung ändern, schreib mir einfach. Ich werde dir jederzeit aus der Klemme helfen.«

Sie gab ihm einen raschen Kuss auf die Wange. »Danke für alles, mein lieber Freund. Wir bleiben in Verbindung.«

Sie schloss die Tür hinter sich und stand alleine im dunklen Flur. Sie verspürte keine Angst mehr. Sie war bereit, dem Feind entgegenzutreten, ungeachtet der Konsequenzen.

Im Zug von Tel Aviv nach Jerusalem wurde Sarah von beharrlicher Unruhe gequält. Sie war nicht sicher, ob sie diese der anhaltenden Wirkung der Medikamente oder ihrem eigenen wachsenden Gefühl der Verzweiflung zuschreiben sollte.

Sie überprüfte ihr Handy auf Nachrichten. So viele Male hatte sie Daniels Nummer gewählt und ihm geschrieben – an der Hoffnung festhaltend, irgendwie eine Antwort zu erhalten –, dass es langsam krankhaft wurde. Sei es durch Intuition oder schlichtes Leugnen, sie konnte seinen Tod nicht hinnehmen.

Die kosmische Ungerechtigkeit, die ein großes Leben verkürzte, einen Menschen brutal von denen fortriss, die ihn liebten, ehe ein Lebewohl gesagt oder Wiedergutmachungen geleistet werden konnten, war ihr nicht fremd. Für die Lebenden war es ein Minenfeld der Reue, das als persönliche Hölle in die Luft flog.

Sie war einmal hindurchgeschritten, als ihre Mutter starb, und es war beinahe ihr Verderben gewesen. Damals bemühte sie sich, sich vollständig vom Schmerz abzukoppeln, indem sie vor dem künstlichen Mitleid der höflichen Gesellschaft an Orte flüchtete, an denen keiner ihren Namen oder ihre Geschichte kannte. Dort, zwischen den schweigsamen Steinen, konnte sie ihre Welt kontrollieren.

In diesem Zustand harmloser Benommenheit hatte sie Jahre verbracht, bis die Umstände das Feuer aus der Asche schürten.

Es war Daniel gewesen, der ihr geholfen hatte, zu sich selbst zu finden. Er hatte ihr ihre mädchenhafte Illusion kratzbürstigen Einzelgängertums nicht abgekauft und stattdessen die leidenschaftliche Frau aus ihrer Festung herausgelockt, sodass sie für ihre Ideale kämpfen konnte. Indem er ihr erlaubte, sie selbst zu sein, und sich dennoch stur weigerte, von ihrer Seite zu weichen, hatte er ihr geholfen zu verstehen, dass Stärke und eine gegenseitige Abhängigkeit keine einander ausschließenden Prinzipien waren.

Es war sein Geschenk an sie, und sie hatte ihm noch nicht einmal dafür gedankt. Der Gedanke, ihn trotz so vieler ungesagten Worte nie wieder zu sehen, ließ ihr Herz schwer werden.

Sie rieb sich die Augen, dann sah sie aus dem Fenster. Die hügelige Landschaft des ländlichen Israels, voller Bäume, deren ausgedünnte Kronen vom Anbruch des Winters kündeten, zog so schnell vorbei, dass sie keine Zeit hatte, ihre Schönheit zu betrachten. Es war eine Erinnerung an die Vergänglichkeit des Augenblicks – wie schnell er verblassen konnte, wenn sie nicht darauf acht gab, ihn wahrzunehmen.

Sarah spielte mit dem Telefon in ihren Händen und beschwor

den Mut zum ersten Schritt herauf. *Ja*, dachte sie. *Es ist soweit.* Sie rief das Tastenfeld auf den Bildschirm und tippte die Handynummer ihres Vaters ein. Sie erinnerte sich an jede Zahl, obwohl sie ihn seit einem Jahr nicht angerufen hatte.

Nach einer kurzen Pause erklang das vertraute, weit entfernte Doppelklingeln. Sie hatte einstudiert, was sie ihm sagen würde, wenn sie die Gelegenheit dazu bekäme. Sie wusste auch, dass er nicht abnehmen würde, wenn er die Nummer nicht erkannte.

Mailbox.

»Hier ist Sarah. Was passiert ist, tut mir so leid.« Sich der Zweideutigkeit bewusst seufzte sie. »Bitte ruf mich an. Ich muss von dir hören.«

Sie nannte ihre vorübergehende Handynummer.

Sarah war sich sicher, dass er nicht anrief. Sie hatte es immer wieder erlebt: Zerstritt er sich mit jemandem, dann schloss er das Buch und öffnete es nicht wieder. Aber dies waren außergewöhnliche Umstände. Vielleicht würde er wenigstens ein Mal ein gewisses Maß an Mitgefühl in seiner kalten Seele finden. Es war einen Versuch wert, wenn auch nur, damit sie deswegen mit sich selbst zufrieden sein konnte.

Um sich abzulenken, durchforstete sie die Nachrichtenseiten im Internet. Sie begann mit den üblichen britischen Quellen – BBC, *The Guardian, The Times* – und ging dann zu einigen amerikanischen Zeitungen und Blogs über. Das meiste dort hatte die Nachrichten seit Jahren dominiert: interne Unruhen, Massenerschießungen, Wirtschaftsprobleme. Die Geschichten waren dieselben, nur die Schauplätze änderten sich. Diese Berichte waren so häufig geworden, dass sie unter der Bevölkerung eine generelle Abstumpfung verursacht hatten, die an Apathie grenzte. Dieses wilde Abtun von Weltereignissen als Radau war eine gefährliche Angewohnheit.

Vielleicht war es das, worauf Sacks baute. Zu einer Zeit, in der die Nachrichten so konsequent schlecht waren, dass es die Menschen betäubte, gab es ein kollektives Verlangen nach etwas

Hintergründigem. Die Ankunft des Messias, das Versprechen von Frieden: Nie waren die Zeiten dafür besser gewesen.

Sie rief die *Haaretz*-Nachrichtenseite auf und las den Eilmeldungsticker am oberen Ende.

05:01 | Hunderte Tote bei Auseinandersetzungen in Syrien.

06:56 | Den USA zufolge steht der Iran kurz vor der Fertigstellung von Nuklearwaffen.

Als die nächste Schlagzeile auf dem auftauchte, setzte Sarah sich auf. Sie wurde leichenblass.

08:29 | Aktuell: Ölfund im Mittelmeer.

Kapitel 35

Schritte hallten vom Marmorboden des Korridors wider, der zum Sitzungssaal führte. Sacks fühlte sich in seinem Kostüm unwohl – ein grauer Anzug mit breiten Nadelstreifen, ein weißes Hemd mit doppelten Manschetten und eine fliederfarbene Seidenkrawatte –, aber seinem selbstbewussten Gang durch das Hauptquartier von Judah Oil würde das niemand ansehen.

Er war im Begriff, seine erste Vorstandssitzung als Vorsitzender zu leiten, und ihm gefiel die Idee, mit einem Feuerwerk zu beginnen. Er allein kannte die neusten Nachrichten von der Ölplattform im Mittelmeer, und bald schon würde er sie für eine historische Bekanntmachung verwenden. Erst gestern war er von der neuen Bohrplattform zurückgekehrt. Während das Meer um sie herum toste, die Wellen im zunehmenden Wind und Regen anschwollen und vorbeirollten, hatte Sacks seinem Vorarbeiter konkrete Anweisungen gegeben.

»Wie lautet unsere Position, McConnell?«

»Wie besprochen, knapp südlich der Aufschlussbohrung«, hatte er gesagt. »Wir haben keine Wahl. Wenn wir uns noch weiter nach Norden bewegen, befinden wir uns in der Problemzone. Das wollen Sie nicht.«

»Nein, das wollen wir nicht. Aber wir wollen die Quelle am Optimum anzapfen.«

»Von unserem Standpunkt aus wird das nicht einfach werden, und es könnte länger dauern, aber wir können es schaffen.«

»Länger? Wie viel länger?«

»Wochen, vielleicht Monate.« Er zuckte mit den Achseln. »Besser geht's nicht.«

»Tatsächlich? Tja, ich behaupte, wir können das sehr wohl besser. Ich will, dass Sie horizontal bohren.«

McConnells feistes Gesicht sah aus, als hätte er gerade in eine Zitrone gebissen. »Boss … das ist illegal. Wir würden im libanesischen Revier wildern.«

Sacks grinste. »Ich erwarte, dass Sie und die Crew bis tief in die Nacht arbeiten, um den Bohrturm vorzubereiten. Ich will binnen einer Woche fördern. Lassen Sie die Männer wissen, dass ich sie großzügig entschädigen werde.«

»Eine Woche? Wozu die verdammte Eile?«

Sacks packte McConnell ein wenig zu fest an der Schulter. »Sie sind nicht hier, um Fragen zu stellen. Sie sind hier, um Befehle auszuführen. Haben Sie mich verstanden?«

Der Mann nickte.

»Gut.« Sacks ließ ihn los. »Machen Sie weiter. Und vergessen Sie nicht: Es darf keine Verzögerungen geben. Ich werde in einer Woche zurück sein, um einen Fund zu verkünden.«

Während er sich an das Gespräch erinnerte, atmete Sacks tief durch und gestattete seinen Zügen, sich zu einem Lächeln zu entspannen. Die Zeit nahte. Bald würden sich all die Jahre, die er dem Studium gewidmet hatte, und all das Familienvermögen, das sein Vater und er investiert hatten, auszahlen. Alles stand fürs große Finale bereit – das hieß, alles, außer einer Sache. Und auch diese würde rechtzeitig ihm gehören.

Er stand vor der Tür zum Sitzungssaal und hörte das Geplapper darin. Er glättete sein Haar, das zu einem straffen Pferdeschwanz gebunden war, und drehte entschlossen den Knauf. Mit dem Schwung eines Politikers betrat er den Raum.

Stimmen verstummten; ein Körper nach dem anderen erhob sich von seinem Platz.

»Bitte.« Mit einem gelassenen Lächeln betrachtete Sacks die Gesichter im Raum. »Setzen Sie sich.«

Er nahm am Kopf des Tisches Platz und holte einen Laptop aus seinem Aktenkoffer. Er verband ihn mit einem Projektor, den er einschaltete. »Meine Damen und Herren Vorstände, lassen Sie mich Ihnen zuerst für Ihr Vertrauen danken. Ich werde mein Möglichstes tun, um diesen ausgezeichneten Betrieb der Anerkennung und dem Erfolg zuzuführen, die er verdient. Wie Sie bereits wissen, bin ich ein leidenschaftlicher Vertreter der Exploration und glaube, dass die Zukunft direkt hier in Israel liegt.« Er begegnete dem Blick jeden Mannes und jeder Frau im Raum. »Diese Zukunft beginnt jetzt. Was lange eine persönliche Überzeugung, der Auftrag dieser Firma, und ein Traum von Juden überall war, steht kurz davor, Realität zu werden.«

Der Raum brach in Applaus aus.

Er wartete, bis das Klatschen nachließ. »Ich habe dieses außerordentliche Treffen einberufen, um Ihnen einige Neuigkeiten mitzuteilen, daher werde ich direkt zur Sache kommen.«

Er rief eine Präsentation auf, die mit Bildern der neu errichteten Halbtaucher-Plattform eröffnete, die als ständiger Knotenpunkt für Judahs Bohreinsätze vor der Küste diente. Diese Bohrplattform bot die beste Möglichkeit, die Ölreserve zu erreichen, die nun auf fünfundzwanzig Milliarden Barrel geschätzt wurde und in einer Tiefe von zweitausendvierhundert Metern lagerte. Gleichzeitig hielt sie dem rauen Wetter stand, welches das Mittelmeer den ganzen Winter plagte.

Auf vier massiven, an Unterwasserpontons befestigten Zylindern ruhend sah die Konstruktion wie eine Zukunftsstadt aus. Ein dreistöckiges Gebäude, in dem die Crew untergebracht war, überragte das Deck, eine mehrstöckige Plattform, auf der sich der Haupt-Derrick, vier Kräne, Hebebühnen, Pumpen, Maschinen und ein Durcheinander aus noch zu verwendenden Rohren befanden.

»Seit dieser Woche ist unsere Plattform fertiggestellt.« Er sprach klar und zuversichtlich. »Die Crew dort arbeitet schnell. Andere erheben Anspruch auf unsere Entdeckung. Aber«, rief er, »*wir* werden uns durchsetzen.«

Weiterer Applaus folgte. Er beruhigte den Raum mit gehobenen Händen. »Unsere Tests lieferten die Ergebnisse, auf die wir erhofft hatten. Diese Quelle bietet sowohl Quantität als auch Qualität, und wir sind absolut dazu bereit, sie anzuzapfen.« Er zeigte ein animiertes Diagramm des geplanten Bohrwegs. Die horizontale Leitung, die zu legen er McConnell beauftragt hatte, war nicht zu sehen. Stattdessen war ein multilateraler Weg erkennbar, der an verschiedene Lagerstätten reichte. »Sie möchten feststellen, dass das Öl in einer Tiefe von zweitausendvierhundert Metern lagert und in verschiedenen Schichten konzentriert ist. Unsere firmeneigenen Bohrtechniken verschaffen uns den Vorteil, mehrere Schichten in einem Bruchteil der Zeit zu erreichen, die andere Firmen benötigten. Die Männer versichern mir, dass wir innerhalb einer Woche in Förderung sein und den ersten sichtbaren Beweis einer Gesamtreserve von geschätzten fünfundzwanzig Milliarden Barrels erbringen werden.«

Ein silberhaariger Mann am anderen Ende des Raumes hob die Hand. »Diese Multilateral-Bohrung, die Sie vorschlagen, könnte von einem geopolitischen oder ökologischen Standpunkt aus sehr heikel sein. Wir sollten jemanden von der Behörde für Natürliche Rohstoffe konsultieren. Wir wollen keinen Ärger …«

»Ich habe die Situation unter Kontrolle.« Er erinnerte sich daran, wie einfach es gewesen war, die führenden Beamten zu schmieren. Ihre Bereitwilligkeit, Bestechungsgelder anzunehmen, war nur eine weitere Bestätigung dafür, dass die Menschen, selbst jene, die die moralische Flagge schwangen, bösartig waren und der Rettung bedurften. »Der Vorsitzende der Behörde hat absolut nichts an unserem Vorhaben auszusetzen. Sollte es einen Aufschrei geben, wird er uns öffentlich unterstützen.«

Er rief ein Foto der *MedStar* auf. »Wenn es auch unser gutes Recht ist, uns dort aufzuhalten, so besteht doch die reale Möglichkeit, dass sich Beirut entschieden dagegenstellt. Ich rechne fest mit einem Angriff und wir alle sollten darauf vorbereitet sein.«

Eine Frau mittleren Alters, eine von wenigen Amerikanern im Vorstand, beugte sich vor. »Was haben Sie vor, Herr Vorsitzender?«

Er lächelte. »Unser Schiff, die *MedStar*, ist mit gutem Grund bei der Plattform stationiert. Sie ist mit hochmodernen Abwehrsystemen für einen solchen Fall ausgerüstet. Unsere Feinde können nichts auftischen, gegen das wir uns nicht wehren könnten.« Dem Nachdruck willen machte er eine Pause. »Nichts.«

Die Frau wirkte skeptisch. »Was, wenn sie etwas anderes angreifen? Dieses Hauptquartier zum Beispiel, oder die Öltürme in der Wüste? Oder, schlimmer, einen öffentlichen Ort?«

Diese Frage hatte er erwartet. »Das wurde alles bedacht. Ich habe mich persönlich mit hochrangigen Abgeordneten des Verteidigungsministeriums getroffen und dieses Szenario besprochen. Die Regierung unterstützt unseren Einsatz uneingeschränkt und wird alles Nötige tun, um diese Entdeckung zu schützen. Niemand kann Israel dieses Öl wegnehmen. Jeder Tropfen davon gehört uns.«

»Richtig so«, sagte einer der Direktoren.

Ein anderer stand auf und applaudierte. Wieder andere folgten seinem Beispiel. Sacks erhob sich und faltete seine Hände vor seinem Körper, während er die Zustimmung seiner Kollegen in sich aufsog. »Meine Freunde«, sagte er, als Ruhe im Raum einkehrte, »unsere Zeit ist gekommen. Israel wird einen nie gekannten Wohlstand erfahren.« Er hob sein Wasserglas. »Auf Sie.«

»Und auf Sie«, sagte der stellvertretende Vorsitzende, ein ehemaliger israelischer Politiker. »Darauf, dass Sie uns hierher geführt haben. Ich denke, ich spreche für jeden im Raum, wenn ich sage, dass wir Ihnen sehr viel verdanken. Ohne Ihre Mittel, Führung und Beharrlichkeit wären wir nie soweit gekommen.«

»Bravo«, klang es durch den Raum.

Sacks neigte den Kopf in falscher Bescheidenheit. »Es ist das Wunder des Herrn. Dies ist eine neue Ära für Israel. Die Ära von Wohlstand« – er hob seinen Blick zum Himmel – »und Frieden. Selah.«

Er vertagte das Meeting und verbrachte ein paar Minuten mit Händeschütteln und dem Annehmen von Glückwünschen. Dann packte er seine Sachen ein und ging zu seinem Büro am anderen Ende des Gebäudes.

Er verschloss die hölzerne Doppeltür und lief zur Fensterreihe, die auf die Beton- und Glaszähne der Innenstadt Tel Avivs hinabschauten. Von seinem Aussichtspunkt im zweiundzwanzigsten Stock aus erschien die Skyline alt, müde, erneuerungsbedürftig. Er tippte eine Nummer in sein Handy.

»Alle Systeme sind bereit. Ich will, dass du der Presse gegenüber durchsickern lässt, dass wir eine direkte horizontale Line nach Norden legen.«

»Sehr gern«, sagte die Frauenstimme am anderen Ende der Verbindung. »Und soll ich meine Koffer packen?«

Er lächelte. »Unbedingt. Triff mich morgen in Jerusalem. Wir haben noch etwas aufzuräumen und dann werden wir für das Hauptspektakel bereit sein.«

»Sind wir sicher, dass Madigan tot ist?«

»Oh ja. Es ist schon ein paar Tage her und man fand keine Spur einer Leiche. Niemand könnte so lange in diesem eisigen Wasser überleben.«

»Was ist mit … ihr?«

»Sie ist ein wichtiger Teil unseres Plans, daher müssen wir sicherstellen, dass sie uns in die Falle geht. Ich weiß ganz genau, wie ich sie aus ihrem Versteck locken kann. Ich werde ihre eigene Natur gegen sie verwenden.«

»Das klingt spannend. Erzähl mir davon.«

»Alles zu seiner Zeit, meine Liebe. Alles zu seiner Zeit. Bereite dich einfach auf die rituelle Reinigung vor. Die Zeit naht, Priesterin. Bald wirst du deine Lebensaufgabe erfüllen.«

»Ich stehe zu Diensten, mein Herr.«

Er schaltete das Handy aus und lächelte. Als er über die Ereignisse der kommenden Tage nachdachte, bekam er eine Gänsehaut. Er sah zum Himmel und rezitierte ein stummes Dankgebet an seine Vorfahren. Zu guter Letzt war seine Zeit gekommen.

Kapitel 36

Am Bahnhof bestieg Sarah ein Taxi und machte sich direkt auf den Weg in die Altstadt. Der Bericht in der *Haaretz* hatte sie verunsichert und ihre schlimmsten Befürchtungen bestätigt: Die von der *MedStar* gefundene Ölader war die Spitze einer bedeutenden Reserve, und mehr als eine Nation erhob Anspruch darauf.

Die Türkei, Zypern und der Libanon bestritten Israels Anrecht auf den Fund. Wie alles andere in der Region waren auch die Seegrenzen nicht einfach schwarz und weiß. Nationen, die daran scheiterten, sich auf irgendetwas zu verständigen, konnten sich sicherlich auch nicht darüber einig werden. In der Vergangenheit war das ein geringes Problem, aber jetzt, da Billionen Dollar und ein stolzes Maß an Macht auf dem Spiel standen, wurden schlafende Hunde geweckt.

Von den Dreien hatte die Hisbollah, die tonangebende Partei in der libanesischen Koalitionsregierung, die bedrohlichste Stellungnahme abgegeben: *Die Juden sind nichts weiter als Diebe. Wenn Israel sich weiterhin libanesische Ressourcen zunutze macht, ohne Rücksicht auf die Menschen, denen diese Ressourcen rechtmäßig gehören, sehen wir uns gezwungen, drastische Maßnahmen zu ergreifen. Wir werden alles Nötige tun, um unser Eigentum zu schützen.*

Es war nicht das erste Mal, dass solche Drohungen ausgesprochen wurden. Als Israel ein paar Jahre zuvor ein riesiges, vor ihrer nördlichen Küste entdecktes Erdgasfeld beanspruchte, hatten Hisbollah-Anführer Zeter und Mordio geschrien. Der arabische Zorn brodelte bereits; dieser zusätzliche, äußerst lukrative Fund genügte, um ihn überkochen zu lassen.

Im Bericht hieß es, die UN würde helfend bei der Definition der Grenzen und dem Erreichen einer für beide Parteien akzeptablen Lösung eingreifen. Da die UN hauptsächlich westlich dominiert war, standen die Chancen gut, dass sie Israels Anspruch unterstützen, aber die Regierung ersuchen würde, den Reichtum mit dem Nachbarn im Norden zu teilen. Die Lösung wäre dazu gedacht, den Frieden zu bewahren, was der USA und ihren Verbündeten von größter Wichtigkeit war. Aber in den Augen von Israels Todfeind wäre es nicht durchführbar. Das Problem lag weniger an einer Gewinnbeteiligung als an der Kontrolle. Die Nation, die auf fünfundzwanzig Milliarden Barrel saß, vielleicht mehr, war diejenige, die alle Macht ausübte. Historisch gesehen gehörte diese Macht den arabischen Staaten. Stünde Israel plötzlich außerhalb des Kreislaufs der Ölabhängigkeit, könnte das die diplomatischen Beziehungen zwischen den Juden und den Arabern verschlechtern. Und das könnte für den zerbrechlichen Frieden in der Region katastrophal sein und einen weltweiten Welleneffekt auslösen.

Sarah schauderte bei dem Gedanken. Jeder Versuch des Westens, den Konflikt beizulegen, würde beinahe sicher mit Gewalt beantwortet. Die gutbewaffneten Terroristen der Hisbollah würden sich nicht im Hintergrund halten und eine UN-Entscheidung hinnehmen. Der Libanon hatte zu viel zu verlieren. Wie Israel besaß der Libanon nie eigene Gas- oder Ölreserven und war auf die Versorgung durch seine Nachbarn angewiesen. Mit einem himmelhohen Schuldenniveau und einer Wirtschaftskrise an der Hand stand der Libanon in einer Position, in der er von einem solchen Glücksfall erheblich profitieren würde.

Was für einen besseren Grund konnte es geben, um einen Krieg zu führen?

»Halten Sie hier an«, sagte Sarah zum Fahrer. Sie zahlte und betrat die Altstadt durch das Zionstor.

Es war spät am Morgen und trotz der Kälte herrschte rege Geschäftigkeit in der Stadt. Das kam ihr gerade recht. Je mehr

Gesichter, zwischen denen sie verschwinden konnte, desto besser. Getarnt hatte sie sich mit einem langen, schwarzen *Scheitel* – eine Perücke, die dazu gedacht war, die Haare verheirateter orthodoxer Frauen zu bedecken – mit einem Pony, der ihr fast bis über die blauen Augen reichte. Über dem *Scheitel* trug sie einen langen Schal, den sie im Nacken gebunden hatte. Ihre konservative Kleidung bestand aus einem knöchellangen grauen Rock und einem langen Wollpullover. Sie verschmolz vollständig mit ihrer Umgebung.

Sarah eilte durch die Gassen des Jüdischen Viertels und erreichte die vertraute Holztür. Sie betätigte den eisernen Klopfer und wartete mit gesenktem Kopf und umherfliegendem Blick.

Ein junger Mann kam zur Tür. »Nennen Sie Ihre Absicht.«

»Ich muss den Rabbi sehen«, entgegnete sie auf Hebräisch.

»Der Rabbi hat gerade einen Schüler.« Er begann, die Tür zu schließen.

Sie hielt sie mit dem Unterarm offen. »Es ist eine dringende Angelegenheit. Sagen Sie ihm, Sarah Weston ist hier.«

Ohne etwas zu erwidern, schloss er die Tür.

Sarah wartete. Sie wollte keinen nervösen Eindruck erwecken, suchte aber ihre Umgebung nach unwillkommener Gesellschaft ab. Es dauerte nur ein paar Minuten, die ihr aber weit länger schienen, bis der junge Mann zurückkam und sie hereinließ.

»Rabbi Ben Moshe bittet Sie, im Salon zu warten. Er wird in Kürze fertig sein.«

Sie verschwendete keinen Gedanken ans Hinsetzen. Mit verschränkten Armen lief sie während des Wartens auf und ab. So viel war geschehen, seit sie zuletzt in diesem Salon gewesen war. Sie verspürte einen scharfen Stich der Trauer, während sie darüber nachdachte, wie viel sie verloren hatte.

»Sarah Weston.« Eine leise Stimme drang aus den Schatten im Flur. »Was für eine nette Überraschung.«

Als er ins Licht trat, ging Sarah auf ihn zu.

Die Flut der Emotionen, die sie überkam, überraschte sie; als bedeute seine bloße Anwesenheit die Errettung aus dem Treibsand des Bösen, in dem sie langsam versank. Sie griff seine Hände und sah, unfähig zu sprechen, zu Boden.

»Sie wirken aufgelöst. Und diese Verkleidung … darf ich zu fragen wagen, was geschehen ist?«

Sie holte tief Luft und sah mit getrübten Augen zu ihm auf. »Ich habe ihn getroffen, Rabbi. Ich traf den Mann, der Ihre Synagoge zerstörte. Sein Name ist Trent Robert Ashworth. Er glaubt, der Erbe Davids zu sein – Maschiach.«

»Warum klingt der Name so vertraut?« Er sah beiseite. »Es war irgendetwas in den Nachrichten.«

»Er wurde unlängst zum Vorstandsvorsitzenden von Judah Oil and Gas benannt. Seiner Familie gehört Royal Petroleum in England. Die beiden Firmen haben sich in Sachen Ölexploration in der Judäischen Wüste und im Mittelmeer zusammengeschlossen. Vielleicht erinnern Sie sich an Berichte über einen kürzlichen Fund vor der Küste, der höchst umstritten ist.«

»Also steckt er dahinter.«

Sie nickte. »Das Schlimmste ist, dass es seinem Vorhaben zuspielt. Er beabsichtigt, dem jüdischen Staat beispiellosen Reichtum zu verschaffen, um eine alte Prophezeiung zu erfüllen.«

»*Und über Asser sagte er … er tauche seinen Fuß in Öl.* Deuteronomium. Das muss der Grund sein, warum er vor so vielen Jahren den Namen Asher benutzt hat. Er hat das eine ganze Weile geplant.«

»Unseren Berechnungen zufolge mindestens zehn Jahre. Und sein Plan scheint ziemlich gut aufzugehen. Er bohrt absichtlich in einem von mehreren Nationen, unter anderem dem Libanon, umkämpften Gebiet. Seine Absicht ist es, das Öl wie ein Keil zwischen Israel und den Libanon zu treiben. Er will einen Krieg anzetteln, von dem er die Nation dann erlösen wird. Es ist kompliziert, aber sagen wir einfach, er hat an alles gedacht. Sogar daran, die israelische Luftwaffe und Marine mit ausgeklügelten Waffen und Waffenabwehrsystemen auszurüsten. Selbst mit der Hilfe von Syrien und dem Iran hätte der Libanon keine Chance.«

Er strich sich über den weißen Bart. »Vermutlich sind das die Ereignisse, die einer Ära des Friedens vorausgehen. Ich nehme an, er will dann als der rechtmäßige davidische Erbe emporsteigen, der den Ring Salomons besitzt.«

»Und das Manuskript. Es war, wie wir glaubten, in einer Höhle in der Wildnis jenseits En Gedis versteckt. Die Worte der Schriftrolle führten mich dorthin. Das Problem war, dass er vor mir da war.«

»Das Manuskript. Dann haben Sie es also gesehen?«

»Ja. Es sind Baupläne für die Errichtung des Salomonischen Tempels.«

Seine dicken, runden Brillengläser ließen seine geweiteten Augen noch größer erscheinen. Er war sprachlos.

»Sein Endziel ist es, den dritten Tempel auf dem Tempelberg zu errichten. Genau wie es die Prophezeiungen verlangen.« Sie drückte seine Hände. »Ich brauche Ihre Hilfe, Rabbi. Wissen Sie irgendetwas über den Ring als Maurerwerkzeug? Könnte er der Schlüssel zum Bau des Tempels sein?«

Er richtete sich auf und atmete tief ein. Für eine lange Zeit sah er sie prüfend an, sagte aber nichts.

Sie deutete seine Stille. »Bitte«, flüsterte sie. »Es ist unsere einzige Waffe.«

Nach langem Zögern sprach er. »Es gibt eine Legende, die nur ein einzelner Mann in jeder Generation kennt.«

Obwohl sie sich der Antwort sicher war, fragte sie: »Sind Sie dieser Mann?«

Er nickte.

Sie begann zu verstehen.

Darum war er sein ganzes Leben lang ein Einsiedler gewesen und war nach Polen gesandt worden. Er hatte nicht den Tempel geschützt, sondern das Geheimnis, das in seinen Steinwänden verborgen lag. »Wer weiß noch davon?«

»Ich allein.« In seiner Stimme lag kein Zögern.

»Sie müssen mir sagen, was Sie wissen. Alles, das helfen könnte, ihn aufzuhalten.«

»Die ursprüngliche Maßeinheit ist im Ring eingeschlossen. Aber das wird nur offensichtlich, wenn man das Rätsel Salomons kennt.« Er streckte ihr seine offene Handfläche hin.

»Ich … verstehe nicht.«

Er zog seine Hand zurück. »So muss es für den Moment bleiben. Ich habe einen Eid geschworen. Den zu brechen wäre eine Sünde gegen Gott. Ich darf das Wissen nur auf meinem Sterbebett weitergeben.«

Sie wusste nichts zu sagen, das einen Mann von solch mächtigem Glauben umgestimmt hätte. Es fühlte sich falsch an, ihm die Antwort abringen zu wollen. »In diesem Fall gehe ich jetzt besser.«

»Warum bleiben Sie nicht? Die Meinen werden Sie beschützen.«

»Nein. Es wäre ein Fehler. Ich bin ziemlich sicher, dass sie hinter mir her sind.«

»Umso mehr Grund, sich zu verstecken.«

»Ja, aber ich muss es zu meinen eigenen Bedingungen tun. Ich darf niemanden sonst gefährden. Zu viele sind …« Sie senkte den Kopf und schloss die Augen.

»Wie Sie wollen. Aber Sie sollen wissen, dass Ihnen diese Tür immer offen steht.«

Sie sah auf. »Rabbi … was tut man, wenn man verliert, was man am meisten liebt?«

Er trat einen Schritt auf sie zu und legte ihr die Hand auf die Schulter. »Der Tod ist ein Teil des Lebens. Er sollte nicht gefürchtet oder verachtet werden, ganz gleich wie ungerecht oder verfrüht er scheinen mag. Die, die von uns genommen werden, verweilen an einem höheren Ort … der künftigen Welt. Sie sind nicht die Gequälten; das sind wir. Nur wenn wir erkennen, dass das Leben nicht mit dem Tod endet, sondern lediglich eine andere Form annimmt, befreien wir unsere eigenen Seelen. Trauern Sie, auf jeden Fall. Aber dann lassen Sie los, denn das bedeutet vollendete Liebe.«

Eine Träne stahl sich aus ihrem Augenwinkel. Sie verspürte eine Flut von Emotionen und stieß ein leises Keuchen aus.

Er drückte ihre Schulter. »Seien Sie tapfer, Kind. Sie können uns nicht töten. Sie können unsere Stimmen zum Schweigen bringen, aber sie können nicht unseren Geist besitzen.«

»Ich wünschte, ich hätte Ihren Glauben.«

»Sie mögen nicht an den allmächtigen Gott glauben, aber Sie haben sich einem Verhalten verschrieben, das mit dem göttlichen im Einklang steht. Weitere Prüfungen werden folgen. Sie werden aufgefordert werden, sich selbst infrage zu stellen.« Er beugte sich näher und sah sie über seinen Brillenrand hinweg an. »Tun Sie das nicht, ganz gleich, was auch passiert. Bleiben Sie sich treu, selbst wenn alles verloren scheint. Das ist der einzige Weg, wie Sie den Sieg davontragen können.«

Sie lächelte schwach. Seine Worte drangen in sie, aber sie verspürte noch immer ein gewaltiges Verlustgefühl. »Letztendlich steht es vielleicht nicht in meiner Macht, aber ich will tun, was ich kann, um ihn vom Kurs abzubringen. Das verspreche ich Ihnen.«

Er betrachtete sie nachdenklich. »Darf ich Sie etwas fragen?«

»Natürlich.«

»Tun Sie das, um Auge für Auge zu fordern?«

In ihren schwächsten Augenblicken lautete die Antwort ja. Aber es war mehr als das. Ob sie wollte oder nicht, sie besaß dieses Wissen, und damit einher ging die Verantwortung zum Handeln. Ihr Verhaltenskodex, wie er es nennen würde, erlaubte ihr nicht, wegzusehen. »Ich tue es, weil niemand sonst es tun wird.«

Kapitel 37

Für die Woche der Läuterung, die der großen Anrufung vorausging, zog sich Sacks in sein Versteck in Varanasi zurück. Er befand sich in selbstverordneter Isolation, denn nur durch den vollständigen Verzicht auf menschliche Gegenwart konnte er seine Mitte finden und sich darauf vorbereiten, Weisheit und Anleitung von Salomon, dem mächtigsten König der Geschichte, zu erhalten.

Er nahm einen Schluck Entgiftungstee – die einzige erlaubte Nahrung während des rituellen Fastens, das sieben Tage dauerte. Der Tee war ein sorgfältig zusammengestelltes Gebräu aus Kakiblättern für natürliche Süße, blutreinigendem indischen Cayennepfeffer, einer Unzahl obskurer chinesischer Kräuter zur Reinigung der Organe und belebenden Wurzeln, um den Schlafmangel zu kompensieren. Für dieses besondere Experiment war der Körper nichts weiter als ein Leiter für die Weitergabe von Wissen. Seine Makellosigkeit war zwingend.

Sacks schlüpfte in eine lange, weiße Kutte und schritt langsam die Stufen zum Keller hinab. Als er die dunkle Höhle der Künste betrat, konnte er das Tröpfeln von Wasser hören. Mit geschlossenen Augen stand er mehrere Minuten im Eingang und erlaubte dem leisen Murmeln, sämtliche unreine Gedanken aus seinem Verstand zu vertreiben.

Er war ein Meister im Nutzbarmachen seiner Gedanken und Kontrollieren von Gefühlen geworden. Selbst nach sechs zur Erfüllung des Sakraments erforderlichen schlaflosen Tagen und Nächten war er konzentriert. Mit Salomon zu kommunizieren gelang nur nach strenger Selbstdisziplin.

Er öffnete die Augen und blinzelte schnell, um sich an die Dunkelheit zu gewöhnen. Als er einen Schalter an der Wand berührte, fiel ein Strahl blauen Lichts von der Decke, der die Mitte des Raums erhellte. Inmitten des blauen Schleiers standen der Altar und alle für die verschiedenen Anrufungen, die ihn auf das Hauptereignis vorbereiteten, benötigten Gerätschaften.

Er trat näher. Aus einem blauen Samtbehälter holte er den goldenen Talisman, den er von einem der Goldschmiede in Varanasi nach seinen Angaben hatte fertigen lassen. Wie eine Träne geformt und von einer grobgliedrigen Kette hängend war das Amulett auf einer Seite mit den althebräischen Namen der göttlichen Präsenz graviert. Auf der gegenüberliegenden Seite befand sich ein Wirrwarr aus verflochtenen geometrischen Figuren, welche die Ordnung des Universums repräsentierten, dessen Geheimnisse der weise König kannte und verwahrte.

Sacks legte das Amulett um und ließ es nahe seines Herzens baumeln. Freudige Erwartung pulsierte in seinen Adern. Er zog ein Schwert mit schwarzem Ledergriff, der mit drei Tigeraugen-Cabochonen intarsiert war, aus der Scheide und hielt es hoch. »Beim Namen El Shaddais, des Allmächtigen, fordere ich dieses geweihte Schwert auf, seinem Herrn beim bevorstehenden Unterfangen zu dienen und ihn zu schützen.«

Er richtete das Schwert nach unten und beschrieb drei gerade Linien auf dem Betonboden: das Dreieck der Künste. Er entzündete ein Räuchergefäß mit Weihrauchharz und Wacholderrinde und beobachtete, wie der Rauch herausquoll. Zusammen mit einem runden schwarzen Spiegel stellte er das Räuchergefäß ins Zentrum des Dreiecks.

Er entfernte sich sechs Meter vom Symbol und zog mit demselben Schwert einen Kreis um sich herum. Dann legte er das Schwert auf den Altar zurück und stand reglos im Kreis, der dafür gedacht war, ihn vom Unerwarteten zu trennen und ihn davor zu schützen, denn innerhalb des Dreiecks der Künste konnte alles Mögliche geschehen.

Mit erhobenen Armen psalmodierte er: »Salomon, Salomon,

Salomon. Du, der das göttliche Gesicht erblickt und die Gunst des Allgewaltigen gewonnen, tritt hinter dem himmlischen Schleier hervor und zeige dich diesem bescheidenen Diener des Allmächtigen. Oh Salomon, weiser und wohlwollender König, der du auserwählt wurdest, den Tempel der Herrlichkeit zu bauen, du, der das irdische Königreich zu Güte und Vollkommenheit zurückgeführt, betrete den unteren Himmel und führe Yahwehs erwählten Sohn.

Salomon, Salomon, Salomon. Hüter der Geheimnisse und Wächter über himmlische Mysterien, verbirg dich nicht. Deine Gegenwart, Manifestation des Göttlichen, ist höchste Erlösung von menschlicher Torheit und ein Leuchtfeuer der Rechtschaffenen. Tritt aus dem Nebel, oh Salomon, und enthülle das Geheimnis deines Dokuments, denn seine Zeit ist gekommen.«

Sacks pausierte und richtete seinen Blick auf der Suche nach einem Anzeichen von Offenbarung auf den Wahrsagespiegel. Der Spiegel schimmerte schwarz; kein Abbild war darauf. Frustration schlich sich in ihn, gegen die er schwer ankämpfen musste. Gemäß der vorgeschriebenen Formel zur Anrufung hoher Geister solle eine Reihe unbedeutender Visionen der großen Enthüllung vorausgehen. Doch bisher war er nicht belohnt worden.

Er griff zum Altar und nahm einen Dolch mit scharfer Schneide auf. Als er dessen silbernen Griff in seiner Hand hin und her rollte, spürte er das Gewicht deutlich. Trotz seiner schmalen Klinge hatte er Substanz. Er hielt sich den Dolch senkrecht vors Gesicht, mit der Spitze zum Himmel. Immer wieder atmete er tief ein, um den Dämpfen aus Weihrauch und Wacholder zu ermöglichen, seinen Verstand von irdischen Gedanken und Anliegen zu reinigen. Der süße Rauch, eine Mischung aus trockener Erde und duftendem Holz, machte ihn schwindlig. Er atmete weiter, bis er spürte, wie er auf eine andere Ebene gelangte.

In seinem Kopf vernahm er eine undeutliche Stimme, wie der Widerhall einer Metalltrommel. Ermutigt fuhr er fort: »Salomon, Salomon, Salomon. Du, der wie ein Gefäß voll aller Tugenden aller

Zeiten, der Hüter des himmlischen Lichts, der kennt das Kommende, wie er kennt das Vergangene, betritt das Dreieck und lass mich dein Gesicht erblicken. Mit diesem Dolch entweihe ich das Auge der Schlange, dir zur Opfergabe. Demütig ist die Geste und belanglos das Blut angesichts solcher Größe.«

Sacks neigte seinen Kopf zur Schulter hin, sodass sein langes Haar von seinem Hals herabrutschte und den Schlangenkopf freilegte, der in seine Haut tätowiert war. Das furchtbare Gesicht der Kreatur war zu einem Zischen erstarrt. Ihre gespaltene Zunge lag direkt hinter seinem Ohr. Er war mit der Anatomie der heiligen Schlange eng vertraut, kannte die Position jeder Schuppe, jeder Krümmung, jeden Gesichtszug.

Er richtete die scharfe Spitze des Dolches auf seinen Nacken und zog sie langsam über seine Haut, bis er die absichtlich vernarbte Stelle erreichte, die das Auge der Schlange beschrieb. Mit einem schnellen, entschlossenen Hieb stieß er die Klinge in sein Fleisch.

Warmes Blut schoss heraus, lief an seinem Hals entlang und befleckte seine weiße Robe. Er konnte sehen, wie die tiefrote Flüssigkeit seine Schulter durchtränkte und sich langsam den Ärmel entlang ausbreitete. Die offene Wunde brannte und pochte. Er biss die Zähne zusammen, blieb aber sonst völlig reglos. Einmal mehr atmete er den wohlduftenden Rauch ein.

»Salomon, Salomon, Salomon. Oh erhabener König, steige auf feurigen Flügeln herab und öffne die Augen, die erblindet waren. Stark ist der Glaube, der dich hervorruft in die wirbelnden Wogen heiligen Rauchs. Die Dunstfäden werden dein Körper, die Schatten dein Gesicht. Komm nun, rasch wie der Donner und sanft wie der Wind, und richte deinen heiligen Blick auf den Auserwählten.«

Er kniete sich hin und bewegte mithilfe seines blutigen Dolches die Harze im Räuchergefäß. Übermäßig viel Rauch drang heraus. Er sah in den schwarzen Spiegel und beobachtete, wie sich der Dunst auf seiner Oberfläche zusammenzog wie Sturmwolken an einem Nachthimmel. Im Nebel erblickte er einen undeutlichen

Umriss, gleich dem Gesicht eines Mannes. Er hielt den Atem an, als freudige Erwartung ihn erfüllte.

Im Wabern des duftenden Rauchs wurde die Form deutlicher. Er sah das Gesicht eines jungen Mannes mit herabfallenden, schwarzen Locken, halb geöffneten Augen und einem gelassenen Lächeln. Eine Vision des Monarchen zum Anbruch seiner Herrschaft; mehr, als er gehofft hatte. Er wagte nicht zu blinzeln, damit er keine wertvolle Millisekunde verpasste.

Dann sprach die Erscheinung. »Ehe der Vollmond aufgeht, werden die Gottlosen das Geheimnis kennen. Nur durch das höchste Opfer auf dem Dreschboden des Araunah wirst du es in deinen Besitz bringen.«

Kapitel 38

Seit Sarahs Ankunft in Jerusalem waren fünf Tage vergangen, und noch immer gab es kein Anzeichen von Aktivität aus Sacks Lager. Die Ruhe vor dem Sturm: Davon war sie überzeugt.

Sie richtete ihren *Scheitel*. Ihr Spiegelbild erschreckte sie. Sie war hager und blass geworden, die helle Haut ihres üblichen rosigen Schimmers beraubt. Ihre Augen waren glanzlos und von dunklen Schatten umgeben. Sie sah so viel älter aus als ihre siebenunddreißig Jahre. Wie hatte alles so schiefgehen können?

Sie betrachtete die Mala-Perlen, die Daniel ihr gegeben hatte und die sie treu am Handgelenk trug. Sie waren jetzt ihre einzige Verbindung zu ihm. Die Mannschaft an der Absturzstelle der Falcon hatte die Suche nach Überlebenden und der Blackbox eingestellt. Das Wasser war viel zu kalt, als dass irgendjemand so lange hätte überleben können, hatten sie gesagt. Und der Atlantik war Mitte Dezember zu unruhig, um eine vernünftige Überprüfung des Meeresgrunds zu ermöglichen, wo sich die Blackbox voraussichtlich befand.

Sarah fühlte sich zutiefst allein. Sie schloss die Augen und sah Daniels Gesicht – die gemeißelten Linien seiner Knochenstruktur, die mit Bernstein gesprenkelten braunen Augen, das schiefe Lächeln, das sie gleichzeitig ermutigte und herausforderte. Seine Worte an sie, als sie in Paris gewesen waren, kamen ihr in Erinnerung.

»Du bist eine zähe kleine Lady. Du traust dir selbst nur zu wenig zu. Du magst ein Produkt der Oberschicht sein, aber du bist nicht wie diese Menschen. Du tust nichts, um den Schein zu wahren, oder weil das Establishment es erwartet. Du tust, wozu dein Gewissen dich treibt. Dein Vater, deinesgleichen – in ihnen brennt kein Feuer wie in dir.«

Damals hatten sie sich das erste Mal geliebt. Es schien so lange her, so weit weg vom Hier und Jetzt. Sie vermisste ihn so sehr, dass es sie tief in ihrem Innern schmerzte. Selbst wenn sie alles verlieren würde, so würde sie zumindest versuchen, ihn zu bestätigen. Wenigstens das war sie ihm schuldig.

Sie seufzte und sah sich im Raum um. Das nackte Schichtmauerwerk erdrückte sie. Sie hatte sich hinter den Wänden des Lutherischen Gästehauses versteckt wie ein verwundetes Tier in seiner Höhle. Von einem mit einem filigranen Metallgitter bedeckten Fenster aus betrachtete sie den eingefriedeten Garten, seine mit Palmen bepflanzten Steinbeete und sein mit vereinzelten Winterblumen gesprenkeltes Grün. Der Anblick war wie eine Aufforderung.

Sarah verließ den Raum und ging durch den Garten zur Altstadt. Sie hatte keinen Plan; sie wollte nur vom kühlen Nachmittag verschluckt werden. Sie folgte den gepflasterten Straßen und vermied die Blicke der Passanten. Ein kalter Windstoß pfiff durch die Steinarkaden. Sie legte sich ihr schweres, wollenes Umhängetuch über den Kopf und wickelte es um ihre untere Gesichtshälfte, sodass nur ihre Augen frei blieben.

Sarah lief weiter, bis sie ein kleines Café mit einem Kamin fand. Sie ging hinein und bestellte sich einen Americano. Während sie auf dessen Zubereitung wartete, betrachtete sie abwesend die Graffiti an den Wänden und auf dem Betonboden. Niemand hatte sich die Mühe gemacht, die Espressoflecken wegzuwischen; stattdessen hatte man sie raffinierte Muster bilden lassen. Über ihrem Kopf hing ein kunstvoller, wenn auch alternder, Kronleuchter, dessen gedämpftes Licht von der gesprungenen Oberfläche eines alten venezianischen Spiegels über dem Kamin reflektiert wurde.

Sie setzte sich an einen der sechs Tische. Im Raum befand sich nur eine andere Person, eine Frau im Studentenalter mit mehreren Piercings und stacheligen roten Haaren, die über ihren Laptop gebeugt saß. Im Vergleich zu Sarah, deren Nerven bis zum Zerreißen gespannt waren, schien sie so unbekümmert. Die Sackgassen, in die sie auf so vielen Wegen hineingeraten war, frustrierten Sarah. Ihr Vater hatte nicht auf ihre zahlreichen Nachrichten geantwortet. Der Pilot befand sich noch auf der Intensivstation und somit außer Reichweite. Und Charles Bellows, dessen Unterstützung sie dringend brauchte, war nicht erreichbar, was seinen Standpunkt bezüglich der Herausgabe von Beweisen gegen Advanced Electronic Solutions unterstrich.

Zwei Männer setzten sich an den Tisch hinter ihr. Sie konnte hören, wie einer von ihnen einen Laptop öffnete und etwas eintippte. Obwohl die Männer leise miteinander auf Hebräisch sprachen, konnte sie ihr Gespräch hören.

»Wann hat sie dich angerufen?«

»Vor einer Woche.«

»Und du hast noch nichts veröffentlicht?«

»Nein, Mann. Das ist eine ernste Anschuldigung. Ohne Untermauerung wollen wir keinen internationalen Vorfall auslösen.«

»Hast du die Behörden angerufen?«

»Natürlich hab ich das. Ich habe ihnen gesagt, ich würde etwas ausarbeiten, wollte ihnen aber eine Vorwarnung geben. Und heute rief mich Feinstein an und sagte, es sei wahr. Die Crew der *Sufa* hat es bestätigt.«

Der einzige Feinstein, den Sarah kannte, war Aluf Benjamin Feinstein, Kommandant der israelischen Marine. *Sufa*, das hebräische Wort für Sturm, musste ein U-Boot sein. Diese beiden Männer waren vermutlich Journalisten oder Blogger, und prominente noch dazu. Nicht jeder hatte einen direkten Draht zur Marine. Sie hörte aufmerksamer zu.

»Wer war die Frau überhaupt? Und wie ist sie an diese Information rangekommen?«

»Keine Ahnung. Sie sagte, sie heißt Mary, aber das war vermutlich ein falscher Name.«

Sarah hielt den Atem an. War diese Frau ein potenzieller Verbündeter … oder ein Informant?

»Spielt eh keine Rolle«, fuhr er fort. »Wichtig ist, dass sie recht hatte. Meine Story handelt von der Lage der Quelle, nicht davon, wer es mir verraten hat.« Er tippte wieder. »Hör dir das an: Die Bekanntmachung von Judah Oil and Gas über die Entdeckung eines großen Ölfelds unter dem Mittelmeer wurde diese Woche heiß umstritten, als die Bohrungen tatsächlich begannen. Wie verlautet wurde von der Halbtaucher-Plattform etwa achtzig Kilometer vor der Küste Haifas aus eine direkte horizontale Leitung gelegt, um eine Quelle mehrere Kilometer nördlich der Bohrinsel zu erschließen. Horizontalbohrungen werden in der Branche als Standardverfahren betrachtet, sofern die Quellen sich innerhalb der Seegrenzen des Landes befinden, dessen Flagge auf der Plattform gehisst ist. In diesem Fall ist das jedoch unklar. Laut eines Regierungsbeamten, der ungenannt bleiben möchte, bohrt Judah in einem Gebiet, das längst vom Libanon beansprucht wurde.«

»Wow. Hältst du es für eine gute Idee, das zu veröffentlichen? Das wird ganz schön hohe Wellen schlagen.«

»Ich bin Journalist, Abi. Es ist mein Job, Wellen zu machen.«

»Aber die Reaktion … ich will gar nicht daran denken. Was hatte der Leiter von Judah zu sagen?«

»Ich habe die ganze Woche versucht, ihn anzurufen. Keine Antwort. Ich sag dir aber, wer sich gemeldet hat: Gilad Blum von der Behörde für Natürliche Rohstoffe. Er klang außer sich. Er hat ein Forschungsteam zusammengestellt, welches das prüfen soll. Seine Erklärung könnte für den Judah-Einsatz entscheidend sein. Also, was meinst du? Soll ich *senden* anklicken?«

»Als ob ich dich davon abhalten könnte.«

Die beiden Männer lachten leise.

Sarahs Herz hämmerte gegen ihren Brustkorb. Es hatte begonnen.

Kapitel 39

Früh am nächsten Morgen verließ Sarah das Gästehaus und begab sich jenseits der Altstadttore, um ein Taxi zu nehmen. Sie hatte die ganze Nacht nicht geschlafen, sondern stattdessen ihren nächsten Schritt abgewägt. Sie war davon überzeugt, dass sie zu Gilad Blum gehen und ihm sagen musste, was sie wusste. Wenn er die Macht über Erfolg oder Scheitern des Unterfanges hatte, wie der Journalist behauptet hatte, dann wollte sie ihn auf ihrer Seite wissen.

Sie stieg in das Taxi und gab dem Fahrer die Adresse in der Jerusalemer Innenstadt. Auf dem Weg dorthin suchte sie auf der Website der *Jerusalem Post* nach den neusten Nachrichten. Der Bericht des Journalisten war am Abend zuvor veröffentlicht worden und hatte schon beinahe zweihundert Kommentare gesammelt. Der Auszug, den sie ihn seinem Freund hatte vorlesen hören, stand wortgetreu darin. Sie las den ganzen Text, der eine Timeline der Öl-basierten Konflikte zwischen Israel und dem Libanon durch die Geschichte enthielt, und am Ende einen Link zu einem neuen Bericht hervorhob.

Der Öl-Konflikt: Reaktion der BNR.

Also hatte Blum Stellung genommen. Sie tippte auf den Link. Es war ein kurzer Artikel, vor weniger als einer Stunde veröffentlicht, über die Position der Behörde für Natürliche Rohstoffe bezüglich Judahs Bohrpraktiken. Bemerkenswerterweise sah die Behörde kein Fehlverhalten. Blum wurde so zitiert: »Judah Oil and Gas hat eine unbescholtene Vergangenheit und unterhält eine der saubersten und sichersten Bohrplattformen der Branche. Dennoch haben wir das Verfahren sorgfältig geprüft. Der Förderweg befindet sich innerhalb israelischer Grenzen und wir sehen keinen Grund, warum die Firma ihren derzeitigen Kurs nicht beibehalten könnte.«

Sarah runzelte während des Lesens die Stirn. Blum klang eher wie ein Sprecher Judahs als der ökologische und ethische Aufpasser, der er typischerweise sein sollte. Es machte keinen Sinn. Dann las sie weiter.

»Hisbollah-Anführer veröffentlichten gestern eine Stellungnahme, die die Aktion Judahs heftigst kritisierte. Das libanesische Volk wird diesen dreisten Raub nicht dulden. Diese Ressourcen gehören dem libanesischen Staat und jeder, der das bestreitet, kann mit Vergeltung rechnen.

Nach Kenntnisnahme veröffentlichten Funktionsträger von Judah Oil ihre eigene Stellungnahme: Judah Oil and Gas wird sich keinen Drohungen beugen. Der Fund ist ein Geschenk Gottes an das israelische Volk und wir werden ihn nicht aufgeben.

Judah Oils Vorstandsvorsitzender T. Robert Ashworth, dessen Zurückgezogenheit seine Identität zu einem Geheimnis macht, sagte in der Stellungnahme: In Ezekiel 36:11 heißt es: *Und ich werde euch bewohnt sein lassen wie in euren früheren Zeiten und werde euch Gutes tun, mehr als in euren Anfängen. Und ihr werdet erkennen, dass ich der Herr bin.* Die Zeit zur Erfüllung dieser alten Prophezeiung ist gekommen. Dies ist der Anbruch eines neuen Zeitalters für Israel. Wohlstand, Macht und Frieden – ich werde persönlich dafür sorgen, dass das Volk sie erhält. Und über feindliche Drohungen sage ich: Lasst sie kommen. Wir sind bereit.«

Die provokanten Worte ließen Sarah erschaudern. Die Hisbollah würde wütend sein.

Das Taxi steckte vier Blocks vom Sitz der BNR im Verkehr fest. Hupen plärrten und ungeduldige Fahrer fluchten, aber nichts rührte sich. Die Straße glich dem Parkplatz eines Gebrauchtwagenhändlers mit Überangebot.

»Ich werde von hier aus laufen«, sagte Sarah. Sie bezahlte den Fahrer und verließ das Taxi. Dann schlängelte sie sich zwischen den stehenden Autos hindurch, deren Stoßstangen einander fast berührten. Sie trat auf den Bürgersteig und während sie zügig ging, konstruierte sie im Geiste das Gespräch, das sie mit Blum führen würde, sollte er zustimmen, sie zu empfangen. Im Moment schien es sinnlos, ihn von einer Ansicht abbringen zu wollen, die in den Medien so verbindlich schien. Aber sie war so weit gekommen und musste sich wenigstens die Mühe machen. Ihr gingen die Alternativen aus.

Sie war ein wenig mehr als einen Block vom Gebäude entfernt, als eine gewaltige Explosion in ihren Ohren dröhnte. Die Wucht der Druckwelle ließ sie auf den Bürgersteig stürzen und gegen eine Hauswand prallen. Dort blieb sie in sich zusammengerollt liegen, mit den Armen über dem Kopf, als weitere Explosion die Erde erschütterten und sich eine schreckliche Szene vor ihren Augen abspielte.

Verkohlte Metallstücke und Glassplitter schwebten scheinbar in Zeitlupe durch die Luft. Menschen stieben auseinander wie Ameisen in einem Regenguss, blutig und schreiend. Manche hatten weniger Glück. Leichen lagen auf der Straße, einige von ihnen bis zur Unkenntlichkeit verstümmelt. Sie beobachtete wie ein Schuh, noch immer an einem Fuß, die Windschutzscheibe eines in ihrer Nähe parkenden Autos traf. Sie kämpfte gegen den Würgereiz an. Der Geruch versengten Fleisches war allgegenwärtig.

Das Epizentrum der Explosion war ein Bus, jetzt ausgehöhlt und schwelend. Die Autos um ihn herum waren von der Wucht wie Spielzeuge hochgeworfen worden und auf anderen Fahrzeugen in der Nähe gelandet. Eines der umgestürzten Autos brannte.

Der Staub und die Panik der Explosion hatten sich noch nicht gelegt, als eine weitere Detonation erfolgte, diesmal im Gebäude, das die BNR beherbergte. Zuerst gab es einen ohrenbetäubenden Knall, der den Bürgersteig erzittern ließ, dann folgte das Knirschen zerbrochenen Glases der explodierten Fenster. Ein Mann im Anzug stürzte aus dem dritten Stock. Sarah drehte den Kopf weg; sie konnte den Moment des Aufpralls nicht mit ansehen.

Der Behörde für Natürliche Ressourcen wurde eine harte Lektion erteilt.

Sarah vernahm das durchdringende Heulen einer Sirene. Da das Feuerwehrfahrzeug nicht durch den feststeckenden Verkehr hindurch kam, hatte es sich auf den Bürgersteig gefädelt, um den Schauplatz der Sprengstoffattentate erreichen zu können. Der Einsatzwagen hielt wenige Meter von ihr entfernt an. Ein Dutzend Feuerwehrleute machten sich an die Arbeit, während ihre Vorgesetzten Befehle brüllten. Der Einsatz funktionierte reibungslos, da sie es gewohnt waren, auf solche Zwischenfälle zu reagieren. Ein weiteres Feuerwehrfahrzeug und mehrere Polizeiautos folgten.

Während sie sich darum bemühten, die Feuer zu löschen und die Verletzten zu bergen, kniete Sarah sich zuerst hin und stand dann mit zitternden Beinen auf. Sie hielt sich die Brust, während sie nach Atem rang. Mit von den Explosionen und den Schreien verstörter Menschen klingelnden Ohren verließ sie das Chaos und ging auf die Altstadt zu. Sie war weit entfernt, aber das war umso besser. Ein langer Spaziergang würde ihr, wie sie hoffte, die Zeit und den Raum geben, um zu verarbeiten, was sie gerade miterlebt hatte.

Fünfzehn Minuten später klingelte ihr Telefon. Eine bekannte Nummer erschien auf dem Display. Sie nahm ab. »Ezra?«

»Ich hab die Nachrichten gesehen. Sag mir, dass du nirgendwo in der Nähe dieser Explosion warst.«

»Ich war dabei.«

»Wir alle haben Angst vor solchen Augenblicken.«

»Ich werd schon wieder.« Sie zitterte.

»Hör zu, Sarah. Da ist noch mehr. Etwa zur selben Zeit, in der die Bomben in Jerusalem hochgingen, wurde eine Unterwasserrakete auf die Plattform von Judah abgefeuert. Vom Libanon als Geschenk verpackt.«

Sie blieb stehen. »Was? Hat sie getroffen?«

»Nein. Das ist der interessante Teil. Die Rakete war eine in Russland gebaute Schkwal, wahrscheinlich dem Iran verkauft und von den Iranern an die Hisbollah weitergegeben. Lange Zeit wurde angenommen, dass es keine vernünftigen Gegenmaßnahmen für eine solche Waffe gibt. Wie sich herausstellt, ist die *MedStar*, die noch immer in der Nähe ankert, mit ihren eigenen Raketen und Abwehrsystemen bewaffnet. Der Schiffscrew gelang es, den Torpedo dank ausgeklügeltem Radar aufzuspüren und umzulenken. Er traf den Rumpf des libanesischen U-Boots, das ihn abgefeuert hat.«

»Ich wette, die Hisbollah ist nicht allzu glücklich darüber. Wir können mit Sicherheit einen weiteren Angriff erwarten.«

»Besonders seit der neue Vorsitzende von Judah so großspurig damit umgeht.«

»Was meinst du?«

»Er ist ein Ein-Mann-Orchester, das das Lied der Erlösung spielt. Die Nachrichten sind voll davon.«

»Ist er aus seinem Versteck gekommen?«

»Nein. Er hält seine Identität fest unter Verschluss. Er hüllt sich in eine geheimnisvolle Aura, und es funktioniert. Gerade hier an der Universität protestiert heute Morgen eine Gruppe von Studenten und schwingt alle möglichen anti-arabischen Schilder. Es ist zum Verzweifeln.«

Kalte Regentropfen befeuchteten Sarahs Gesicht. Der Gehweg wurde von kleinen nassen Stellen pockennarbig, dann von größeren. Sie stellte sich unter ein Vordach und beobachtete, wie das Wasser herabfiel. »Hattest du Glück beim Herausfinden der Maßeinheit?«

»Ja und nein. Wir suchen nach dem exakten Maß der Elle, die dem biblischen Cubitus vorhergeht. Obwohl Gelehrte zu einer nachlässigen Einigung bezüglich der Elle gekommen sind, weiß in Wahrheit niemand, wie lang sie wirklich war. Um die Dinge zu verkomplizieren gab es zwei Ellen. Die Frühere wurde nur vom Königshaus benutzt.«

Sie schnippte mit den Fingern. »Ja. Etwas Ähnliches geschah in Ägypten. Die Königselle war die Einheit, die beim Bau der Pyramiden von Gizeh verwendet wurde. Angesichts Salomons Verbindung zu den Ägyptern hätte er sicher den gleichen Maßstab benutzt.«

»Das Problem ist, da die erste Elle von einer späteren ersetzt wurde, die gebräuchlicher war und später zum Cubitus wurde, bleibt ihre Länge ein Rätsel. Wenn wir die Breite des *Tefachs* kennen würden, hätten wir vielleicht was.«

»*Tefach* … die Spanne einer Handfläche.«

»Ja. Das war die kleinste Maßeinheit für den Bau.«

Sie erinnerte sich an die Worte des Rabbis: *Es wird nur offensichtlich, wenn man das Rätsel Salomons kennt.* Er hatte seine Handfläche ausgestreckt: ein Hinweis, ganz sicher.

»Und glaub mir, ich hab überall nachgesehen und sogar einige vertrauenswürdige Quellen konsultiert«, fuhr Ezra fort. »Interessanterweise trat deine Freundin Mariah Banai von der König-Saud als Expertin für eisenzeitliche Maße in Erscheinung.«

Sarah wurde aus ihrem Gedankenfluss gerissen. »Du hast Mariah angerufen? Wie konntest du nur?«

»Bleib locker, Sarah. Ich hab keine Einzelheiten erzählt. Wir führten ein philosophisches Gespräch, nichts weiter. Dein Name ist nicht einmal gefallen.« Er zögerte. »Du bist so angespannt. Regelrecht paranoid. Wo ist das elegante Mädchen, das ich kenne?«

»Wie kannst du das nach allem, was passiert ist, von mir einfordern?«

»Vielleicht ist zu viel passiert.« Eine Pause entstand. »Sarah, vielleicht ist es an der Zeit, die Sache aufzugeben. Du bist nur eine einzelne Frau, wenngleich eine unerschütterliche, gegen eine komplette Maschinerie aus Raffzähnen und Assassinen. Du kannst nicht gewinnen.«

Sie blinzelte die Tränen zurück, da sie fürchtete, dass er recht hatte. »Vielleicht nicht. Aber was wäre ich, wenn ich es nicht versuchen würde?«

»Am Leben. Du hast der Welt zu viel zu bieten, um alles für eine

Rachemission aufs Spiel zu setzen.« Sein Tonfall wurde weicher. »Es wird ihn nicht zurückbringen.«

Sie sah durch die Regenwand, die vom abgeschrägten Aluminiumvordach fiel. Ein körniger, blaugrauer Film hatte die Gebäude bedeckt, die mit Schirmen bewaffneten Fußgänger auf dem Bürgersteig, den zäh fließenden Verkehr. Er entsprach ihrer düsteren Stimmung.

»Sarah?«, unterbrach Ezra ihren Wachtraum.

»Ich bin da.«

»Alle Sender bringen Eilmeldungen. Ashworth hat auf den Angriff auf Judah geantwortet. Hör dir das an: Heute ist das Undenkbare geschehen. Eine Terrororganisation griff eine private Firma an, mit dem einzigen Ziel, ihre Infrastruktur zu zerstören und dutzende unschuldiger Menschen zu töten. Wir werden das nicht hinnehmen. Das haben wir bewiesen, indem wir uns gegen diesen tödlichen Angriff gewehrt haben, und wir sind darauf vorbereitet, es wieder zu tun. Im Interesse der Verteidigung von Israels gottgegebenen Recht, dieses wertvolle Geschenk einzufordern, werden wir offensiv reagieren, und wir werden gewinnen, denn jeder Krieg gegen Judah Oil and Gas ist ein Krieg gegen Gottes Willen. Wenn die arabischen Terroristen es wagen, unsere Souveränität herauszufordern, dann werden wir sie da treffen, wo es ihnen am meisten schmerzt. Das ist ein Versprechen.«

»Er provoziert sie. Er will, dass sie wieder zuschlagen, damit er im großen Stil Vergeltung üben kann.«

»Diesem Artikel zufolge nennt er sich selbst ›Botschafter Gottes‹ und ›Öl-Prophet‹. Der Kerl ist ein Irrer. Und die Menschen spielen seiner Verrücktheit in die Hände. Anscheinend gibt es in ganz Israel Pro-Judah-Demonstrationen.« Er machte eine Pause. »Ich bekomme einen Anruf rein. Ich ruf dich zurück.«

Sarah legte auf und holte tief Luft. Trotz des Sturms war sie zu rastlos, um zu warten. Sie rannte in den kalten Wolkenbruch hinein und auf die Altstadt zu.

Augenblicke später erhielt sie eine SMS. Die Nummer ihres Vaters zu sehen versetzte ihr einen Schock. Inmitten des starken Regens blieb sie stehen und öffnete die Nachricht.

Sie kam nicht von ihm.

Ihr Vater ist in Sicherheit – im Augenblick. Sein Schicksal hängt von Ihnen ab.

Sarah erstarrte. Sacks führte einen emotionalen Krieg, die Art, gegen die anzukämpfen sie schlecht ausgerüstet war. Systematisch nahm er ihr alles, das ihr lieb war, und sie blieb ohne Verteidigung zurück.

Sich plötzlich bewusst, wie durchnässt und durchgefroren sie war, schloss sie die Augen. Der Feind rückte näher, und sie wusste genau, worauf er es abgesehen hatte.

Kapitel 40

Die Wolken klärten erst auf, als die stählerne Abenddämmerung von der Dunkelheit übermannt wurde. Sarah saß in einem überfüllten Internetcafé am Rand des Christlichen Viertels. Ihr Blick wechselte zwischen einem Computerbildschirm und dem Fernseher, der über ihr hing. Die Sorge im Raum war spürbar. Gut fünfzig Menschen, Touristen und Einheimische, verfolgten die neusten Berichte über den Öl-Konflikt.

Früher am Tag war eine weitere Selbstmordbombe hochgegangen, diesmal nahe der britischen Botschaft. Zweiundzwanzig Menschen waren getötet oder verletzt worden. Die Hisbollah hatte sich zu dem Anschlag bekannt und erklärt, dass härtere Maßnahmen folgen würden, sofern der Westen nicht intervenierte und Israels »illegale Aktivität« stoppte.

Der britische Premierminister verurteilte die Anschläge, verfügte die Evakuierung sämtlichen Amtspersonals und mahnte alle britischen Staatsbürger dazu, die Region zu verlassen. Der Streit eskalierte, so wie Sacks gewarnt hatte.

Überall um sie herum herrschte Stimmengewirr. Zwei amerikanische Mädchen verfielen wegen ihrer erfolglosen Versuche, Flugtickets von Tel Aviv aus zu finden, in Panik. Sämtliche Flüge waren für die nächsten zwei Wochen ausgebucht. Eine Gruppe Israelis bejubelte lautstark Judahs Entschlossenheit, standzuhalten, und sprach besonders liebevoll über die »Eier« des »Öl-Propheten«.

Die Webseiten zeigten Bilder von Demonstrationen in ganz Israel, auf denen Menschen Banner mit Aussagen wie: »Hände weg von unserem Öl!« und »Hesekiels Prophezeiung erfüllt sich jetzt« hielten. Zweifellos hatte Sacks Klopfen von Bibelsprüchen beim Volk einen Nerv getroffen.

Sarah wusste, dass er sich auf den nächsten Schachzug vorbereitete. Sie dachte über Salomons Schriftrolle nach, deren Worte in ihre Erinnerung eingebrannt war.

Der Obstgarten trägt Feigen im Überfluss, die Reben sind von Trauben schwer.

Wenn das Gesicht meiner Liebsten sich aus den Schatten löst,
Werden alle Geheimnisse gelüftet.
Ihre Schönheit erhellt den Pfad und die schwarzen Steine,
Und ich, zu machtlos, um zu widerstehen, folge ihr.

Ihr war jetzt klar, dass sich dieser Abschnitt auf den Mond bezog. Er würde über der Stadt aufgehen, die dunklen Steine des von Mauern umgebenen Geländes bescheinen und alle Geheimnisse preisgeben. Was immer Sacks vorhatte, sie war sicher, dass es heute Nacht stattfinden würde, während der Vollmond aufging, irgendwo in der Altstadt.

Die naheliegende Örtlichkeit war der Tempelberg. Würde er es wagen? Das Oberrabbinat hatte angeordnet, dass kein Mensch den geweihten Ort betreten durfte. Irgendwo auf diesem Hügel befand sich das Allerheiligste, der heiligste irdische Platz vor Gott. Weil niemand seinen Standort mit Sicherheit kannte, war das gesamte Gebiet verbotenes Terrain. Es zu betreten verstieß gegen das Gesetz der Tora. Gewiss glaubte Sacks nicht, dass ihn die Glaubensgemeinschaft nach einer so schwerwiegenden Übertretung willkommen hieße.

Sie überflog die Nachrichtenseiten online. Etwas auf der Homepage der *Times* im aktuellen Ticker am oberen Ende sprang ihr ins Auge: Elektronik-Tycoon in Gewahrsam.

Sie klickte darauf. Die Story war gerade erst veröffentlicht worden und brandaktuell. Die zwei Absätze des Berichts verrieten nur, dass ein glaubwürdiger anonymer Informant sich mit Beweisen für die Verwicklung von Advanced Electronic Solutions in illegale Aktivitäten an die Zeitung gewandt hatte. Einzelheiten wurden nicht genannt, vermutlich nicht, weil keine offizielle Festnahme stattgefunden hatte. Im Artikel stand lediglich, dass der AES-Vorsitzende Alastair Bromley nach einem Tipp der *Times* zur Befragung zur Polizei zitiert wurde.

War Bellows endlich an die Öffentlichkeit gegangen? Es war ein schwacher Lichtstreif am dunklen Horizont.

Zu rastlos, um still zu sitzen, rutschte sie auf ihrem Stuhl hin und her. Sie hatte eben damit begonnen, die Geschichte online zu verfolgen, als der Fernsehbildschirm an der Wand ihre Aufmerksamkeit auf sich zog. Der Nachrichtensender führte gerade ein Interview mit einem politischen Analysten, das die Sprecherin unterbrach, um eine Eilmeldung zu verkünden.

»Wir haben soeben erfahren«, sagte sie, »dass der zurückgezogen lebende Vorstandsvorsitzende von Judah Oil and Gas, T. Robert Ashworth, heute Abend mit einer wichtigen Bekanntmachung für das israelische Volk zum ersten Mal öffentlich auftreten wird. Wir sind telefonisch mit Judahs Sprecher, Alexander Bateman, verbunden. Alexander, guten Abend.«

Im Raum wurde es still. Mit rasendem Herzschlag setzte Sarah sich auf. »Guten Abend.«

»Der Vorstandsvorsitzende ist also bereit, sein Versteck zu verlassen. Verraten Sie uns, was wir von dieser Bekanntmachung erwarten dürfen.«

»Nun, es steht mir nicht frei, das zu enthüllen. Ich kann nur sagen, dass Mr. Ashworth kurz nach Mitternacht einen Live-Webcast machen wird, und dass seine Mitteilung eine bedeutsame Offenbarung sein wird.«

Die Internetadresse wurde auf dem Bildschirm eingeblendet.

Sacks bereitete sich darauf vor, sein Erbe des Salomonischen Manuskripts und des Rings anzukündigen sowie seine Absicht, den dritten Tempel zu bauen. Dessen war sich Sarah sicher. *Kurz nach Mitternacht.* Sie blickte auf ihre Uhr und stellte fest, dass es schon nach neun war. Ihr blieb nicht viel Zeit. Sie stand auf und zog ihren Mantel über.

»Alexander Bateman. Vielen Dank. Und apropos Versteck verlassen: Unser nächster Gast äußert sich nach beinahe zehn Jahren selbstauferlegten Exils zum ersten Mal öffentlich. Der allseits beliebte Rabbi Uri'el Ben Moshe sprach früher am Tag mit unserem Korrespondenten Ari Grossman am Telefon. Hören wir es uns an.«

Ein kleines Schwarz-Weiß-Foto von Rabbi Ben Moshe, vermutlich vor zwanzig Jahren aufgenommen, tauchte auf dem Bildschirm auf. Sarah erstarrte. »Rabbi, die Ereignisse der letzten Tage waren, gelinde gesagt, verstörend. Drohungen, Sprengstoffattentate, Territorialkonflikte. Es scheint, als hätten wir alle Zutaten für einen Heiligen Krieg. Was halten Sie von all dem?«

»Lassen Sie mich eine Sache klarstellen.« Die zittrige Stimme des Rabbis knackte in der Telefonverbindung. »Ich bin wie alle meine Landsleute hocherfreut über den Gedanken, dass Israel Öl findet. Aber es sich mit dem Schwert zu nehmen ist grundlegend falsch. Wir wissen nicht wirklich, wer ein Anrecht auf diese Quellen hat. Wir sagen, wir; die sagen, die. Solange, bis ein unabhängiges Gremium die Grenzen ein für allemal bestimmen kann, sollten wir nicht vorwärts stürmen. Das ist eine unverfrorene Provokation und kann nur böse enden.«

»Judahs Vorsitzender, T. Robert Ashworth, sagt, diese Entdeckung sei es wert, dafür in den Krieg zu ziehen. Ihre Meinung?«

»Ich bin ein Befürworter des Friedens. Ich glaube, bestimmte höhere Dinge sind einen Kampf wert … Freiheit, zum Beispiel, oder das Recht auf Religionsfreiheit. Aber unschuldige Leben wegen etwas aufs Spiel zu setzen, von dem wir nicht einmal wissen, ob wir es für uns beanspruchen können, nun, das ist schlicht kriminell. Was diesen Mr. Ashworth betrifft: Seine Phrasendrescherei ist blasphemisch. Er behauptet, durch das Erfüllen von Gottes Versprechen an Israel das Verbindungsstück zwischen bestimmten biblischen Prophezeiungen zu sein. Gewöhnliche Menschen sollten keine solche Behauptung aufstellen. Wir sollten uns selbst fragen: Welchen persönlichen Nutzen kann er daraus ziehen?«

»Welchen Nutzen kann er denn Ihrer Meinung nach daraus ziehen?«

»Sagen wir so, manche Menschen werden von Macht in Versuchung geführt und andere von der Idee, auserwählt zu sein. Das führt zu verschiedenartigen Illusionen, von denen alle gefährlich sind.«

»Wie lautet Ihr spiritueller Rat für die Menschen?«

»Achtet die Gesetze der Tora. Glaubt nur den Worten Gottes, nicht denen falscher Propheten.«

»Wollen Sie damit sagen, dass Mr. Ashworth ein falscher Prophet ist?«

Eine kurze Stille folgte. »Das will ich damit sagen, ja.«

Sarah zuckte zusammen. Auf einem Schachbrett mit wenigen verbleibenden Spielfiguren war seine provokante Stellungnahme ein verzweifelter Spielzug. Offensichtlich hielt der Rabbi das für den erfolgreichsten, wenn nicht sogar einzigen Weg, der Masse und sogar Mitgliedern der Religionsgemeinde, die ihre Unterstützung mehr und mehr einem Scharlatan zusicherten, seinen Standpunkt klarzumachen.

Das Interview war beendet und die Moderatorin zurück auf dem Bildschirm. »Es wird interessant sein, Rabbi Ben Moshes Reaktion auf die neusten Entwicklungen zu hören. Ari Grossman wird mit ihm über Ashworths Ankündigung sprechen, also vergessen Sie nicht, unseren Live-Updates auf Twitter zu folgen, während die Geschichte weitergeht.«

Als wäre sie mit dem Nachrichtenbericht abgestimmt, erhielt Sarah eine SMS.

Wenn Sie Ihren Vater lebend wiedersehen wollen, gehen Sie zur Hakara'im-Straße 4.

Die Adresse des Rabbis. Eilig sammelte sie ihre Sachen zusammen und schoss zur Tür hinaus.

Kapitel 41

Hinter einem um ihren Kopf und ihr Gesicht gewickelten Wollschal verborgen schritt Sarah aufs Jüdische Viertel zu. Sie wollte rennen, konnte es aber nicht riskieren, Aufmerksamkeit auf sich zu ziehen. Nachdem sie zehn Blocks weit gelaufen war, war sie außer Atem, fühlte sich aber immer noch extrem unter Druck. Sie wusste, was sie zu tun hatte. Sie ging das größte Risiko ihres Lebens ein, aber angesichts all dessen, was auf dem Spiel stand, war das belanglos.

Sie duckte sich unter den Steinbögen der Gassen hindurch, die sie zum Haus des Rabbis führten. Die stummen Steine waren in das schwachgoldene Licht der Straßenlampen getaucht. Mit verstohlenen Blicken musterte sie die Gesichter um sich herum. Alte Männer, sorglos und untätig wie Kinder, saßen vor Cafés auf Stühlen. Liebespaare gingen Arm in Arm, ohne etwas anderes, als einander zu bemerken. Sie registrierte nichts Bedrohliches.

Sie kam an demselben einsamen Baum vorbei, den sie bei ihrem ersten Besuch der Altstadt bemerkt hatte. Im Flutlicht des aufgehenden Mondes sahen seine Äste wie alte, knorrige Finger aus, die den Himmel anflehten. Etwas trieb durch die Dunkelheit, und Sarah spürte den wohlbekannten Kuss von Eis auf ihrem Gesicht. Sie streckte eine geöffnete Hand aus und beobachtete, wie die Schneeflocken auf ihrem fingerlosen Handschuh landeten. In Jerusalem schneite es selten. Sie verstand es als Omen.

In den Gassen am Rand des Viertels, in dem der Rabbi lebte, war sie praktisch allein. Sie blickte über ihre Schulter durch den herabfallenden Schnee und sah niemanden. Sie schlüpfte in die dunkle Gasse und stand unter dem Überbau vor der Haustür des Rabbis, wo sie ihre nähere Umgebung betrachtete. Drinnen schien ein Licht, doch die Vorhänge waren zugezogen. Sie sah sich in der Gasse um und erblickte keine Menschenseele. Dann klopfte sie sacht an die Tür.

Eine Minute verging; sie erhielt keine Antwort. Sarah legte ihr Ohr an die Tür. Sie machte einige gedämpfte Geräusche aus, vielleicht sogar Stimmen, konnte aber nicht sicher sagen, was sie hörte. Wärme durchströmte sie, als sie ihre Faust hob, um noch einmal zu klopfen, und bemerkte, dass die Tür angelehnt war. Sie biss sich auf die Lippe, drehte den Türknauf und betrat die dunkle Eingangshalle.

Sarah stand reglos da, lauschte, während ihr Herzschlag in ihren Ohren nachhallte. Es waren definitiv Stimmen, aber sie konnte die Worte nicht verstehen. Bis auf einen einzelnen Lichtstrahl, der von der anderen Seite des Flurs kam, vermutlich aus der Bibliothek, war das Haus dunkel.

Sie folgte dem düsteren Korridor. Ihre Schritte ließen den alten Holzboden knarren.

»Wer ist da?«, hörte sie einen Mann auf Hebräisch rufen. Es war nicht die Stimme des Rabbis.

Schritte näherten sich ihr. Von Angst gepackt schlüpfte sie hinter einen Schrank. In einem Spiegel an der gegenüberliegenden Wand konnte sie einen Mann sehen, vermutlich um die dreißig und Israeli, der im Flur auf und ab blickte.

»Verdammte Ratten«, knurrte er und ging ins Zimmer zurück.

Sarah lehnte ihren Kopf gegen die Wand und atmete aus.

Sie hörte die Stimme des Rabbis, konnte aber nicht verstehen, was er sagte. Ermutigt trat sie wieder in den Flur und eilte auf Zehenspitzen auf das Licht zu. Sie spähte durch den offenen Türspalt und keuchte, als sie begriff, was vor sich ging.

»So beabsichtigen Sie also, das Himmelreich zu betreten? Indem Sie einen Schwindler verehren und einen Man Gottes töten? Schande über Sie.« Der Rabbi, an einen Stuhl gefesselt, funkelte einen über ihm stehenden bewaffneten Mann wütend an.

»Himmelreich?« Der Mann brüllte vor Lachen. »Sie glauben, das juckt mich? Das einzige, was ich anbete, ist ein Koffer voll Bargeld. Halten Sie die Klappe und geben Sie mir, weswegen ich hier bin.«

»Von mir bekommen Sie gar nichts.«

Sarah versteckte sich hinter dem Türrahmen und beobachtete die Szene durch die halb offene Tür. Der Mann hob seine Waffe an die Stirn des Rabbis. »Ich verliere langsam die Geduld. Das ist Ihre letzte Chance. Wenn Sie überleben wollen, verraten Sie mir das Geheimnis des Rings.« Er setzte den Lauf auf. »Ich warte.«

Sarah war fassungslos. Sacks wusste, dass der Rabbi das Geheimnis Salomons kannte.

»Sie werden für alle Ewigkeit warten. Töten Sie meinen Körper, wenn Sie müssen. Er bedeutet nichts. Nur die Seele zählt, und die können Sie nicht mit Ihrer Waffe auslöschen. Sie sind des Geheimnisses, das Sie suchen, nicht würdig. Daher können Sie es nicht kaufen – um keinen Preis.«

»Dann lassen Sie mir keine andere Wahl.« Er entsicherte die Waffe.

Sarah sah sich hektisch um. Gegenüber der Tür stand eine schwere Kristallvase auf einem Wandtischchen. Sie schnappte sich diese, drückte die Tür auf und schleuderte die Vase auf den Angreifer.

Die Vase traf ihn am Hinterkopf. Seine Waffe fiel zu Boden und der Mann stürzte bewusstlos über den Rabbi. Unter seinem Gewicht brach der Stuhl mitsamt dem noch immer daran gefesselten Rabbi zusammen.

Sarah eilte neben Rabbi Ben Moshe und wuchtete den bewusstlosen Fremden beiseite. Dann kümmerte sie sich um die Seile.

»Sarah, dafür ist keine Zeit. Hören Sie mir zu.«

Sie hielt inne und sah ihn an. Sein Ausdruck war gelassen. Er war ein Mann, der vollkommen im Reinen war. Sie beneidete ihn.

»Was fünf ist, ist eins«, sagte er. »Salomons uraltes Rätsel liegt nun in ihren Händen. Er darf es nie erfahren.«

Sarah nickte. »Aber was bedeutet es?«

Hände packten ihren Kopf von hinten, rissen ihr die Perücke ab und drückten ihr Gesicht zu Boden.

»Sie ist hier!«

Es waren noch andere da – und sie hatten gewusst, dass sie kommen würde. Es war eine Falle.

Da ihr Angreifer rittlings auf ihr saß und die Arme hinter dem Rücken festhielt, lag sie bewegungsunfähig da, mit dem Gesicht zum Rabbi. »Es tut mir leid«, flüsterte sie.

Ein anderer Mann stopfte ihr ein großes Stück Stoff in den Mund. Sie musste würgen und ihre Augen füllten sich mit Tränen, aber sie wandte ihren Blick nicht vom Rabbi ab. Sein Gesicht war das letzte, was sie sah, bevor ihr ein Sack über den Kopf gestülpt wurde. Raue Hände drehten sie auf den Rücken und fesselten ihre Hand- und Fußknöchel mit grobem Seil. Zwei Hände packten sie bei den Füßen und zwei weitere umfassten ihren Kopf. Sie hoben sie vom Boden auf. Sarah strampelte, konnte sich aber nicht aus dem Griff befreien. Sie wollte um Hilfe rufen, doch der Stoff hinderte sie daran.

Während sie fortgetragen wurde, hörte sie das unverwechselbare Knallen einer halb automatischen Waffe. Drei Schüsse donnerten. Mit von dem Lärm klingelnden Ohren biss Sarah auf den Stoff und stieß mit der vollen Kraft ihrer Lunge einen Schrei aus, den niemand hören konnte.

Kapitel 42

Da sie sich keinen Millimeter innerhalb der Grenzen ihrer Fesseln zu rühren vermochte, konnte Sarah sich nicht gegen die Auftragsmörder wehren, die sie durch die Altstadt trugen. Um sie ohne Aufsehen zu erregen transportieren zu können, hatten sie sie fest in einen Teppich gewickelt. Sie schwitzte und konnte kaum atmen.

Die Geräusche außerhalb ihres wollenen Gefängnisses waren gedämpft, sodass sie sich die Absicht der Männer nicht erschließen konnte. Wo brachten sie sie hin? Übergaben sie Sarah an Sacks oder hatten sie vor, sie ganz loszuwerden? So oder so, sie war bereit, ihrem Schicksal gegenüberzutreten.

Nicht sehen und kaum hören zu können war sowohl unerträglich als auch befreiend. Ihre logische Seite verlangte Antworten auf alles, aber der ungreifbare Teil von ihr, der in einem Fegefeuer zwischen Realität und reinem Glauben schwebte, war in der Unkenntnis gleichmütig.

Die Männer hielten plötzlich an. Sie sprachen sehr schnell; obwohl sie die Worte nicht verstehen konnte, registrierte sie ihren dringlichen Tonfall. Wenig behutsam legten sie Sarah auf den Boden. Weitere Stimmen. Es schien, als wäre ein dritter Mann zur Gruppe gestoßen. Sie versuchte wieder, sich zu befreien, aber das Seil, das ihre Hände und Füße fesselte, brannte auf ihrer Haut. Sie war bewegungsunfähig und konnte nichts weiter tun, als es hinzunehmen.

Die Männer hoben sie wieder auf. Sie spürte eine Vorwärtsbewegung, obwohl die Schritte der Männer langsamer und schwerfälliger waren. Davon ausgehend, wie sie durchgeschüttelt wurde, schloss sie, dass sie über unebenes Terrain gingen. Sie hörte ein Grunzen.

Als sie sich nach rechts wandten, spürte Sarah, wie ihr Körper herumschwang und an etwas vorbeischliff. Eine Wand? Der Mann, der ihren Kopf hielt, korrigierte seine Haltung und packte sie fester. Ihr Kopf war jetzt tiefer als ihre Füße. Sie gingen nach unten. Sarah konnte nicht begreifen, warum, bis die Männer wieder zu sprechen begannen. Ihre unterdrückten Stimmen verloren sich nicht, sondern schienen vielmehr in einem engen Raum gefangen. Während sie sich bewegten, traf ihr Teppich-Kokon wieder auf etwas, diesmal zu beiden Seiten. Sie hatte genug Zeit unter der Erde verbracht, um zu wissen, dass sie sie in eine Kammer oder einen Tunnel trugen. Der Gedanke ließ ihr Herz rasen.

Um Atem ringend merkte sie, wie ihr schwindlig wurde. Schweiß bedeckte ihre Stirn und lief über ihre Schläfen. Der Baumwollsack über ihrem Kopf war durchweicht und klebte an ihrem Gesicht. Sie glaubte, jeden Moment ohnmächtig zu werden.

Die Männer hielten an. Die Stimmen erklangen wieder, diesmal laut und streitlustig, als wären sie uneins, was als Nächstes zu tun sei. Ihre unverständlichen Worte hallten mehrere Minuten von den Wänden wider, während Sarah spürte, wie ihr Bewusstsein mehr und mehr entglitt. Das Letzte, was sie fühlte, war, dass sie hochgehoben und zu Boden geworfen wurde. Alles wurde schwarz.

Als sie wieder zu sich kam, waren der Teppich und der Sack entfernt worden, und sie lag zusammengekrümmt auf einem Stein, die Hände und Füße noch immer gefesselt und den Stoffknebel im Mund. Dank ihrer feuchten Kleider zitterte sie, als kalte Luft über ihre Haut strich.

Sie blinzelte, um den Schleier vor ihren Augen zu vertreiben, und sah sich in ihrem dunklen Gefängnis um. Im Dämmerlicht erkannte sie die Konturen von Säulen. Sie sah auf und erblickte die unverwechselbaren schwarz-weißen Marmorbögen, die den Säulengang säumten. Schlagartig begriff sie, wo sie sich befand. Mit einiger Mühe rollte sie sich auf den Rücken und starrte zur vergoldeten, reich verzierten Kuppel hinauf, an deren Fuß sich eine Fensterreihe befand. Der Felsendom.

Sarah lag auf dem heiligen Gründungsfelsen der Welt, dem heiligsten Ort des Judentums. Dies war der Fels, auf welchem Abraham seinen Sohn Isaak zu opfern aufgefordert worden war und wo Jakob von der Himmelsleiter geträumt hatte. Auf diesem Stein hatte Salomon seinen Tempel vor fast dreitausend Jahren errichtet. Gläubige behaupteten, Gott habe die Erde zu Erschaffung Adams von ebendiesem Ort gesammelt. Das Zentrum der Welt, der Ursprung allen Lebens.

Es war kein Zufall, dass man sie hierher gebracht hatte. Offensichtlich war das die ganze Zeit über Sacks Absicht gewesen. Was immer er vorhatte, sie spielte eine zentrale Rolle.

Sarah roch brennendes Räucherwerk, eine berauschende Mischung aus Sandelholz und Weihrauch, das sie an Andachtsstätten erinnerte. Ein leiser Singsang schwebte im Raum zwischen ihr und den Außenwänden des Doms. Das Geräusch kam näher und sie realisierte, dass es eine Frauenstimme war.

Eine weiß gekleidete, vermummte Gestalt kam auf sie zu und blieb am Rand des Marmorbodens stehen, der den Felsen umgab. In der Dunkelheit konnte Sarah kein Gesicht ausmachen. Sie blinzelte schnell, um ihren Blick zu fokussieren. Mit zusammengebissenen Zähnen starrte sie die geheimnisvolle Gestalt an und wartete.

Die verhüllte Fremde nahm einen Gegenstand von einem Tisch, dann betrat sie den Felsen und umkreiste Sarah in einem weiten Radius. Anderthalb Meter von ihrem Kopf entfernt blieb sie stehen.

Die Stille war vollkommen.

Für einen langen Moment stand die Fremde reglos da als bete sie, dann hielt sie ein Buch in die Höhe.

Als sie es aufschlug, begann sie in einem tiefen, feierlichen Tonfall auf Hebräisch zu psalmodieren.

Sarah lauschte den Worten. Nach ein paar Absätzen wurde ihr

klar, dass die Frau aus dem Zohar las, dem kabbalistischen Text, der die mystische Seite der Tora erkundete.

»Wehe, wenn dies scheidet und jene Trugbilder aus glühender Asche Fleisch werden, vorüberfauchen, nicht verweilen. Hin und her hastende Lebewesen … Flieht an eure Stätte! Steigt ihr auch auf wie der Adler, von dort werde ich euch erlegen.«

Die Stimme klang heiser, aber irgendwie vertraut.

»Die Erde trieb aus. Ein Wind erhebt sich und ein Funke wird bereitet. Ein Schädel zu beiden Seiten sich ausbreitet, darüber übersprudelnder Tau von zwei Farben. Drei Aussparungen gezeichneter Lettern offenbaren sich darin.

Schwarz wie ein Rabe, über tiefen Höhlen hängend, sodass weder Rechts noch Links hören kann. Hierüber ist ein schmaler Pfad.«

Keine Stirn erstrahlt, Zwiespalt der Welten – außer wenn Sein Wille darauf blickt. Augen dreier Farben – davor zu erzittern – in leuchtende Milch gebadet. Es steht geschrieben: Deine Augen werden Jerusalem erblicken als sichere Wohnstatt. Und es steht geschrieben: Gerechtigkeit wohnt in ihr.«

Die Worte stammten aus dem äußerst rätselhaften Buch der Verborgenheit, dem Abschluss des Zohar. Sarah hatte sich nie an die Interpretation dieser Texte gewagt, aber sie musste kein kabbalistischer Schüler sein, um zu wissen, dass sich diese Passage auf die Rückgabe Jerusalems an die Gerechten bezog.

Die Frau schloss das Buch und verfiel wieder in Stille. Eine weitere in Weiß gehüllte Gestalt erschien aus den Schatten, als stiege sie aus den Tiefen der Erde empor. Sarah erinnerte sich daran, dass sich eine natürliche Kaverne unter dem Felsen befand – der sogenannte Brunnen der Seelen –, die durch eine Öffnung an der Oberfläche erreicht werden konnte.

Während die Gestalt über den Felsen schritt, konnte Sarah anhand ihres langsamen, überheblichen Gangs erkennen, dass es Sacks war. Ein beißender Geschmack füllte ihren Mund.

Er blieb in ihrem Sichtfeld stehen. Ein schwacher Mondstrahl, der durch einen offenen Eingang hereinschien, beleuchtete sein Gesicht. Seine Haut war bleicher als gewöhnlich und sein Gesicht war ausgemergelt. Ein dünner schwarzer Bart wuchs auf seinem Kinn. Seine Augen waren glanzlos und abwesend, von der Farbe von Asche. Er sah aus wie eine wandelnde Leiche.

»Heute ist eine heilige Nacht«, sagte er. »Der von Gott gesalbte König hat sich offenbart. Die Himmel haben sich geöffnet.« Er schloss die Augen. »Ich kann hören, wie die Saiten der Lyra zum Frieden aufrufen.«

Sarah wollte seine unsinnige Rede unterbrechen, wusste aber, dass ihr jeder Versuch das Stück Stoff tiefer in den Rachen treiben würde.

»Was jetzt noch bleibt, ist das letzte Opfer darzureichen. Heute Nacht muss das Blut der Gottlosen vergossen werden.«

Singend näherte sich die Frau langsam dem Tisch, legte das Buch ab und nahm einen anderen Gegenstand auf. Sie stellte sich dicht hinter Sacks und hielt einen Dolch an ihrer Brust umklammert.

Sarah fühlte sich, als hätte man sie in ein Eisbad geworfen. Offensichtlich war das Blut, von dem er sprach, ihres. Verzweifelt versuchte sie, ihre Hände vom Seil zu befreien.

Sacks starrte sie ausdruckslos an. Entweder hatte er eine Art transzendenten Zustand erreicht oder er stand unter Drogen. Er kreuzte seine Hände vor seinem Herz und neigte den Kopf. Am Mittelfinger seiner rechten Hand steckte der Ring Salomons, dessen vier Edelsteine im bleichen Mondlicht leuchteten.

Sarah dachte über das Geheimnis des Rings und die letzten Worte des Rabbis nach.

Was fünf ist, ist eins. Es gab nur vier Steine, die für die vier Elemente standen. Vielleicht war es ein Hinweis auf das fünfte Element – die Quintessenz, das Göttliche, das nicht gesehen oder berührt werden konnte. Ihr Verstand raste durch ein Feld voller Möglichkeiten, ohne Halt zu machen.

Als würde er ihre Gedanken lesen, sagte Sacks: »Noch können Sie Ihre Seele retten, wenn Sie das wollen. Ich weiß, Sie kennen das Geheimnis des Rings. Verraten Sie es mir und Sie können sich den Rechtschaffenen im Himmel anschließen.«

Sarah warf ihm einen gallebitteren Blick zu. *Wie kann er es wagen, vom Himmel, Frieden und den Rechtschaffenen zu sprechen? Macht er sich keinen Begriff davon, was er getan hat?*

»Ich sehe, Sie müssen überzeugt werden.« Er kniete sich vor sie und hob den edelsteinbesetzten Deckel des Rings, sodass er auf einem Scharnier balancierte. Er beugte sich vor und pustete.

Ein Puder schwebte in Sarahs Gesichtsfeld und sie schloss instinktiv fest die Augen. Sie spürte, wie das Puder in ihre Nasenlöcher drang. Es war, als hätte ein Brandeisen ihre Haut versengt. Mit brennenden Augen blinzelte sie schnell.

Der offene Ring war noch immer auf sie gerichtet. Durch einen dunklen Schleier hindurch konnte sie das goldene in seinem Inneren eingravierte Pentagramm sehen. Der fünfzackige Stern, ein uraltes Symbol des Göttlichen, ehe es von Okkultisten und Neuheiden für zweifelhafte Gebetszwecke beansprucht wurde.

Was fünf ist, ist eins. Irgendwo innerhalb der fünf sich überschneidenden Linien des Pentagramms lag der Schlüssel zum Bau des Tempels Salomons.

Sarahs Lunge fühlte sich an, als wäre sie voller Flüssigkeit. Sie hörte die Flachheit ihres Atems: ein schwaches Keuchen der Qual. Ihre Augen brannten. Das Gift zeigte Wirkung. Sie schloss die Augen und das goldene Pentagramm schwebte vor ihrem geistigen Auge. Im Miasma, das ihren Geist vernebelte, wurde das Bild ausgefranst und verzerrt und begann, sich zu entwirren.

Erschrocken öffnete sie die Augen wieder.

Sacks starrte sie emotionslos an. »Haben Sie etwas zu sagen?«

Sie nickte. Sarah roch den holzigen Duft von Weihrauch, als seine Hand in ihren Mund griff und den Knebel herauszog. »Die Welt wartet, Dr. Weston. Bald werde ich die Aufgabe verkünden, die mir durch Geburtsrecht und göttliche Verfügung zugewiesen wurde. Sie können nichts tun, um das zu verhindern. Die Messiaszeit ist angebrochen. Die Zeit für Frieden ist gekommen.«

»Nach allem, was Sie getan haben, all den Menschen, die Sie ermordet haben, wagen Sie es, von Frieden zu sprechen?« Ihre Worte waren erstickt, aber sie wollte verdammt sein, wenn sie diese nicht aussprach.

»Wir führen Krieg, um in Frieden zu leben.« Aus seinem Mund klang das Aristoteles-Zitat pervertiert. »Betrachten Sie die Geschichte. König David war Gottes Auserwählter, aber er war auch ein Krieger. Er musste das Land von den Ungläubigen säubern, damit Israel den Frieden erleben konnte.« Er stand auf. »Sein Sohn Salomon hätte unserer Nation ewigen Frieden gewähren können, aber er wankte in Gottes Augen. Als letzter Nachkomme des großen Königs ist es meine Pflicht, sein Erbe anzutreten. Reichtum zu schenken, von desgleichen Salomon nur träumen konnte. Unsere Feinde zu zerquetschen und sie Furcht vor uns zu lehren. Jerusalem zurückzugewinnen und den Tempel wieder aufzubauen, sodass die Welt den einen wahren Gott erkennen wird. Mit Gerechtigkeit und Frömmigkeit und unerschütterlichem Glauben zu regieren. Das ist der Frieden unserer Lebzeiten … und er ist so nah.«

Die Frau begann wieder, zu psalmodieren. Sacks sprach über sie hinweg, erhob seine Stimme so sehr, dass sie von den Marmorflächen des Felsendoms abprallte. »Nur ein Detail fehlt … die korrekte Maßeinheit für den Bau des Tempels. Der Rabbi war per Eid verpflichtet, das Geheimnis vor seinem Tod an jemand anderen weiterzugeben. Ich weiß, er hat es Ihnen anvertraut. Den Tempel genau so wie Salomon zu bauen, also nach Gottes Anordnung, ist von höchster Wichtigkeit für unseren Glauben. Wenn Sie sich dazu entscheiden, diese Information mit ins Grab zu nehmen, wird Ihre Seele ewiglich verdammt. Geben Sie sie heraus, werden Sie zum größten Triumph der Menschheit beitragen. Was wird Ihr Vermächtnis sein, Dr. Weston?«

Sarahs Wangen fühlten sich taub an und das Atmen fiel ihr schwerer. Sie fürchtete, das Gift würde sie langsam paralysieren.

»Wenn ich Ihnen gebe, wonach Sie fragen, warum mich dann noch töten?«

»Es wurde mir befohlen. Gott sprach durch den großen König und verlangte Ihr Blut. Ich muss das Opfer bringen, um meinen Glauben zu beweisen. Wie Gott es befahl, so will ich handeln.«

»Sie erbärmlicher Wicht. Glauben Sie wirklich, ein gerechter Gott würde ein Menschenopfer verlangen?«

Ihre Lunge pochte von der Anstrengung, die Worte hervorzubringen.

»Blasphemie!«, brüllte er. »Wurde nicht von Abraham verlangt, seinen Sohn zu töten? Bot Jiftach nicht das Fleisch seiner einzigen Tochter dar? Wie wenig Sie über bedingungslosen Glauben wissen, Doktor. Sie, die sich vor dem Altar der Wissenschaft verneigen und dem Heiligen Gral der Verdammten … Sie verdienen die Hölle, die Sie erhalten werden.«

»Dann tun Sie Ihr Schlimmstes«, zischte sie. »Nichts wird mich dazu bringen, mit Ihnen zu verhandeln.«

»Nein?« Er nickte seiner Komplizin zu. »Nicht einmal das?«

Die Frau griff in eine Tasche und zog ein iPhone heraus. Vierzehnmal tippte sie auf den Bildschirm: ein internationales Gespräch. Aus dem Lautsprecher drang ein Doppelklingeln, und beim zweiten hob ein Mann ab.

»Hallo Jerusalem«, sagte er mit einem starken Akzent, den Sarah nicht einordnen konnte.

Die Frau hielt sich das Telefon vors Gesicht und sprach hinein.

»Ist alles bereit?«

»Bereit.«

Sie drehte das Handy zu Sarah um. Der Anblick eines langhaarigen, schwarzbärtigen Mannes füllte den Bildschirm des Videoanrufs.

Sarah lag auf der Seite, das Gesicht auf dem kalten Stein, und atmete flach. Sie konnte nur zusehen, wie der Mann die Kamera auf seinen eigenen Gefangenen richtete.

Mit zerzausten Haaren und zerknitterten Kleidern saß Sir Richard auf dem Boden, an eine nackte Betonblockwand gelehnt. Seine Oberlippe war geschwollen und sein Wangenknochen aufgeschrammt. Auf seinem Hemdkragen waren getrocknete Blutflecken. Auf dem Videobildschirm starrte er sie ausdruckslos an.

Es war das erste Mal, dass Sarah ihren Vater derart verletzlich sah. Seit ihrer frühesten Erinnerungen war er der untadelige Patriarch gewesen, hatte alles immer vollkommen unter Kontrolle gehabt. So wütend sie diese unantastbare Fassade auch gemacht hatte, so hatte sie ihn doch letztlich ausgemacht. Ihn so zu sehen zerschlug all ihre Kindheitsillusionen und ließ ihn, ausnahmsweise, in ihren Augen menschlich wirken.

Sie biss die Zähne zusammen, aber die Tränen kamen trotzdem.

Sacks lachte. »Solch ein ergreifender Augenblick. Erhöhen wir den Einsatz, ja?«

Der Entführer hob eine Waffe an Sir Richards Schläfe.

Sarah keuchte leise.

Sacks machte auf dem Absatz kehrt; seine weiße Robe wiegte sich hinter ihm. Er nahm der Frau den Dolch aus der Hand und streckte ihn aus, zeigte mit der Spitze auf Sarahs Gesicht. »Ich war wahrhaftig ziemlich geduldig. Aber die Zeit läuft davon. Sie haben eine Entscheidung zu treffen, Dr. Weston. Werden Sie mir geben, was ich will –« er schwenkte den Dolch zum Handy «– oder wird Ihr Vater Ihnen in der Hölle Gesellschaft leisten?«

Die Botschaft war laut und deutlich: Ihr eigenes Leben konnte sie nicht retten, seines aber schon. Im Austausch für das Leben ihres Vaters müsste sie einem Verrückten den Schlüssel zum bedeutendsten Königreich der Menschheit überlassen.

»Und wagen Sie es nicht, mich auf die Probe zu stellen.« Er grinste höhnisch. »Ich habe nicht gezögert, Madigan zu töten, und ich werde jetzt auch nicht zögern.«

Seine Worte waren wie ein Schlag ins Gesicht. Ihre Stärke schwand. Sie starrte ihren Vater durch den Bildschirm an und beobachtete sein Gesicht, als er hörte, dass Sacks das westonsche Flugzeug zum Absturz gebracht hatte.

Sir Richards Miene war versteinert. Es war, als wisse er es schon. Er begegnete dem Blick seiner Tochter. »Gib ihm, was er will, Sarah.«

Sie schloss fest die Augen. Scharfe Stiche liefen ihre Wirbelsäule entlang und ließen ihre Muskeln zucken. Obwohl ihr Körper litt, war ihr Verstand klar. Die Entscheidung, die vor ihr lag, würde sie im vollen Bewusstsein treffen.

Er darf es nie erfahren.

Würde sie den Rabbi hintergehen, und mit ihm all die Männer, die das Geheimnis vor ihm bewahrt hatten, um ihren Vater zu retten?

Sie öffnete die Augen und wandte sich an Sacks. »Wie kann ich sicher sein, dass Sie ihn gehen lassen?«

»Sie haben mein Wort.«

An ihm war nichts, dem sie traute. Sie würde das Risiko eingehen müssen.

Bilder von Rabbi Ben Moshes Gesicht tauchten in ihrem Verstand auf. Irgendwie hatte er gewusst, dass sie diesen Scheideweg erreichen würde. *Weitere Prüfungen werden folgen. Sie werden aufgefordert werden, sich selbst infrage zu stellen.* Sein spiritueller Auftrag war kompromisslos: *Tun Sie das nicht, ganz gleich, was auch passiert.*

Ihre Gedanken wanderten zu all den biblischen Männern und Frauen, die bereit gewesen waren, ihr eigenes Fleisch und Blut im Namen Gottes zu opfern, und sie fragte sich, welcher außergewöhnlich starke Glaube sie an diesen Punkt gebracht hatte. Für sie war es ein versiegelter Raum, schwer zu erreichen und nicht zu betreten.

Wie immer sie dafür gerichtet würde, sie konnte dieses Opfer nicht bringen. »Okay«, brachte sie flüsternd über ihre tauben Lippen. »Ich werde reden.«

Er senkte den Arm und ließ den Dolch neben sich hängen. »Das habe ich angenommen.«

Auf dem Schachbrett standen die letzte beiden Figuren und sie hatte keine Alternativen. Welchen Zug sie auch machte, er würde zum Schachmatt führen. Sie blickte zu ihrem Vater, blutig und geschwächt, dann auf das Tier im makellosen weißen Leinen.

»Es ist ein Rätsel.« Ein bitterer Geschmack sammelte sich in ihrem Mund, während sie die Worte ausstieß: »Was fünf ist, ist eins.«

»Was bedeutet das?«

Sarah rang nach Atem. »Ich weiß es nicht.«

»Denk an die Schriftrolle«, sagte die Frau. »Die Worte des Königs verraten alles. *Sein Geheimnis offenbart sich, und siehe! die Verzückung im Himmel.*«

Das griff er auf. »Die fünf Spitzen des Sterns entsprechen den fünf Planeten, die zu der Zeit sichtbar waren – Jupiter, Mars, Merkur, Saturn und Venus. Wenn diese fünf sich am Himmel über Jerusalem annähern, bilden sie eine gerade Linie. Die Länge des mosaischen Cubitus.« Er lachte. »Ich wusste es.«

Obwohl Sarah ihm das Rätsel überlassen hatte, hatte sie die Feinheiten verschwiegen – die geöffnete Hand des Rabbis, die subtilen aber bedeutenden biblischen Bezüge –, die ihr geholfen hatten, ihre eigene Version der Antwort zu gestalten. Salomon hatte die Maßeinheit in einem so einfachen und eindeutigen Sinnbild verborgen, dass niemand seinen esoterischen Wert bemerken würde. Der fünfzackige Stern auf dem Königsring würde als gewöhnliches Symbol außer Acht gelassen werden, obwohl er in Wirklichkeit das höchste Geheimnis barg.

Die Frau hatte recht: Die Antwort lag in der Schriftrolle. *Folge der Richtung des hellen Sterns, dessen fünf Lichtstrahlen zur einen himmlischen Wahrheit deuten.*

Die fünf Seiten des Sterns entfalteten sich zu einer Geraden, die die präzise Länge eines *Tefachs*, oder einer Handfläche, verriet, der Grundeinheit der Abmessung. Sie konnte nicht sicher sein, bevor sie ihre Theorie nicht auf die Probe stellen konnte, aber sie war überzeugt, dass das die Antwort war.

Sacks blickte nach oben, zur Spitze der Kuppel. »Ich werde mich an mein Wort halten.« Er sprach in Richtung des Videos auf dem Handybildschirm. »Tun Sie ihm nichts. Warten Sie auf meine Anweisungen.«

Er bedachte Sarah mit einem stechenden Blick und ließ den Dolch fallen. Ein metallisches Klirren erfüllte den Felsendom, als die Waffe zweimal vom Stein abprallte. »Meine Hände werden heute Nacht nicht von Ihrem Blut befleckt.« Er wandte sich an seine Priesterin.

Mit gesenktem Kopf erwartete die Frau seinen Befehl.

»Töte sie.«

Bevor die Frau in der Robe mit Kapuze das Handy ausschaltete, fing Sarah eine Sekunde lang den Blick ihres Vaters. Er sah erschüttert aus, verwirrt.

»Ruf die Plattform an«, sagte Sacks seiner Komplizin. »Stell sicher, dass alle Systeme für den Raketenabschuss bereit sind.«

Sie wählte die Nummer und wartete. »Es nimmt niemand ab«, flüsterte sie. Sie versuchte es wieder, sah zu Sacks und schüttelte den Kopf.

Er wirkte überrascht. »Sie haben diesen Anruf erwartet. Was für ein Haufen Stümper. Logg dich in die Fernüberwachung ein.«

Sie tippte und wischte übers Display. Ihre Hand stoppte mitten in der Luft und sie sah zu Sacks auf. »Die Plattform brennt.«

Er riss ihr das Handy aus der Hand. »Das ist unmöglich.« Er wischte ein paar Mal über das Display. Dann hörte er auf und sah konzentriert auf die Bilder, welche die Fernüberwachungskameras lieferten. Er wirkte desorientiert und geradezu panisch. »Arabischer Abschaum!«

Er warf das Handy zu Boden, sodass das Display zerbrach.

Trotz des gesplitterten Glases konnte Sarah das Bild erkennen. Die gesamte Plattform war in Flammen gehüllt. Der gewaltige Scheiterhaufen reichte mehrere Stockwerke hinauf. Seine Flammenzungen berührten den Himmel. Eine rot-weiße Kufiya hing von einem hohen Pfosten und peitschte herausfordernd im Winterwind. Das Banner der Beduinen. Eine Ecke des Stoffs fing Feuer und der Schal löste sich im Inferno auf. Der Bildschirm wurde schwarz.

In diesem Moment wusste sie, dass ihr Plan aufgegangen war. Die Al Murra hatten ihre Rache genommen, indem sie die Ölplattform in Brand gesteckt hatten.

Mit unkontrollierten Bewegungen, die seinen Zorn verrieten, verließ Sacks den Felsblock und ging um eine der Säulen herum, wo ein Seil von der oberen Ebene des Doms herabhing. Er warf seine weiße Robe ab. Darunter kam ein locker sitzendes weißes Hemd zum Vorschein, das in einer engen schwarzen Hose steckte. Sein Haar war zu einem straffen Knoten zurückgebunden, aber zwei lange Strähnen umspielten sein Gesicht. Eine Jarmulke krönte seinen Scheitel. Er legte sich einen Gebetsschal um die Schultern und begann, am Seil hinaufzusteigen.

Die Frau näherte sich Sarah und nahm den Dolch an sich. Sie legte ihn sich flach auf die Hand und hob ihn zum Himmel.

»Allmächtiger Gott, erhabener Herr des Himmels, Quelle des unbeschreiblichen Lichts, Erlöser der Verdammten, Dir weihe ich dieses Instrument, sodass es Deinem Zweck geheiligt sei. Nimm dieses bescheide Opfer an, bei der unberührten Erde, beim Firmament, das Du allein als Basis aller heiligen Dinge errichtet hast. Dies bringen wir Dir im Namen des Friedens dar. Selah.«

Diese Stimme …

Mit einer Geste, die ans Theatralische grenzte, zerschnitt die verhüllte Gestalt zweimal die Luft, bevor sie sich in Angriffsposition brachte.

Mit weiten, starren Augen sah Sarah zur Spitze der Klinge.

Mit einem durchdringenden Schrei stieß die Frau den Dolch auf Sarahs Herz zu.

Sarahs Muskeln brannten, als sie ihre gefesselten Arme hob, um den Angriff abzuwehren. Das Messer kam zwischen ihren Handgelenken nieder und zerschnitt das Seil. Ihr Unterarm wurde getroffen, aber sie war frei. Das bisschen Stärke aufbringend, dass die Droge ihr gelassen hatte, packte sie die Knöchel der Frau und riss sie zu Boden.

Der Dolch fiel auf den Felsen. Sarah schnappte ihn sich und zerschnitt das Seil um ihre Fußgelenke. Sie wollte ihn über den Zaun schleudern, der den Felsen umgab, aber ihre angeschlagenen Muskeln verhinderten, dass sie ihn allzu weit warf.

Die Frau sprang auf. Ihre Kapuze war jetzt heruntergerutscht. »So treffen wir uns wieder.«

Sarah starrte sie mit offenem Mund an. Sie hätte wissen müssen, dass Mariah Banai für Sacks arbeitete. Es erklärte alles: Den Brand im Lager von Qaryat-al-Fau, den ermordeten Universitätskurier, den Diebstahl der Schriftrolle, Sacks gründliche Kenntnisse obskurer hebräischer Begriffe. Sie war immer seine Informantin gewesen.

Maria lachte laut. »Die ganze Zeit haben Sie und Ihr idiotischer Partner Ihrem Vollstrecker Informationen direkt in die Hände gespielt. Wie fühlt sich das an, Doktor? Ich würde sagen, das ist höchste Ironie.«

»Verräterin. Sie haben uns betrogen, die Universität, Ihren Eid als Wissenschaftlerin …«

»Meine Loyalität gehört meinem Volk – seiner Vergangenheit und seiner Zukunft. Meine Zusammenarbeit mit den Arabern war nur Mittel zum Zweck. Ich hatte die Legende der Schriftrolle schon lange gekannt. Salomon gab sie seiner Geliebten, der Königin von Saba, nach ihrem Besuch in Jerusalem zur Verwahrung, nur damit sie in einem schweren Sandsturm verschwand. Dann traf ich den Auserwählten und alles wurde klar. Crewmitglieder archäologischer

Ausgrabungen in ganz Saudi-Arabien arbeiteten für uns. Wir warteten jahrelang. Und dann lieferten Sie und Madigan uns persönlich den einen Gegenstand, der alles ändern würde.«

Sarah blickte auf. Sacks war zur Spitze des Rundbaus hinaufgeklettert und stand vor einer offenen Luke am Fuß der Kuppel. Er duckte sich durch die Öffnung und stieg hinaus.

»Welchen besseren Platz gibt es, die Ankunft des Maschiach zu verkünden, als die Spitze des Berges Moriah? Die Ära des Friedens ist endlich über uns gekommen. Zu schade, dass Sie das nicht erleben werden.« Mariah griff Sarah an und stieß sie zu Boden.

Sarahs Muskeln und Gelenke waren so versteift, dass es sie große Mühe kostete, sich aufzurichten. Sie ignorierte den stechenden Schmerz und stand umständlich auf.

Ihre langsamen Bewegungen hatten ihren Preis. Mariah versetzte ihr einen Rückwärtsstoß und stellte einen Fuß auf ihre Kehle, hielt sie am Boden fest. Der Druck nahm Sarah den Atem. Sie presste die Zähne zusammen und versuchte, den Fuß ihrer Gegnerin wegzureißen, was Mariah nur fester zudrücken ließ.

»Was ist los? Keine Kraft mehr? Ich sollte Sie langsam an Tetrodotoxin-Vergiftung sterben lassen … aber das wäre kaum so vergnüglich.«

Sarahs Lippen waren vollkommen taub. Eintausend unsichtbare Nadeln stachen ihr Gesicht. Verzweifelt sah sie sich nach irgendetwas um, dass ihr einen Vorteil verschaffen würde. Es gab nur den Gründungsfelsen, der jetzt mit ihrem Blut befleckt war.

Sie verlor den Kampf, aber die Schlacht würde sie nicht aufgeben. An der zerklüfteten Kante des Felsens fiel ihr ein brüchiges Stück auf, das nahe ihrer rechten Hand hervorragte. Es saß lose genug, um es herauszuziehen, und war scharf genug, um Schaden zu verursachen. Mit aller Kraft, die sie aufbringen konnte, stieß sie es in Mariahs Wade.

Die Frau heulte auf und zog ihr Bein weg.

Mit einem schmerzerfüllten Grunzen stand Sarah auf, stürzte

sich auf Mariah und stieß sie um. In der Hoffnung, dass ihr die Ablenkung etwas Zeit verschafft hatte, humpelte sie so schnell sie konnte auf das Seil zu.

Sie war nicht weit gekommen, als Mariah sich aufrappelte und ihr nachsetzte. Sarah ging schneller. Ihre schwer gewordene Lunge stieß die verbrauchte Luft keuchend aus. Direkt vor ihr befand sich ein tiefes Loch im Stein. Die Öffnung, die zum Brunnen der Seelen unter dem Gründungsfelsen führte, war groß genug, dass eine Person hindurchpasste.

Sie blickte zurück und erkannte, dass ihre Widersacherin sie einholte. Dann sah sie wieder zur Öffnung. Sie hatte keine Alternative.

Sie drehte sich um und sah, wie Mariah ihr mit einem urtümlichen Knurren nachsetzte. Zu schwach, um wirksam zu kämpfen, ging Sarah vor Mariah in die Hocke und zog ihr die Beine unter dem Körper weg. Mariah stürzte auf den Rachen der Öffnung zu und kämpfte darum, einen Fall zu verhindern.

Sarahs Arme zitterten, als sie Mariah weiter vorwärts schob.

Mariahs Beine rutschten in den Brunnen. Sie schaffte es, den Rand zu packen. Ihr Gesicht war von der Anstrengung, sich festzuhalten, verzerrt. »Fahr zur Hölle, Sarah Weston«, zischte sie.

Ein Funke von Hass entzündete sich in Sarahs Bauch. All das Unheil, für das diese Frau verantwortlich war, all ihre bösen Absichten, eilten an die vorderste Front in Sarahs Verstand. Was jetzt noch blieb, war, das Gleichgewicht herzustellen: Auge um Auge.

Sie zwang sich, aufzustehen. »Du zuerst«, sagte sie, als sie ihr einen letzten Stoß versetzte.

Die Stille des Felsendoms wurde von einem Schrei zerrissen, der leiser wurde, je tiefer Mariah fiel.

Sarah blickte ins Innere der Höhle und registrierte, dass Mariah noch bei Bewusstsein war. Sie lag auf dem Rücken auf dem mit Teppich ausgelegten Steinboden der Kaverne. Sarah konnte die Kontur einer Fraktur unter Mariahs Robe ausmachen und vermutete, dass ihr Schienbein gebrochen war. Sie lebte, war aber bewegungsunfähig. Sarah stützte sich auf ihren Knien ab und versuchte, zu Atem zu kommen.

Sie war noch nicht fertig. Sie sah zur Kuppel hinauf und schätzte die Strecke ab, die sie würde klettern müssen. Selbst wenn sie genug Kraft hätte, um nach oben zu kommen, würde es sie alles kosten. Aber sie musste es tun, auch wenn es ihre letzte Aufgabe auf Erden war.

Sie humpelte zum Seil. Ihre Beine waren steif wie Holzbalken. Sie griff zu und zog sich hinauf. Mit zusammengebissenen Zähnen und tränenden Augen stieg sie Zentimeter um schmerzhaften Zentimeter auf. Die Haare, die ihr ins Gesicht hingen, waren durchweicht, und Schweißperlen rannen ihr in die Augen. Ihr Herz protestierte aufs Heftigste gegen die Anstrengung.

Mit letzter Kraft hievte sie ihren Körper auf einen schmalen Sims am Fuß der Kuppel. Dort blieb sie keuchend und zitternd liegen, unsicher, ob sie die Nacht überleben würde. Sie starrte das bemalte Innere der Kuppel an und versuchte sich abzulenken, indem sie sich auf deren Schönheit konzentrierte. Sie war wirklich überwältigend. Aufwändige Mosaiken aus Glas und Fliesen in sich wiederholenden Schnörkelmustern funkelten vor einem Hintergrund vergoldeten Holzes und verliehen dem Gebäude das Aussehen einer Schmuckschatulle. Islamisch-religiöse Inschriften, in Schwarz und Gold gemalt, säumten den Rand. Im Zentrum verströmte ein goldenes Medaillon einen gedämpften Glanz.

Eine Reihe gewölbter Öffnungen säumten den Fuß der Kuppel. Sarah sah das schwache Licht eines Mondstrahls hereindringen und kroch darauf zu.

Ein kleines Fenster, welches das Kuppelinnere mit der Außenseite verband, stand leicht offen. Sie konnte Sacks Stimme hören. Mit dem Rücken an die Wand gelehnt lauschte sie.

»Einmal mehr wird dieser Berg das Haus des Herrn an seinem Busen tragen«, verkündete er auf Hebräisch. »Lange waren wir des

Rechts beraubt, am heiligsten aller Orte zu beten. Lange wurden wir aus unserem eigenen Land ferngehalten, dem Land, das den Stämmen des Herrn gegeben war. Die Zeit ist gekommen, das Unsere zurückzufordern, den Tempel wieder zu errichten und Jerusalem den Frieden wiederzubringen.

Nur ein Mann vermag das zu tun. Erblickt, oh Stammesbrüder, den Einen, der vom königlichen Haus Davids stammt. Dieser Ring des gerechten Königs, durch göttliches Eingreifen an seinen letzten lebenden Erben weitergegeben, ist ein Symbol der großartigen Macht und der unendlichen Weisheit, die dieses Land vor drei Jahrtausenden prägten.«

Sarah lugte durch den Spalt und machte Sacks in wenigen Metern Entfernung aus. Einer auf einem Stativ befestigten Kamera zugewandt stand er direkt am Rand der Kuppel. Während seines Live-Webcasts fiel der Schnee um ihn herum nieder, landete auf seiner Jarmulke und dem um seine Schultern gelegten *Tallit*.

Er griff unter den Schal und zog eine Schriftrolle hervor. Salomons Pläne für den ursprünglichen Tempel. Der Gedanke, dass ein solch wichtiges Artefakt derart behandelt wurde, ließ sie erschaudern.

Sacks hielt das Schriftstück in die Höhe und entrollte es. »Salomons eigene Worte haben mich zum wichtigsten Fund unserer Zeit geführt – den vom großen König selbst gezeichneten Plänen für den Tempel Jerusalems. Dies war sein Vermächtnis, dem würdigsten seiner Erben hinterlassen. Er sah die Zerstörung voraus, die von den Ungläubigen angerichtet würde, und wusste, der Tempel würde in den Händen der Gottlosen verschwinden. Der Eine, der Salomons heiligste Schrift besitzen würde, sollte die Macht haben, den Tempel wieder zu errichten und die Ära des Friedens einzuleiten, wie die Prophezeiungen es verkünden.« Er rollte die Schriftrolle auf und hielt sie an seine Stirn, während er ein Gebet sprach.

Es war so weit. Sarah kroch durch die Luke und richtete sich auf. Das Gift hatte ihren Körper fest im Griff. Ihre Muskeln hatten sich zu starren, schmerzhaften Klumpen zusammengezogen und jede Bewegung erforderte große Anstrengung. Sie verspürte einen gewaltigen Druck hinter den Augen und glaubte einen Moment lang, sie würde ohnmächtig werden. Sie kämpfte gegen das Gefühl an.

Sarah stellte sich hinter Sacks, ins Blickfeld der Videokamera. Auf dem Boden neben seinen Füßen lag die Fernbedienung für das Gerät. So rasch sie konnte, kickte sie sie über die Kante und sie segelte zum unteren Dach hinab.

Erschrocken blickte er hinter sich.

Sarah sprach in die Kamera. »Glauben Sie nichts davon.« Ihr Kiefer war so verkrampft, dass ihre Worte verzerrt wurden. »Dieser Mann ist ein Mörder. Fragen Sie ihn, wie viele Menschen er getötet hat, damit er heute Nacht hier stehen kann.«

»Ruhe!«, brüllte er. »Das ist Blasphemie vor dem Herrn.«

Sie war unerbittlich.

»Diese Artefakte wurden von heiligen Stätten gestohlen. Sie gehören dem Volk.«

Wutbebend streckte er einen Arm aus und zeigte auf sie. »Diese Frau ist der Teufel. Sie ist gottlos … eine leere Seele.«

Sie rief in die Kamera: »Er ist ein falscher Prophet. Er gehört ins Gefängnis.« Die Anstrengung ließ sie nach Luft schnappen.

»Hure! Du kannst die Ankunft des Messias nicht aufhalten. Du kannst dich nicht zwischen das Volk Israel und seine Herrlichkeit stellen.« Er schlug nach ihr, traf sie im Gesicht und beförderte sie auf die Knie. »Alle Feinde Gottes müssen bestraft werden. Der Richtspruch kommt über uns.« Er trat gegen ihre Schulter und sie landete auf dem Rücken, Zentimeter von der Kante entfernt. »Die Rechtschaffenen sollen sich erheben und die Sünder sollen niederkauern vor dem Angesicht Gottes.« Er hob seine Arme und starrte zum bewölkten Himmel. »Allmächtiger Gott, Herrscher des Himmels, bringe nun eine Plage über Deine Feinde. Lähme sie, sodass sie sich nicht gegen Dich erheben können. Stiehl ihren Atem, sodass sie Deinem Heiligen Namen nicht lästern können.«

Unfähig, sich auch nur aufzustützen, lag Sarah da. Ihr Körper war bleiern und sie konnte ihm nicht länger befehlen, sich zu rühren. Ihr Herz schlug ungleichmäßig. Es war nur noch eine Frage der Zeit.

Er zeigte auf sie und drehte sich zur Kamera. »Erblickt das Wunder des Herrn.«

Sie versuchte, einen Arm zu heben, aber er war zu schwer.

»Und ein Wolf wird mit einem Lamm leben und ein Leopard wird bei einem Kind liegen; und ein Kalb und ein Löwenjunges und ein junges Masttier werden beisammen sein und ein kleines Kind wird sie antreiben. Man wird weder ein Leid tun noch freveln auf meinem ganzen heiligen Berg, denn das Land wird voller Erkenntnis des Herrn sein, so wie das Wasser das Meer bedeckt. Und es soll geschehen zu der Zeit, da die Wurzel Isais als Zeichen der Völker dasteht; nach ihm sollen die Nationen fragen …«

Das Brüllen eines Helikopters übertönte seine Worte. Sarah drehte ihren Kopf langsam zu dem Geräusch um. Ein über ihnen schwebender greller Scheinwerfer blendete sie und sie sah weg.

Sacks beschattete seine Augen und spähte ins Licht. Die Einmischung brachte ihn eindeutig aus der Fassung.

»Nehmen Sie die Hände hoch und stellen Sie sich mit dem Rücken an die Wand.«

Der Befehl, in Englisch mit einem starken Akzent geäußert, kam durch einen Lautsprecher.

»Was soll das?«, brüllte Sacks, obwohl er über das gleichförmige Brummen der Rotoren nicht gehört werden konnte. »Wer sind Sie?«

»Es ist vorbei, Trent.« Die Stimme unterschied sich von der ersten. Sarah hörte einen nordenglischen Akzent heraus. »Du musst dich stellen.«

Ein Ruck ging durch Sacks Körper. »Vater?«

»Alastair Bromley wurde verhaftet, Junge. Sie wissen alles. Ich musste ihnen von deiner Krankheit erzählen.«

Seine Unterlippe bebte. »Vater, nein …«

»Ich habe ihnen gesagt, dass du das alles ohne mein Wissen und ohne vollständige Offenlegung der Firma gegenüber getan hast. Aber ich werde keine Anzeige erstatten.«

»Wie konntest du das tun?« Seine Stimme war zu leise, um von irgendjemandem im Hubschrauber gehört werden zu können. Er sah sich mit ruckartigen Bewegungen um, als suche er nach jemandem, der zu seiner Rettung käme. Seine Hände zitterten. »Ich wurde betrogen.«

Er kniete sich neben Sarah und schob ihren Körper über die Kante, sodass ihr Kopf über dem Abgrund hing. »Verschwindet, oder ich werfe sie hinunter.«

Sarah konnte sich nicht wehren. Hilflos betrachtete sie die Schneeflocken, die auf sie fielen; sie spürte sie kaum.

»Tu nichts Dummes, Trent. Stell dich jetzt und vermindere die Beweislast. Andernfalls werden sie kein Erbarmen mit dir kennen.«

Er sah nach unten, die Stirn in Falten.

»Wo ist sie? Wo ist Mariah?«

Sarah schüttelte langsam den Kopf und rang darum, die Worte auszusprechen. »Das Spiel ist aus.«

Knurrend schlug er ihr mit der Rückhand ins Gesicht.

Ihr Kopf wurde herumgerissen, aber sie spürte den Schlag nicht.

»Du bist zu einem qualvollen Tod verdammt, Hure. Nichts anderes hast du verdient.« Er spuckte ihr ins Gesicht. Sein stechender Blick war bösartig. Er stand auf und sah zum Helikopter, rief die Worte eines verzweifelten Mannes. »Ich bin der Messias, der Zweig, der aus den Wurzeln des Baumstumpfs Isais keimt. Mir ist es vorherbestimmt, den dritten Tempel an diesem Ort zu bauen, und nichts, was ihr tut, kann das verhindern, denn es ist der Wille Gottes. Ich werde dem israelischen Volk Reichtümer bringen und Unabhängigkeit von seinen alten Feinden.«

Der israelische Polizist holte sich das Mikrofon zurück. »Trent Robert Ashworth, Sie sind wegen Mordes, Brandstiftung, Sabotage am Flugzeug eines Staatsbeamten und illegalen Bohrtechniken verhaftet. Nehmen Sie die Hände hoch. Sie sind umstellt.«

»Sag es ihnen, Vater.« Die Adern an seinen Schläfen traten hervor. »Sagen ihnen, dass ich der Auserwählte bin. Der Botschafter Gottes.

James Ashworth sagte nichts.

Der Israeli richtete eine halb automatische Waffe auf ihn. »Nehmen Sie die Hände hoch oder ich schieße.«

»Barbaren! Ihr könnt mich nicht töten.« Er trat an den Rand des Vorsprungs und hielt die Arme in die Höhe. »Ich bin unbezwingbar. Hört ihr mich? Unbezwingbar …«

Er sprang.

Sarah sah dabei zu, wie er, die Arme und Beinen ausgebreitet, als erwarte er zu fliegen, ins Nichts stürzte. Der *Tallit*, vom Wind von seinen Schultern gerissen, schwebte wie ein geöffneter Fallschirm hinab. Kurz vor dem Aufprall schloss sie die Augen.

Vergeblich rang sie nach Atem. Sie sah zum Helikopter, der zur Selbstmordstelle hin abgesunken war. In den gleißenden Lichtern war alles undeutlich. Während ihr Bewusstsein schwand, glaubte sie, Daniels Gesicht zu sehen. Seine langen dunklen Haare waren unter einer schwarzen Skimütze zerzaust. Seine Hand war nach ihr ausgestreckt, während er etwas rief.

Sie war sich sicher, dass sein Geist gekommen war, um sie auf einer Reise zu führen, zu der sie noch nicht bereit war. Aber sie hatte nicht länger die Kraft, sich zu wehren.

Sie schloss die Augen und ergab sich.

Kapitel 43

Eine gleichbleibende Abfolge von Pieptönen dröhnte in Sarahs Ohren. Sie hörte ein übertriebenes Atemgeräusch.

Sie musste die Augen nicht öffnen, um zu wissen, wo sie sich befand. Es genügte zu wissen, dass sie am Leben war. Sie versuchte, ihre Finger zu bewegen. Diese gehorchten dem Befehl ihres Gehirns, wenn auch in Zeitlupe. Ihr Körper hätte genau so gut aus Blei bestehen können.

Sarah zwang ihre Augen, sich zu öffnen, und betrachtete den abgedunkelten Raum. Es gab keine Fenster und keine Lampen außer den LEDs der Maschinen, an die sie angeschlossen war. Ein Krankenpfleger mit Kittel und Haarnetz saß in der anderen Ecke, überwachte seine Patientin und blätterte durch einen Papierstapel.

Er schwang den Stuhl herum, stand auf und näherte sich ihrem Krankenbett.

Als er ins fahlrote Licht des Herzfrequenzmessgeräts trat realisierte Sarah, dass sie sein Gesicht kannte. Hasserfüllte blaue Augen, denen sie zum letzten Mal in Salomons Höhle tief in der Judäischen Wüste begegnet war, sahen sie stechend an.

»Endlich ist sie wach«, sagte Angus. »Ich habe geduldig auf diesen Moment gewartet.«

Sarah sah sich im Raum um und bemerkte eine Gestalt am Boden. Der nackte Körper des echten Pflegers lag reglos an einer Wand. Ihre Atmung, durch das Beatmungsgerät verstärkt, ging schneller. Sie war hilflos. Sie konnte sich kaum rühren und keinen Ton von sich geben.

»Bösartige Hure. Hast du eine Ahnung, was du getan hast?« Er sprach langsam durch zusammengebissene Zähne. »Deinetwegen ist unsere einzige Hoffnung auf Frieden in der Welt verloren. Wer kann jetzt den Thron Salomons zurückfordern und die Richter wieder einsetzen? Wer wird das Böse und die Tyrannei verhindern? Wer soll die zerstörten Städte Israels wieder aufbauen und ihre Feinde erzittern lassen? Als du meinen Herrn getötet hast, hast du die königliche Blutlinie ausgelöscht und alle Hoffnung auf Erlösung. Das ist das schwerste aller Verbrechen, und dafür sollst du bezahlen.« Er beugte sich vor und griff unter sein Hosenbein, um die vertraute Klinge mit dem schwarzen Griff aus einem Messergurt zu ziehen.

Mit ungeschickten Fingern tastete sie ihr Bett ab. Sie fand, was sie gesucht hatte: den Schwesternrufknopf. Sie drückte ihn wieder und wieder und hoffte, jemand außerhalb des Raums würde das als Zeichen größter Not verstehen.

Er hob das Messer über ihre Brust. »Ich will, dass du zusiehst, wie ich durch dein Brustbein schneide und dein Herz mit meinen bloßen Händen herausreiße.«

Sie starrte die mit mystischen Symbolen gravierte Klinge an. Das Piepen des Herzmonitors wurde schneller, unregelmäßiger. Das Beatmungsgerät verzeichnete ein flaches, schnelles Atmen.

Er lachte. »Hast du Angst? Gut. Ich will, dass du die Angst mit dir in die Hölle nimmst.«

Sie versuchte, die Arme zu heben. Obwohl ein wenig Gefühl in ihre Glieder zurückgekehrt war, konnte ihr Gehirn ihren Körper noch nicht dazu zwingen, sich zu bewegen. Verzweifelt drückte sie wieder auf den Rufknopf.

Angus platzierte das Messer mitten auf ihrer Brust wie ein Chirurg ein Skalpell. Er leckte sich über die Lippen und schenkte ihr ein bösartiges Lächeln. »Das wird nur ein bisschen wehtun.«

Von der anderen Seite der Tür ertönte ein Poltern. Jemand versuchte, hereinzukommen, schaffte es aber nicht.

Er drehte sich nicht einmal um. Es war beinahe so, als hätte er sie erwartet. Er drückte das Messer nach unten.

Das Poltern wurde lauter und von Rufen begleitet. Sie versuchten, die Tür einzuschlagen.

Sarah hörte das Reißen, als ihr Krankenhaushemd der Klinge wich.

Angus blieb auf seine Aufgabe konzentriert. Er drückte ihr das Messer fest gegen die Brust und funkelte sie an. »Ich werde ihn rächen, und wenn es das Letzte ist, was ich tue.«

Sie war zu benommen, um irgendetwas zu spüren. Hilflos beobachtete sie, wie sich ihr eigenes Blut über ihrem Busen ausbreitete.

Die Tür fiel aus ihren Angeln und stürzte mit einem Krachen auf die Fliesen. Drei Männer kam herein. Zwei warfen Angus zu Boden und überwältigten ihn. Der dritte kam an Sarahs Bett und drückte ihr Verbandsmull auf die Brust, um die Blutung zu stoppen. Er rief nach Unterstützung und eine Krankenschwester kam angerannt. Sie zog eine Spritze mit einer klaren Flüssigkeit auf und injizierte sie in Sarahs Infusionsschlauch.

Alles andere war verschwommen. Schwestern und Ärzte kamen und gingen, versuchten, ihren Zustand zu stabilisieren. Polizeibeamte legten Angus Handschellen an und führten ihn aus dem Zimmer.

Als er in ihrem Gewahrsam wegging, blickte er mit einem unheilvollen Grinsen zu Sarah zurück.

Sie drückte ihren Kopf ins Kissen und atmete in den Schlauch aus. Aus den Augenwinkeln bemerkte sie eine Gestalt, die in der offenen Tür stand. Langsam drehte sie ihren Kopf.

Daniel, in zerrissenen Jeans und einem schwarzen Rutgers-Kapuzenpullover, erwiderte ihren Blick und lächelte.

Er lebte. Ihre Augen lächelten zurück.

»Sir, Sie dürfen nicht hier sein.«

Daniel sah nicht von Sarah weg und rührte sich nicht.

»Sir«, wiederholte die Krankenschwester. »Das ist die Intensivstation. Sie dürfen wirklich nicht hier sein. Bitte.«

Er nickte und ging davon.

Die Schwester drückte ein paar Knöpfe am Monitor. »Das ist der kräftigste Herzschlag, den Sie heute Nacht hatten.« Sie drehte sich zur Tür um. »Wer war das überhaupt?«

Mit dem Beatmungsschlauch im Mund konnte Sarah nicht sprechen. Hätte sie es gekonnt, hätte sie gesagt: »Der Mann, dem ich alles verdanke.«

Die Schwester setzte eine Lesebrille auf und schrieb etwas aufs Krankenblatt. »Egal.« Sie sah Sarah über die Brille hinweg an. »Ich kann meine Fantasie benutzen.«

Sarah entspannte sich und ließ ihren Verstand verdauen, dass Daniel wieder bei ihr war. Alles ergab Sinn. Daniel, nicht Bellows, war die anonyme Quelle der *Times* gewesen. Er hatte niemanden wissen lassen, dass er am Leben war, weil er unbemerkt daran arbeitete, die Rolle von Advanced Electronic Solutions beim Absturz zu beweisen. Um sein Strafmaß zu mildern, musste Bromley über seine Beziehung zu Royal Petroleum und den Ashworth-Männern gesungen haben, was zum Aufgreifen von James Ashworth und der Jagd nach seinem Sohn geführt hatte.

Sarah schloss die Augen. Es war das erste Mal in Monaten, dass sie sich sicher genug fühlte, um loszulassen und ihren Gedanken zu gestatten, frei durch ihren Geist zu schweben. Die Worte in ihren Ohren klangen so, als spräche Uri'el Ben Moshe selbst sie aus.

Bleiben Sie sich treu, selbst wenn alles verloren scheint. Das ist der einzige Weg, wie Sie den Sieg davontragen können.

Zu guter Letzt verstand sie.

Epilog

Der Weg zur Höhle Salomons sah im Tageslicht ganz anders aus. Ohne die blaugrauen Schatten des Mondes auf den Felsen erschien die Landschaft wie ein endloser Streifen brauner Erde, ein Durcheinander aus von den ewigen Winden zu seltsamen Formen geschliffenen Gipfeln und Tälern und Felswänden.

Der Balsambaum unter dem Eingang zur Höhle war ein einsames Mahnmal dafür, dass das Leben an diesem abgelegenen Ort fortdauerte. Sein bescheidener Schatten, von der Nachmittagssonne verlängert, zeigte nach Osten, wo das Lager der Universität Tel Aviv aufgeschlagen war.

Ezra, der sich mit zwei Teammitgliedern unter einem Zeltvordach unterhielt, unterbrach sein Gespräch, als sich seine Gäste näherten. »Ihr habt es geschafft«, sagte er. »Ich habe schon angefangen, mir Sorgen zu machen.«

»Hubschrauberverkehr«, sagte Daniel. »Mörderisch um diese Zeit.«

Ezra wandte sich an Sarah. »Wie fühlst du dich?«

»Hundertprozent in Ordnung. Du glaubst doch wohl nicht, dass mich ein bisschen Gift bremsen kann.«

»Sie hatte Glück, dass sie nur eine kleine Dosis Tetrodotoxin eingeatmet hat«, sagte Daniel. »Sie haben es geschafft, einen Hemmstoff daran zu binden. Ein paar Milligramm mehr und es hätte ihr die Lichter ausgeknipst.«

»Und dein Vater?«

»Sacks Schlägertypen hatten ihn auf irgendeinem Gelände in Tadschikistan festgehalten. Mariah hat die Polizei im Austausch für ein milderes Urteil zu ihm geführt. Er ist wohlbehalten zurück in England.«

Ezra lachte leise. »Ich kann mir nur vorstellen, wie übellaunig er gewesen sein muss.«

Sie lächelte. Tatsächlich hatte sie die Reaktion ihres Vaters überrascht. Sie hatte erwartet, dass er sie dafür verantwortlich machen würde, in eine so schlimme Lage gekommen zu sein, dass er sie für ihre, wie er es nannte, »jugendlichen Kreuzzugs-Eskapaden« bestrafen würde. Aber er rief nicht an, weder um sie zu kritisieren, noch um sie zu loben. Stattdessen hatte er ihr einen Strauß Narzissen in ihr Krankenhauszimmer geschickt. Obwohl sie lieber ein Gespräch statt eines Gegenstands gehabt hätte, war die Geste bedeutend. Es war eine Erinnerung an die Frühlinge in ihrer Kindheit, als Narzissen sich wie ein strahlend gelber Teppich auf dem Gelände ihres Landhauses ausbreiteten, zu einer Zeit, in der die Familie Weston noch intakt war – vor den Streitgesprächen und Vorwürfen, den Tragödien und dem Bedauern.

Sie betrachtete sie als Friedensangebot, und obwohl sie noch immer auf gegenüberliegenden Seiten eines Abgrunds des Schweigens standen, räumte sie die Möglichkeit ein, dass es vielleicht irgendwo eine Brücke gab. Irgendwann, dachte sie, würden sie sie finden.

Ezra wandte sich an Daniel. »Und Sie, Madigan? Wir dachten, wir hätten Sie verloren. Was zur Hölle ist passiert?«

»Die Instrumente sind ausgefallen. Branford konnte das Flugzeug nicht in der Luft halten. Wir sind Bug voran im Atlantik gelandet, und da ist das Flugzeug auseinandergebrochen. Uns blieben Sekunden, um rauszukommen, bevor es sank. Es war unschön.«

Obwohl Sarah die Geschichte schon gehört hatte, ließ sie die Wiedererzählung erschaudern. Es war oft genug gerade noch einmal gut gegangen, aber das war viel zu nah dran gewesen. Noch immer konnte sie es kaum fassen, dass er es lebendig aus dem eisigen Wasser geschafft hatte. Er war unterkühlt auf einem Flugzeugflügel getrieben, als ein Fischerboot ihn entdeckt und an Bord gebracht hatte. Es war bloßes Glück gewesen.

»Gott sei Dank wurde er von ein paar freundlichen Burschen aufgegabelt.« Sie wandte sich an Daniel. »Erzähl ihm, wie du sie davon überzeugt hast, deine Rettung geheim zu halten.«

»Eigentlich war das nicht so schwer. Einer der Kerle erkannte mich von einigen meiner alten Sendungen wieder. Er sagte, er wollte schon immer mal ins Fernsehen. Also habe ich ihm eine Rolle als Statist in meiner nächsten Dokumentation versprochen.«

»Das und ein paar Kisten Newkie Brown«, sagte Sarah. Die drei lachten einstimmig.

»Tja, es wird euch beide freuen zu hören, dass unsere Crew hier erhebliche Fortschritte machte, während ihr Drachen erlegt habt«, sagte Ezra. »Wir haben den Thron mittels Bodenradar lokalisiert. Es wird eine Weile dauern, hinzukommen, aber wir haben uns der Angelegenheit verschrieben. Das ist mehr als gewaltig.«

»Was halten deine minimalistischen Kollegen davon?«, fragte Sarah.

»Es ist bahnbrechend, ohne Frage. Alle drängen sich darum, neue Theorien aufzustellen.« Er blickte zur Höhle. »Salomon, höchster Herrscher über das vereinte Königreich. Ich habe mir nicht träumen lassen, zu meinen Lebzeiten einen Beweis dafür zu sehen.«

Sie zog ihre Fliegersonnenbrille ab und entfernte den Sandfilm darauf mit einem Zipfel ihres Fleecepullovers. »Und was ist mit dem Manuskript und dem Ring? Wo sind sie jetzt?«

»Die Behörden haben das Manuskript vom Dach des Felsendoms geborgen. Es wurde dem Amt für Altertümer übergeben. Was den Ring betrifft … der wurde nie gefunden.«

»Was? Aber er trug ihn. Ich sah ihn an seinem Finger, kurz bevor …« Von der Erinnerung verschreckt, unterbrach sie sich.

Ezra zuckte mit den Schultern. »Sie haben alles durchkämmt. Nichts. Vielleicht hat er sich beim Aufprall gelöst.«

»Oder vielleicht hat ihn jemand an sich genommen«, sagte Daniel. »Es würde mich nicht überraschen.«

»Möglicherweise werden wir es nie erfahren«, sagte Ezra. »Das

Schlimmste ist nur, falls der Ring wirklich die Maßeinheit birgt, ist das Manuskript ohne ihn bedeutungslos.« Er sah Sarah an. »Das stimmt doch?«

»Wenn der Tempel so gebaut werden muss, wie Salomon es beabsichtigt hatte, dann ja.« Sie dachte über die Ironie nach, den Schlüssel in der Hand zu halten, nur um den Gegenstand zu verlieren, mit dem er verbunden war. »Wir waren so nah dran ...«

»Tja, wenn man dem Buch der Bücher glauben darf, wird sich alles zur rechten Zeit offenbaren«, sagte Daniel.

»Falsch«, entgegnete Ezra. »Wir sitzen nicht herum und warten darauf, dass die Dinge einfach enthüllt werden. Wir werden diesen Ring finden. Eine Gruppe Unterstützer des Israel-Museums hat eine großzügige Belohnung ausgesetzt. Wenn ihn jemand hat, dann wäre er dumm, wenn er sich nicht melden würde.«

»Angenommen, ihr findet ihn«, sagte Sarah. »Werdet ihr wissen, was ihr damit tun müsst?«

»Ich bin sicher, wir werden es herausfinden. Wie schwer kann es sein?«

Sie lächelte und zog ihre Sonnenbrille wieder auf. Vielleicht hatte Daniel recht: Manche Dinge sollten nicht offenbart werden. Fürs Erste würde sie das Wissen, das nur sie alleine besaß, für sich behalten. Über ihr Versprechen an den Rabbi hinaus wusste sie in ihrem Herzen, dass es das Richtige war. »Dann viel Glück. Wir müssen jetzt los.«

»Was? Ihr seid doch gerade erst angekommen. Bleibt wenigstens zum Abendessen. Ich will, dass die Crew euch kennenlernt. In ihren Augen seid ihr Legenden.«

»Sarah hat recht«, sagte Daniel. »Wir haben Verpflichtungen in Tel Aviv. Vielleicht ein andermal.«

»Wie ihr wollt.« Ezra küsste Sarah auf die Wange und verweilte dabei ein bisschen zu lang. »Shalom, alte Freundin. Lass von dir hören.« Er wandte sich an Daniel und streckte seine rechte Hand aus. »Madigan. Kümmern Sie sich um sie, ja?«

Daniel lachte. »Das würde ich, wenn sie mich ließe.« Die beiden schüttelten einander die Hände.

Sarah winkte und machte sich auf den Weg zum Helikopter.

Daniel holte sie ein. »Geh ein Stück mit mir.«

Ein paar Minuten langen liefen sie schweigend. Dann sprach er. »Was wirst du jetzt machen?«

»Weiß nicht. Ich hab mich noch nicht entschieden.« Die Angst trieb ihren Stachel in Sarahs Leib. Vor diesem Gespräch hatte sie sich gefürchtet. »Was ist mit dir? Du gehst bestimmt wieder nach al-Fau?«

Er schüttelte den Kopf. »Nein. Damit bin ich fertig. Ich habe um Versetzung gebeten.«

Sie war überrascht. Er war so lange in Saudi-Arabien gewesen, dass es angefangen hatte, ihn zu definieren. »Wohin dann?«

»Tja, es gab nicht viel. Sie fragten, ob ich gleich von Anfang an bei einer Expedition in Theben dabei sein will. Ich würde mein eigenes Team zusammenstellen müssen.« Er wandte sich ihr zu. »Du stündest natürlich ganz oben auf der Liste.«

Sie hielt an und drehte sich zu ihm um. Mehr als alles andere wollte sie ihn beim Wort nehmen. Aber sie musste sich über seine Absichten im Klaren sein. »Was lässt dich denken, dass ich mitkommen will?«

Er schob ihr eine verirrte Haarsträhne aus den Augen. Dann beugte er sich vor und küsste sie. »Nur so ein Gefühl.«

Das hatte sie nicht erwartet. Sie spürte, wie ihr das Blut in die blassen Wangen schoss, und wandte sich von ihm ab, um Worte verlegen. Was sie schließlich sagte, klang ganz falsch. »Tja, du solltest nicht so anmaßend sein.«

Er lächelte. »Aber Doktor Weston, ich glaube, Sie erröten.«

Sie lächelte verlegen und setzte sich in Bewegung. Ihr Herz hämmerte.

Sie hörte, wie er ihr nachrief. »Verdammt, Sarah … können wir nicht aufhören, einander etwas vorzumachen?«

Sie hielt an und drehte sich langsam um. Einige Meter von ihr entfernt stand ein Mann, der zweifelsfrei stark war und dennoch so ohne Verteidigung, dass sie sich schämte, ihre eigene einzusetzen.

»Du bist vielleicht äußerst kompetent«, sagte er, »aber du brauchst mich. Und das weißt du.«

Sie unterdrückte ein Lächeln. »Deine Arroganz ist überwältigend.«

Er ignorierte die Bemerkung, die sie mehr als Scherz denn als Schlag gemeint hatte. Er war völlig ernst. »Und definitiv brauche ich dich auch.«

In seiner Erklärung gab es kein Kleingedrucktes, keinen Hauch von Unaufrichtigkeit. Seine Ehrlichkeit riss ihre Mauern ein. Sie strahlte und brach in schallendes Gelächter aus. Es war uncharakteristisch für sie, aber es fühlte sich echt an.

Er näherte sich ihr langsam. »Ich bemerke zum ersten Mal, dass du Grübchen hast. Du solltest öfter lachen.«

Er hatte recht. Es war befreiend, loszulassen. Nach so vielen Monaten der Dunkelheit war dies der erste Lichtstrahl, der eine scheinbar undurchdringliche Düsternis durchbrach.

Er legte ihr die Arme um die Taille und sie erlaubte ihm, sie an sich zu ziehen. Sie spürte seinen warmen Atem auf ihren Wangen, als er flüsterte: »Bleib bei mir, Sarah.«

Mit geschlossenen Augen verweilte sie einen Moment, ehe sie sich von ihm löste und nickte. Ohne ein weiteres Wort gingen sie Hand in Hand zum Helikopter.

- E N D E -